红发安妮系列 之

壁炉山庄的安妮

[加]露西·莫德·蒙格玛丽 / 著

李华彪 / 译

四川文艺出版社

推荐序

寻访露西·莫德·蒙格玛丽

◎ 李文俊

1989年的6月,我寻访了一位女作家。这次走得还真够远的,一直去到大西洋西北角圣劳伦斯湾的一个海岛上。这一次我寻访的是加拿大儿童文学作家,《绿山墙的安妮》(Anne of Green Gables)一书的作者露西·莫德·蒙格玛丽(Lucy Maud Montgomery)。

我最早知道这位作家的名字,还是得自1986年我国某份报纸上的一篇报道。那篇《渥太华来讯》里说:"加拿大青年导演凯文·沙利文将加拿大著名女作家露西·莫德·蒙格玛丽的名著《绿山墙的安妮》改编为电视连续剧,该剧在加拿大广播公司电视台播放,收看人数达550万,超过了其他电视片。"报道里还提到:小说《绿山墙的安妮》发表于1908年,写的是一个孤女的故事。马克·吐温读了这部小说后曾说:"安妮是继不朽的艾丽丝之后最令人感动与喜爱的儿童形象。"

1988年的夏天,我出乎意料地看到了《绿山墙的安妮》一书的中译本,马爱农译,中国文联出版公司出版。

我也曾注意过一些书评报刊,却从未见到有文章提到《绿山墙的安妮》的中译本,哪怕是一句。小安妮在中国的遭遇太可怜了。要知道这本书不但在英语国家是一本历久不衰的畅销书,而且被译成数十种文字,拍摄成无声、有声电影,搬上舞台,又改编成音乐喜剧。我一直为安妮在中国的命运感到不平,正因如此,在一次加方资助的学术考察活动中,我报了去蒙格玛丽故乡参观并写介绍文章的计划。

我动身之前仔细阅读了莫莉·吉伦(Mollie Gillen)所著的蒙格玛丽的传记《事物的轮子》(*The Wheel of Things*, 1976)一书。下面的叙述基本上都取材于这部著作。

蒙格玛丽出生于1874年11月30日。她出生的地点是加拿大最小的省份爱德华王子岛北部一个叫克利夫顿的小村子。她的父亲是个商人,经常在加拿大中部经商,母亲在小莫德出生21个月后就去世了。莫德只得与外祖父母一起生活,她来到卡文迪许,这也是一个小村庄,离她出生地只有几英里。莫德对大自然的热爱贯穿了她的一生,也在她的作品中得到强烈的表现,这是与她在海岛上度过的童年生活分不开的。这个小女孩在森林、牧场与沙滩间奔跑。美丽的景色也培养了她对美好事物的追求。

母亲早逝,父亲经商在外,她没有兄弟姐妹,无疑有些孤独,她有时会对着碗柜玻璃门上自己的影子诉说心事。小莫德9岁时开始写诗,用的是外公邮务所里废弃的汇单。莫德15岁时写的一篇《马可·波罗号沉没记》在一次全加作文竞赛中得到三等奖。这是她根据亲眼所见的一次发生在海岛北岸的沉船事故写成的。1890年8月,莫德由外公带着来到父亲经商的艾伯特王子城。继母要她帮着带孩子。她不能上学,自然觉得很痛苦。但是她能通过写作把痛苦化解掉。她写了一首四行一节共三十九节的长诗,投稿后居然被一家报纸头版一整版登出来。当时她还不到16岁。她继续投稿,报纸上当时已称呼她为"lady writer"(女作家)

了。不久，她的短篇小说又在蒙特利尔得奖。1891年，父亲把她带回到故乡，此后，在父亲1900年去世前的几年里，父女很少见面。莫德幼年丧母，又得不到父亲的抚爱，她作品中经常出现孤儿形象与孤儿意识，便不是一件偶然的事了。

莫德回到爱德华王子岛后进了首府夏洛特敦的威尔士王子学院，1894年毕业，得到二级师范证书。在岛上教了一年书后，她又进了哈利法克斯的达尔胡西大学学文学。在大学念书时，她仍不断投稿。

1895年7月，莫德得到一级师范证书，她教了两年书。1898年3月，外祖父去世，莫德为了不使外祖母孤独地生活，回到故乡。从这时起除了当中不到一年在哈利法克斯一家报馆里当编辑兼记者兼校对兼杂差，直到1911年外婆去世，她都过着普通农妇的生活。但是不管在什么情况下，莫德都没有停止写作。她仍然不断向加、美各刊物投稿。有时，发表一首诗只拿到两元钱。

说起《绿山墙的安妮》之所以能写成，还得归功于莫德的记事本，她平时看到什么想到什么，就喜欢往本子上涂上几行。有一天她翻记事本，看到两行不知何时写下的字："一对年老的夫妻向孤儿院申请领养一个男孩。由于误会给他们送来了一个女孩。"这两行字启发了她，使她开始写小孤女来到一个不想要她的陌生家庭的故事。莫德把"一对夫妻"改成"两个上了年纪的单身的兄妹"，因为单身者脾气总是有点孤僻，这样，与想象力丰富、快言快语的红头发、一脸雀斑的小姑娘之间的冲突就越发尖锐了。小说的第一、二、三章的标题都是"×××的惊讶"，使读者莫不为小孤女的遭遇捏了一把汗。小安妮也确实因为性格直率、不肯让步与粗心大意吃了不少苦。但是最终的结局还是令人宽慰的。儿童文学作品总不能没有一个"快乐的结局"嘛。

《绿山墙的安妮》在1908年出版,很快就成为一本畅销书,到9月中旬已经4版,月底6版。到1909年5月英国版也印行了15版。1914年,佩奇公司出了一种"普及版",一次就印了15万册。以后的印数就难以统计了①。

在这样的形势下,读者都想知道"小安妮后来怎么样了",出版社看准了"安妮系列"是一棵摇钱树,蒙格玛丽自然是欲罢不能了。其结果是她一共写了8部以安妮与其子女为主人公的小说。它们按安妮一家生活的年代次序(而不是按出版次序)为:《绿山墙的安妮》(1908年出版,写安妮的童年)、《安维利镇的安妮》(1909,写安妮当小学教师)、《小岛上的安妮》(1915,写安妮在学院里的进修生活)、《白杨山庄的安妮》(1936,写安妮当校长时与男友书信往来)、《梦中小屋的安妮》(1918,写她的婚姻与生第一个孩子)、《壁炉山庄的安妮》(1939,写她又生了五个孩子)、《彩虹幽谷》(1919,孩子们长大的情景)、《壁炉山庄的里拉》(1921,写安妮的女儿,当时在打第一次世界大战)。这样的创作方式自然会使真正的艺术家感到难以忍受。出了第一部"安妮"之后莫德就在给友人的信里说:"这样下去,他们要让我写她怎样念完大学了。这个主意使我倒胃口。我感到自己很像东方故事里的那个魔术师,他把那个'精怪'从瓶子里释放出来之后反倒成了它的奴隶。要是我今后的岁月真的被捆绑在安妮的车轮上,那我会因为'创造'出她而痛悔不已的。"

尽管莫德自己这样说,她的"安妮系列"后几部都还是有

---

① 笔者本人就见过中国出版的一种"海盗"影印本,上面没有任何说明。从版式、纸张、封面推测,大约是20世纪40年代上海印制的。

可取之处，其中以《小岛上的安妮》更为出色。作者笔下对大自然景色的诗意描写，对乡村淳朴生活的刻画，对少女的纯洁心态的摹写，还有那幽默的文笔，似乎能超越时空博得大半个世纪以来各个阶层各种年龄读者的欢心。这样的一个女作家不是什么高不可攀的哲人与思想家，而像是读者们自己的姑姑、姐妹或是侄女甥女。给莫德写信的除了世界各地的小姑娘之外，还有小男孩与白发苍苍的老人，有海员，也有传教士。两位英国首相斯·鲍德温与拉·麦克唐纳都承认自己是"安妮迷"。一位加拿大评论家在探讨"安妮"受到欢迎的原因时说，这是因为英语国家的人民喜欢小姑娘。不说英语的民族又何尝不是如此呢？人们在生活与艺术中对天真幼稚避之唯恐不及。但是率直的天真，不扭扭捏捏的天真，却又是一种难以企及的美的境界了。凡人都有天真的阶段，当他们处在这个阶段的时候莫不希望早日脱离，避之唯恐不及；但是一旦走出天真，离天真日益遥远，反倒越来越留恋天真，渴求天真，仰慕天真了。也许正是基于这种心理，连城府极深的政坛老手也希望能有几分钟让自己的灵魂放松放松？也许正是由于这个原因，71岁的马克·吐温给34岁的莫德写去了那样的一封"读者来信"？

美学家们对这样的现象可能早已有极为透彻的论述，还是让我回到莫德生平上来吧。她的外祖母于1911年逝世，莫德不愿一个人住在空荡荡的大房子里，搬到几英里外另一个村子去与亲戚一起住，不久便与埃温·麦克唐纳牧师结婚。他们恋爱已有8年，订婚也已有5年了。婚后除了做妻子和母亲(她生了三个儿子，活下来两个)需要做的一切家务事外，她还要担当起牧师太太的一切"社会工作"。

除了8本"安妮系列"之外，莫德还写了自传性很强的"埃米莉"三部曲。当然，还有其他长篇小说、短篇小说集和诗歌、自传之类的作品。莫德是1942年4月24日去世的。丈夫和两个儿子把她的遗体送回到卡文迪许小小的公墓，她的墓碑与如今已成为"蒙格玛丽博物馆"的"绿山墙房子"遥遥相望。

此后便是我去"绿山墙的房子"朝圣的日子了。

"绿山墙的房子"不算大，呈曲尺形，两层，每层也就有四五个房间。我们听完讲解员的话便拾级而上，到楼上去看"小安妮的卧室"。房间里沿墙放着一张硬板床，旁边是一只茶几。

莫德就葬在西边不远的地方。小说里写到的"情人巷""闪光的湖"和"闹鬼的林子"也都在附近。每年都有数以千计的游客慕名而来，其中不少是来验证自己读小说时所留下的印象的。

第二天，我冒着蒙蒙细雨，步行了几英里去看爱德华王子岛大学。校园的气氛有点像旧时上海的沪江大学或圣约翰大学。我在楼里楼外漫步了近1小时，几乎没有见到一个人，似乎是苍天有意安排，让我可以独自与莫德的幽灵相处，细细体味一个未踏进社会的女学生的多彩幻想与美丽憧憬。

我在岛上住了3夜之后按原定日程经由哈利法克斯飞往多伦多。我唯一感到遗憾的是未能看到音乐剧《绿山墙的安妮》，它要到7月才开始上演。

目录

回到安维利 ………………………… *001*

故地重游 …………………………… *009*

回到壁炉山庄 ……………………… *018*

玛丽·玛利亚姑妈 ………………… *024*

愤怒的杰姆 ………………………… *031*

杰姆不见了 ………………………… *037*

沃尔特就要离开家了 ……………… *045*

沃尔特在帕克家 …………………… *051*

沃尔特的黑夜历险 ………………… *061*

温馨的家 …………………………… *066*

老友来访 …………………………… *072*

诉苦与醒悟 ………………………… *081*

壁炉山庄的圣诞节 ………………… *090*

生日宴会 …………………………… *096*

安妮的计划 ………………………… *108*

按计划行事 ………………………… *116*

出人意料 …………………………… *123*

001.

小狗吉普 *134*

生日礼物 *140*

杰姆备受打击 *148*

米切尔太太 *153*

讣闻 *161*

宠物 *167*

小狗布鲁诺 *176*

楠与上帝的"交易" *183*

履行承诺 *191*

炉边闲聊 *199*

珍妮·佩尼 *212*

安全回家 *228*

朵薇的秘密 *236*

真相大白 *246*

缝棉被聚会 *256*

尘封的往事 *277*

里拉送蛋糕到教堂 *288*

楠的奇思妙想 *300*

幻想破灭 *307*

黛结交了新朋友 *316*

重蹈覆辙 *323*

疑虑顿生 *330*

故人相见 *336*

幸福的一家人 *348*

回到安维利

"今晚的月光多么皎洁呀!"安妮·布里兹自言自语道。她穿过莱特家的花园,来到戴安娜·莱特门前。微风吹动着略带咸味的空气,樱桃树上小小的花瓣随风飘落。

她停下脚步,仔细打量着眼前的山丘和森林,这是一片让她魂牵梦萦的土地,她过去深爱着它,至今仍然深爱着它。亲爱的安维利!她虽然在圣玛丽溪谷村已经安家多年,但是在这里,有许多东西是溪谷村永远都不会有的。这里的每个角落都闪烁着她往日的身影……她曾经徜徉其间的田野欢迎她的归来……昔日永不消退的甜美生活像回声般萦绕在她身旁……所见到的每一处景物都蕴涵着美好的回忆。随处可见的花园里,多年前种植的玫瑰花,如今依然芬芳吐艳。安妮总是欣欣然地回到安维利,回到绿山墙,尽管这次回来是为了一件悲伤的事情——她和吉尔伯特回来参加吉尔伯特父亲的葬礼。安妮留在这里已经有一个星期了。玛莉拉和林德太太不愿意让她这么快就走。

她过去住过的东山墙房间一直为她保留着。那天晚上安妮回到绿山墙,走进这间屋子,惊喜地发现一大束春天里的花朵装饰着房间。那是林德太太特意为她准备的。当安妮把脸深埋进鲜花丛时，她仿佛一下拥抱了昔日醉人心扉的芳香。过去的那个安妮又回来了，她的心中涌起一阵喜悦。绿山墙的房间热情地张开双臂，将她拥入怀中。她深情地看着自己以前睡的那张床，上面铺着林德太太缝制的苹果叶花纹被子，林德太太还给洁白的枕头钩织了一圈深色的花边，玛莉拉编织的毯子铺在地板上。镜子里映照出来的是很久以前那个小孤女的脸，那时候前额并不好看，她记得第一晚睡在这里时哭了很久。这一刻，安妮完全忘记了她已经是有五个孩子的快乐母亲——而苏珊·贝克在壁炉山庄又开始神神秘秘地编织婴儿鞋子，为安妮的下一个孩子作准备。恍惚间，她变成了绿山墙的安妮。

当林德太太拿着干净的毛巾走进来时，她发现安妮梦幻般地看着镜子。

"你回家来真是太好了，安妮。就是那么回事。虽然你离开这里已经九年了，可我和玛莉拉似乎仍然不适应没有你的生活。虽说现在戴维结婚了，家里不再显得那么冷清——米莉确实是个可人儿——你看看她做的那些馅饼！不过她就像只花栗鼠，对什么事情都很好奇。我总是说，没有人能像你一样可爱，我以后还会这么说。"

"唉，但是这镜子是不会撒谎的，林德太太。它坦白地告诉我：'你已经不像过去那样年轻了。'"安妮做了个鬼脸。

"你的皮肤保养得很好，"林德太太安慰说，"当然，你根本不用担心肤色会有什么变化。"

"不管怎样，我现在还没有长出双下巴。"安妮高兴地说，"我的旧房间还记得我，林德太太，我真高兴——如果我回来发现它已经把我忘掉了，我会很伤心的。而且能再次看到月亮从

'闹鬼的树林子'上升起来,那会让我激动万分。"

"它看起来好像是一大块黄金挂在天空,对吧?"林德太太说。她觉得自己这番话像是误入"浪漫"的歧途,幸好玛莉拉没在这里听到她的话。

"看看天幕下那些尖尖的冷杉树——还有低洼处的白桦,它们好像正向银色的天空伸出臂膀。我刚来这里的时候它们还是小树苗,如今已经长成大树了——这让我觉得自己有点儿老了。"

"树就像孩子一样,"林德太太说,"你稍不留神,它们就疯长。你瞧弗雷德·莱特,他才十三岁,差不多和他父亲一样高了。晚餐有很多热鸡肉馅饼,我还给你做了些柠檬饼干。你在这张床上睡个踏实觉吧,我今天把被子拿出去晒过了,而玛莉拉不知道我已经晒过,她把被子又抱出去晒了一遍——而米莉不知道我们晒过,她又晒了第三次。我希望玛丽·玛利亚·布里兹明天会离开这里——她总是热衷于参加葬礼。"

"吉尔伯特总是叫她玛丽·玛利亚姑妈,她是他父亲的堂妹。她总是叫我'安妮伊',"安妮打了个哆嗦,"而且我们结婚后,她第一次见到我就说,'吉尔伯特选上你,真是让人搞不懂。他有那么多好姑娘可供选择。'也许这就是我一直不喜欢她的原因。我知道吉尔伯特也不喜欢她,不过他太顾惜家族的面子,嘴上不肯承认这一点。"

"吉尔伯特会在这里多待一段时间吗?"

"不行,他明天傍晚就得赶回去。那边还有个病人,情况不大妙。"

"哦,是啊,我想自从他母亲去年去世后,现在安维利也没什么值得他留恋的了。而老布里兹先生自从太太去世后,就一直萎靡不振，好像失去了生活的意义。布里兹家的人就是这个样子——太看重尘世间的感情了。现在他们家族在安维利一个人都没有了，想想真叫人难过。他们是不错的老血统。不过……现在斯劳尼家倒是人丁兴旺。斯劳尼家的人永远都是斯劳尼。安妮，到了世界末日都还是斯劳尼。阿门。"

"他们想有多少斯劳尼就有多少吧，那不关我的事。我打算晚餐后乘着月光到老果园里走走。虽然我一直觉得在有月光的晚上睡觉实在是一种浪费，但是我想我最后还是会上床睡觉的。我明天要一大早起床，捕捉第一缕晨曦偷偷地从闹鬼的树林子上升起来的情景。那时的天空会变成珊瑚色，知更鸟会昂首阔步地走来走去，也许会有一只灰色的麻雀光顾窗台，而且还能看到紫金色的三色堇……"

"但是兔子把所有的六月百合都啃光了。"林德太太难过地说着，步履蹒跚地下楼去了。她一下子感到如释重负，暗自庆幸不必再和安妮谈论关于月亮的话题了。安妮一点儿也没改变，说话还是莫名其妙，看来林德太太再也别指望她将来会有所改变了。

戴安娜走下山坡，遇到了安妮。即使是在月光下，还是可以看到戴安娜仍旧是头发乌黑、脸颊红润、眼睛明亮。但是月光也不能掩藏她的缺点，她的身材这些年来日渐发福——安维利的人从来不会用"消瘦"来形容戴安娜的。

"别担心，亲爱的，我不会待很久的……"安妮见戴安娜急着要出门，宽慰她说。

"我才不会担心呢，"戴安娜责怪说，"你知道我更愿意和你共度今晚，而不是去参加宴会。我觉得还没和你好好聊聊，你后天就要回去了。但是弗雷德弟弟的婚礼,你知道……我们必须得去。"

"你当然得参加。我刚才四处转了转,戴安娜,我去了一些我们以前常去的老地方——经过了仙女泉,穿过了闹鬼的树林子,路过你老家花园的树荫,沿着杨柳池走走。我甚至停住脚步,像我们过去那样,看了看水中柳树的倒影。那些柳树都长那么高了。"

"所有的东西都在变化,"戴安娜叹了口气,"看看我家的小弗雷德!我们都变了很多——只有你除外。你永远都没有变化,安妮。你的身材怎么一直这么苗条呢?瞧瞧我!"

"你当然有点儿已婚妇女的样子了,"安妮笑道,"但是你的体态还不显臃肿,戴安娜。至于我没什么变化……嗯,彼得·冬尼尔太太的观点和你一样。在葬礼上她告诉我,说我看起来一点儿都没变老。但是哈蒙·安德鲁斯太太并不这么看,她说:'天啊,安妮,你怎么沦落成这个模样了!'所以这全取决于说话者的眼睛——或者说是心灵。只有当我看到杂志上那些美女俊男的照片时,我才会觉得自己确实有点儿老了。那些男女主角在我看来确实太年轻了。但千万别介意,戴安娜,我们明天再去当一回女孩吧。我今天特意来告诉你这件事的。明天下午到晚上我们去放松一下,去拜访我们往日的老地方——每一处都要去。我们将走过春天的田野,穿过蕨草丰茂的古老森林。我们将会看到我们深爱的熟悉景物,到小山丘上去,再次找回我们的青春。在春天没有什么是不可能的,你知道。我们要暂时抛开为人父母的感觉和责任,去纵情享受欢乐,就像林德太太说的那样,在她内心深处,她一直以为我跟过去一样还没长大呢。老是当个担负责任的成年人真的很无趣，戴安娜。"

"哎呀，听起来可真像你的风格！我是挺想去的。但是……"

"没有什么'但是'。我知道你正在想，'谁给那些男人准备晚餐呢？'"

"不完全是这样。安妮·凯迪莉娅做饭的水平跟我一样好，虽然她只有十一岁，"戴安娜无比骄傲地说，"我还是挺喜欢给家人做饭的。我本来要去妇女援助会的，但是我决定不去了。我要和你一起走走，明天将是梦想成真的一天。你知道吗，安妮？我很多夜晚都呆坐着，想象自己又变成了一个小女孩。我会带上我们的晚餐……"

"那么我们就在海斯特·格莱的花园里用餐吧——我想海斯特·格莱的花园应该还在吧？"

"我想大概在吧，"戴安娜迟疑地说，"自从结婚后，我就再也没有去过那里了。安妮·凯迪莉娅喜欢到处探险——不过我总是告诫她不要跑得太远了。她最爱在森林里游荡。有一天她在花园里自言自语，我为此责备她，她说她没有和自己说话——她在和花儿的精灵说话。你还记得在她九岁生日时你送给她的粉红色玫瑰花蕾的玩具小茶具吧？到现在一个也没有摔坏——她可爱惜啦。她只有在招待'三个绿人'时才会使用那套茶具。我始终没弄清楚'三个绿人'到底是什么东西。我常常在想，安妮，她并不像我，倒很像你。"

"也许是名字对她产生了很大影响，而不是文学的熏陶。别责备安妮·凯迪莉娅的想象力，戴安娜。有些孩子一直没能在幻想王国中度过童年，我总是为这样的孩子感到难过。"

"奥利维亚·斯劳尼现在是我们这里的老师,"戴安娜犹豫着说,"她也是个文科学士,你知道的。她来这儿教书有一年了,是为了离她母亲近一些。她说孩子们应该直面现实。"

"你难道准备采纳斯劳尼家的观点吗,戴安娜·莱特?"

"不……不……不!我一点儿也不喜欢她。她就像他们家族的人一样,有一双圆鼓鼓的蓝眼睛。而且我并不介意安妮·凯迪莉娅的想象力,它们非常美丽——就像往日的你一样。我想等她长大以后,有大量的'现实'够她直面的。"

"那好,我们就这么说定了。明天下午两点钟到绿山墙来,我们一起喝点玛莉拉的红葡萄酒——尽管牧师和林德太太极力反对,但她偶尔会做一点儿的——就让我们体会一下真正的邪恶吧。"

"你还记得那次你把我灌醉的事情吗?"戴安娜咯咯地笑起来,对于安妮所说的"邪恶",她满不在乎。大家都知道安妮经常说反话,这就是她的风格。

"明天我们将拥有一个真正让人刻骨铭心的日子,戴安娜。我不能再耽误你了——弗雷德已经驾着车过来了。你的裙子真漂亮。"

"为了这次婚礼弗雷德特意让我做了一条新的。自从我们盖了新谷仓后,我觉得我们就没有多余的钱做衣服了。但是他说,他可不希望他的妻子比别人穿得差。那不正像个男人吗?"

"噢,你这语气听起来真像我们溪谷村的艾略特太太,"安妮一本正经地说,"你要小心这种趋势。你愿意生活在一个没有男人的世界里吗?"

"那真是太可怕了,"戴安娜承认说,"好的,好的,弗雷德，我就来。哦，好吧！那我们明天见，安妮。"

在回家的路上，安妮在仙女泉驻足片刻。她特别钟爱这条小溪。她童年时所有笑声的碎片都保留在这里，只要用心聆听，她还能听到那些朗朗的笑声。那些往日的梦想，她还能从清澈的溪水中映照出来；从前的誓言，过去的悄悄话，小溪都将它们一一收藏起来，再温柔地倾诉出来。在闹鬼的树林子里，有那么多值得一听的美妙音乐，但除了睿智的老云杉树外，就没有别的听众了。

故地重游

"多么可爱的一天啊——好像是专门为我们准备的,"戴安娜说,"不过恐怕好景不长——明天将会下雨的。"

"没关系。我们要好好享受今日的美好,哪怕明日阳光不再;我们今日要好好享受彼此的友谊,哪怕明日就要别离。看看那些金绿色的连绵山丘——还有那云蒸霞蔚的蓝色溪谷,它们都是我们的。戴安娜——我才不在乎最远那座小山属于阿博纳·斯劳尼的——今天它就是我们的!西风吹来了——每当西风吹起的时候,我总会产生一种冒险的情怀。我们今天的漫步注定是完美无瑕的。"

她们果真做到了这一点。昔日所有那些可爱的老地方,她们一一故地重游:情人之路、闹鬼的树林子、悠闲的旷野、紫罗兰山谷、白桦路、阳光水湖。那些地方都发生了变化。就在悠闲的旷野里,她们曾经在那里有一个玩具屋,而现在那儿树木葱茏;白桦路由于人迹罕至,现在长满了茂盛的野草;阳光水湖已经完全消失,只留下一片长满苔藓的潮湿洼地。不过紫罗兰山谷仍然遍地开满了紫罗兰,而在森林深处,吉尔伯特以前发现的那棵小苹果树,现在已经长成了一棵大树,上面挂满了深红色的小花蕾。

她们都没有戴帽子。安妮的头发仍然像充满光泽的桃红木，在阳光的照射下闪着亮光，而戴安娜的头发仍然是亮丽柔顺的黑色。有时候她们会心地交换一下默契的眼神，那短短一瞥中饱含着热情和友谊。有时候她们会默默地走着——安妮一直相信，像她和戴安娜这样的知心朋友是心有灵犀的。有时候她们交流几句，使用的都是"你还记得……吗？"这种句式。"你还记得在保守路上掉进科普家鸭棚的事吗？"——"你还记得我们跳到约瑟芬姑妈身上去的事吗？"——"你还记得我们的故事俱乐部吗？"——"你还记得摩根夫人来访时你的鼻子被染得通红的事吗？"——"你还记得我们透过窗户用烛光互相打信号的事吗？"——"你还记得拉文达小姐的婚礼和夏洛塔四号的蓝色大蝴蝶结吗？"——"你还记得乡村促进会吗？"她们似乎都能听到昔日的笑声从岁月的长河中回响起来。

安维利乡村促进会看起来已经"作古"了。自从安妮结婚后，乡村促进会就开始走下坡路了。

"他们就是没办法维持下去，安妮。如今安维利的年轻人可不像我们那时候的了。"

"不要说得好像'我们那时候'已经过去了似的，戴安娜。我们现在才十五岁呢，我们是灵魂的知音。空气只是不太明亮……不，它就是很明亮。我觉得我就快长出一对飞翔的翅膀了。"

"我也有这种感觉，"戴安娜说，她已经忘记了今天早上她的体重已经超过了七十公斤，"我常常觉得，如果我能变成一只鸟该多好啊，哪怕只有片刻也行。在天上飞翔一定很美妙。"

她们周围处处都是美景。五颜六色的神秘光线在森林的黑暗领地上闪耀着迷人的光影。春日的阳光洒落在嫩绿的叶子上。

快乐的歌声四处响起。那儿还有一处小小的洼地，走在其中，让人恍若置身于一个盛满金色阳光的池塘中。在每一个转角处，她们都能感受到春天清新的气息扑面而来——蕨草的清香、冷杉的香脂、新翻泥土的香气。小径的两边挂满了野樱桃花。一片绿草如茵的老田地里，遍生着初生的云杉树苗，看起来就像是许多小精灵蹲坐在草丛中。小溪的河床很窄，溪水不能奔腾跳跃，只能潺潺流过。冷杉树下长满了星星花，小小的蕨草卷曲着叶片。还有一棵白桦树，不知为什么，被破坏者剥去了几处白色的树皮，露出了树皮下面多彩的树干。安妮目不转睛地盯着树干，让戴安娜疑惑不已，她不明白安妮在看什么。其实，安妮正在欣赏白桦树皮的色彩排列，它的表皮是最纯洁的乳白色，中间是强烈的金黄色，往里颜色越来越深，最里层显出最浓烈的褐色。这好像在说，所有的白桦树都像是少女的情怀，外表冰凉，但内心温暖而多彩。

"远古的地火，在它们内心燃烧。"安妮低语道。

最后，在穿越了一个长满野菌的小树林溪谷后，她们找到了海斯特·格莱的花园。这里并没有多大变化，香甜可爱的花朵争奇斗艳。仍然有许多六月百合，戴安娜把它们叫作"水仙"。那一排樱桃树日渐衰老，但是仍旧开满了雪白的花。仍然可以找到花园中央的玫瑰小路，老沟垄上密布着白色的草莓花、蓝色的紫罗兰和绿色的嫩蕨草。她们找到一个角落，背后的一棵紫丁树像在猛挥着紫色的旗帜，为她们遮住了低悬的太阳，她们在长满苔藓的石头上坐下，吃着晚餐。两人都饿坏了，美美地享用着自己的好厨艺。

"在户外吃东西好像格外香甜！"戴安娜心满意足地赞叹

说,"你的那个巧克力蛋糕,安妮……太好吃了,我无法用语言来形容,我一定要把食谱弄到手。弗雷德会爱死它的。他吃什么都不会长胖,而我却总得天天警告自己不能再吃蛋糕了——因为我一年比一年胖。我真害怕自己会像莎拉姑婆一样——她实在太胖了,每次坐着想要起身,都不得不让人拉她起来。但是我一见到蛋糕就……而且昨天晚上在宴会……嗯,如果我不吃,他们可能会非常生气。"

"你昨天晚上过得开心吧?"

"哦,是的,还不错。但是我被弗雷德的堂妹亨丽厄塔缠上了——她兴高采烈地讲述着她动手术的事,讲她动手术时的感受,如果不动手术她的盲肠就要破裂之类的。'我缝了十五针呢,哦,戴安娜,真是痛死我啦!'嗯,她似乎很享受这个过程,我听得头都大了。也许是她遭受了这么大的罪,所以现在要好好享受一下谈论它的乐趣。吉姆太好笑了——我不知道如果玛丽·艾丽丝在旁边是否会高兴……嗯,再给我一小块吧——反正都是胖,再胖一点儿也无所谓——我想一小块是没多大关系的。吉姆说,就在结婚前的那个晚上,他心里很害怕,差点坐火车逃走了。他说,如果所有的新郎都敢实话实说,他们都会有同样的感受。你觉得吉尔伯特和弗雷德是不是也有这样的感受呢,安妮?"

"我敢肯定他们没有。"

"我问过弗雷德了,他也是像你这么说的。他说他唯一害怕的是,怕我像罗丝·斯宾塞那样在最后一刻改变主意。你永远都无法真正弄懂男人的心思。嗯,现在没必要为这事烦恼了。我们今天下午过得多么愉快啊!我们似乎又拥有了往日的那些欢乐。我真希望你明天不要回去,安妮。"

"今年夏天你能不能到壁炉山庄来玩,戴安娜?在这之前……嗯,在这之前我不想有人来拜访。"

"我很愿意,但夏天我很难走得开。家里总有很多事情要做。"

"雷贝卡·迪尤终于说了要来看我,我太高兴了——不过我担心玛丽·玛利亚姑妈也要来。她已经向吉尔伯特暗示过很多次了。吉尔伯特比我更不想让她来——但是她毕竟是一个'亲戚',家里的大门必须永远向她敞开。"

"也许我冬天可以过去。我会很高兴再次去拜访壁炉山庄。你有一栋可爱的房子,安妮——还有一个可爱的家。"

"壁炉山庄确实很不错——我现在真的很爱它。我曾经以为我永远都不会爱上它的。当我们刚搬到那里的时候,我特别憎恨它——因为它有太多的优点,所以我才憎恨它。我觉得那些优点是对我可爱的梦中小屋的侮辱。我还记得当我们离开梦中小屋的时候,我哀怨地对吉尔伯特说,'我们在这里是多么幸福,再也不会有什么地方比得上这儿了。'很长一段时间里,我都陷入了对小屋的无尽思念中。然后……我突然发现我对壁炉山庄的感情在慢慢生根发芽。我试图抵制这种情感——我真的这么做过——但是最终我不得不缴械投降,承认我爱上它了。而且我对它的爱逐年递增。它不是一幢过于古老的房子——太古老的房子让人悲伤;它也不是太过年轻——太年轻的房子显得浅薄。它显现出来的是一种恰到好处的成熟。我深爱着它的每一个房间。每个房间既有缺点又有优点——这让每个房间都与众不同,显示出独特的个性。我爱着草坪上每一棵漂亮的大树。我不知道是谁种下它们的,但是每次我上楼时都会在楼梯的转角处停留一会儿——你知道在转角处有扇古雅的窗户,窗台又宽又深,正好可以坐人——我坐在那儿望着窗外,并且祈祷说,'上帝保佑种下这些树的人,不管他是谁。'我们房子周围的树真是太多了,但是我们一棵也没砍过。"

"跟弗雷德完全一样。他特别喜欢房子南边的大柳树。它挡住了客厅窗户的视线,虽然我跟他说过很多遍,但他却只是说,'就因为它挡住了一点儿视线,难道你就把这棵可爱的大树砍掉?'所以那棵柳树现在都还在那儿——它确实很可爱,所以我们才把我们的房子叫作独柳农庄。我喜欢壁炉山庄这个名字,听起来多么美好,多么温馨。"

"吉尔伯特也是这么说的。为了给房子取一个名字,我们花了很长时间都迟迟决定不下来。我们尝试过几个名字,都跟它不大相称。但是当我们一想到壁炉山庄时,马上就觉得非它莫属了。我很高兴我们有一幢又大、又漂亮、房间又多的房子——我们家庭就需要这样的房子。孩子们也很喜欢它,连最小的孩子也不例外。"

"他们都是非常可爱的孩子,"戴安娜又悄悄地为自己切下了"一小块"巧克力蛋糕,"我觉得我自己的孩子也很不错——但是比起你的孩子来说还真有些不一样——特别是你的双胞胎!真让我嫉妒你。我一直想生双胞胎。"

"噢,看来我这辈子是不能离开双胞胎的——我注定和双胞胎有缘。但是让我失望的是,我的那对双胞胎长得不像——一点儿也不像。虽然楠要漂亮些,她有着褐色的头发和眼睛,还有可爱的肤色,但黛才是她父亲的最爱,因为她有灰绿色的眼睛和红色的头发——红色的鬈发。雪莱是苏珊眼中的心肝宝贝——生下他后,我病了很长时间,一直都是苏珊在照顾他,我相信她把雪莱当成她自己的孩子了。她把雪莱叫'褐色小男孩',把他宠得上天了。"

"不过他还小,你还能晚上悄悄去看看他踢被子没有,并帮他掖好。"戴安娜羡慕地说,"你知道,杰克九岁了,他现在不喜欢我给他盖被子了。他说他已经长大了。可是我很喜欢这样做!哦,我真希望孩子们不要长这么快。"

"我的孩子都还没到那个年龄。不过我注意到,自从杰姆开始上学后,每当我们从村子里经过时,他就不愿意再挽着我的手了。"安妮叹了口气,"但是他、沃尔特和雪莱都还喜欢让我给他们掖被子。沃尔特有时简直把它当成一种仪式了。"

"而且,你现在也还不用担心他们将来要成为什么样子。现在,杰克狂热地想着长大了要当兵——当兵!亏他想得出来!"

"我担心这个。等孩子脑袋里冒出另外的念头,他就会很快忘掉原来的想法。再说战争都是很久远的事情了。杰姆想象他将来要当个水手——就像吉姆船长那样,而沃尔特总想成为一名诗人。他跟别的孩子不一样。不过他们都喜欢树,都喜欢在一个叫'空谷'的地方玩耍,那就是壁炉山庄下面的一个小山谷,有些蜿蜒曲折的小路和一条淙淙小溪。那是一个很平常的地方——对别人来说就仅仅是个'空谷',而对他们来说却是仙境。他们都有各自的缺点,但这帮小家伙都不赖——而且值得庆幸的是,他们都深爱着周围的一切。噢,想到明天晚上这个时候我就回到壁炉山庄了,我真的很开心啊。我可以在我的小宝贝们睡觉前讲故事,当着苏珊的面,称赞她的蒲包草和蕨草非常温顺。苏珊有种植蕨草的天赋,没有人能种得像她那么好。我能真心诚意地称赞她的蕨草——但是对于蒲包草,戴安娜,我看它们根本就不像花!但是我从来没把这话告诉过苏珊,那会伤害她的感情的。我总是能把这话说得恰到好处。上帝对一切从来都很仁慈,包括苏珊和她的草。苏珊真是我们的宝贝——我很难想象没有她我该怎么办。我还记得我曾经把她叫'外人'。是的,想起要回家了真让我开心,但是要离开绿山墙又让我难过。安维利这儿真是太好了——和玛莉拉在一起——还有你。我们的友谊总是这么美好,戴安娜。"

"是的,而且我们总是——我是说——我永远不能像你那样说得很动听,安妮——但是我们确实遵守了我们当年'庄严的誓约和承诺',不是吗?"

"一直是这样——而且永远会这样。"

安妮紧紧握着戴安娜的手。她们静默地坐在一起,此时无声胜有声,一切的话语都显得多余。傍晚时分长长的影子悄然在草地和花朵上移动着,并一直延伸到远处牧场的草地上。太阳下山了,淡粉色天空的颜色逐渐加深,最后暗淡下来。树木一动不动,似乎都陷入了沉思冥想。春日的暮色光临了人迹罕至的海斯特·格莱的花园。知更鸟的叫声如美妙的长笛,在夜空中时不时响起。在白色的樱桃树上空,出现了一颗明亮的星星。

"夜晚的第一颗星星总是一个奇迹。"安妮梦呓般地说。

"我可以永远地坐在这里,"戴安娜说,"我真是极不情愿离开。"

"我也是……可是我们只是假装十五岁。我们心里一直牵挂着我们的家庭。那些紫丁花多香啊!你有没有这种想法,戴安娜,在紫丁花的香气中……有一种……不那么贞洁的意味?吉尔伯特对这种想法大加嘲讽,他很喜欢紫丁花——但是我总觉得它们似乎隐藏着一些太过甜腻的秘密。"

"它们放在房间里香味太浓了,我一直都这么认为。"戴安娜说。她拿起盘子,上面还剩了一些巧克力蛋糕——她目光贪婪地看着蛋糕,然后摇摇头,毅然把盘子放回篮子里,脸上呈现出战胜自己后的高贵神情。

"戴安娜,如果现在我们回家,在情人之路上遇见往日的我们迎面跑来,这会不会很有趣?"

戴安娜打了个冷战。

"不——不,我可不觉得有趣,安妮。我还没注意到天色已经这么暗了。在白天胡思乱想倒没什么关系,但是……"

她们一起安静而愉快地踏上回家的路。落日在她们身后的小山上燃烧着,她们情深似海的情谊也在她们胸中熊熊燃烧。

回到壁炉山庄

第二天早晨,安妮给马修的坟墓带去了一束花,就此结束了一星期的快乐日子,下午坐上了从卡莫迪回家的火车。好一阵子,她脑海里回想的都是往日里那些美好事物,然后她的思绪又飞到即将到来的可爱事物上。她的心在一路欢歌,因为她就要回家了,回到那幢洋溢着快乐的房子里——无论是谁跨过了门槛,都知道它不仅仅是一幢房子,而是一个家。房子里有着欢笑、银器、照片和孩子。孩子们有着一头鬈发、滚圆的膝盖,宛若一块块珍宝。每个房间都在欢迎她的归来——椅子在耐心地等待着她,衣橱里的衣服在期盼着她。在那幢房子里经常举行小小的周年纪念庆祝活动,也时常低语着小小的秘密。

"喜欢回家,这是一个很不错的感觉。"安妮心想。她从钱包里掏出一封信,那是她的儿子杰姆写来的,昨晚她捧腹大笑了一场,并骄傲地念给绿山墙的人们听。这是她从孩子们那里收到的第一封信。虽然杰姆的有些拼写还不怎么准确,在信纸的一角还有一大团墨水污迹,但是对于一个才读了一年书的七岁孩子来说,这封信写得真的不错。

黛哭了，哭了一个晚上，因为汤米·德鲁对她说，他要把她的玩具烧了，烤成牛排。苏珊晚上会给我们讲好听的古（故）事（，）但她不是你，妈咪。昨晚她让我帮她串（穿）朱（珠）子。

"离开了他们，我怎么还能开心地过上一个星期呢？"壁炉山庄的女主人有些自责。

"旅程结束时居然还有人来接我，真是太高兴啦！"当安妮从圣玛丽溪谷村走下火车，投进早已等候在此的吉尔伯特的怀中，她高兴地感叹道。她从来都不期望吉尔伯特会来车站迎接她，因为总是有人生病、出现意外，或生命濒临危险，作为一名医生，必须及时赶赴现场。但是如果他不来接她，她就有一种似乎没有回家的感觉。而且吉尔伯特还穿了一身崭新的漂亮的亮灰色套装！安妮暗自庆幸："我幸好穿上了这件有褶边的宽束腰上衣和褐色套裙，虽然林德太太认为我穿着这样的衣服坐火车真是疯了。如果我没有这样穿，就不能漂漂亮亮地出现在吉尔伯特面前了。"

壁炉山庄灯火通明，门廊上还挂着艳丽的日本灯笼。安妮兴奋地沿着小路跑回去，小路两旁的黄水仙夹道欢迎她。

"壁炉山庄，我回来啦！"她喊道。

孩子们全都围了上来，欢笑着，尖叫着，打闹着。苏珊·贝克微笑着站在院子里。每个孩子都为她精心准备了一束花，甚至连两岁的雪莱也不例外。

"噢，这真是个热烈的欢迎仪式啊！壁炉山庄的每样东西看起来都非常快乐。我的家人见到我回来是如此喜出望外，真是太棒了。"

"如果你再次离家出走,妈咪,"杰姆严肃地说,"我就要去得盲从炎(盲肠炎)了。"

"你怎么才能得呢?"沃尔特问道。

"嘘——"杰姆用手肘悄悄推了推沃尔特,低声说,"就是什么地方很痛,我知道的。不过我只是想吓唬妈咪,免得她又离家出走了。"

安妮想做的事情有成百上千件——拥抱每个人;跑进暮色中去采摘一些三色堇,壁炉山庄到处都是这种花;把地毯上的旧布娃娃捡起来;听听各种有趣的闲话和新闻,每个人都说了不少。当医生出诊不在家的时候,楠不知怎么把一个凡士林软管盖子塞进鼻子里,差点儿把苏珊吓死了。"我向你保证我真的愁死了,亲爱的医生太太。"——贾德·帕莫的奶牛吃下了五十七根铁钉,不得不从夏洛特敦请来一个兽医——芬娜·道格拉斯心不在焉,竟然没戴帽子就到教堂去了——爸爸把草坪上的蒲公英都挖出来了——"至于接生的婴儿,亲爱的医生太太,你不在家这段时间医生接生了八个。"——汤姆·弗拉格先生把他的小胡子给染了——"而他的老婆死了才两年。"——港口上头的罗丝·麦克斯威尔抛弃了上溪谷村的吉姆·哈德森,吉姆·哈德森给她寄了张账单,把追求她的所有花销都一一罗列出来——阿玛莎·沃伦太太的葬礼办得风风光光——卡特·弗拉格的猫的尾巴完全被咬掉了——雪莱不知怎么跑到马棚去,正好站在马肚子下面——"亲爱的医生太太,要是你再不回来,我会受不了了。"——蓝莓树可能得了黑节病,真让人伤心——黛整天都用《我们那些快乐岁月》的调子唱着"妈咪今天要回家,今天要回家,今天要回家"。——乔伊·瑞斯家有只猫是斗鸡眼,猫生下来眼睛就是睁着的——杰姆还没有穿上裤子,就一屁股坐到了捕蝇纸上——小虾米掉进了水桶的温水里。

"它差点就被淹死了,亲爱的医生太太,就在千钧一发的时候,幸好医生听到了它的嚎叫声,抓着它的后腿把它拖了出来。""千钧一发是个什么东西,妈咪?"一个小家伙插嘴问。

"小虾米现在看起来已经没事了。"安妮说,她伸手抚摸着这只小猫。它毛皮顺滑,有着黑白相间的弯曲花纹,长着宽下巴,正躺在壁炉前的椅子上,心满意足地发出咕噜声。在壁炉山庄,要坐到椅子上,一定要先确定有没有猫躺在上面,否则冒冒失失坐上去,一定非常危险。苏珊本来不喜欢猫,可为了免遭猫儿的侵扰,也不得不学着去喜欢它们。至于小虾米,它是楠一年前从村子里的一群男孩子手中救下来的,这样可使它免遭更多的严刑拷打,那时它还是一只骨瘦如柴的可怜小猫。它的名字,是吉尔伯特给它取的,当时真是只名副其实的"小虾米",不过它现在已经和这个名字极不相称了。

"但是……苏珊!戈狗和迈戈狗怎么了?噢——该不是被打破了吧?"

"没有,没有,亲爱的医生太太。"苏珊大叫起来,脸羞愧得一下子变得通红,然后冲出了房间。很快她就拿着两只瓷狗回来了,这两只狗总是占据着壁炉山庄壁炉边的重要位置。"我该在你回家前把它们放回原位置的,可是我怎么把这事给忘了呢?亲爱的医生太太,你走后第二天,夏洛特敦的查莱斯·德太太就来我们家拜访。你知道,她是一个中规中矩心细若发的人。沃尔特认为他应该好好招待客人,于是他开始和德太太聊天,他指着这对狗向她介绍说，'其中一个是上帝，另一个是我的上帝。①'上帝宽恕这无辜的孩子吧。我当时吓坏了——我不敢看德太太的脸，我想她脸色一定很难看。我竭尽全力向她拼命解释，因为我可不想让她误以为我们是一个异教徒家庭。不过我决定先把这对瓷狗放进壁橱里，免得让人看到，直到等你回来。"

"妈咪，我们很快就能吃晚餐了吗？"杰姆可怜兮兮地说，"我的胃都在咬我了。而且，妈咪，我们已经准备好了每个人都喜欢的菜！"

"'我们'？这真像跳蚤对大象说的话，'我们已经准备好了一切'，"苏珊咧着嘴笑道，"我们觉得应该庆祝一下你的归来，亲爱的医生太太。沃尔特到哪里去了？这个星期轮到他摇餐铃了，哎呀，他可真忘事。"

晚餐准备得如节日般丰盛。晚餐后，把所有的小家伙一一送上床，这是一件特别令人开心的事。苏珊甚至允许由安妮送雪莱去睡觉，可见今天这个日子非同一般啊。

"今天可不是个普通的日子啊，亲爱的医生太太。"苏珊郑重其事地说。

"哦，苏珊，没有哪一天是寻常日子。每一天都非同寻常，你不觉得吗？"

"说得太对了，亲爱的医生太太，就连上星期五都是这样。那天下了一整天雨，无聊透顶，但是我那三年没开花的粉色大天竺葵居然长出了花苞。你看到那些蒲包草没有，亲爱的医生太太？"

"当然看到啦！我这辈子还从来没有见过这样的蒲包草呢，

---

① 一只瓷狗戈狗（Gog）和上帝（God）的发音接近，另一只瓷狗迈戈狗（Magog）和"我的上帝"（My God）发音接近。

苏珊，你是怎么种出来的？"安妮嘴上这么说着，心里却暗自叫苦不迭，"唉，我既要哄苏珊开心，又不想说谎。我的确从来没有见过这样的蒲包草——谢天谢地！"

"那是我精心照料的结果，亲爱的医生太太。有件事我想我应该告诉你，我觉得沃尔特好像不大对劲，肯定是村里那些孩子对他说了些什么。如今的许多孩子对不该知道的事情知道得太多了。前几天沃尔特若有所思地对我说：'苏珊，孩子是不是很值钱？'我惊讶得差点儿说不出话来，亲爱的医生太太。但是我保持了冷静，我说，'有些人认为孩子是奢侈品，但在壁炉山庄，我们认为孩子是必需品。'我经常大声抱怨，村子里的商店东西贵得可耻，我认为自己做得不对。我担心这些话影响了孩子们。如果他要对你说什么，亲爱的医生太太，你得提前做好心理准备。"

"我认为你处理得很漂亮，苏珊，"安妮认真地说，"我觉得是该让孩子们懂事的时候了。"

安妮站在窗边，眺望着窗外的景象。薄雾从海面上渐渐升起，笼罩着月光下的沙丘和港口，席卷进圣玛丽溪谷村所在的狭长山谷中，壁炉山庄将这一片景致尽收眼底。这时，吉尔伯特向她走来，这是她这一天最幸福的时刻。

"工作一结束，就匆匆赶回家，想尽快看到你！你过得快乐吗，安妮姑娘？"

"当然快乐喽！"安妮弯下腰，闻闻杰姆放在她梳妆台上的苹果花，感觉自己被爱的潮水包围着，"亲爱的吉尔伯特，回到绿山墙，重新当了一个星期绿山墙的安妮很快乐，但是回家来当壁炉山庄的安妮更是快乐上百倍。"

玛丽·玛利亚姑妈

"绝对不行。"布里兹医生说。

杰姆清楚爸爸那种语调意味着什么,也知道别指望爸爸改变主意,而妈妈也不会帮自己说话的。在这件事情上,爸爸和妈妈是一个鼻孔出气。杰姆既生气又失望,淡褐色的眼眸都变成深黑色了。他瞪着冷酷无情的父母,可他们却无动于衷,继续吃着晚餐,好像什么事情都没有发生,这真让他感到恼火。当然,玛丽·玛利亚姑妈注意到了杰姆的怒目而视——没有什么事情能够逃过玛丽·玛利亚姑妈带着哀怨的淡蓝色眼睛——不过她只是觉得这很好笑。孩子们本来该叫她姑婆的,可他们学着父母的喊法,也一起喊她姑妈。

贝迪·莎士比亚·德鲁整个下午都在和杰姆玩耍,而沃尔特则跑到梦中小屋去,和福德家的肯尼斯和帕西丝玩了。贝迪·莎士比亚告诉杰姆说,村里所有的男孩子今天傍晚都要去港口嘴看比尔·泰勒船长给他的表弟乔伊·德鲁手臂上文一条蛇。贝迪·莎士比亚当然要去,杰姆也想去看看,那一定很好玩。于是,杰姆一听就激动地说他也要去,可现在,他却被爸爸一口回绝了。

"不让你去的理由很多，"爸爸说，"要和那些男孩子去港口嘴，对你来说路程太远了。他们很晚才会回来，而你八点钟就该上床睡觉的，儿子。"

"当我还是小孩子的时候，每天晚上七点钟就睡觉了。"玛丽·玛利亚姑妈说。

"你还太小，杰姆，等你长大些了，才能在晚上去这么远的地方。"妈妈说。

"你上个星期就说过我长大了，"杰姆愤愤不平地说，"我现在已经长大了，你们还把我当小孩子！贝迪可以去，我跟他一样大，也可以去。"

"最近这里流行麻疹，"玛丽·玛利亚姑妈阴沉着脸说，"你会得麻疹的，詹姆斯。"

杰姆最讨厌有人叫他詹姆斯，可玛丽·玛利亚姑妈总是这样叫。

"我就是想得麻疹。"他抗议道。可当他看到爸爸的眼神，就不再说下去了。爸爸绝不允许有人和玛丽·玛利亚姑妈"顶嘴"。杰姆最讨厌玛丽·玛利亚姑妈，戴安娜阿姨和玛莉拉姨婆都很迁就他。像玛丽·玛利亚姑妈这种顽固不化的人，杰姆还从来没有遇见过，对他来说是个全新的考验。

"好吧，"他挑衅地说，然后把脸转向妈妈，这样就没有人认定他是在和玛丽·玛利亚姑妈说话了，"如果你不爱我，你就可以不让我去。如果我去非洲打老虎，你该不会阻拦我吧？"

"非洲没有老虎，亲爱的。"妈妈温柔地说。

"那就打狮子！"杰姆大喊道。他们断定他会出错的，不是吗？他们就是等着要嘲笑他，不是吗？他要证明给他们看！"你不会说非洲也没有狮子吧？非洲有几百万只狮子。非洲到处都是狮子！"

妈妈和爸爸只是微微一笑，这让玛丽·玛利亚姑妈很不满意。他们不应该如此纵容孩子的坏脾气。

"好了，"苏珊左右为难，一方面她对小杰姆又爱又怜，另一方面她相信医生和医生太太的决定是正确的，不该让他跟着村里那帮孩子去港口嘴，看那个臭名远扬、总是醉醺醺的老比尔·泰勒船长，"吃点儿姜饼和奶油甜饼吧，亲爱的杰姆。"

姜饼和奶油甜饼是杰姆最喜欢的甜点，但是今晚这些甜点也无法抚慰他那焦躁不安的灵魂。

"我一点儿也不想吃！"他气呼呼地说。然后站起来从餐桌边跑开，跑到门口转过身来，扔下最后的挑战书。

"不管怎样，九点钟前我绝不是睡觉。等我长大后，我永远都不会睡觉。我要熬个通宵达旦，每天晚上都不睡——而且全身都要刺文身。我要当个最坏的坏人。你们等着瞧吧！"

"应该用'绝不会'，而不是'绝不是'，这样更准确，亲爱的。"妈妈说。

难道他们一点儿感觉都没有吗？

"我想没有人想听听我的意见，安妮伊。但是，要是我小时候胆敢这样跟父母说话，我早就被鞭打得死去活来了，"玛丽·玛利亚姑妈说，"我很遗憾现在许多家庭都没有桦树鞭了。"

"这不该怪小杰姆，"苏珊见医生和医生太太都不打算说点什么，她就挺身而出，如果玛丽·玛利亚·布里兹想对这个问题穷追不舍，她苏珊应该说明事情的原委，"都是贝迪·莎士比亚·德鲁撺掇他的，鼓吹去看乔伊·德鲁的文身多么有趣。那个孩子一下午都在这儿,还偷偷溜进厨房来,把我最好的铝炖锅拿去当钢盔,他说他们在玩士兵打仗。然后他们又拿了木瓦当小船,跑到空谷的小溪里玩水,弄得浑身都湿透了。后来他们都在院子里单脚跳来跳去,跳了整整一个小时,发出刺耳的怪叫声,他们假装自己是青蛙。青蛙!难怪小杰姆这么累,表现得这么不正常。他平时可是一个表现出色的孩子。你会明白这一点的。"

玛丽·玛利亚姑妈很是恼怒,但她一言不发。她从来不在吃饭的时间和苏珊·贝克说话,以此来表达她对苏珊的反感——苏珊居然被允许和"家里人"同桌吃饭。

早在玛丽·玛利亚姑妈来之前,安妮和苏珊就讨论过这件事。苏珊是个老实本分的人,每当有客人来壁炉山庄,她都从来不会,也从来不肯和家人一起坐到餐桌旁吃饭。

"但是玛丽·玛利亚姑妈并不是客人,"安妮说,"她只是一个家人——你也是,苏珊。"

最后苏珊做出了让步,不过内心也暗自得意,玛丽·玛利亚·布里兹会明白她可不是普通的女佣。苏珊并没有见过玛丽·玛利亚,但是她听说过一些有关玛丽·玛利亚的事。苏珊的一个侄女,就是她妹妹玛蒂尔达的女儿格拉蒂斯,曾经在夏洛特敦玛丽·玛利亚·布里兹家干过活,她把玛丽·玛利亚的情况都告诉了苏珊。

"玛丽·玛利亚姑妈想来拜访壁炉山庄,苏珊,我不想说'我很高兴'之类的客套话。苏珊,你要当心一些,尤其是这个时候,"安妮坦诚地说,"她已经写信问过吉尔伯特,她能否来这里住几个星期。你知道医生对这类事情是不会拒绝的……"

"医生这样做是对的,"苏珊忠实地说,"作为男人,他只能站在自己家族的一边。但说住几个星期……嗯，亲爱的医生太太，我不想说丧气话——但是我妹妹玛蒂尔达的小姑子，开始也是说到她家住几个星期，结果一住就是二十年。"

"我想我们不需要担心那种事，苏珊，"安妮微笑着说，"玛丽·玛利亚姑妈在夏洛特敦有很漂亮的房子。她可能是觉得那房子太大，住着太孤单了。你知道，她的母亲两年前去世了——活了八十五岁，玛丽·玛利亚姑妈对她母亲非常好，所以特别思念她。我们尽量让她在这里过得愉快吧，苏珊。"

"我会尽力做好的，亲爱的医生太太。当然，餐桌坐不下了，我们首先得给餐桌加块木板，毕竟，俗话说，'把桌子加长要比弄短好'。"

"我们千万别在桌子上摆鲜花，苏珊，因为我听说那会让她哮喘发作的。而且也最好别用胡椒，那会让她打喷嚏的。还有，她头疼经常发作，所以家里不能太吵闹了。"

"老天啊！好吧，我发现你和医生从来都不吵闹，如果我想大喊，我就会去枫树林那边发泄出来。但是就只因为玛丽·玛利亚·布里兹的头疼，我们可怜的孩子们就得一直保持安静……我觉得这太过分了——你得原谅我这么说，亲爱的医生太太。"

"也就几个星期的时间，苏珊。"

"但愿如此吧。噢，好吧，亲爱的医生太太，我们就当是'瘦肉中夹杂了一点儿肥肉'，世上的事情本就不尽如人意。"苏珊最后说。

玛丽·玛利亚姑妈如期而至。她抵达后的第一件事情，就是询问烟囱最近是否清扫过。很显然她特别害怕火灾。"我总是说，你们这幢房子的烟囱不够高。另外，我希望我床上的被子都晾晒得很干爽,安妮伊。我很不能忍受那种潮湿的亚麻被子。"

她住进了壁炉山庄的客房,并顺便视察了房子的所有房间——苏珊的房间除外。没有人兴高采烈地欢迎她的到来。杰姆看了她一眼后,就溜到厨房来悄悄问苏珊:"她住在这里的时候我们可以笑吗,苏珊?"沃尔特一看到她,就吓得眼泪在眼眶里打转,很不体面地逃离了房间。双胞胎没等待她来视察,就一致开溜了。甚至连小虾米也被苏珊赶进后院给关了起来。只有雪莱坚守"阵地",稳坐在苏珊的膝盖上,安全地待在苏珊的臂弯里,用他那双褐色的圆眼睛毫无畏惧地盯着客人。玛丽·玛利亚姑妈觉得壁炉山庄的孩子非常没有礼貌。但是这帮小孩的母亲是个"为报纸写些东西"的人,而父亲"觉得自己的小孩都很完美",还有个像苏珊这种不知天高地厚的女佣,那她还能期望孩子们怎么样呢?但是只要她玛丽·玛利亚·布里兹还在壁炉山庄,为了她可怜的堂兄约翰,她就会尽她最大的力量对他的孙子们予以管教。

"你的餐前祷告太短了,吉尔伯特,"在壁炉山庄的第一餐,她就十分不满地说,"那么,我住在这里的时候,你们愿意让我来带领你们做餐前祷告吗?这可以给你们家庭树立一个好榜样。"

让苏珊大为震惊的是,吉尔伯特答应了,于是玛丽·玛利亚姑妈就做了餐前祷告。"与其说是餐前祷告,还不如说是一场布道呢。"苏珊对着她的餐盘抽了抽鼻子。苏珊不由得回想起了侄女曾经对玛丽·玛利亚·布里兹的描述——"她总是一副像是闻到了怪味的样子,苏珊姨妈——不是让人不愉快的味道,就是怪味。"苏珊觉得侄女格拉蒂斯的描述很形象很到位。不过,如果旁人不带着苏珊的这种偏见来看玛丽·玛利亚·布里兹,她作为一位五十五岁的女士，客观地讲，长得并不难看。她自认为自己有着"贵族气质"，她的灰色鬈发总是光滑柔顺，那简直是对苏珊那芒刺般灰色发髻的无情嘲讽。她穿着非常得体，耳上戴着黑玉长耳环，时髦的高骨网状领围着她瘦削的脖颈。

"至少，我们不用为她的外表感到羞愧，这是她唯一的优点。"苏珊心想。如果玛丽·玛利亚姑妈知道苏珊在暗自对她品头论足，她一定会暴跳如雷。

愤怒的杰姆

安妮正在修剪花瓶中的六月百合,准备用来装饰自己的房间。苏珊种植的芍药,将摆放到书房里吉尔伯特的书桌上。芍药花有着乳白色的花瓣,鲜红的花蕊,就像是上帝亲吻过一般。眼下是六月了,白天异常炎热,到了傍晚,天气开始变得凉爽了一些。晚霞依旧耀眼,没有谁能分辨出港口的颜色是银白色还是金黄色的。

"今天傍晚的落日非常漂亮,苏珊。"安妮经过厨房时,望着窗外说。

"在我盘子没有洗完之前,亲爱的医生太太,我可不觉得落日很漂亮。"苏珊反驳道。

"等你洗完后就看不到落日了,苏珊。瞧空谷上空,有一块巨大高耸的白色云朵,云端上还有一抹玫瑰色。你难道不想飞上天空,陶醉在美景中吗?"

苏珊想象着自己手拿抹布,飞过山谷上空,飞翔在云端,这对她来说一点儿也没有吸引力。不过她得考虑到医生太太这时的感受。

"又有害虫在啃咬玫瑰花丛了,"安妮继续说,"我明天一定要喷药。我真想现在就把这事做了——在如此美好的傍晚，我很喜欢在花园工作。今晚万物都在生长，我真希望天堂里也有花园。苏珊——我是说，我们可以在花园里工作，帮助万物生长。"

"天堂的花园里肯定没有害虫。"苏珊又反驳说。

"没——有，我想应该没有吧。但是完美无缺的花园就没有什么乐趣了，苏珊。你必须亲自在花园里动手才行，否则花园就失去意义了。我想自己动手除草、松土、移植、修枝、改变布局、制订计划。我希望天堂里有我喜欢的花朵，我很喜欢自己的三色堇，而不是天堂的常春藤，苏珊。"

"你既然想在晚上动手，那为什么不开始呢？"苏珊插嘴道，她觉得医生太太真的有点儿莫名其妙。

"因为医生想让我跟他出去一趟。他要去看望可怜的老约翰·派克斯顿太太。她快要死了——医生已经尽力了，但也无法让她好转。不过医生去看望她，她会很高兴的。"

"哦，是的，亲爱的医生太太，我们都清楚，这儿的人不管是出生还是死亡都离不开医生。今晚很适合驾车外出。等我把双胞胎和雪莱送去睡觉后，就给'阿隆·瓦德太太'施肥，它应该开花了，可是到现在都还没开。然后我要去村里走一趟，买些食品放进储藏室里。布里兹小姐刚刚上楼去了。她每爬一步楼梯，就抱怨一声她的头疼要发作了，所以今天晚上这里必须保持绝对的安静。"

"盯着杰姆按时上床睡觉，好吗，苏珊？"安妮出门前叮嘱道，夜晚就像芳香四溢的美酒，安妮虽然很想品尝，但却放不下家里，"杰姆今天真的累坏了，但他自己还不承认。他从来都不肯主动上床。沃尔特今晚就不回家了,莱丝丽给我打过电话,说他今晚就留宿她那边。"

杰姆坐在侧门的台阶上,光着脚,跷着二郎腿,皱着眉头,做出一副恶狠狠的样子,愤怒地看着周围的一切,尤其是对溪谷村教堂塔尖上那个巨大的月亮看不顺眼。杰姆非常讨厌这么大的月亮。

"别扭曲你的脸,当心给扭变形了。"玛丽·玛利亚姑妈经过他身旁,进屋时警告他说。

杰姆使劲皱着眉毛,显出更凶神恶煞的样子。他才不在乎他的脸会变形了,他甚至巴不得它变形呢。当爸爸和妈妈驾车走后,楠来到他身边想找他玩,他冲着楠喊道:"走开些,别老是跟着我。"

"臭脾气!"楠说。不过在她跑开前,她还是把她狮子形状的红色糖果放在杰姆身旁的台阶上,那是她专门给杰姆带来的。

杰姆看都不看一眼。他觉得从来没有这样屈辱过。他不像以前那样受重视了,每个人都来欺负他。今天早上楠竟然对他说:"我们都是在壁炉山庄出生的,只有你不是。"而上午黛还把他的巧克力兔子给吃掉了,她明明知道那是他的兔子。甚至沃尔特也抛弃了他,和肯尼斯和帕西丝到沙滩上挖井去了。那该多好玩啊!而且他多么渴望今晚能和贝迪一起去看文身啊。杰姆觉得自己这辈子从来没有如此强烈地渴望着做一件事情。他还想看看贝迪所说的那艘模型船,贝迪说它超级漂亮,装备完整,总是放在比尔船长家的壁炉架上。他竟然不能去,这真是奇耻大辱!

苏珊给他拿来一大块蛋糕,上面撒满了霜糖和果仁。但是杰姆顽固地说:"我不吃,谢谢。"苏珊为什么不给他留些姜饼和奶油甜饼呢？也许他们都吃光了。他陷入了深深的忧郁之中。他想起那群去港口嘴的人，他们也许现在已经出发了。一想到这里，他心里就更加愤慨。他应该做点儿什么，向人们讨回公道。要不把黛的玩具长颈鹿割开，把填充在里面的锯末倒在客厅的地毯上？那会让老苏珊气得发疯的——谁叫她拿果仁来？她明明知道杰姆最恨放在霜糖里的果仁了。要不到苏珊的房间去，给她挂历上的小天使画上胡子？他最讨厌一直咧着嘴笑的、粉嘟嘟的、胖胖的小天使，看起来就像是希丝·弗拉格。她在学校到处跟人说，杰姆·布里兹是她的情郎。她！希丝·弗拉格！苏珊竟然觉得那个小天使很可爱，哼！

要不把楠的布娃娃剪成光头！要不把戈狗或迈戈狗的鼻子敲破……或者两个都敲破？也许那就会让妈妈明白，自己再也不是个小孩子了。明年春天她等着瞧！自从他四岁起，一年又一年、一年又一年地给她摘五月花，但是明年春天他就不会再干这事了。没门儿！

要不去苹果树上，摘那种没熟的青色小苹果来吃，一直吃到肚子疼？那也许会吓坏他们的。要不从此以后他再也不洗耳朵后面了？要不这个礼拜天在教堂里对每个人做鬼脸？要不他在玛丽·玛利亚姑妈身上放一只毛毛虫———只大大的、长斑纹的、有很多毛的毛毛虫？要不明天早上跑到港口去，藏在大卫·瑞斯船长的船上，然后驶出港口，到南美洲去？那样的话他们会难过吗？要不他再也不回来了？要不去巴西打美洲虎？那样的话他们会难过吗？不，他打赌他们不会的。没有人爱他。他裤子的口袋里有个破洞，也没有人帮他缝补。算了，他才不在乎呢。他最好把这个破洞给村里的每个人看看，让大家都知道他是多么被人瞧不起。他的委屈全都涌上心头,把他给吞没了。

滴答——滴答——滴答……门厅里爷爷的那座老钟响起来,爷爷去世后,这座钟就带到了壁炉山庄。那是一座很精良的老钟,就像时间一样古老。平时杰姆很喜欢它——但现在他十分讨厌它。它好像在嘲笑他:"哈,哈,睡觉的时间到啦。别人都到港口嘴去了,而你却要上床了。哈,哈……哈,哈……哈,哈!"

他为什么每天晚上都必须要上床睡觉呢?是啊,这是为什么?

苏珊走出来,她要去村子里一趟。她温柔地看着这个小叛逆者。

"你可以不用这么早去睡觉,小杰姆,等到我回来再睡也不迟。"她宽容地说。

"我今天晚上不会睡觉的!"杰姆凶巴巴地说,"我要离家出走,这就是我要做的,老苏珊·贝克。我要跳进池塘里,老苏珊·贝克。"

苏珊不喜欢别人说她老,即使是小杰姆也不例外。她冷冰冰地一言不发,大步流星地走了。"这孩子确实需要受点惩戒了。"她心想。跟着苏珊出门的小虾米想和杰姆亲热一下,于是蹲坐在杰姆面前,可遭遇的竟是杰姆的横眉怒目。"滚开!你坐在那儿对我瞪眼,简直就像玛丽·玛利亚姑妈一样!走开!嘿,你走不走,走不走!那就给你这个!"

杰姆顺手把身边雪莱的独轮小锡推车扔过去,小虾米哀叫一声,仓皇逃到蔷薇篱笆后面躲起来。瞧瞧吧!甚至连家里养的猫都讨厌他!他活着还有什么意义?

他捡起狮子糖果。楠已经把狮子尾巴和大部分后臀都吃了,但它仍然还是只狮子。最好把它吃了。这也许是他吃的最后一只狮子了。当杰姆吃完狮子，舔吮手指的时候，他已经下定决心要做什么了。当他被逼得走投无路的时候，那就别怪他不客气了。

杰姆不见了

"怎么回事？家里的灯都亮着？"晚上十一点，当安妮和吉尔伯特的马车停到门前的小路上时，安妮惊叫起来，"一定是来客人了。"

但是，当安妮冲进屋子后，却没看见什么客人到来。家里其他的人也都不见人影。厨房里的灯亮着——客厅里、书房、餐厅、苏珊的房间、二楼的走廊，所有的灯都亮着，但一个人影也没有。

"你觉得是怎么……"安妮刚准备发问，一阵电话铃声打断了她。吉尔伯特去接电话，刚刚才听了几句，就突然惊恐地叫起来，然后也顾不上看安妮一眼，就冲出门去。很显然，发生了什么可怕的事情，情况太紧急了，吉尔伯特都来不及向安妮解释。

安妮对此习以为常——医生是侍奉别人生死的人，作为他的妻子，她不得不经常面对这种情况。安妮冷静地耸耸肩，然后摘下帽子，脱下外套。她对苏珊有点儿生气，要出门去也不能灯火通明、房门大开呀。

"亲爱的……医生……太太。"一个声音响起来，不可能是苏珊的声音——但确实就是她。

安妮瞪着苏珊。苏珊怎么这副模样了——帽子也没戴，灰色的头发上沾满了干草屑，印花布裙子脏得变了颜色，实在是很不像样。瞧她的脸色！

"苏珊！出什么事了？苏珊！"

"小杰姆不见了。"

"不见了！"安妮惊呆了，"你说什么？他怎么可能不见了呢？"

"他真的不见了，"苏珊绞着手，喘着气说，"我去村里的时候，他还坐在侧门的台阶上。天黑前我回来时——他就不在那儿了。起初我还不惊慌。我找遍了所有的地方，都没有找着他。我把整幢房子的每个房间都搜过了。他说他要离家出走……"

"胡说！他不会那样做的，苏珊。你没必要这么大惊小怪。他一定就在附近的某个地方——他也许睡着了——他肯定就在附近。"

"我到处都找过了——每个地方。我把屋里屋外都翻遍了。瞧我的裙子——我记得他老是说，在干草堆上睡觉一定很好玩，于是我去那儿也找了，结果我从角落那个洞掉下去，摔进马棚的一个食槽里，又踩在一窝鸡蛋上了。幸好没有摔断腿……小杰姆都不见了，还有什么幸运的呢？"

安妮仍然努力保持镇定。

"你觉得他会不会后来跟着那帮孩子到港口去了，苏珊？虽然他以前从来都很听话，但是……"

"没有，他没有去，亲爱的医生太太。上帝保佑的小羊羔一直都很听话。我在家里找不到他，就冲到德鲁家去了，贝迪·莎士比亚刚刚回家。他说杰姆没有和他们在一起。我的胃阵阵绞痛。你如此信任我，把他托付给我，但是……我打电话到派克斯顿家找你们，他们说你们刚走，不知道去哪儿了。"

"我们驾车到罗布里奇去拜访帕克一家了……"

"你们可能去的每个地方，我都打了电话。然后我又回村子找了一遍——男人们都出来找杰姆了……"

"哦，苏珊，有这个必要吗？"

"亲爱的医生太太，我没有办法了，到处都找过了——孩子们可能去的每个地方都找遍了。哦，我晚上干吗要出门啊！他说他要跳进池塘里去……"

安妮尽管很冷静，但也不禁打起了寒战。杰姆当然不会跳进池塘的——那实在是太荒谬了……但是，那里停着一条破旧的平底船，那是卡特·弗拉格用来捕鳟鱼的，杰姆可能会去划那条船，因为杰姆今天傍晚就有些叛逆——而且他一直想去划船——他甚至可能在解开缆绳时跌进池塘里。一阵巨大的恐惧袭上她的心头。

"我现在根本不知道吉尔伯特到哪里去了，我该怎么办？"她觉得自己快疯了。

"有什么值得大惊小怪的？"玛丽·玛利亚姑妈突然出现在楼道上，她头上堆着发卷，就像是神像头顶的光环一样，身上穿的睡衣还绣着一条龙，她责问道，"在这幢房子里难道就不能睡一个安稳觉？"

"小杰姆不见了，"苏珊又开始讲述起来，她太紧张了，并没有在意布里兹小姐的语气，"他的母亲那么信任我……"

安妮独自去房子里搜寻。杰姆一定在家里的某个地方！他没有在他的房间里，床上还整整齐齐——他也不在双胞胎的房间里——也不在安妮的房间里——他……房子里哪儿也没有他的身影。安妮仔细地从阁楼找到地窖,又回到了客厅里。这场突如其来的恐慌让她手足无措。

"我并不是想让你紧张,安妮伊,"玛丽·玛利亚姑妈压低了声音,慢条斯理地说,"不过你去看了屋外接雨水的大桶了吗?去年城里的小杰克·麦克格雷格就淹死在接雨水的大桶里。"

"我——我看过了,"苏珊的手又绞在了一起,"我——我还用棍子——搅过了……"

安妮听了玛丽·玛利亚姑妈的话,心脏都差点儿停止跳动了,现在苏珊这么一说,心跳又才恢复了平静。苏珊强打起精神,不再绞着双手。她这才想起时间已经太晚,亲爱的医生太太不能再这样焦躁不安了。

"让我们冷静点,再振作点,"她说,声音里带着颤音,"就像你说的,亲爱的医生太太,他一定就在某个地方。他不可能凭空就消失掉。"

"你们查看过煤箱吗?还有那座钟呢?"玛丽·玛利亚姑妈问。

苏珊已经看过煤箱了,但没有人会想到大钟的。那座钟确实大得能藏下一个小男孩。安妮立刻就冲了过去,她哪里来得及细想一下,杰姆要在那里蹲四个小时是多么荒谬。显然,杰姆不在大钟里。

"今晚上床睡觉的时候,我就有着不好的预感,"玛丽·玛利亚姑妈说,把两只手压在太阳穴上,"晚上我读《圣经》的时候,就读到'一日里要发生何事,你尚不知晓',那句话仿佛全都应验了。那是一个神谕。你必须做最坏的打算,安妮伊。他也许游荡到沼泽地去了。可惜我们没有侦探犬。"

安妮使出全身的力气才挤出一丝笑容。

"恐怕整个岛上都没有沼泽地,姑妈。要是吉尔伯特的老长毛猎犬雷克斯还活着,它就会很快找到杰姆的,只可惜它被毒死了。我觉得事情并不严重,我们只是在自己吓唬自己……"

"卡莫迪的汤米·斯宾塞四十年前神秘失踪了,直到现在都没有找到……是吧?嗯,就算找到了,也只是一堆白骨而已。这可不是开玩笑,安妮伊。我真不知道你怎么还能这么平静。"

电话铃响了。安妮和苏珊面面相觑。

"我不能……我不能去接电话,苏珊。"安妮紧张地说着。

"我也不能。"苏珊无力地说。在以后的岁月里,她一想起自己在玛丽·玛利亚·布里兹面前表现得如此软弱,就懊悔不已。但是在当时,她根本无法控制自己。两个小时心惊胆战的搜寻和扭曲变形的想象已经把苏珊彻底击垮了。

玛丽·玛利亚姑妈昂然阔步走到电话前,拿下听筒。她满头发卷的侧影投在墙上,看起来就像是长着长角的黑影。苏珊虽然极度苦闷,但也忍不住想,她的影子真像是魔鬼现身。

"卡特·弗拉格说,他们到处都找遍了,但还是没有找到他,"玛丽·玛利亚姑妈冷静地报告说,"但是他说,那条平底船已经漂到池塘中央去了,他们已经确定船上没有人。他们打算在池塘拖网打捞。"

苏珊及时扶住了安妮。

"不——不——我不会晕倒,苏珊,"安妮嘴唇惨白,"把我扶到椅子上……谢谢。我们必须找到吉尔伯特……"

"如果詹姆斯淹死了,安妮伊,你就该提醒自己,他在这个不幸的世上所干下的那么多坏事都已经得到宽恕了,你这样想就会好受些。"玛丽·玛利亚姑妈顺便做了下一步的安慰工作。

"我要拿上灯笼,再好好找一遍,"安妮极力打起精神站起来说,"是的,我知道你找过了,苏珊——但是让我……让我再找找。我不能坐在这里眼睁睁地等着。"

"那你必须再穿一件毛衣,亲爱的医生太太。外面露水太重,空气很潮湿。我去把你那件红毛衣拿来,它就放在杰姆房间的椅子上。你在这里等一等,我这就去拿。"

苏珊跑上楼去。不一会儿,楼上响起了一声高亢的尖叫,在壁炉山庄久久回荡。安妮和玛丽·玛利亚姑妈冲上楼去,她们发现苏珊在走廊里又哭又笑,苏珊从来没有这样歇斯底里地发作过,而且今后也不会再这样发作了。

"亲爱的医生太太——他在那儿!小杰姆在那儿……就睡在门后的宽窗台上。我一直都没有看过那儿——因为门把窗台挡住了——我看他没在床上睡觉,就没有找房间的其他地方……"

一阵彻底的放松和巨大的喜悦涌上安妮的心头,她感到自己都快虚脱了。她艰难地走进房间,跪在窗台前。也许过上一会儿,她和苏珊会对自己的愚蠢大笑一场,但是现在,她的眼里噙着感激的泪水。小杰姆就睡在宽宽的窗台上,阿富汗毛毯盖在他身上,晒黑的手上还拿着破旧的泰迪熊,小虾米并没有记恨杰姆,它舒适地躺在他的腿上。他红色的鬈发从窗台垫子上垂下来。他似乎正在做一个甜蜜的美梦。安妮本来不想唤醒他,但他突然睁开眼睛看着安妮,淡褐色的眼眸如星星般闪亮。

"杰姆,亲爱的,你为什么不到床上去睡觉?我们……我们找不到你了,都吓了一大跳——我们都没想到你会在这儿……"

"我想躺在这儿,这样你和爸爸一到大门口,我就能看到你们。一个人到床上睡觉太孤单了。"

妈妈把他抱起来,放到了他自己的床上。妈妈的吻是多么甜蜜啊。她温柔地掖好被子,轻轻地拍打着他,他真切地感受到了妈妈那深切的爱。谁又会在乎去看那丑陋的蛇文身呢?妈妈多好啊——她是最好的妈妈。溪谷村的每个人都把贝迪·莎士比亚的妈妈叫"母夜叉",因为他知道,她脾气特别坏——他还亲眼见过,她总是为一点儿小事,狠狠抽打贝迪的耳光。

"妈咪,"他半睡半醒地说,"明年春天我一定还会给你摘五月花的——每个春天我都要摘。你要相信我。"

"我当然相信你,亲爱的。"妈妈说。

"好了,既然大家都不再烦躁了,我想我们该心平气和地回去睡觉了。"玛丽·玛利亚姑妈说。但是她的语调中带着很不耐烦的味道。

"我竟然忘了看看窗台,真是太傻了,"安妮说,"我们俩闹了个大笑话,医生一定会拿我们寻开心的。苏珊,打电话给弗拉格先生,说我们已经找到杰姆了。"

"医生肯定会取笑我的,"苏珊开心地说,"不过我才不在乎呢……只要小杰姆没事,他想怎么笑话我都无所谓。"

"我需要喝杯茶。"玛丽·玛利亚姑妈仍然不能安静地去睡觉,她悲哀地叹口气,将睡衣上绣的龙抚平整。

"我马上去准备,"苏珊精神十足地说,"我们都需要喝杯茶提神,亲爱的医生太太。当卡特·弗拉格听说小杰姆平安无事,他说,'感谢上帝。'我以后再也不会说这个男人的一句坏话了,不管他的东西卖得有多贵,我都不会抱怨了。你觉得我们明晚吃鸡肉好吗，亲爱的医生太太？就当是小小的庆祝。我要为小杰姆准备他最喜欢吃的松饼当早餐。"

电话又响起来——这次是吉尔伯特打来的，他说港口那边有一个婴儿高烧得厉害，要送到镇上的医院去，要明天早上才回来。

安妮在睡觉之前，俯在她的窗前，心怀感激地向世界道晚安。从海上吹来了凉爽的夜风。欢快的月光从空谷的树林上照射下来。安妮终于笑了，笑过后又打了个寒战，一小时前玛丽·玛利亚姑妈那些荒谬的言语让人想起仍然感到后怕。她的孩子平安无事了——而吉尔伯特正在某个地方奋力抢救着另一个孩子的生命……"亲爱的上帝，请帮助他和那个母亲——帮助天下所有的母亲。家里那些敏感、可爱的小小心灵，需要我们的指引、爱和理解，因此，我们需要上帝更多的帮助。"

夜色温柔地笼罩着壁炉山庄，庇护着每一个人安然入睡，包括苏珊在内——她今天吓得够呛，她或许更愿意爬进一个安静的洞里，然后把洞口堵起来，好好地睡上一个安稳觉。

沃尔特就要离开家了

"他会有很多的伙伴……他不会感到孤单的。我们家有四个孩子,而且我的侄子侄女从蒙特利尔也来我们家了。他会玩得乐不思蜀的。"

高大、丰满、开朗的帕克医生太太满脸笑容地看着沃尔特,而沃尔特也报以微笑,但却有点儿冷淡。虽然帕克太太总是开心地笑着,但是沃尔特并不十分确定自己是否喜欢她。不知怎么的,他感觉她笑得太过了。他很喜欢帕克医生。至于"我们家的四个孩子"和来自蒙特利尔的侄儿侄女,沃尔特一个也没见过。帕克医生住在罗布里奇,离溪谷村有十公里远。虽然帕克夫妇和布里兹夫妇经常往来,但沃尔特从来没有去过罗布里奇。帕克医生和爸爸是好朋友,但是沃尔特时常都感觉到,妈妈和帕克太太并不那么投机。沃尔特虽然才六岁,但是安妮清楚,他比别的孩子更具有洞察力。

而且,沃尔特也并不十分确定自己是否真的想去罗布里奇。去某些地方作拜访是非常开心的。如果现在能去安维利……啊,那真是太棒了!和肯尼斯·福德在梦中小屋过夜也很愉快——不过那不叫真正的拜访,因为对于壁炉山庄这帮小家伙来说,梦中小屋似乎就是他们的第二个家。而去罗布里奇住两个星期,待在一群陌生人中间,那是完全不一样的感受。但不管怎样,这好像已成定局。这其中一定有什么原因,沃尔特能感觉到,但并不明白究竟是为什么,不过爸爸和妈妈对这样的安排好像很满意。他们是不是想抛弃他们所有的孩子?沃尔特感到既难过又不安。杰姆已经走了,两天前被送到安维利去了。而且他还听见苏珊在神神秘秘说什么"等时候一到,就把双胞胎送到马歇尔·艾略特太太那儿去"这样的话。要等什么时候?玛丽·玛利亚姑妈看起来对什么事情都非常担心,大家都知道她"希望事情能够圆满结束"。她希望什么事情圆满结束?沃尔特一无所知。壁炉山庄弥漫着一种怪异的气氛。

"我明天就送他过去。"吉尔伯特说。

"孩子们期待着他的到来。"帕克太太说。

"你太好了,真的。"安妮说。

"这样做真是太好不过了,毫无疑问。"苏珊在厨房里对小虾米悄悄说。

"帕克太太真是个热心肠,愿意帮我们照顾沃尔特,安妮伊,"当帕克夫妇走后,玛丽·玛利亚姑妈说,"她告诉我说,她特别喜欢沃尔特。有些人的喜好多么奇怪啊,对吧?好了,也许从现在起,我至少两个星期就不用担心进浴室时会踩上死鱼了。"

"死鱼?姑妈!你该不会是说……"

"我说的千真万确,安妮伊。我从来不说假话。就是死鱼!你曾经光着脚踩到过死鱼吗?"

"没——有,但是这……"

"沃尔特昨天傍晚抓到了一条鳟鱼,把它放进浴缸里,以免它死了,亲爱的医生太太,"苏珊快活地说,"要是它乖乖地待在浴缸里就没事的,可不知为什么,它夜里跳了出来,就死掉了。当然,如果有人光着脚走来走去的……"

"我给自己立过一条规定,就是永远不要和任何人吵架。"玛丽·玛利亚姑妈说,起身离开了房间。

"我下定决心,不管她说什么我都不会生气的,亲爱的医生太太。"苏珊说。

"哦,苏珊,姑妈确实弄得我有点儿神经紧张……当然事情都过去了,也就不必太介意了。再说,踩在死鱼上的确很不好受……"

"死鱼不是比活鱼更好吗,妈咪?死鱼是不会乱动的。"黛说。

童言无忌,说得却很在理,让壁炉山庄的女主人和女佣都咯咯笑起来。

于是这件事就这样过去了。不过那天晚上,安妮担忧地对吉尔伯特说,不知道沃尔特在罗布里奇会不会很开心。

"他太过敏感,而且想象力很丰富。"她忧心忡忡地说。

"这样更好啊,"吉尔伯特借用苏珊的话来说,这天他接生了三个孩子,累得要命,"唉,安妮,我觉得这个孩子有些胆小,到了晚上连上楼都怕。让他在帕克家待上几天对他很有好处。等他回家时可能就大不一样了。"

安妮没再多说什么。毫无疑问,吉尔伯特是对的。没有了杰姆,沃尔特会倍加孤单,那更需要大人多加留心;而想想当时生雪莱的时候,家里真是乱得一团糟。送走沃尔特可以减轻苏珊的负担,因为她既要忙家里的家务,还得忍受玛丽·玛利亚姑妈,她本来说住两个星期，而现在已经住四个星期了。

沃尔特躺在床上，但根本睡不着觉，他想摆脱掉明天就要离开家的念头，可这个念头老是纠缠着他，于是他到幻想的王国去自由翱翔。沃尔特有着丰富的想象力。比如墙上有一幅白色骏马的画，他就可以把它活灵活现地想象出来，他会骑着马在时间和空间中尽情驰骋。夜幕正在降临……夜晚就像是一个长着蝙蝠翅膀的又高又黑的天使，他就住在南边山上安德鲁·泰勒家的森林里。有时候沃尔特会欢迎她的到来——而有时候他把这位天使想得太逼真了，甚至有些害怕她。沃尔特翱翔在自己的小天地中，对每件事物都赋予了独特的个性，并有着戏剧化的言行——风会在晚上给他讲故事，霜会损坏花园的花儿，露水会像珍珠般悄悄从叶子上滑落下去……如果他能爬上远方那座紫色的小山，他肯定可以抓住月亮。从海面升起的迷雾、变幻莫测而又亘古不变的海洋、黑暗而神秘的潮水，对于沃尔特来说，它们都富有生命和活力。壁炉山庄、空谷、枫树林、湿地和港口海岸，到处都充满了小精灵、水藻怪、树精、美人鱼和小怪兽。书房里那个从巴黎买的黑猫塑像就像是一个巫婆，到了晚上就会复活过来，变得无比巨大，在房子里逡巡觅食。沃尔特想到这儿，赶紧把头埋进被子里，吓得簌簌发抖。他总是被他自己丰富的想象吓得大惊失色。

也许玛丽·玛利亚姑妈对沃尔特的评价很正确，她说他是个"太过敏感的神经质"的孩子，不过苏珊对她的说法不屑一顾。人们都说住在上溪谷村的凯蒂·麦克格雷格婶婶开了"天眼"，也许是真的，她有一次仔细察看了沃尔特那双长睫毛的深灰色眼睛，说他"在年幼的身体里有一个苍老的灵魂"。也许就是因为有了那个苍老的灵魂，所以他年幼的大脑总是懂很多很多事。

早上妈妈告诉沃尔特,吃过晚餐爸爸就送他去罗布里奇。他什么也没有说。但是到了晚餐时候,他的心里涌起一阵说不出的情愫,眼眶里的泪水模糊了他的视线,他赶紧闭上眼睛,希望能把眼泪藏起来。但是眼泪还是不争气地掉下来了。

"你该不会哭吧,沃尔特?"玛丽·玛利亚姑妈说,她的语气听起来就像是六岁的小孩如果还要哭,那简直是一辈子都洗刷不掉的耻辱,"我真瞧不起爱哭的孩子。你怎么不吃肉?"

"都是肥肉,"沃尔特勇敢地眨了眨眼睛,眼泪顺着脸颊流下来,但他不敢抬起头来,"我不喜欢吃肥肉。"

"我还是个小孩的时候,"玛丽·玛利亚姑妈说,"从来都不允许挑肥拣瘦的。嗯,也许帕克医生太太会纠正你的一些想法。她娘家是温特家,我想——或者是克拉克家?不对,她一定是坎贝尔家的。温特家和坎贝尔家都是同样的风格,他们最不能容忍那些胡说八道的东西。"

"哦,玛丽·玛利亚姑妈,沃尔特就要去罗布里奇了,求你别把他吓着了。"安妮的眼睛里闪过有点儿恼怒的火花。

"对不起,安妮伊,"玛丽·玛利亚姑妈非常谦卑地说,"我当然应该牢牢记住,我没有任何权利管教你的孩子。"

"装模作样。"苏珊去厨房拿甜食——就是沃尔特最喜欢吃的女王布丁时,低声骂道。

安妮觉得非常内疚。吉尔伯特刚才瞥了她一眼,带着点责备的意味,好像在暗示,她应该耐心地对待一位孤独可怜的老妇人。

不过吉尔伯特自己也觉得有点儿不高兴。大家都知道,整整一个夏天他都忙得要命,玛丽·玛利亚姑妈的到来又给他添了不少乱子,尽管他嘴上没有说出来。安妮已经决定,到了秋天,如果一切顺利的话,她要打发吉尔伯特去新斯科舍休养一个月,不管他愿不愿意,都得去。

"这茶怎么样?"她有些愧疚地问玛丽·玛利亚姑妈。

玛丽·玛利亚抿抿嘴。

"太淡了。不过这无所谓。又有谁会在乎一个可怜的老女人的茶是否合口味呢?不管怎样,总有人会认为我是个好客人的。"

不管玛丽·玛利亚姑妈这两句话之间有什么联系,安妮都觉得无法承受。她的脸色变得惨白。

"我想我得上楼去躺一会儿,"她从桌边站起来,有些虚弱地说,"而且我想,吉尔伯特……也许你最好别在罗布里奇待太久了……还有,要记着给卡森小姐打个电话。"

她非常随意而匆忙地吻别沃尔特——好像她心里完全没有想着他。沃尔特忍住没有哭。玛丽·玛利亚姑妈亲了亲他的前额——沃尔特讨厌别人把他的前额亲得湿漉漉的。姑妈对他说:"到了罗布里奇要注意用餐礼仪,沃尔特。别吃得太多了。要是你不乖,黑巨人会带着一个黑色的大口袋,把淘气的孩子装进口袋里带走。"

那时候吉尔伯特正好出去了,他去给马儿灰汤姆套上马具,也许他没有听到这样的话。他和安妮始终秉持着相同的理念——从来不准许用这样的话去吓唬他们的孩子,当然,他们也不允许别人这么做。苏珊正在清理桌子,她听到了这样的话,气得咬牙切齿,恨不得给玛丽·玛利亚姑妈的头上扣上一个肉汤盆子。而玛丽·玛利亚姑妈却浑然不知。

沃尔特在帕克家

在平时，沃尔特很喜欢和爸爸驾车出游。他喜欢美景，而圣玛丽溪谷村沿途的风景非常美丽。就在前往罗布里奇的大道边，两排金凤花随风起舞，如飘飞的丝带。到处都是迷人的小树林，而茂盛的蕨草为树林镶上了一道绿边。但是今天，爸爸似乎不想多说什么，全神贯注地驱赶着灰汤姆，沃尔特从来没有见他这么驾过车。当他们到达罗布里奇，爸爸向站在路边的帕克太太匆匆说了几句，还没顾得上和沃尔特道别，就飞快地驾车回去了。沃尔特只得拼命忍住自己不哭出来。很明显，没有人爱他了。妈妈和爸爸曾经爱他，但是现在不再爱他了。

在沃尔特看来，帕克家那不太整洁的大房子好像不怎么友善。不过，也许在沃尔特那样的心情下，没有哪幢房子会让他觉得友好。帕克太太带着他来到后院，尖叫声、吵闹声、欢笑声持续不断，好像那里挤满了孩子。她把沃尔特介绍给那些孩子认识后，就回屋去缝衣服了，留下他们"自己培养感情"——这种方法百分之九十都是有效的。但她没想到小沃尔特·布里兹就是那"无效"的百分之十——这确实不能怪帕克太太，因为她不了解沃尔特。她喜欢沃尔特——而她的孩子也是开朗的好小孩。侄子弗雷德和侄女欧普尔虽然有点儿蒙特利尔的腔调,但是她深信他们心眼儿并不坏。一切都很顺利。她很高兴自己能帮助"可怜的安妮·布里兹"摆脱困境,尽管她只是帮安妮照顾了她的一个孩子,安妮的这些朋友对安妮身体的担忧甚至要胜过她本人,大家都忘不了雪莱出生时触目惊心的情形。

后院突然陷入寂静之中——这个院子紧挨着一个很大的、荫凉的苹果园。沃尔特站在那里,认真而又羞涩地看着帕克家的孩子们和来自蒙特利尔的约翰逊兄妹。比尔·帕克十岁,是个面色红润、圆脸庞的顽童,长得很像他的母亲,在沃尔特看来,他好像又老又胖。安迪·帕克九岁,罗布里奇的孩子们都知道,他就是"恶心帕克",所以给他取了个绰号叫"猪"。沃尔特看到他的第一眼就不喜欢他——他留着小平头,头发像猪鬃一样竖立着,淘气的脸上长满了雀斑,还有一对凸出来的蓝眼睛。弗雷德·约翰逊和比尔一样大,虽然他长得很好看,有着茶色的鬈发和黑色的眼睛,但沃尔特也不喜欢他。他九岁的妹妹欧普尔,也有着茶色的鬈发和黑眼睛——是咄咄逼人的黑眼睛。八岁大的科拉·帕克有着亚麻色的头发,她和欧普尔手挽着手,两人都神情高傲地打量着沃尔特。如果没有艾丽丝·帕克在那里,沃尔特完全可能转身逃跑。

艾丽丝七岁,有着一头最可爱的、如波浪般微微起伏的金色鬈发;有一双温柔的蓝眼睛,美丽得就像空谷的紫罗兰;有粉红色的脸蛋,还带着小小的酒窝。艾丽丝穿着一件镶着褶边的黄色裙子,使她看起来就像是随风起舞的金凤花,她笑吟吟地看着他,就好像很早就认识了他——艾丽丝是朋友。

弗雷德打破了沉默。

"喂，小子。"他神气活现地说。

沃尔特立刻感觉到了他的蔑视，他退缩到自己的防线内。

"我的名字叫沃尔特。"他高声说道。

弗雷德转向别的孩子，一副非常吃惊的样子——这小子居然不害怕。他要给这个乡巴佬点颜色看看！

"他说他的名字叫沃尔特。"他滑稽地撅着嘴告诉比尔。

"他说他的名字叫沃尔特。"比尔按照顺序告诉欧普尔。

"他说他的名字叫沃尔特。"欧普尔告诉开心的安迪。

"他说他的名字叫沃尔特。"安迪告诉科拉。

"他说他的名字叫沃尔特。"科拉对着艾丽丝咯咯笑道。

艾丽丝什么也没有说。她只是赞许地看着沃尔特，她的目光让沃尔特获得了力量，让他能在其他孩子的嘲笑中坚持下去。那些孩子齐声高唱"他说他的名字叫沃尔特"，然后爆发出嘲弄的笑声和一声声尖叫。

"那些可爱的小家伙玩得多开心啊！"帕克太太满心欢喜。

"我听我妈说，你相信有仙女。"安迪挑衅地斜视着他。

沃尔特不甘示弱地瞪着他。他不想在艾丽丝面前表现出胆怯。

"就是有仙女。"他坚持说。

"没有。"安迪说。

"有。"沃尔特说。

"他说有仙女。"安迪告诉弗雷德。

"他说有仙女。"弗雷德告诉比尔……他们又完整地重复了一遍刚才的表演。

"你想不想尝尝被掐得青一块紫一块的感觉？"安迪叫嚷

道，他判定沃尔特是个胆小鬼，欺负他一定很好玩。

"猪，闭嘴！"艾丽丝厉声呵斥道——虽然她的声音很文静、很甜美、很温柔，但是声调中却带着不容挑战的严厉，连安迪都有些畏惧。

"当然我只是说着玩的。"他尴尬地小声说。

沃尔特反倒还占了一点儿上风。他们没再为难沃尔特，而是一起在果园里非常开心地玩游戏。但在晚餐的时候，看着他们一家人打打闹闹，沃尔特又开始想家了。有一阵子他特别难受，真害怕自己会在他们面前哭出来——甚至有艾丽丝的关爱也无济于事。刚才就在餐桌旁坐下时，艾丽丝用手肘轻轻地碰了碰他的手臂，让他感到很温馨。可是他吃不下任何东西——无论怎样都吃不下去。帕克太太对此一点儿也不担心，根据她的经验，她确信到了明天早上他的胃口就会好起来的。而其他人都忙着吃饭和说话，根本没人注意到他。

沃尔特弄不懂为什么这家人说话都要大喊大叫，他其实有所不知，他们家原来有一位耳背但又很敏感的老祖母，所以大家都要大声说话。她前不久才去世，大家还没来得及改掉以前的习惯。沃尔特被吵得晕头转向。哦，家里现在一定也在吃晚餐了。妈妈会笑眯眯地坐在主座上，爸爸会和双胞胎开着玩笑，苏珊一定在给雪莱的牛奶杯里倒奶油，楠会悄悄地把好吃的东西给小虾米。甚至连玛丽·玛利亚姑妈也成了这个家庭的成员，闪耀着温柔慈祥的光辉。该由谁来摇晚餐铃呢？杰姆走后，这个星期本该由他来摇的。要是有个地方能痛痛快快地哭一场就好了！但在罗布里奇是找不到地方可以放声大哭的。再说了，这里还有艾丽丝，他更不能哭。沃尔特吞下了一整杯冰水，感觉心里好受了点。

"我们的猫会抽风。"安迪突然说,而他的脚从桌子底下踢沃尔特。

"我们家的猫也会。"沃尔特说。小虾米曾经抽过两次风,而且他绝不会让罗布里奇的猫比壁炉山庄的猫更厉害。

"我打赌我们的猫比你们的猫更会抽风。"安迪挑衅说。

"我打赌它不会。"沃尔特反驳说。

"好啦,好啦,别再为猫说得没完没了的,"帕克太太说,她想晚上能安静一会儿,准备为协会写一篇文章《被误解了的孩子》,"出去跑跑,玩一会儿吧。玩一会儿后就回来睡觉了。"

睡觉!沃尔特突然意识到,他必须整夜都得留在这里——是很多个夜晚——是两个星期的夜晚。太可怕了。他紧握着拳头,跑到果园去。他发现比尔和安迪在草地上生气地扭打成一团,拳打脚踢,又吼又叫。

"你敢给我有虫的苹果,比尔·帕克!"安迪咆哮道,"有虫的苹果!我要好好教训你!我要咬掉你的耳朵!"

这样的打闹在帕克家每天都会发生。帕克太太全然不把这当成一回事。她说,通过这种方式,可以把郁积在他们体内邪恶的东西发泄出来,然后便可以握手言欢。但是沃尔特从来没有见过别人打架,他吓坏了。

弗雷德在旁边起哄,欧普尔和科拉哈哈笑着,但艾丽丝泪水在眼眶里打转。艾丽丝这样难过,让沃尔特忍受不下去了。比尔和安迪暂时分开来,喘口气想再次开战,这时沃尔特冲到了两人中间。

"别打了,"他说,"你们吓着艾丽丝了。"

比尔和安迪目瞪口呆地盯着他,没想到这个小孩会来干涉他们打架,过了一会儿他们才反应过来,一起哄笑起来。比尔拍拍沃尔特的背。

"有胆量,小家伙,"他说,"等你长大了,会是个真正的男子汉。这个苹果给你——是没有虫的。"

艾丽丝擦干粉色脸颊上的眼泪,崇拜地看着沃尔特。这让弗雷德很不高兴。他,弗雷德·约翰逊,是从蒙特利尔大城市来的,艾丽丝怎么能崇拜他身边的乡巴佬男孩呢。他决不会善罢甘休。弗雷德刚才进了趟屋子,听到珍·帕克姨妈正在给迪克·帕克姨父打电话,一些通话内容传进他的耳朵。

"你妈妈病得很严重。"他告诉沃尔特。

"她……她没有!"沃尔特叫道。

"真的,我听见珍姨妈告诉迪克姨父了,"弗雷德本来听到她姨妈说的是"安妮·布里兹病了",他觉得加上"病得很严重"更刺激一些,"等你回家,她可能早就死了。"

沃尔特痛苦地环顾四周。艾丽丝再次站在了他这一边,而其他的人都站到了弗雷德那边去了——他们都觉得这个皮肤黝黑的帅气男孩身上有种异样的东西,让他们产生一种冲动,想去欺负沃尔特。

"要是她病了,"沃尔特说,"爸爸会治好她的。"

他会的……他肯定会的!

"恐怕他也治不好了。"弗雷德拉长脸说,但他却对安迪使了个眼色。

"我爸爸什么病都能治好的。"沃尔特坚持说,他要忠诚地维护爸爸的形象。

"怎么可能!医生不可能把所有人都救活的。去年夏天罗素·卡特去夏洛特敦才一天时间，等她回来时她母亲就死翘翘了，硬得像门上的钉子。"比尔说。

"而且都埋进土里了，"安迪说，他想增加一点儿额外的戏剧效果——也就顾不上是否符合事实了，"罗素气得发疯，因为她错过了葬礼……葬礼是多么好玩啊。"

"可我连一个葬礼都没有看到过。"欧普尔难过地说。

"嗯，你会有很多机会的，"安迪又把话题绕回来，"我爸爸医术那么好，都没法把卡特太太救活呢。我爸爸比沃尔特的爸爸厉害多了。"

"他没有……"

"他就是比你爸爸厉害，而且比你爸爸长得帅……"

"他没有……"

"只要你离开了家，家里总是会出什么事情的，"欧普尔说，"等你回家了，要是看到壁炉山庄全烧光了，你该怎么办呢？"

"要是你妈妈死了，你们这些孩子可能都要送人的，"科拉高兴地说，"也许你会被送到我们家来。"

"是……啊。"艾丽丝甜蜜地说。

"哦，他爸爸会留着他们的，"比尔说，"很快他就会再结婚的。但是，也许他爸爸也会死掉。我听爸爸说，布里兹医生工作太忙，他会累死的。瞧沃尔特的眼睛，瞪得圆溜溜的。你有一双女孩的眼睛，小子——女孩的眼睛，女孩的眼睛！"

"好啦，闭嘴！"欧普尔突然厌倦了这种游戏，也许是比尔的话触动了她，"你别再捉弄他了。他知道你只是跟他开玩笑。我们去公园看打棒球吧。沃尔特和艾丽丝就留在家里。我不想让这些小东西处处都跟着我们。"

沃尔特看着他们离开，心里一点儿也不难过。艾丽丝看起来也是这样。他们坐在一棵苹果树下，既害羞又满心欢喜地看着对方。

"我教你怎么玩丢石子的游戏，"艾丽丝说，"我还要把我的长毛绒袋鼠借给你玩。"

到了睡觉时间，沃尔特发现自己被单独安置在走廊边一间小卧室里。帕克太太很体贴地为他留下了一支蜡烛和一床厚厚的棉被，虽然现在是七月的晚上，但是在海边，夏夜有时也显得寒冷。现在冷得好像就要结霜似的。

不过沃尔特丝毫没有睡意，即使把艾丽丝的长毛绒袋鼠依偎在脸颊上也没有用。哦，要是他在家里自己的房间里，那该有多好啊。他的房间有一扇大窗户，正对着溪谷村，还有一扇小窗户，窗户上带着小小的窗檐，一眼望出去就可以看见苏格兰松。妈妈会走进房间，用她迷人的声音给他念诗……

"我是个大男孩了……我不会哭……我——不——会……"可眼泪却不争气地掉下来了。长毛绒袋鼠有什么好呢？都不及家里好。好像他离开家已经很多年了。

不一会儿，其他的孩子从公园里回来，兴高采烈地拥挤进沃尔特的房间，坐在床上吃着苹果。

"你哭过，宝贝，"安迪讥笑他，"你只是个甜蜜的小女孩。妈咪的乖宝宝！"

"来，吃一点儿，小家伙，"比尔递给他一个啃掉一半的苹果，"高兴点儿。我相信你妈妈一定会好起来的——只要她有'体质'就行。就是那样。爸爸说，斯蒂芬·弗拉格太太要是没有那个'体质'，她早就死掉了。你妈妈有那个吗？"

"她当然有。"沃尔特说。他并不清楚"体质"是个什么东西。但是如果斯蒂芬·弗拉格太太有,那么妈妈也一定有。

"埃布·索亚太太上星期死了,山姆·克拉克的妈妈上个星期也死了。"安迪说。

"她们都是晚上死的,"科拉说,"妈妈说大多数人都是晚上死的。我希望我将来不会这样。想想啊,穿着睡衣上天堂去,那可真滑稽!"

"孩子们!孩子们!回到你们的床上去。"帕克太太叫道。

男孩子们出去了,不过在出门前还不忘吓唬沃尔特,假装要用毛巾把他捂死。他们其实很喜欢这个小孩的。当欧普尔正要转身离开时,沃尔特抓住了她的手。

"欧普尔,我妈妈不是真的生病了,是吧?"他低声恳求道。他无法独自面对内心的恐惧。

正如帕克太太说的那样,欧普尔的心眼并不坏,只是她觉得讲坏消息很刺激,她无法抵挡这种诱惑。

"她确实生病了。珍姨妈这样说的……她还让我别告诉你。但是我想你应该知道这事。也许她得癌症了。"

"那每个人都会死吗,欧普尔?"沃尔特对这个想法既感到新奇,但又感到害怕,他以前从未想过死亡这件事,而今天他却听了不少。

"当然呀,傻瓜。不过他们不是真正死掉——他们是去天堂了。"欧普尔开心地说。

"不是所有的人都能上天堂。"安迪在门外偷听,他的悄悄话像猪在哼哼一样。

"那么……天堂是不是比夏洛特敦还要远?"沃尔特问。

欧普尔尖声笑起来。

"哈哈哈，真是太可笑啦！天堂有好几百万公里远呢。不过我告诉你怎么可以上天堂。你得做祷告。祷告是很有用的。有一次我丢了一毛钱，我一祷告，结果我就找到了二毛五分钱。所以我才明白祷告很有用。"

"欧普尔·约翰逊，你听见我说的话没有？快点出来，并把沃尔特房间里的蜡烛灭掉。我担心会着火，"帕克太太在她的房间里叫道，"他早就该睡了。"

欧普尔赶紧吹熄蜡烛，跑出了房间。珍姨妈是个很和气的人，但要是把她惹怒了，她什么事情都做得出来！安迪把脑袋贴在沃尔特的房门上，做着晚祷。

"希望墙纸上的鸟儿会活过来，然后啄掉你的眼珠子。"他发出咝咝的声音吓唬沃尔特。

最后，每个人都真的上床了，孩子们都觉得今天玩得太开心了。而且沃尔特·布里兹不是个坏小孩，明天可以继续捉弄他，一定会更好玩。

"可爱的小家伙们。"帕克太太美滋滋地想。

不同寻常的安静降临到帕克家的房子里。而在十公里之外的壁炉山庄，小小的贝莎·玛莉拉·布里兹眨着淡褐色的圆眼睛，看着围在她身边的几张快乐的面孔，并且打量着她所降临的这个世界。而这时，海岸正经历着八十七年来最寒冷的一个七月夜晚。

沃尔特的黑夜历险

沃尔特孤独地躺在黑暗之中，发现自己仍然没有睡意。在他短短的人生中，他从来没有独自睡过。总是有杰姆或肯尼斯挨着他睡，既温暖又舒服。苍白的月光悄悄溜进这个小小的房间，屋里模模糊糊能看到一些东西，但是这比黑暗更可怕。床脚那面墙上的一幅画似乎在恶狠狠地斜视着他——月光下的图画看起来总会发生很大变化，你会看到一些白天看不到的东西。长长的花边窗帘绾在两边，看起来就像是两个瘦高的女人，分别站在窗户两边伤心流泪。房间里还有些奇怪的声音——吱吱嘎嘎的声音，叹息声，说悄悄话的声音。是不是墙纸上的鸟儿活过来了，准备来啄掉他的眼睛？他感到毛骨悚然——然后，一阵巨大的恐惧吞噬了他：妈妈生病了。自从欧普尔告诉他这些话后，他不得不相信这是事实。也许妈妈快要死了！也许妈妈快要死了！等回到家就再也没有妈妈了。沃尔特在壁炉山庄再也看不到妈妈了！

突然，沃尔特觉得自己再也无法忍受了。他必须回家。马上——立刻。他必须在妈妈……在她……死之前见到她。他想起玛丽·玛利亚姑妈对他说的"黑巨人"的意思，或许她早就知道妈妈要死了。现在不可能去叫醒他们，让他们送自己回家去。他们不会送他回家的——他们只会嘲笑他。回家的那条大路实在太远了,但是他要走回去,走一整夜也不怕。

他悄无声息地溜下床,穿上衣服。他把鞋子提在手上。他不知道帕克太太把他的帽子放哪儿了,但是不要帽子也无所谓。他千万不能弄出任何声响,他必须马上逃走,回去看妈妈。他很难过不能跟艾丽丝说再见了。不过她能理解的。穿过了黑漆漆的走廊……走下楼梯……一级接一级的台阶……屏住呼吸……这楼梯怎么没有尽头啊?……所有的家具都在竖着耳朵听……噢,噢!

沃尔特的一只鞋子从手里掉下去了!哗啦一声掉在了楼梯上,然后从台阶一级级砰砰地滚下去,一直滚过门厅,撞在了前门上,在沃尔特听来,发出的声响就像是震耳欲聋的轰鸣声。

沃尔特绝望地倚靠在楼梯栏杆上。肯定每个人都听到了……他们会冲出来……他们不会让他回家的……他绝望地哽咽了。

似乎过了漫长的一个小时,他终于敢相信没有人被吵醒。然后他接着小心翼翼地走着楼梯。终于走完了。他找到了他的鞋子,小心谨慎地转动前门的把手。帕克家从来不锁门。帕克太太说,他们家除了孩子就没有什么值得偷的东西了。没有人要她家的那帮孩子。

沃尔特出去了……他转身把门关上。他穿上了鞋子,沿着街道偷偷跑过去。帕克家的房子在村子的边上,他很快就来到了村外开阔的大道上。一阵莫大的恐惧袭来。刚才他一门心思在提防帕克家的人,生怕被他们发现,如今那种恐惧消失了,对黑暗和孤独的恐惧又回来了。他以前从来没有在晚上独自外出过。他对这个黑黢黢的世界充满恐惧,它显得太大了,而自己在其中显得太小了。甚至从东边刮来的冷风也似乎全都排山倒海向他袭来,好像要把他推回去。

妈妈就要死了！沃尔特强忍着恐惧，眺望着家的方向。他勇敢地与恐惧搏斗，一步一步地向前走着。虽然有月光，能让人看到周围的事物——但没有一样东西是白天所熟悉的。曾经有一次，他和爸爸晚上一起出门，在月光下，他觉得大道两旁树影婆娑非常漂亮。而现在，路上的树影黑乎乎的，面目狰狞，好像随时要扑过来。田野变得陌生诡异，树也不再那么友好了。它们似乎都在恶狠狠地盯着他，在他身旁嬉笑打闹，两只通红的眼睛从水沟那边打量着他。一只黑猫横穿过道路，它的块头大得超出人的想象。那真是一只猫吗？还是……气温寒冷，他穿着单薄的衣服，身子在簌簌发抖。但是，如果他能不害怕周围的一切，寒冷对他来说根本就算不上什么——周围那些奇形怪状的黑影，鬼鬼祟祟的声音，在他穿行的森林里，还有些叫不出名字的东西在潜行觅食。他不明白为什么会有天不怕地不怕的人——就像杰姆那样。

"我只要……只要假装不害怕就行了。"他大声说——这个声音在空旷的夜幕中回荡，他被自己的声音吓得直打冷战。

但是他继续朝前走。妈妈就要死了，他必须朝前走。有一次他跌倒在地，膝盖狠狠地撞在了一块石头上，皮都擦破了。有一次他听到身后有马车的声音，他赶紧躲到一棵大树后，他害怕是帕克医生发现他不在了，正前来追赶他，等那马车过去，他才走出来。有一次他收住脚步，因为有个黑黢黢、毛茸茸的东西坐在路边，把他吓得魂不附体。他不敢从它身边经过……他不敢……但是他还是过去了。那是一只大黑狗……那真是一只狗吗？——但是他还是过去了。他不敢跑，害怕它会追上来。他壮着胆子偷偷地扭头瞥了一眼，它已经站起来，大步向相反的方向跑远了。

沃尔特用他褐色的小手抹抹脸，这才发现自己早已大汗淋漓。

一颗星星在他前方的夜空中倏地坠落下去，留下一道火花。沃尔特记起自己曾听凯蒂婶婶说过，当一颗星星坠落时，就会有一个人咽气。难道是妈妈吗？他觉得双腿发软，一步也迈不动了。但是他想到必须朝前走，于是他又走起来。他现在太冷，几乎都顾不上害怕了。他会不会永远也到不了家？自从他离开罗布里奇，他一定走了很多小时了。

事实上他走了三个小时。他是在十一点从帕克家偷偷溜出来的，而现在已经是两点了。当沃尔特发现自己已经走到通往溪谷村的那条道路时，他一下放松，忍不住啜泣起来。他跌跌撞撞地向村子跑去，但是那些沉睡的房子似乎遥不可及。它们已经把他忘掉了。突然一头牛从围栏后对他哞哞地大叫起来，沃尔特记起乔伊·瑞斯先生家养了一头凶猛的公牛。他吓得魂飞魄散，撒腿狂奔，一口气跑上山丘，来到了壁炉山庄的大门前。他到家了……噢，他回家了！

然后，他停了一会儿，浑身哆嗦得很厉害，他感觉到这里荒凉得可怕，心里惶恐不安。他本来希望能看到家里那温暖、友好的灯光。可是壁炉山庄一盏灯都没有！

其实壁炉山庄还有一盏灯，就在房子后面的一间卧室里，护士正在床上睡觉，而小婴儿的摇篮就在她的床边。但是沃尔特看不到。不管怎样，壁炉山庄黑暗得就像是一幢废弃的房子，这彻底击垮了沃尔特。他从来没有见过、也从来没有想象过，晚上的壁炉山庄看上去是这么黑暗无边。

那表明妈妈已经死了！

沃尔特在马车道上翻了个跟斗，他穿过草坪上漆黑恐怖的房子阴影,来到前门。门锁着。他无力地拍着门——他够不着门铃——但没有一点儿回应,他也不指望有人来开门。他仔细听听动静——房子里一点儿活生生的声息也没有。他知道妈妈已经死了,大家都出去了。

他这时候又冷又累,已经不知道哭了。他步履蹒跚地绕过房子,来到牲口棚,顺着梯子爬到干草堆。他已经惊吓过度了;他只想找个避风的地方,躺下来睡到天亮。也许等他们埋葬妈妈后就会回来的。

一只皮毛顺滑的虎斑小猫发着咕噜的声音向他走来,那是人家送给布里兹医生的,它身上发出好闻的苜蓿草味道。沃尔特开心地搂抱着它——它很温暖,而且是沃尔特见到的第一个活的东西。但是小猫听见地板上有小老鼠爬动的声音,就离开沃尔特去捉老鼠了。月光透过结着蜘蛛网的窗户,照在他的身上,但是月亮是那么遥远、清冷、没有同情心,它没给沃尔特带来丝毫的安慰。下面溪谷村的一幢房子亮着一盏灯,它更像一个知心的朋友。只要那盏灯还亮着,他就还可以撑下去。

他还是睡不着。他的膝盖太疼了,而且寒气逼人,他的肚子饿得咕咕叫,真是饥寒交迫。也许他快要死了。他心想家里其他人不是死了就是走了,他倒希望自己死了算了。夜晚会熬过去吗?其他的夜晚总是会过去,但这个夜晚也许不会过去。他记得曾听过的一个恐怖故事,说住在港口嘴的杰克·弗拉格船长神通广大,如果他真的发起疯来,他能让太阳也升不起来。也许杰克船长真的发起疯了。

溪谷村的那盏灯也熄灭了,他忍不住哭起来。等他伤伤心心地哭过后,他才发现黎明已经来临了。

温馨的家

沃尔特爬下梯子,走到外面。壁炉山庄沐浴在破晓时分最早的一缕奇怪的曙光中。空谷里白桦树的上空,依稀透出银粉色的光线。他也许可以从侧门进屋去,苏珊有时会为医生留着这道门。

侧门果然没有锁。沃尔特喜极而泣,他悄悄地溜进门厅。屋里依然很黑,他轻手轻脚地走上楼去。他要去睡一觉……回到他自己的床上去……如果一直没有人回来,他就死在床上,到天堂去找妈妈。只是——沃尔特记起欧普尔说过——天堂有几百万公里远。绝望再次挟裹了他,使得他忘记了脚下的路,就在楼梯的转角处,他一脚踩在正在那儿酣睡的小虾米的尾巴上。小虾米愤怒的号叫响彻了整幢屋子。

苏珊刚刚合上眼,就被这可怕的声音惊醒了。苏珊十二点才上床。经过下午和晚上的折腾,她已经累得筋疲力尽。就在安妮生孩子最紧张的时刻,玛丽·玛利亚·布里兹却一个劲地添乱,她叫嚷着"身子一边疼",一会儿要热水袋,一会儿要帮她敷药,最后还要一块湿布盖在她的眼睛上,因为她的"某一个头疼"又发作了。

在三点钟的时候,苏珊又醒过来了,她有种奇怪的感觉,仿佛觉得有人迫切地需要她的帮助。她起床来,蹑手蹑脚地走过门厅,来到布里兹太太的房门前。里面一片寂静,她能听到安妮那轻柔平稳的呼吸。苏珊在房子里走了一圈,然后又回到床上,她确信那种奇怪的感觉只是噩梦中的碎片。她以前总是嘲笑阿布·弗拉格,说灵魂出窍都是巫师们玩的鬼把戏,但经历这天晚上的事后,苏珊后半辈子一直坚信她自己也有这种感应能力。

"沃尔特在叫我,我听到了。"她心里暗想。

苏珊听到可怕的猫叫后,再一次起床出去看了看,她觉得壁炉山庄这天晚上真的着魔了。她身上只穿着一件法兰绒睡衣,这件旧睡衣因为反复搓洗已经缩水了,现在都缩到她瘦骨嶙峋的脚踝上了,显得非常难看。但是在她面前这个脸色苍白、哆哆嗦嗦的小人儿眼里,苏珊是世界上最美丽的人。

"沃尔特·布里兹!"

苏珊跨上两步,把他拥入怀中,她温暖有力的怀中。

"苏珊……妈妈死了吗?"沃尔特说。

先前的阴霾一扫而空,短短几分钟后,生活充满了阳光。沃尔特吃饱喝足后,躺在温暖舒适的床上。苏珊给他烧起了炉火,让他喝下了一杯热牛奶,吃了一片烤得金黄的面包和一盘他最喜欢的"猴脸"饼干,然后在他的被窝里塞了个热水袋给他暖脚。她已经给他瘀青的膝盖涂了药。有人照顾自己……有人想着你……你对别人来说很重要,知道这一切,他的心里感觉美妙极了。

"你能确定吗,苏珊,我妈妈真的没有死?"

"你妈妈现在睡得又香又开心,我的小羊羔。"

"她根本就没有生病吗?欧普尔说……"

"哈哈,小羊羔,你妈妈昨天有一会儿是感到很不舒服,但是现在都好了,这次她根本就没有性命之忧。你乖乖地待在这儿,好好睡一觉,醒来后你就可以看到她了——还有另外一个人。如果让我逮到罗布里奇那些小魔鬼,我一定会好好修理他们的!我真不敢相信你是从罗布里奇一路走回家的。十公里远啊!而且还是在这样寒冷的晚上!"

"我真是给吓坏了,苏珊。"沃尔特老老实实地说。不过一切都过去了,他现在安全而幸福。他……回家了……他……

他睡着了。

当他一觉醒来时,已经快到正午了。明媚的阳光从窗户涌进来。他一瘸一拐地去看妈妈。他最初觉得自己干了件非常愚蠢的事情,妈妈对他从罗布里奇逃走这事一定会很生气。但是妈妈看到他,却伸出手把他抱进怀里。她已经从苏珊那里了解了整个事情的原委,并且已经打电话向珍·帕克解释过了。

"噢,妈咪,你不会死了吧?你还很爱我,是吧?"

"亲爱的,我才没想过要死呢……我爱你爱得心疼呀。想想看,你竟然会在晚上从罗布里奇一路走回来!"

"而且还空着肚子呢,"苏珊后怕得颤抖起来,"他还活着真是个奇迹啊。看来充满奇迹的时代还没有结束呢,我们都目睹了这个奇迹。"

"小伙子精神可嘉啊。"爸爸笑着走进来说,他的肩上坐着雪莱。他拍拍沃尔特的头,沃尔特抓住他的手,将它紧紧搂在怀里。世界上没有比爸爸更好的人了。看来没必要让所有的人都知道他曾经有多么害怕。

"我不用再被送到别人家去了,对吧,妈咪?"

"除非你想去。"妈妈答应他说。

"我永远都不想去……"沃尔特话刚出口,马上又停了下来。毕竟,他并不介意再次看到艾丽丝。

"来看看这儿,小羊羔。"苏珊说,她带着一位年轻女士走进来。那个女士面色红润,穿着白色的围裙,戴着白色的帽子,手里捧着一个篮子。

沃尔特一看,是个婴儿!一个胖嘟嘟的小婴儿,多么短小啊。满头都是光滑湿润的鬈发,还有一双可爱的小手。

"她是不是很漂亮?"苏珊骄傲地说,"看看她的睫毛——我从来没有见过一个婴儿有她这样的睫毛。而且她还有一对漂亮的小耳朵。我看人总是先看耳朵。"

沃尔特迟疑了一下。

"她确实很可爱,苏珊——哦,看她可爱的卷卷的小脚趾!但是——她怎么这么小呢?"

苏珊大笑起来。

"七斤重呢,可不小啦,小羊羔。她现在已经开始东瞧瞧,西看看了。这个孩子还不到一个小时就会抬头看医生了。我这辈子还从没见过像她这样的孩子。"

"她会长出红头发的,"医生满心欢喜地说,"可爱的红头发,就像她母亲一样。"

"她淡褐色的眼睛就像她的父亲。"医生的妻子喜上眉梢。

"为什么我们家没有谁长着黄头发呢,我都不明白。"沃尔特神往地说,他想到了艾丽丝。

"黄头发!就像德鲁家的一样!"苏珊无比轻蔑地说。

"当她熟睡的时候,看起来是多么可爱呀,"护士说,"我从来没有见过哪个小婴儿熟睡时闭着的眼睛有她这么漂亮。"

"她真是个奇迹。我们家所有的孩子都很漂亮,吉尔伯特,但她是最漂亮的一个。"

"上帝保佑你,"玛丽·玛利亚姑妈鼻子里哼哼地说,"世界上漂亮的婴儿多的是,你知道的,安妮伊。"

"但世界上可从来没有哪个婴儿像我们家这么漂亮的,玛丽·玛利亚姑妈,"沃尔特骄傲地说,"苏珊,我可以亲亲她吗?就亲一下,好不好?"

"当然可以,"苏珊说,她瞪着玛丽·玛利亚姑妈远去的身影,"我现在要去下厨房,做一个樱桃馅饼供晚餐吃。玛丽·玛利亚·布里兹昨天下午做了一个……我真想让你瞧瞧,亲爱的医生太太。那简直就像是猫抓过一样。为了不浪费,我只得自己尽量多吃点,但只要我还是健康和强壮的,我就绝对不会让那种东西出现在医生的餐桌上,我向你发誓。"

"并不是每个人都有你那么好的面点厨艺,你知道。"安妮安慰苏珊说。

"妈咪,"等苏珊心满意足地关上门出去后,沃尔特说,"我觉得我们有个非常棒的家,你觉得呢?"

"的确是一个非常棒的家。"安妮躺在床上幸福地想,小婴儿就躺在她的身边。她很快就能恢复得像以前一样,脚步轻盈地和孩子们在一起,爱着他们,教育他们,抚慰他们。他们会向她敞开心扉倾诉喜怒哀乐,有小小的欢乐和悲伤,有刚刚萌芽的希望,有莫名的恐惧,有各种各样的小问题,虽然都是鸡毛蒜皮的小事,在他们看来却是天大的事,让他们幼小的心灵无法承受。她会再次将壁炉山庄生活的点滴用丝线串起来,编织成一串美丽的项链。还有,她要好好照顾吉尔伯特,免得玛丽·玛利亚姑妈说闲话。两天前,安妮听见她对吉尔伯特抱怨:"吉尔伯特,你看起来累得要死。难道就没有人关心你吗?"

在楼下的厨房里,玛丽·玛利亚姑妈正沮丧地摇着头说:"所有刚出生的婴儿的腿都有点儿弯曲,这我知道,苏珊,但是那个孩子的腿弯得太厉害了。当然我们不能把这话告诉可怜的安妮伊。苏珊,你可千万别向安妮伊说起这话呀。"

苏珊一如既往地冷漠无语。

老友来访

到了八月底,安妮的身体已经完全恢复了。她期待着能有一个开心的秋天。小贝莎·玛莉拉一天天地长得越来越漂亮,她的哥哥姐姐们都喜欢围着她转。现在大家都叫她里拉。

"我还以为一个婴儿从早到晚就只会哭呢,"杰姆高兴地让她的小手紧紧抓着他的手指玩,"贝迪·莎士比亚·德鲁对我这么说的。"

"德鲁家的婴儿从早到晚就只会哭哭啼啼,真是这样的,亲爱的杰姆,"苏珊说,"我猜,那些婴儿一想到就要沦为德鲁家的孩子,就会号啕大哭。但贝莎·玛莉拉是壁炉山庄的婴儿呀,亲爱的杰姆。"

"我真希望自己是在壁炉山庄出生的,苏珊。"杰姆无比向往地说。他总是为此耿耿于怀。黛时不时会拿这件事来打击他。

"你不觉得这里的生活相当乏味吗?"一天,安妮在奎恩学校的一个同班同学从夏洛特敦来看望她,以一副不可一世的口吻问道。

乏味?安妮当着客人的面差点儿就笑出来了。壁炉山庄乏味吗?每个可爱的孩子每天都会带来奇思妙想——戴安娜、小伊丽莎白和雷贝卡·迪尤准备前来这里拜访——吉尔伯特治愈了上溪谷村山姆·埃里森太太的病,据说那种病全世界目前仅发现三例——沃尔特开始上学了——楠把妈妈梳妆台上的香水都喝下去了——大家都以为她会死掉,但她却毫发未损——一只陌生的黑猫在后门廊里生下了十只小猫,数量惊人,前所未闻——雪莱把自己锁在了浴室里,忘了该怎么开门——小虾米在地上打滚,结果被一张捕蝇纸给粘住了——玛丽·玛利亚姑妈半夜里点着蜡烛偷偷去找东西吃,结果把她房间的窗帘给烧着了,她失魂落魄地大声尖叫,结果把全家人都吵醒了……这难道是乏味的生活?

玛丽·玛利亚姑妈仍然住在壁炉山庄。偶尔她会可怜地哀叹说:"如果你们已经厌倦我了,就一定要告诉我——我会习惯自己照顾自己的。"当然,吉尔伯特对此始终只有一种回答,就是说大家都很喜欢她,不过他的回答已经没有最初那种发自肺腑的真心诚意了。甚至连他根深蒂固的家族观念也开始变得淡薄了。玛丽·玛利亚姑妈已经严重影响了他的家庭生活,他却束手无策——在这一点上,他就像科尼莉娅小姐嗤之以鼻的"真像个男人"。有一天,他甚至鼓足巨大的勇气给玛丽·玛利亚姑妈一点暗示,说一座房子空置得太久会变样的。没想到,玛丽·玛利亚姑妈完全赞成他的看法,心平气和地说,她正考虑卖掉她在夏洛特敦的房子。

"这主意不错,"吉尔伯特鼓励说,"而且我知道镇上还有些不错的小房子要出售。我的一个朋友要去加利福尼亚,他的房子很漂亮,跟你十分欣赏的莎拉·纽曼太太住的那种房子很相像……"

"但莎拉·纽曼是一个人生活呀。"玛丽·玛利亚姑妈说。

"她喜欢一个人生活。"安妮满怀希望地说。

"喜欢独自生活的人,脑袋肯定有毛病,安妮伊。"玛丽·玛利亚说。

苏珊差点儿就大声呻吟起来。

九月份,戴安娜来壁炉山庄住了一个星期。然后小伊丽莎白来了。其实她已经不是小伊丽莎白了,而是已经出落成了一个袅袅婷婷、楚楚动人的伊丽莎白了。不过,她金色的头发和充满希望的微笑丝毫没有改变。她父亲打算回巴黎的公司去,伊丽莎白将跟着父亲一块儿去巴黎。她和安妮沿着老港口的海岸边散步,仰望秋日的星空,默然无语地走回家去。她们好像又回到了昔日的白杨山庄,再度踏上仙境地图中的道路。那幅仙境地图伊丽莎白一直珍藏着。

"不管我去哪里,我都要把它挂在我的房间里。"她说。

一天,一场秋风吹过壁炉山庄的花园。这是入秋以来的第一场风。傍晚时分,往日玫瑰色的落日变得黯淡无光。夏天的一切在朝夕之间就已成为明日黄花。季节一下子发生了转换。

"今年秋天来得太早了。"玛丽·玛利亚姑妈说,那语气听起来像是秋天冒犯了她。

但秋天也是美丽的。从深蓝色的海湾吹来了快乐的海风,中秋的月亮光彩照人。空谷里开满了深情的紫菀花,硕果累累的苹果园里传来孩子们的欢笑声,澄澈宁静的夜色笼罩着上溪谷村的高山牧场,布满银色鳞云的天空下,飞鸟低低地掠过。白昼时间在变短,小片的灰色迷雾偷偷地越过沙丘,漫上港口。

随着秋叶纷纷坠落,雷贝卡·迪尤兑现了多年的许诺,终于前来拜访壁炉山庄。她本打算住一个星期,但敌不过大家的盛情挽留，住了两个星期。在挽留雷贝卡·迪尤上，苏珊表现得最为积极。苏珊和雷贝卡·迪尤两人一见如故，似乎都是"灵魂的知音"——也许是因为她俩都爱着安妮，也许是因为她俩都讨厌玛丽·玛利亚姑妈。

一天晚上，屋外雨点拍打着枯叶，秋风在屋檐和壁炉山庄的每个角落呜咽着。在厨房里，苏珊在向雷贝卡·迪尤倾诉她所有的不幸，并得到了迪尤的深切同情。医生和他的妻子外出做客了，所有的小家伙都已经舒适地躺在自己的被窝里，而玛丽·玛利亚姑妈头疼发作，已经回她屋子去了。"就像一个铁箍圈住了我的脑袋。"她呻吟说。

"不管是谁，"雷贝卡·迪尤打开烤炉的门，把脚舒坦地伸进烤炉里，"要是都像那个女人那样晚餐像一匹饿狼，吃下一大盘油炸鲭鱼，那活该她头疼。我不否认我也吃了些。我得说，贝克小姐，我从来还不知道有人像你这样，能把油炸鲭鱼做得这么好吃。但是我也不至于像她那样一口气吃了四块。"

"亲爱的迪尤小姐，"苏珊放下手里的针线活，恳切地凝视着雷贝卡的黑色小眼睛，认真地说，"你来这儿的这段时间，你已经看到了玛丽·玛利亚·布里兹是什么样子了。但是你看到的还不及一半……不，四分之一都不到。亲爱的迪尤小姐，我觉得我很信任你。我能给你说说掏心窝的话吗？"

"当然可以，贝克小姐。"

"那个女人是六月份来的。依我看呀，她打算就在这里住一辈子了。这房子里的每个人都讨厌她——甚至连医生现在都受不了她了，他只不过在尽量掩饰他的不满。医生有很强的家族观念，他说他不能拒绝他父亲的堂妹在这里住。我已经求过医生太太了,"苏珊那种语气听起来就像是她跪在地上苦苦哀求的,"求她下定决心,直接请玛丽·玛利亚·布里兹离开。但是医生太太心太软了……所以我们无计可施,迪尤小姐——绝对是无能为力。"

"我希望我能对付得了她,"雷贝卡·迪尤说,她十分清楚自己在玛丽·玛利亚姑妈心目中的地位,"我知道,贝克小姐,我们不能违反神圣的待客礼节,任何人都明白这一点。但是我向你保证,贝克小姐,我会让她改变她的坏毛病。"

"要不是我碍于自己的身份,我也能对付她,迪尤小姐。我一直很清楚,我并不是这里的女主人。有时候,迪尤小姐,我很严肃地训诫自己说,'苏珊·贝克,你难道就是门口擦鞋的地毯吗,被人践踏了却一声不吭?'但是你知道我不忍心一走了之。我放心不下医生太太,但我又不能跟玛丽·玛利亚·布里兹大干一场,那会给医生太太添麻烦的。我只能继续忍耐,尽我的最大努力。因为,亲爱的迪尤小姐,"苏珊郑重其事地说,"我爱着这家人,为了医生或他的妻子,让我去死我都愿意。在她来这里之前,我们是多么幸福的一个家庭啊,迪尤小姐。她来了,把我们的生活搞得一塌糊涂,我也不知道将来会是什么样儿,我不是预言家,迪尤小姐。不过我或许可以想象,将来我们全都会被送进精神病院。这不是一桩小事,迪尤小姐……那是几十件事情,迪尤小姐……是几百件事情啊,迪尤小姐。你可以忍受一只蚊子,迪尤小姐,但是你能忍受成千上万只蚊子吗?"

雷贝卡·迪尤想象着成千上万只蚊子的场景,悲伤地摇摇头。

"她总是指手画脚,告诉医生太太她该怎么收拾屋子,她该穿什么样的衣服。她总是监视我……而且她说她从来没有见过这么爱吵架的孩子。亲爱的迪尤小姐，你是亲眼看到的，我们家的孩子从来不吵架……嗯，几乎不吵架的。"

"他们是我见过的最乖的孩子，贝克小姐。"

"她还到处打探，偷听偷看……"

"我已经亲眼见到过，贝克小姐。"

"她动不动就摆出一副受了别人的欺负、伤心欲绝的样子，可从来都没有一走了之的念头。她装出一副孤苦伶仃的样子坐在那里，好像没人理会她似的，真要把可怜的医生太太逼疯。如果把窗户打开，她会抱怨说有风；如果把窗户都关起来，她会说屋里太闷，她喜欢呼吸新鲜空气。她受不了洋葱——甚至闻都不能闻它的味道。她说吃洋葱会让她生病。于是医生太太叮嘱我说一点儿洋葱都不能用。可是，"苏珊愤愤地说，"洋葱这种东西是再普通不过的了，亲爱的迪尤小姐，但是在壁炉山庄，吃洋葱就是罪恶。"

"我自己特别偏爱洋葱。"雷贝卡·迪尤坦承说。

"她还受不了猫。她说猫让她毛骨悚然。不管她有没有见到猫，她都会觉得不舒服。只要她知道附近有猫，就会无法忍受。所以可怜的小虾米都不敢在房子里露面了。我自己也从来不喜欢猫，迪尤小姐，但是我觉得猫也有猫的权利。而且，她老是对我呼来喝去的，'苏珊，别忘了我不能吃鸡蛋，要记住。'或是'苏珊，我还要告诉你多少遍？我不能吃冷吐司面包。'或是'苏珊，这种煮得太浓的茶或许有些人喝得下去，但是我还没有这种本事。'煮得太浓的茶，迪尤小姐！好像我曾经真的煮过这种没水平的茶一样！"

"没有人会这么看待你的,贝克小姐。"

"不该问的事情她非要问,老是爱多管闲事。只要医生有什么事情没有先告诉她,而是先告诉了医生太太,她就嫉妒得发疯。而且她总是千方百计从医生嘴里打听病人的消息。没有什么比这更让医生生气的了,迪尤小姐。你也是知道的,医生必须要为病人保守隐私的。而且她对火也忍无可忍!她对我说,'苏珊·贝克,我希望你不要用煤油生火。也别把油布到处乱扔,苏珊。大家都知道,油布不到一个小时就会自己燃烧起来的。你想眼睁睁地看着这幢房子烧个精光吗,苏珊?知不知道这都是你的罪过?'好了,亲爱的迪尤小姐,我可得拿这事笑话她了。就在她训诫我的当天晚上,她自己倒把窗帘给点着了,她的尖叫声现在都还在我耳边回响呢。可怜的医生当时刚合上眼,他已经两夜没有合眼了!最让我气不过的是,迪尤小姐,她不管去哪儿,出门前都要到储藏室来清点一下鸡蛋的个数。我真想问问她:'为什么也不数数汤匙的个数?'当然了,孩子们都很讨厌她。医生太太千方百计才能让孩子们不表现出这种情绪来。有一天医生和医生太太都不在家,他们都出门去了,她还打过楠一巴掌——打了她一耳光——就因为楠叫她'老巫婆',那是楠从肯尼斯·福特那儿听来的。"

"我真想现在就去捆她一耳光。"雷贝卡·迪尤狠狠地说。

"我告诉她说,如果她再敢这样做,我就要动手揍她了。我说:'在壁炉山庄偶尔也会打孩子屁股的,但是从来不会打他们耳光,那会让孩子们很难过的。'整整那个星期,她的脸色阴沉,一副被冒犯了的样子,但是至少,从那以后她再也不敢动孩子们一根手指头了。不过,当她看到孩子的父母处罚他们时，她就特别开心。一天晚上她对小杰姆说：'如果我是你的妈妈……'她话还没说完，可怜的小家伙就说：'噢，不可能，你不会成为任何人的妈妈。'你瞧，她把孩子都逼成这个样子了，迪尤小姐，孩子完全是被逼的。医生罚他不准吃晚餐就去睡觉，不过，迪尤小姐，你能猜到后来是谁偷偷拿东西给他吃吗？"

"哈哈，是谁呢？"雷贝卡·迪尤开心地笑着，她都听得入迷了。

"就是玛丽·玛利亚·布里兹。迪尤小姐，要是你听到孩子后来的祷告，你会心碎的。他把责任全揽在自己的肩上，他说：'哦上帝，请原谅我对玛丽·玛利亚姑妈没有礼貌。哦上帝，请帮助我能够对玛丽·玛利亚姑妈非常礼貌吧。'我听得眼泪都掉下来了，可怜的小羊羔。我一直反对年轻人对长辈不敬，亲爱的迪尤小姐，可是我必须承认我干过的一件事情。那天贝迪·莎士比亚·德鲁把一只吐了口水的棒球向她扔去，差一点儿就打中了她的鼻子，迪尤小姐。贝迪回家时，我在门口拦住他，给了他一袋油炸圈饼。我当然不会告诉他为什么。他开心极了——因为树上也不会长出油炸圈饼的，迪尤小姐，而且他妈妈从来不做油炸圈饼。而楠和黛　这事我从来不会对别人吐露一个字，迪尤小姐，而医生和他的妻子做梦也不会想到有这事，否则他们一定会制止的——楠和黛给一个脑袋开裂的瓷娃娃起名叫'玛丽·玛利亚姑妈'，每当她责骂她们，她们就把瓷娃娃带出去，在接雨的大桶中淹死她——我指的是那个娃娃。我向你保证，她们已经痛痛快快地淹死过她很多次了。但是你肯定不敢相信，那个女人前几天晚上干了什么事情，迪尤小姐。"

"我相信她什么事情都做得出来，贝克小姐。"

"不知道什么东西惹着她了,她那天晚上一口晚餐也不吃。但在临睡前却钻到食品室去,把我为可怜的医生留的饭菜全吃光了——一点儿渣都不剩,亲爱的迪尤小姐。我希望你不要认为我是个异教徒,迪尤小姐,但我真的对上帝有意见,他为什么就能容忍这种人呢?"

"你还挺风趣的,贝克小姐。"雷贝卡·迪尤赞赏道。

"哦,我知道,要是一锄挖出一只癞蛤蟆,我们会觉得很好笑,但问题是,癞蛤蟆它自己并不觉得好笑。我很抱歉拿这些事来烦你,亲爱的迪尤小姐。但是把这些话说出来,我心里一下子就好受多了。我不能对医生太太说这些,要是再不把这些话说出来,我憋得都快爆炸了。"

"我很明白你的感受,贝克小姐。"

"好了,亲爱的迪尤小姐,"苏珊精神十足地站起身来,"睡觉前来杯茶怎么样?再来一个冷鸡腿吧,迪尤小姐?"

"我们绝对不能忘记人生的远大目标,但是,"雷贝卡·迪尤把她烤得暖暖的脚从烤箱里抽出来,"适度的美食也会让人感到愉快的。"

诉苦与醒悟

吉尔伯特终于到新斯科舍去休息了短短的两个星期——而安妮苦苦劝说他本该休息一个月的。十一月逼近了壁炉山庄。深色的小山上，覆盖着颜色更深的云杉树，在薄暮时分看起来十分忧郁，从大西洋吹来的海风唱着悲怆的歌，但是在壁炉山庄，却是灯火通明，欢声笑语。

"风为什么不高兴呢，妈咪？"一天晚上沃尔特问。

"因为它想起了从太古时候以来世界经历的所有悲伤。"安妮回答说。

"它不高兴只是因为空气中湿气太重了，"玛丽·玛利亚姑妈对安妮的回答嗤之以鼻，"我的背痛死了。"

不过在有些日子里，风儿会快乐地拂过银灰色的枫树林；而在另外一些日子里，根本就没有风，只有醇香的印第安秋日，如夏日般骄阳似火。在日落时分，光秃秃的树木在草坪上投下恬静的影子，显示出秋日的宁静。

"看看屋角伦巴第白杨上空那颗白色的星星，"安妮说，"不论什么时候，每当我看到这类东西，都很高兴地想到自己还活在这个世界上。"

"你说得真是太可笑了，安妮伊。在爱德华王子岛上，星星是再普通不过的东西了，"玛丽·玛利亚姑妈说，心里还一边暗想，"有必要为一颗星星大发感叹吗？好像以前从没有见过星星似的！安妮伊难道对厨房每天那可怕的浪费毫不知情吗？她难道不知道苏珊·贝克是怎么大手大脚地乱用鸡蛋和猪油吗？难道她根本就不在乎吗？可怜的吉尔伯特！怪不得他要拼死拼活地工作！"

十一月里，屋外一片灰色和深褐色。一天早上，雪开始施展它古老的白色魔咒，杰姆下楼来吃早餐时，兴奋得大声叫嚷着。

"噢，妈咪，圣诞节就快到啦，圣诞老人就要来啦！"

"你该不会还相信有圣诞老人吧？"玛丽·玛利亚姑妈说。

安妮赶紧地向吉尔伯特投去求助的眼神，吉尔伯特认真地说："我们希望孩子们一直拥有他们的童话，姑妈。"

所幸的是，杰姆并没有留意玛丽·玛利亚姑妈的话。他和沃尔特热切地冲出屋子，跑进那个新奇的世界。冬天开始展示着它可爱的一面。安妮最讨厌洁白无瑕的雪地被践踏上凌乱的脚印，但是她不能阻止孩子们的欢乐。尽管如此，在日落时分，景色依然很美。西边的晚霞如火焰般燃烧，紫罗兰色的山丘上一片洁白，积雪映着晚霞，仿佛要燃烧一般。安妮坐在客厅的壁炉前，炉膛里枫木的火光在屋里跳跃。火光总是那么可爱，总是喜欢做些恶作剧。火光一会儿笼罩着房间的一切，一会儿又远离了它们。墙上的画一会儿映照着火光，一会儿又失去了光影。阴影时而出现，时而隐没。透过没有遮挡的大窗户，安妮可以看到屋外的景致。窗户玻璃反射出屋里的一切，和屋外的草坪重叠在一起。玛丽·玛利亚姑妈的影子正好落在苏格兰松下，她挺直腰板端坐着——从来不允许自己看上去有丝毫的"懒散"样儿。

而吉尔伯特正"懒散"地躺在长椅上,尽力想忘记这天他没能救活的肺炎病人。小小的里拉躺在摇篮里,正专心致志地啃着自己粉红色的小拳头。甚至连小虾米也出现在客厅里,将白色的爪子抱在胸前,趴在炉前的地毯上,胆大包天地发出咕噜声,这让玛丽·玛利亚姑妈特别反感。

"说起猫,"玛丽·玛利亚姑妈装出一副可怜兮兮的样子,尽管没人提到关于猫的话题,但她还是这样开头了,"难道昨天晚上溪谷村所有的猫都来这里聚会了?整夜都是猫儿叫春的声音,我真不敢相信有人还能睡着。当然了,我的房间在房子后面,才免遭这场自由音乐会的骚扰。"

玛丽·玛利亚姑妈说话,必须要有人回应,但就在别人回应前,苏珊进屋来了。她说在卡特·弗拉格的店里见着马歇尔·艾略特太太了,她买好东西就会来壁炉山庄。不过,苏珊并没有把艾略特太太对她说的话说出来。当时,艾略特太太忧心忡忡地说:"布里兹太太怎么啦,苏珊?上星期礼拜天我在教堂看见她,看起来疲惫不堪,焦虑不安。我以前可从来没见过她那副模样。"

"我可以告诉你布里兹太太是怎么了,这全都是因为布里兹小姐的缘故,"苏珊冷冷地说,"她被玛丽·玛利亚姑妈折磨惨了,尽管医生对太太体贴关爱,但是在这件事上,他却睁一只眼闭一只眼。"

"那不正像个男人吗?"艾略特太太说。

"听到科尼莉娅小姐要来太高兴了,"安妮说着,从椅子上一跃而起,忙着去点灯,"我很久都没有见过她了。我们又可以从她那里听到很多新闻了。"

"那可不一定。"吉尔伯特干巴巴地说。

"那个女人是个邪恶的长舌妇。"玛丽·玛利亚姑妈郑重地告诫说。

苏珊奋起为科尼莉娅小姐辩护,这也许是她这辈子仅有的一次。

"她不是那样的,布里兹小姐。"苏珊·贝克绝不能眼睁睁地看到科尼莉娅受到这样的污蔑,"'邪恶',亏你说得出口!布里兹小姐,你难道没有听说过'老鸹嫌猪黑'吗?"

"苏珊……苏珊,别说了。"安妮哀求说。

"实在对不起,亲爱的医生太太。我承认我忘了自己的身份,但是有些事是不能长期容忍下去的。"

苏珊摔门而去,这样重重地把门关上,在壁炉山庄可很少出现。

"你看见了吗,安妮伊?"玛丽·玛利亚姑妈意味深长地说,"我看啊,如果你再这么纵容仆人,总有一天,她会爬到你的头上作威作福的。"

吉尔伯特起身到书房去了,也许一个疲惫的男人能在那里过上清静的日子。而玛丽·玛利亚姑妈并不喜欢科尼莉娅小姐,也回卧室去了。当科尼莉娅小姐来到这里时,只看见安妮一个人无精打采地靠在婴儿的摇篮边。科尼莉娅小姐没有像往常那样,一坐下来就东家长西家短地讲个不停,相反,她取下披肩,坐在安妮身旁,拉过她的手。

"亲爱的安妮,怎么了?我听说了这里的一些事。那个老玛丽·玛利亚让你如此难受吗?"

安妮尽力想挤出一丝微笑。

"哦,科尼莉娅小姐……我知道我不该这么在意这些事,我真是太愚蠢了……但是我实在没法忍受她了,一天也受不了了。她……她把我们这里的生活给毁了……"

"你为什么不直接告诉她,请她离开这里?"

"哦,我们不能这么做,科尼莉娅小姐。至少,我做不到,而吉尔伯特又不愿这么做。他说如果他把自己家族的人扫地出门,他将再也没脸见人了。"

"胡说八道!"科尼莉娅小姐愤愤不平地说,"她有钱,有大房子,又不缺吃缺穿,你们只是告诉她最好回家去住,怎么能说是扫地出门呢?"

"我知道……但是吉尔伯特……我觉得他没精力管这种事情,他太忙了……真的,这都是些鸡毛蒜皮的小事……我真不好意思去……"

"我知道,亲爱的。那些小事往往会酿成大患。一个男人当然不清楚这些。我认识一个在夏洛特敦的女人,她对玛丽·玛利亚的事情一清二楚。她说玛丽·玛利亚·布里兹这辈子一个朋友都没有。她挖苦说,玛丽·玛利亚应该改姓'不高兴'而不是'布里兹'①。亲爱的,你要做的就是趾高气扬地告诉她,你再也无法忍受她了。"

"我感觉这就像是一场噩梦,虽然尽力想逃跑,却挪不开步子,"安妮沮丧地说,"如果只是偶尔出现一两次也无所谓——但是每天都这样。现在连吃饭的时间都变成最可怕的时刻了。吉尔伯特说他现在再也不能切烤肉了,而那是他以前最得意的事情。"

"他早就该注意到这个问题了。"科尼莉娅小姐不屑地哼道。

---

① "不高兴"(Blight)与"布里兹"(Blythe)的英语发音接近。

"我们在吃饭的时候,从来不敢真正地说说话,因为只要任何人一开口,她每次都说一些丧气的话予以反驳。她不断纠正孩子们的礼貌,并且总是在客人面前指责他们的缺点。往日里我们吃饭是多么开心啊……可是现在!她很反感笑声……而你知道我们是多么爱笑。我们对有些事可以一笑而过,但是她却对每件事都斤斤计较。今天吃饭时,我们都很安静,她却说:'吉尔伯特,别板着个脸,你和安妮伊吵架了吗?'你知道,吉尔伯特相信自己能够挽回病人的生命,但病人最终还是离开人世了,在这个时候,他意志比较消沉。然后她开始长篇大论,指责我的愚蠢,告诫我们别闹着别扭过夜。哦,我们事后大笑了一场……但只有这一次机会笑一笑!她和苏珊合不到一起。苏珊有时会嘟哝几句,或者对她很不礼貌,我们也不好说什么。但是当玛丽·玛利亚姑妈说她从来没有见过杰姆这样的小骗子时,苏珊就无法容忍了。因为姑妈听见杰姆给黛讲了一个很长的奇幻故事,说他在月亮上遇见了人,并和他们说话。玛丽·玛利亚姑妈认为他是在骗人,要往他嘴里灌肥皂水,给他洗嘴巴。结果苏珊和她大吵了一架。她还给孩子们的头脑里塞进一些恐怖的事。她给楠讲了一个故事,说一个孩子因为很淘气,结果在睡梦中就死了,吓得楠到现在都害怕睡觉。她告诉黛说,如果她能够一直当个乖孩子,虽然长着难看的红头发,父母也会像喜欢楠一样喜欢她的。吉尔伯特听到这话气坏了,对她说了些不客气的话。我还以为她会气得拂袖而去——虽然我觉得让客人气呼呼地离开是很不应该的。她的眼泪在两只蓝色的大眼睛里打转,说她不是故意要伤害谁的。她解释说,她以为父母很难对双胞胎一视同仁,她觉得我们更喜欢楠,把黛可怜地丢在一边了!那天晚上,姑妈哭了一个晚上,吉尔伯特觉得自己这样对她太残酷了,于是只好向她道歉。"

"他竟然干出这种事!"科尼莉娅小姐说。

"哦,我不应该讲这些话的,科尼莉娅小姐。我的良心会谴责我,让我觉得去计较这些事情太小肚鸡肠了——即使这些事情扼杀了生活中一些美丽的小花。她也并不总是让人讨厌——她偶尔也挺好的……"

"你想告诉我说,她是个大好人?"科尼莉娅小姐讥讽说。

"是啊,她有时很和善。她听我说过想要一套下午茶点时用的茶具,她就从多伦多给我带了一套回来——是邮购的!哦,不过,科尼莉娅小姐,那实在太难看啦!"

安妮说到这里笑了起来,直到笑得泣不成声,然后又破涕为笑。

"好了,我们别再谈论她了……不过我像个小孩一样,把这些话一股脑儿说出来,倒也不是坏事。看看小里拉,科尼莉娅小姐。她睡着的时候,她的眼睫毛是不是很可爱?现在我们来说说闲话吧。"

当科尼莉娅小姐离去的时候,安妮已经恢复了平静。她坐在炉火前,久久地陷入了沉思。她并没有把所有的事情都告诉科尼莉娅小姐。她对吉尔伯特则从未提过只言片语。有太多琐碎的事情了……

"琐碎得让我无法抱怨,"安妮想,"但是……这些小事就像生活中的蛀虫,一点儿一点儿地吞噬着生活,最后会把生活彻底毁了。"

玛丽·玛利亚姑妈俨然成了这房子里的女主人,随心所欲、无拘无束……玛丽·玛利亚姑妈邀请客人从不提前向家里打个招呼，等到客人来了大家才知道……"她让我觉得这好像不是我的家。"……当安妮外出时，玛丽·玛利亚姑妈便把家具的位置挪来挪去。"我希望你不要介意，安妮伊，我觉得这里更需要这张桌子，没必要把它放在书房。"……玛丽·玛利亚姑妈像个孩子似的，对每件事都很好奇，甚至到了打破砂锅问到底的地步……她对别人的隐私总是刨根问底……"总是不敲门就进入我的房间……总是东闻西闻的……总是把我刚压扁的垫子又拍松……总是暗示我说，我不应该对苏珊说那么多的闲话……总是对孩子们挑三拣四……我们始终要生活在这种状态下，处处留意，小心克制，最恼火的是，我们对此无能为力。"

"丑陋的老玛利亚姑妈。"在可怕的一天里，雪莱口齿清楚地说。吉尔伯特想打他的屁股，但是苏珊挺身而出，大义凛然地制止了他。

"我们整日都畏畏缩缩，"安妮想，"这个家现在要做什么事情，都会仔细考虑，'玛丽·玛利亚姑妈会喜欢吗？'我们虽然不肯承认，但这确实是事实。她要抹抹眼泪，任何事情都会泡汤。再也不能这样下去了。"

安妮随后想起了科尼莉娅小姐说过的话——玛丽·玛利亚·布里兹这辈子一个朋友都没有。这是多么可怕啊！安妮拥有着富足的友谊，她突然对这个没有朋友的老妇人充满了同情——留在她面前的是一无所有，只有孤独寂寞的晚年，没有人向她寻求庇护、和解、希望、帮助、温暖和爱。他们应该好好地待她。毕竟，他们的烦恼只是表面的，并没有破坏生活更深层的甘泉。

"我为我的行为感到羞愧，这就是我思考的结果，"安妮说,她把里拉从摇篮里抱起来,激动地将那光滑的小脸蛋贴到自己的面颊上,"现在一切都过去了,我应该感到十分内疚。"

壁炉山庄的圣诞节

"看来我们再也没有往年的那种冬天了,是吗,妈咪?"沃尔特垂头丧气地说。

自从十一月下过一场雪后,在整个十二月里,圣玛丽溪谷村始终都是一块黑不溜秋的土地。灰色的小海湾星星点点镶嵌在村子边上,卷起的白色浮沫变成了冰冻的褶皱。阳光明媚的日子里,港口在金色山峦的怀抱中熠熠生辉,不过这样的日子少得可怜。大多数时候都是阴沉沉的,空气干冷。大家对白色圣诞节的希望眼看就落空了,不过,过圣诞节的准备工作仍在有条不紊地进行。在最后一个星期,壁炉山庄弥漫着香喷喷的味道,还洋溢着神秘的气氛,孩子们传递着各种小秘密和悄悄话。到了圣诞的前一天,一切准备就绪。沃尔特和杰姆从空谷砍回冷杉树,放到客厅正中央,用红色缎带扎起来的绿色花环挂在了门和窗户上。楼梯的栏杆上缠绕着云杉树枝,而苏珊做的各种美食都快在食品室放不下了。眼看下午过去了大半时间,但依然没有雪,大家只好听天由命,不情愿地接受这样一个灰蒙蒙的"绿色"圣诞节。突然,有人往窗外望去,竟然惊喜地发现鹅毛大雪纷纷扬扬飘落下来。

"下雪了！下雪了！下雪了！"杰姆欣喜若狂地大叫起来，"终于是白色的圣诞节了，妈咪！"

壁炉山庄的孩子们开心地上床睡觉了。屋外，暴风雪在灰色的雪夜中咆哮着，而在屋里，大家躺在温暖舒适的被窝里，听着外面暴风雪的怒号，感觉多么美妙啊。安妮和苏珊还在忙着装扮圣诞树。"就像两个没长大的孩子。"玛丽·玛利亚姑妈不屑一顾，心里暗自想道。她不同意在树上放蜡烛，"想想看，那会把房子烧掉的。"她也不同意挂彩球，"想想看，双胞胎会把它们吞到肚子里去的。"但没有人理会她。他们都懂得，要想和玛丽·玛利亚姑妈平安相处，唯一的办法就是装聋作哑。

"完成啦！"安妮把银色的大星星牢牢地安放在了这棵骄傲的小冷杉树顶端，欢呼雀跃起来，"噢，苏珊，它看起来真是太漂亮啦！在圣诞节，我们又可以毫无顾忌地当回小孩子，这真是开心啊。真高兴下雪了，不过我希望这场暴风雪到明天夜里才停下来。"

"明天暴风雪会下一整天的，"玛丽·玛利亚姑妈断言道，"我可怜的背已经说明了这一点。"

安妮穿过门厅，打开前面的大门，向外望去。世界迷失在了暴风雪的白色激情中。窗户玻璃灰蒙蒙的一片，雪花堆满了窗台。苏格兰松像个罩着被单的巨大幽灵。

"看起来没多大希望了。"安妮沮丧地说。

"不过，天气是由上帝决定的，亲爱的医生太太，不是由玛丽·玛利亚·布里兹小姐决定的。"苏珊回头说。

"我希望至少今晚没有病人要吉尔伯特出诊。"安妮转身回屋时说。苏珊将暴风雪夜晚锁在屋外时，用道别的眼神望了望黑暗的夜空。

"今晚你就不要生孩子了。"她对着上溪谷村的方向暗自警告说。乔治·德鲁太太住在那儿，正盼着自己的第四个孩子出生。

不管玛丽·玛利亚姑妈的背说明了什么，这场暴风雪在夜里折腾得精疲力竭。第二天，积雪填满了大地的沟壑，冬日的朝阳升起来，像给白雪皑皑的群山洒上了红酒。所有的小家伙都早早起了床，两眼闪亮，充满了期待。

"圣诞老人能穿过暴风雪吗，妈咪？"

"他来不了了。他生病了，不敢在暴风雪天来。"玛丽·玛利亚姑妈说，她今天心情不错，开了个玩笑——对她来说，那真是个不错的玩笑。

"圣诞老人会来这里的，"苏珊赶在孩子们要掉眼泪之前赶紧补充说，"等你们吃过早餐，你们就会看到他在你们的圣诞树上做了些什么。"

早餐之后，爸爸神秘地消失了。但是没有一个孩子注意到他的消失，因为他们的眼里只有那棵圣诞树。好美的圣诞树啊，挂满了金色和银色的彩球，还有点着的蜡烛，在漆黑的房间里闪烁，树下堆满了礼品盒，盒子用各种颜色的彩纸包裹起来，并用可爱的缎带扎起来。接着，一个圣诞老人出现了，一个很好看的圣诞老人，一身深红色的袍子，镶着白色毛皮边子，长着长长的白胡子，还有一个很可爱的大肚子——在安妮为吉尔伯特做的这身红色天鹅绒袍子下，苏珊足足塞进了三个垫子。雪莱竟然吓得尖叫起来，但是他即使心里很害怕，也不愿意离开。圣诞老人把所有的礼物分发给大家，还对每个人说了一段有趣的话，虽然是戴着面具，但那声音听起来还是有点儿熟悉。在快要结束的时候，圣诞老人的胡子被一根蜡烛烧着了，这样的意外让玛丽·玛利亚姑妈感到了一点点满足，不过这种快乐不足以抵消她的悲叹。

"唉，在我小的时候，圣诞节可不是这个样子的。"她一脸鄙夷地看着小伊丽莎白从巴黎给安妮寄来的礼物——那是一座漂亮的小青铜像，再现了阿特米斯神①拿着银色弓箭的场景。

"那个不知羞耻的轻佻女人是谁？"她厉声问道。

"狄安娜女神。"安妮说，与吉尔伯特相视而笑。

"哦，一个异教徒！嗯，难怪会这样，我想异教徒就是这样的。但如果我是你，安妮伊，我就不会把它放在孩子们看得见的地方。有时候我觉得这个世界真是越来越不顾廉耻了。我的祖母，"玛丽·玛利亚姑妈开始总结陈词，但她的评论总是不合逻辑，让人忍俊不禁，"不管是冬天还是夏天，身上的裙子从来都不会少于三件。"

玛丽·玛利亚姑妈用暗得可怕的紫红色纱线给每个孩子织了一双手套，也给安妮织了一件毛衣，吉尔伯特收到了一条黄胆色的领带，苏珊得到了一件红色法兰绒裙子。虽然苏珊觉得红色法兰绒裙子已经过时了，但是她还是真心感谢玛丽·玛利亚姑妈。

"一些贫穷的传教士家庭更适合穿这样的裙子，"她想，"三件裙子，真是的！我自认为自己是个正经的女人，但我也喜欢那个拿着银色弓箭的女人。她虽然没有穿很多衣服，但我要是有她那样的身材，我也不想把美丽藏起来呢。不过现在我得去看看火鸡里填的作料……没有洋葱，味道就大大地打折扣了。"

在这天，壁炉山庄洋溢着幸福，那种质朴的、传统的幸福，

---

① 阿特米斯神，希腊神话中的月神和狩猎女神。

尽管玛丽·玛利亚姑妈确实不喜欢看见别人太过幸福。

"只给我切点鸡的胸脯肉,谢谢——詹姆斯,轻点声喝汤——唉,吉尔伯特,你切肉的本事可比不上你父亲。他能给大家切出每个人最喜欢吃的部分——双胞胎,大人偶尔也想插个嘴,但我从小到大就遵守一条规矩,大人说话时小孩别插嘴——不,谢谢你,吉尔伯特,我不想吃沙拉。我不会吃生食的。是的,安妮伊,我要吃点布丁。碎肉馅饼吃了完全不能消化。"

"苏珊的碎肉馅饼是一首诗,而她的苹果馅饼就是一首抒情歌,"医生说,"两样我都要点。安妮姑娘。"

"你都这么大年纪了,还真的喜欢让人叫你'姑娘'吗,安妮伊?沃尔特,你没有把你的面包和黄油吃干净,许多穷人家的孩子想吃都吃不上呢。亲爱的詹姆斯,把鼻涕擤一擤,去那边擤,我真受不了吸鼻涕的声音。"

尽管如此,这仍然是一个快乐可爱的圣诞节。甚至玛丽·玛利亚姑妈在晚餐后也变得稍微温和了一点儿,对大家送她的礼物表示了感谢,那是她最亲切的话语了。她甚至能容忍小虾米出现在房间里,表现出如受难者般的极大忍耐力,让大家都觉得自己太溺爱小虾米了,隐隐有些良心不安。

"我觉得我们的小家伙们都过得很开心。"那天傍晚安妮快乐地说。她看着屋外,在落日和白色小山的映衬下,树木编织出了美丽的图案。孩子们在草坪上撒面包屑,喂着雪地上的小鸟。风在林间轻柔地歌唱,将枝头的积雪吹落到草坪上,好似在承诺明天会送来更大的暴风雪。而壁炉山庄已经如愿以偿地拥有了美好的圣诞节。

"我猜想,他们是很开心,"玛丽·玛利亚姑妈赞同说,

"但我可以确信,他们的尖叫声太响亮了。至于他们吃得如何……唉,你真是年轻得不知道持家啊,我想你是不是觉得家里的蓖麻油多得用不完啊。"

生日宴会

苏珊把那年的冬天称作"满是条纹的冬天"——壁炉山庄处处悬挂着奇形怪状的冰柱。孩子们喂养着七只蓝色松鸦,它们会定时飞到果园来享受孩子们给它们的美餐。杰姆还可以逮着它们一起玩,但是其他人只要一靠近它们,它们立马就飞走了。在一月和二月里,安妮经常在晚上仔细翻看种子目录。随后,三月的风飞旋着吹遍了沙丘、港口和山丘。苏珊说,兔子正在下复活节①的彩蛋呢。

"三月是不是很刺激,妈咪?"杰姆叫喊道,他就像是风的小兄弟一样兴高采烈。

前几天,杰姆在淘气时手被一颗锈铁钉划破了,玛丽·玛利亚姑妈把她听到的所有关于败血症的故事全讲了出来,让他们承受了这段"很刺激"的生活。不过,这倒提醒了安妮,家里有个总是渴望冒险的小家伙,她得小心提防,说不定就得一个败血症什么的,那可不是什么玩笑。

---

① 复活节:在每年春分月圆之后第一个星期日。基督徒认为,耶稣基督于公元30年到公元33年之间被钉死在十字架之后第三天复活了,复活节象征着重生与希望。兔子和彩蛋都是这个节日的宗教象征。

终于,四月到来了!一起到来的是四月雨水的欢笑,四月雨水的低语。四月雨水的涓涓细流漫卷大地,横冲直撞,拍打屋顶,随风起舞,雨花飞溅。"噢,妈咪,时间把它的脸洗得既干净又漂亮,是吧?"一天早上,黛再次看到了久别重逢的阳光,不禁欢呼起来。

春日的繁星发出微弱的光芒,闪烁在晨雾迷蒙的田野上空,湿地的柳树抽出了嫩芽,就连树上的小枝条也不再冰冷僵硬,变得轻柔起来,在风中袅娜地舞动着。第一只知更鸟隆重登场,空谷再次成为自由嬉闹的欢乐谷。杰姆给妈妈摘回第一束五月花——但这却冒犯了玛丽·玛利亚姑妈,因为她觉得这花本应该献给她。苏珊开始整理阁楼的架子。整个冬天几乎没有休息过的安妮,现在也容光焕发,重获春天的快乐,在她的花园里开始忙碌起来。而小虾米在过道上翻腾跳跃,以此来表达它对春天的狂喜之情。

"你对那个花园的关照比对你丈夫的还要多,安妮伊。"玛丽·玛利亚姑妈说。

"我的花园对我太好了。"安妮梦呓般地说。然后她突然意识到,这句话可能会产生歧义,很难为情地笑了,以此来掩饰自己。

"你说的话真是太奇怪了,安妮伊。当然我知道你不是说吉尔伯特对你不好——但要是陌生人听到你这种话,那会怎么看待你呢?"

"亲爱的玛丽·玛利亚姑妈,"安妮欢快地说,"每年的这个时候我说话都有些颠三倒四。这里所有的人都知道这一点。我总是会为春天而痴狂的。但这是一种神圣的痴狂。你有没有注意到沙丘上的迷雾就像是跳舞的女巫?还有那些水仙花呀,壁炉山庄从来没有开过这么漂亮的水仙花呢。"

"我不怎么喜欢水仙花。它们太爱炫耀了。"玛丽·玛利亚姑妈说,她拉过披肩围在身上,进屋去了,免得她的背受到风寒。

"你知道吗,亲爱的医生太太?"苏珊担忧地说,"你本来打算要把那些鸢尾花种到背阴角落去的,可今天下午你出去后,她把那些花全都种到后院阳光最充足的地方去了。"

"哦,苏珊!可我们不能把它们移栽回去,那样她会不高兴的!"

"如果你想那样做,跟我说一声就行,亲爱的医生太太……"

"不,不,苏珊,我们暂时就让它们留在那儿吧。你还记得吗,那次我暗示她说,绣线菊还没有开花就不该修剪枝叶,结果她当场就哭了起来。"

"但她还嘲笑我们的水仙花,亲爱的医生太太——它们在四风港都很有名气的……"

"它们确实当之无愧。看看,连它们都在笑话你,那么在意玛丽·玛利亚姑妈。苏珊,瞧这旱金莲,终究还是在角落里长出来了。当你对某个东西不再抱有希望的时候,却意外地发现它突然长出来了,那是多么让人开心啊。我准备在西南角种植一片玫瑰园。光是玫瑰园这个名字就让我激动得浑身颤抖。你以前曾经见过这么碧绿的蓝天吗,苏珊?而且,如果你在夜里能仔细聆听,就会听到乡间小溪的悄悄话呢。我今晚真想去空谷里,枕着野紫罗兰睡觉。"

"你会发现那里太潮湿了。"苏珊耐心地劝道。医生太太每到春季总是这样兴奋。等春天过去就好了。

"苏珊，"安妮又兴致勃勃地说，"我准备在下周星期五举办一场生日宴会。"

"好啊，有什么不可以的呢？"苏珊说。虽然她很清楚，家里没有谁的生日在五月的最后一个星期，但是既然医生太太想办生日宴会，这没有必要犹豫。

"是为玛丽·玛利亚姑妈办的，"安妮继续说道，她似乎决心要让事态变得更坏些，"她的生日就在下个星期。吉尔伯特说她五十五岁了，因此我想办个宴会。"

"亲爱的医生太太，你该不是真的打算要为她举办生日宴会吧……"

"冷静点，苏珊……冷静点，亲爱的苏珊。那会让她很高兴的。毕竟她的生活过得太不开心了。"

"那都是她自作自受……"

"也许是吧。但是，苏珊，我真想为她做点什么。"

"亲爱的医生太太，"苏珊警告说，"每当我需要请假时，你总是会仁慈地准许我一个星期的假。也许我最好下个星期就得请假！我可以让我侄女格拉蒂斯来帮你。那样，不要说为她办一场，就是办上十几场生日宴会，我也不会在乎。"

"如果你这么反感这事，苏珊，我当然就只有放弃了。"安妮慢慢地说。

"亲爱的医生太太，那个女人已经强行把自己塞入到你们当中来了，而且打算永远这样待下去。她已经让你坐立不安了……让医生胆小怕事……让孩子们过得那么悲惨。至于她怎么对待我，我就不想提了，我算不了什么人物。她到处骂骂咧咧，唠唠叨叨，指桑骂槐，发不完的牢骚……你现在竟然想到要为她办一个生日宴会！好吧，我只能说，如果你真想办……我们就咬紧牙关，办吧！"

"苏珊，你这个嘴硬心软的家伙！"

随后她们就开始筹划起来。苏珊已经屈服于安妮了，她下定决心，为了壁炉山庄的声誉，一定要办一场热热闹闹的宴会，甚至连玛丽·玛利亚·布里兹也挑不出毛病来。

"我想举办一场午宴，苏珊，等客人们走后，我和医生还有时间去罗布里奇听音乐会。不过这场宴会我们要对姑妈保守秘密，在最后一刻才告诉她，给她一个大大的惊喜。我要把溪谷村她喜欢的每个人都邀请来……"

"有这样的人吗，亲爱的医生太太？"

"嗯，那标准就放宽松点吧。邀请她在罗布里奇的表妹阿德拉·凯里，还有镇上的一些人。我们要做一个很大的生日蛋糕，上面插着五十五支蜡烛……"

"这当然是我的任务……"

"苏珊，你知道，你是爱德华王子岛上水果蛋糕做得最好的人。"

"我知道，我逃不脱你的手掌心的，亲爱的医生太太。"

接下来的一个星期，壁炉山庄都弥漫在一片神秘的气氛中。每个人都发誓不会把秘密透漏给玛丽·玛利亚姑妈。但是安妮和苏珊都低估了小道消息的力量。宴会前一个傍晚，玛丽·玛利亚姑妈从溪谷村拜访回来，看见她们疲惫不堪地坐在没有点灯的屋里。

"怎么一团漆黑，安妮伊？我真弄不懂怎么会有人喜欢坐在漆黑的房间里。那会让我很不高兴的。"

"并不是一片漆黑，还有落日的余晖……这是光明和黑暗的一场美丽邂逅,它们相遇在一起如梦如幻。"安妮与其说是在向别人解释,还不如说是在自言自语。

"我想这些话只有你知道是什么意思,安妮伊。你们明天要举办一场宴会?"

安妮突然坐直了身子,苏珊早已挺着腰坐着了。

"哎……嗯……姑妈……"

"对于我们家里的事,你却总是让我从外人那里才能打听到。"玛丽·玛利亚姑妈说,她的语气听起来更多的是悲伤,而不是愤怒。

"我们……我们只是想给你一个惊喜,姑妈……"

"我真弄不明白,你为什么会在这种时间里办宴会呢?这种季节的天气最靠不住,安妮伊。"

安妮暗自松了口气。显而易见,玛丽·玛利亚姑妈只知道家里要办一场宴会,但并不知道这场宴会是为她举办的。

"我……我想赶在春天花儿还没有凋谢前举办宴会,姑妈。"

"明天我该穿上我的石榴色塔夫绸裙子。安妮伊,我想,要不是我在村里听到这事,我明天就会穿着棉布裙子,在你的所有好朋友面前丢尽脸面。"

"哦,不会的,姑妈。我们当然会及时告诉你注意着装的……"

"好了,如果你还能听进我的忠告的话,安妮伊——但有时我很怀疑你根本就听不进去——我希望你以后最好不要这么神秘兮兮的。顺便说一下,你知道村里的人在说什么吗?他们说杰姆扔石头打碎了卫理公会教堂的窗户。"

"他没有,"安妮平静地说,"他告诉我说他没有。"

"你能确定吗,亲爱的安妮伊?他难道没有撒谎?"

这位"亲爱的安妮伊"依然很平静,她说:"我十分确定,玛丽·玛利亚姑妈。杰姆从来都没有对我说过谎话。"

"好吧,我想你应该知道别人是怎么议论的。"

玛丽·玛利亚姑妈像往常一样,昂首挺胸地走开了,十分夸张地避开了小虾米。这只猫正仰躺在地板上撒娇,希望有人搔搔它的肚子。

苏珊和安妮都长长地舒了口气。

"我想我该去睡觉了,苏珊。我希望明天是个好天气。我不喜欢看到港口上空乌云密布。"

"明天会是个艳阳天的,亲爱的医生太太,"苏珊宽慰她说,"皇历上是这么说的。"

苏珊有一本皇历,里面预言着一年里每一天的天气,并且还很灵验。

"侧门不要上锁,给医生留着,苏珊。他从镇上回来可能会很晚。他是去取玫瑰了……五十五朵金黄色的玫瑰,苏珊。我听玛丽·玛利亚姑妈说过,她唯一喜欢的就是金黄色的玫瑰。"

半小时后,苏珊在她的《圣经》章节中,读到了这样的内容:"请你的脚少迈进邻居的家,以免他厌烦你,憎恨你。"苏珊把一根艾草夹在这里做了个记号。"这种事情古时候就有了。"她想。

第二天,安妮和苏珊一大早就起床了,她们要赶在玛丽·玛利亚姑妈发现之前完成最后的准备工作。安妮一直喜欢早起,那样能够看到日出前半小时那神奇的景观,那个时候是属于精灵和古老神祇的世界。她喜欢看教堂尖顶后面那浅玫瑰色和金色交织的晨空,喜欢看日出时那浅浅的、半透明的红光慢慢洒满沙丘,喜欢看从村里屋顶上升起的第一缕紫罗兰色的袅袅炊烟。

"这样的好天气像是为我们定做的,亲爱的医生太太。"苏珊得意地说,她把椰蓉撒在霜冻橘子蛋糕上,"早餐后我要初试身手,做一种新式的黄油球,每隔半个小时我就会给卡特·弗拉格打一次电话,确保他不会忘记把冰淇淋送来。然后还有一点儿时间去擦洗门廊的台阶。"

"有那个必要吗,苏珊?"

"亲爱的医生太太,你邀请了马歇尔·艾略特太太,不是吗?一定要让她看到我们的门廊台阶无可挑剔。不过你会去布置那些摆设吧,亲爱的医生太太?我天生就没有摆弄花朵的本事。"

"四个蛋糕!哇!"杰姆说。

"只要我们决定举办一场宴会,"苏珊得意扬扬地说,"就一定能把宴会办得无可挑剔。"

客人们准时光临壁炉山庄,玛丽·玛利亚姑妈和安妮站在门口迎接。玛丽·玛利亚姑妈穿着石榴色塔夫绸裙子,而安妮穿着淡褐色巴里纱裙子。安妮本来想穿她那件白色平纹薄纱裙子,那更适合这个季节,但是最后还是放弃了。

"你非常明智,安妮伊,"玛丽·玛利亚姑妈评论说,"我总是说,白色的裙子只适合年轻人。"

一切都按计划顺利进行。餐桌布置得精美雅致,上面摆放着安妮最中意的盘子,白色和紫色的鸢尾花点缀得分外美丽。苏珊的黄油球成为大家关注的焦点,溪谷村以前从来没有过这道菜,她做的奶油汤是汤中极品,鸡肉沙拉也是用壁炉山庄原汁原味的鸡肉做出来的。卡特·弗拉格被苏珊的电话骚扰了一个上午，不得不将冰淇淋准时送到。最后，苏珊郑重地端出生日蛋糕，上面插着五十五支燃着的蜡烛，她那副隆重登场的模样不亚于给信徒的洗礼。她正步向前，将蛋糕摆放在了玛丽·玛利亚姑妈面前。

表面上看，安妮显得笑容满面、安详宁静，但她的内心一直忐忑不安。虽然看起来一切都很顺利，但她心灵深处有一种预感，觉得某个地方出了严重的问题。当客人抵达这里时，安妮在忙着招呼客人，所以她没有留意到，当马歇尔·艾略特太太诚挚地祝愿玛丽·玛利亚姑妈"幸福美满，永葆青春"时，姑妈脸色陡然发生了变化。但是当大家在餐桌边落座后，安妮醒悟过来，玛丽·玛利亚姑妈的神情绝不是高兴。事实上她脸色苍白——该不会是生气吧？——在进餐的时候，她一声不吭。有人和她说话时，她也是态度生硬，惜字如金。她只喝了两匙汤，吃了三口沙拉，至于冰淇淋，她好像根本没有注意到它的存在。

当苏珊把燃着蜡烛的生日蛋糕放在她面前时，玛丽·玛利亚姑妈这时喉咙被食物给噎住了，发出一声可怕的吞咽声，接着又是一阵窒息的喘息声。

"姑妈，你身体不舒服吗？"安妮叫道。

玛丽·玛利亚姑妈冷冰冰地瞪着她。

"我很好，安妮伊。实际上，对于一个像我这样上了岁数的老人来说，我的身体算是非常好的。"

就在这个"幸运"的时刻，双胞胎也出现了，她们共同抬着一个篮子，里面是五十五朵金黄色玫瑰。在突如其来的一片死寂中，她们将花儿献给玛丽·玛利亚姑妈，结结巴巴地说着祝福的话，表达着她们的美好祝愿。餐桌上顿时响起"祝你生日快乐，祝你生日快乐……"但是玛丽·玛利亚姑妈并没有和大家一起唱。

"那……就让双胞胎为你吹熄蜡烛吧,姑妈,"安妮神情紧张,迟疑不定,"然后……让你来切生日蛋糕?"

"我还没有老到那种地步……安妮伊。我自己能吹熄蜡烛的。"

玛丽·玛利亚姑妈故意做出一副吃力的样子吹熄了蜡烛,然后同样故意装出一副吃力的样子切开了蛋糕。然后她把刀子放下了。

"我也许可以先行告退了,安妮伊,像我这样的老女人经受不起这样的折腾,需要回去休息一会儿。"

"沙沙!"——是玛丽·玛利亚姑妈塔夫绸裙子拖在地板上的声音。"哗啦!"——她经过那篮玫瑰花时,花篮倾倒在地。"啪嗒啪嗒!"——是玛丽·玛利亚姑妈高跟鞋踏在楼梯上的声音。"砰!"——玛丽·玛利亚姑妈把房门用力关上了。

目瞪口呆的客人们一声不吭地咽下自己的那块蛋糕,他们的胃口全都被败坏了。在一阵令人窒息的沉默中,阿莫斯·马丁太太努力讲述一个故事,试图摆脱尴尬的局面,她说新斯科舍的一个医生用注射白喉病菌的方式,害死了好几个病人。而其他人都觉得这个故事并不适合这个场景,对她"所做的努力"也漠然处之。最后,大家在认为得体的时候,早早地告辞回家了。

安妮心烦意乱地冲进玛丽·玛利亚姑妈的房间。

"姑妈,你到底怎么了?"

"有必要当众公布我的年龄吗,安妮伊?你们还把我表妹阿德拉·凯里请到这里来……好让她搞清楚我到底有多老——她这些年来一直都想知道这个问题!"

"姑妈,我们是想……我们是想……"

"我不知道你表面上是出于什么目的,安妮伊。但所有这一切背后的用心,我知道得清清楚楚……哦,我能看懂你的心思,安妮伊,但是我尽量不揭穿你。我只是让你的良心来谴责你。"

"玛丽·玛利亚姑妈,我只是想让你度过一个开开心心的生日。我真的很抱歉……"

玛丽·玛利亚姑妈拿起手帕抹抹眼睛,坚强地笑了。

"当然我会原谅你的,安妮伊。但是你一定要知道,你是存心要伤害我的感情,发生了这样的事情,我再也不能待在这里了。"

"我是一片好心啊,你该不会认为……"

玛丽·玛利亚姑妈举起又长又瘦、骨节突出的手。

"我们别再讨论这个问题了,安妮伊。我只想安静一会儿……只想安静一会儿,'谁又能容忍下这种精神上的创伤呢?'"

那天晚上,安妮和吉尔伯特参加音乐会去了,但她根本就没法静下心来好好欣赏。吉尔伯特根本没把这当回事,就像科尼莉娅小姐喜欢说的那样,"真像个男人"。

"我现在想起了,她对自己的年龄一直有些敏感。爸爸曾经为这事惹恼过她。我本来应该提醒你的,但是我忘了。如果她要走,别尽力挽留她。"吉尔伯特说。要不是他碍于家族观念,可能会补充一句"走得好"!

"她不会走的。没有那么幸运的事情,亲爱的医生太太。"苏珊难以置信。

但是这一次苏珊错了。第二天玛丽·玛利亚姑妈就离开了壁炉山庄,临走之前她原谅了每一个人。

"别责怪安妮伊,吉尔伯特,"她宽宏大量地说,"虽然她一直存心侮辱我,但是我会原谅她。我从来不介意她背地里对我的所作所为——虽然我的情感很脆弱——而我一直还是很喜欢可怜的安妮伊。"——她好像是在勇敢坦承自己的弱点似的——"但苏珊·贝克的情况就不同了。吉尔伯特,我给你的最后一句忠告是——让苏珊安守本分,并且让她一直老实待着。"

起初没有一个人相信他们会如此幸运。现在他们清醒地意识到,玛丽·玛利亚姑妈真的已经走了——他们可以尽情大笑,再也不用担心要伤害谁的感情了——打开窗户再也没有人抱怨有风了——吃东西时也不会有人告诉你,你特别喜欢吃的东西会让你得胃癌了。

"我从来没有这么开心地送走过客人,"安妮半是愧疚半是高兴地想,"又能做自由自在的自己了,感觉真好啊。"

小虾米饱餐了一顿,好久没有这么吃过东西,它开始还有些胆怯,不管怎么,它发现做一只猫也是有很多乐趣的。花园里的牡丹也美丽绽放了。

"世界真的充满了诗意,对吧,妈咪?"沃尔特说。

"即将到来的是一个真正美好的六月,"苏珊预言说,"皇历书上这么说的。六月将会有几场婚礼,至少可能会有两个葬礼。能够再次自由呼吸感觉真是太奇妙了。我想起当时竟然拼命反对你举办这场宴会,亲爱的医生太太,我现在明白了,一定是上帝这样安排的。嗯,亲爱的医生太太,你觉得医生今晚会不会在他的牛排里放一些洋葱呢?"

安妮的计划

"我觉得我必须过来一趟，亲爱的，"科尼莉娅小姐说，"给你解释一下刚才那个电话。我弄错了……真对不起，我的莎拉表姐其实还没有死。"安妮强忍住笑，给科尼莉娅小姐在门廊上找张凳子坐下。苏珊也在门廊上，她在给侄女格拉蒂斯的一个衣服领子钩爱尔兰式的花边，这时她抬起头，客气地招呼道："晚上好，马歇尔·艾略特太太。"

"今天早上从医院传来消息说，莎拉昨晚去世了。我觉得应该通知你们，因为她是医生的病人。但后来才知道那是另外一个莎拉·切斯，而莎拉表姐还活着，而且可能会继续活下去，谢天谢地啊。坐这儿太愉快，太凉爽了，安妮。我总是说，要想吹吹风就得来壁炉山庄。"

"苏珊和我都很喜欢这迷人的星空。"安妮说着，把正为楠做的粉色平纹薄纱裙子放在一边，双手紧扣放在膝盖上。找个借口偷个懒也并不是不可以。最近这些天，她和苏珊都忙得没有时间休息了。

月亮即将升起来，即将升起的时刻比高悬在夜空还要迷人。虎纹百合在人行道旁"如火焰般明亮"，忍冬花的香气飘荡在天空，像是插着一对梦幻的翅膀在自由飞翔。

"空谷那边有人被谋杀了吗？"科尼莉娅小姐问。的确，从空谷那边传来的号叫声就像是有人在火刑柱上受刑一样。但是安妮和苏珊对此已经习以为常。

"帕西丝和肯尼斯一整天都待在那儿，他们要在空谷举办一场盛宴。说起切斯太太，吉尔伯特今天早上去镇上了，所以他应该知道她的实际情况。我很高兴她康复得这么快，这多亏了吉尔伯特，别的医生都不同意他当初的诊断，他还真有点儿担心。"

"莎拉表姐去医院的时候就警告我们说，除非我们百分之百地确信她已经死了，否则就别急着把她埋起来，"科尼莉娅小姐说，她使劲地摇着扇子，她心里暗自奇怪，医生的妻子为什么总是看起来神清气爽，"你不知道，我们一直有点儿害怕，觉得她的丈夫是被活埋了的——埋他的时候看起来还像是活的一样。但等到有人想到这一点时，一切都太晚了。他是理查德·切斯的哥哥，那个理查德今年春天才从罗布里奇搬到这里来，买下了老莫赛德的农场。他是个怪人。他说搬到乡下来是为了图个清静——在罗布里奇他整天都要躲着那些寡妇们。"科尼莉娅小姐本来要加上"和那些老姑娘们"，但是考虑到苏珊的感受，所以就省去了。

"我见过他的女儿思黛拉，她常来唱诗班练习。我们相互还很投缘。"

"思黛拉的确是个可爱的姑娘——很少有姑娘会像她这样动不动就脸红。我一直都很喜欢她。我和她母亲以前是好朋友。可怜的莱斯特！"

"她母亲很年轻就去世了的？"

"是啊，那时思黛拉才八岁。理查德独自把她抚养大的。可理查德竟然是个不信教的家伙！他说女人只是一种重要的生物而已……反正就是那个意思。他总是喜欢信口开河。"

"不过在抚养女儿这个事情上，他看起来做得还不错。"安妮说，她觉得思黛拉·切斯是个非常迷人的姑娘。

"噢，思黛拉是无可挑剔的。我也并不是说理查德就没有头脑。但他对小伙子们就不近人情了——他从不让小伙子靠近他女儿，可怜的思黛拉这辈子连一个男朋友都没有！对于那些想和她交往的年轻人，理查德把他们挖苦得无地自容。他是你见过的人当中最会挖苦人的家伙。思黛拉对他毫无办法……她母亲以前也对他无可奈何。她们都不知道该怎么办。他总是和人对着干，但是这对母女好像并不明白这一点。"

"可我觉得思黛拉似乎深爱着她的父亲。"

"哦，是的。她很崇拜理查德。当一切称心如意的时候，理查德是个颇受欢迎的男人。但是他应该多考虑考虑思黛拉的婚事。他必须知道，他不可能长生不老的——不过你听他说话时，你会觉得他真是这样想的。当然，他还不是很老——他很年轻的时候就结婚了。但是他们那家人都有中风的毛病。等他死后，思黛拉该怎么办呢？我看只有孤苦伶仃，孑然一身，等着老死。"

苏珊一直沉浸在她复杂的爱尔兰玫瑰花样上，这时抬起头，态度坚决地说："我不赞成老一辈的阻止年轻人自由恋爱。"

"如果思黛拉真的喜欢上了谁，也许她父亲就不得不接受，不会给她施加太大的压力。"

"那你就错啦，亲爱的安妮。只要思黛拉的父亲不喜欢，她就永远不会结婚的。我还要告诉你另外一个人，他的人生也要被毁掉了，那就是马歇尔的外甥——埃尔顿·丘吉尔。他的母亲玛丽下决心，千方百计阻止他结婚。玛丽比理查德更喜欢对着干——要是她是个风向标，吹南风时她就一定会指向北方。你知道，家里的财产都攥在她的手里，等埃尔顿一结婚，财产就得交出来。每次只要他喜欢上一个姑娘，不管怎样，她总会使出各种招数棒打鸳鸯。"

"实际上，这不能全怪玛丽吧，马歇尔·艾略特太太？"苏珊干巴巴地质疑，"有些人认为埃尔顿很花心。我听说别人叫他花花公子。"

"因为埃尔顿长得英俊，姑娘们都倒追他，"科尼莉娅小姐反驳说，"他有时会逢场作戏，然后离开那些姑娘，就当是对她们的一个教训，这怪不着埃尔顿。但有一两次他确实喜欢上了很不错的姑娘，可玛丽每次都把他们活活拆散了。这是她亲口告诉我的，她说她问过《圣经》了——她总是喜欢'问《圣经》'——她从《圣经》里找了一些章节，每次都拿出来警告埃尔顿，反对他结婚。我看不惯她这种古怪的做法。她为什么不去教堂，像四风港这里的大多数人一样做个举止得体的人呢？可是她就不这样，她肯定是自己搞出了一套宗教来，坚持'问《圣经》'。去年秋天，那匹很贵重的马得病了——价值四百元的马呢——她不是去罗布里奇请兽医，而是去'问《圣经》'，结果翻到一节：'赏赐的是主，取走的也是主。主的名字应该被颂扬。'要是她去请兽医，她的马是不会死的。想想看，《圣经》的章节竟然被这样滥用，亲爱的安妮。我觉得这是对主的大不敬。我就这样明白无误地告诉她了，但我没讨到一个好脸色。而且她坚持不装电话，当有人开口跟她提起这事，她就说：'你以为我会对着墙上的一个盒子说话吗？'"

科尼莉娅小姐停下来，她说得有点儿喘不过气来。她这个小姑子的怪毛病总是让她心烦意乱。

"埃尔顿一点儿也不像他母亲。"安妮说。

"埃尔顿像他父亲……一个好得不能再好的男人。艾略特家的人永远都弄不明白他为什么要和玛丽·艾略特结婚，虽然他们丘吉尔家跟艾略特家结婚也算是高攀了。玛丽还是姑娘的时候，个子瘦瘦高高，总是神经兮兮。当然她有很多钱——她玛丽姑妈把所有的财产都留给她了。但这不是他们结婚的理由，乔治·丘吉尔真的很爱她。我不知道埃尔顿是如何看待他母亲反复无常的毛病的，不过他一直都是个好儿子。"

"你知道我刚才想到了什么吗，科尼莉娅小姐？"安妮莞尔一笑，"如果埃尔顿和思黛拉坠入情网，彼此不都是件好事吗？"

"他们没机会相爱的，就算是爱上了，也不会有结果。玛丽会哭哭啼啼，理查德会马上让这个乡巴佬吃闭门羹，尽管他自己现在也是个乡巴佬。而且思黛拉也不是埃尔顿喜欢的那种类型的姑娘——他喜欢娇艳活泼的。而思黛拉也不喜欢埃尔顿这种类型。我听说罗布里奇新来的牧师对她含情脉脉。"

"是不是那个看起来像是贫血，而且眼睛还很近视的牧师？"安妮问。

"而且他的眼睛是对金鱼眼，"苏珊说，"如果他要含情脉脉地看人，那模样一定会很恐怖。"

"至少他还是个长老会教徒，"科尼莉娅小姐说，好像这一点就能弥补他的许多缺陷，"嗯，我该走了。我发现要是我在露水中坐久了，我的神经痛就要发作。"

"我送你到大门口。"

"你穿上那件裙子,看起来真像一位女王,亲爱的安妮。"科尼莉娅小姐莫名其妙地冒出一句赞叹。

安妮在门口遇见了欧文和莱丝丽夫妇,请他们到门廊坐坐。苏珊已经回屋去给刚回家的医生准备柠檬水了。孩子们也一窝蜂地从空谷回来了,他们一脸困倦,却兴高采烈。

"我赶车过来的时候,听见你们在那里大吵大闹,"吉尔伯特说,"整个村子里的人肯定都能听到你们的叫喊声。"

帕西丝·福德把她浓密的蜂蜜色鬈发甩到背后,对他吐了吐舌头。帕西丝最喜欢"吉尔伯特叔叔"了。

"我们正在模仿咆哮的托钵僧,所以当然要大声叫喊了。"肯尼斯解释说。

"看看你的衬衫都脏成什么样子了。"莱丝丽很生气地说。

"我摔在黛做的泥饼上了。"肯尼斯说,声调里透着一丝得意。他很不喜欢穿妈妈为他做的这些衬衫,洗得干干净净,浆得生硬笔挺,穿起来很不自在,可每次去溪谷村他都得这样穿。

"亲爱的妈妈,"杰姆说,"我能去阁楼拿一些旧鸵鸟毛吗?我要缝在裤子后面当尾巴。明天我们玩马戏团游戏,我要当鸵鸟。我们还要弄一头大象来。"

"你知道吗?养一头大象一年就要花费六百元钱呢。"吉尔伯特一本正经地说。

"可一头想象的大象一分钱都不用花。"杰姆耐心地解释说。

安妮笑了:"我们在想象力方面从来不需要节俭,谢天谢地。"

沃尔特什么也没有说。他看起来有点儿疲惫,心满意足地坐在母亲身旁,将他黑色的脑袋倚靠在母亲的肩膀上。莱丝丽·福德看着他,觉得他天生有着一张天才的脸孔……有一种遥远而超然物外的神情,似乎是来自另外一个星球的灵魂,地球不是他的栖身之所。

在这样一个金色日子的金色时刻里,每个人都感到无比幸福。教堂的钟声越过港口,悠扬朦胧,悦耳动听。月亮在水面上变幻着形状,沙丘闪烁着迷蒙的银光。空气中飘荡着薄荷的清香,那些玫瑰花虽然不在眼前,但它的芳香让人无法抗拒。安妮虽然已经有了六个孩子,但是她的眼眸依然年轻,她如痴如醉地望着草坪,觉得月光下的一棵小伦巴第白杨是全世界最纤细、最顽皮的。

然后她又开始琢磨起思黛拉·切斯和埃尔顿·丘吉尔的事来,直到吉尔伯特问她在想什么,可不可以说出来让大家一起分享。

"我在认真考虑怎样去撮合一对男女。"安妮回答说。

吉尔伯特露出一副绝望的神情,看着大家。

"你们知道,我一直担心这一幕又会重新上演。我已经尽力啦,但是真没有办法改变一个天生的媒人。她对这种事满腔热忱。她撮合的婚姻已经不计其数。要是让我承担这么大的责任,根本没法睡上一个踏实觉。"

"但是他们都过得很幸福,"安妮抗议说,"我真的是个做媒专家。想想我撮合的婚姻,西奥德拉·迪克斯和路德维克·斯彼德——斯蒂芬·克拉克和普利希·贾德纳——珍妮特·斯威特和约翰·道格拉斯——卡特博士和艾丝米·泰勒——诺拉和吉姆——多维和贾维斯……"

"噢,我真的服了。欧文,我的这个妻子从来都是不达目的誓不罢休。对于她来说,什么都可以结为一体,连蓟都可以结出无花果的。我看她一直会对做媒乐此不疲,直到她什么时候长大了才会罢手。"

"我想她还促成了另外一桩婚姻。"欧文说,微笑着看着他的妻子。

"那不是我,"安妮赶紧说,"那都是吉尔伯特的功劳。我当时还极力劝阻他别想为乔治·摩尔做手术。做梦都还梦见在百般劝阻他——有几次梦见自己劝阻成功了,醒过来后冷汗直冒。"

"好了,俗话说,只有幸福的女人才能当媒婆,所以里面也有我的功劳,"吉尔伯特得意扬扬地说,"那么,你头脑里的那对新的'受害者'是谁呢?"

安妮冲着他笑了笑。做媒是一件微妙而谨慎的事情,有些事情连丈夫都不能知道。

按计划行事

那天夜里,安妮久久不能入睡,接下来的几个晚上都是如此。她反复思量着埃尔顿和思黛拉。她有一种强烈的感觉,思黛拉渴望结婚,渴望有一个家,渴望有自己的孩子。有天傍晚她恳求安妮允许她给里拉洗澡,"给这个胖嘟嘟的、长着小窝窝的小身子洗澡,该是多么开心的事啊。"她还羞怯地说,"她多可爱呀,布里兹太太,她会伸出柔软的可爱的小手来抓我。婴儿都是这么可爱,对不对?"如果因为思黛拉的父亲不高兴,就让这些甜美的希望如烟花般灰飞烟灭,那真是悲哀啊。

那一定是一桩理想的婚姻。但是怎样才能促成这桩婚事呢?牵涉到的每个人都有些顽固和逆反,问题还不仅仅局限于老一辈的顽固和逆反,安妮猜想,埃尔顿和思黛拉两个并不是那么情投意合。这和她以前撮合的那几对情形有些不同,需要一种全新的策略。她想起了多维的父亲。

安妮微微仰起下巴,决定一不做二不休。在她看来,埃尔顿和思黛拉这一对恋人最终会牵手。

没有时间可以浪费了。埃尔顿住在港口上头,平时都去港口上面的圣公会教堂,根本没有机会遇见思黛拉·切斯……也许他从来都没有见过她。他虽然已经有好几个月都没有追求姑娘了，但他随时都可能重新开始一段新的恋爱。上溪谷村的珍妮特·斯威夫特太太有个很漂亮的侄女，最近要来拜访她，而埃尔顿最喜欢追求新来的姑娘。所以，当务之急，她要做的第一件事，就是让埃尔顿和思黛拉相遇。该怎么安排呢？这事一定要做到天衣无缝、滴水不漏，就像是无意间的邂逅。安妮绞尽脑汁，觉得最好的办法就是举办一场聚会，把他们俩都邀请过来，除此之外就没有更好的办法了。不过她并不太喜欢这个主意。这种天气举办聚会实在是太热了，而四风港的年轻人都特别吵闹，很难安静片刻。安妮知道，如果不把壁炉山庄从阁楼到地窖彻底打扫干净，苏珊是不会同意举办聚会的……可苏珊觉得今年夏天太热了。但是有"舍"才会有"得"。恰好在这时候，当年的珍·普林格尔，如今已经是文科学士了，她写信来说，她将实现很久以前的承诺，前来拜访壁炉山庄。这可以作为举办聚会的绝佳借口。幸运之神似乎站在她这边了。珍来到壁炉山庄——安妮发出了聚会邀请——苏珊把壁炉山庄彻底打扫了一番——苏珊和安妮忙得大汗淋漓，为聚会做好了各种美食。

在聚会的前一天晚上，安妮已经累得心力交瘁。天气实在太热了。杰姆躺在床上，肚子疼得厉害，吉尔伯特轻描淡写地说是青苹果引起的，但安妮暗自担心会是阑尾炎。而珍·普林格尔想帮苏珊一把，结果打翻了一锅热水，差点儿把炉子下的小虾米给烫死。安妮的每根骨头都在疼，她的头很疼，她的脚很疼，她的眼睛很疼。珍和一群小孩子去看灯塔，她让安妮直接去床上休息，但安妮并没有去睡觉，而是坐在门廊上和埃尔顿·丘吉尔说说话。今天午后下了场雷阵雨，把门廊淋得湿漉漉的。埃尔顿来为他母亲拿支气管炎药,本来不用进屋的。但安妮觉得这是天赐良机,因为她一直想和埃尔顿谈谈。埃尔顿常常为这种类似的差事来壁炉山庄,一回生二回熟,他和安妮也就成了好朋友。

埃尔顿坐在门廊的台阶上,他没有戴帽子,头向后仰靠在柱子上。正如安妮一直所认为的,他确实是一个很英俊的小伙子,高高的个子,宽宽的肩膀,冷酷白皙的脸似乎永远都晒不黑,神采奕奕的蓝眼睛,乌黑的头发直直地立起来。他的声音很动听,笑声朗朗,谦恭有礼,深讨姑娘们喜欢。他在奎恩学校上了三年学,一直想到雷德蒙学院去学习,但是他母亲不让他去,声称那是《圣经》的神谕。埃尔顿便知足地在农场上安定下来。他告诉安妮说,他喜欢耕种,自由自在、独立自主,他有着母亲挣钱的本领,有着父亲迷人的个性。毫无疑问,他是个理想的结婚对象。

"埃尔顿,我想请你帮个忙,"安妮迷人地说,"你愿意帮我吗?"

"当然,布里兹太太,"他热心地说,"尽管开口好啦。你知道,我愿意为你做任何事情。"

埃尔顿确实很喜欢布里兹太太,十分乐意帮助她。

"我担心会给你添麻烦的,"安妮无不担忧地说,"事情是这样的……在我明天的聚会上,我想请你多照顾一下思黛拉·切斯。我害怕她过得不开心。附近这里的年轻人她都不大认识,而且大部分都比她小——很多都只是大男孩子。你要邀请她跳舞,别让她受冷落了。她在陌生人面前太害羞了。我想让她在这里过得很开心。"

"噢,我一定尽力。"埃尔顿毫不迟疑地答应下来。

"但是你不能爱上她,你知道的。"安妮警告他,心里却在发笑。

"这是感情上的事情,布里兹太太,为什么不能呢?"

"嗯,"安妮悄悄地说,"我想罗布里奇的派克斯顿先生对她已经神魂颠倒。"

"就是那个自以为是的小花花公子?"埃尔顿脱口而出,其激烈的程度让人感到很意外。

安妮用带点责备的眼神温柔地看着他。

"怎么啦,埃尔顿?我听说他是个很不错的年轻人呢。你知道的,只有他那样的男人,才会有机会让思黛拉的父亲看得上。"

"是吗?"埃尔顿说,又恢复了满不在乎的样儿。

"是的……不过我觉得他也不一定有机会。我明白切斯先生的态度,他觉得这儿没有谁配得上他的思黛拉。恐怕一个普通的农夫根本入不了他的眼。因此,我不想让你爱上这样的姑娘,你永远都得不到手的,何必自寻麻烦呢?我只是给你提个醒,是为你好。我相信你母亲也会同意我的看法。"

"哦,谢谢……她是个什么样的姑娘,很漂亮吗?"

"嗯,我承认她算不上是个美人。我自己倒非常喜欢思黛拉,不过她脸色有点儿苍白,不大喜欢社交。虽然派克斯顿不是很强壮……但是我听说他家里很有钱。依我看,他们两人很般配,不想有人拆散他们。"

"那你为什么不邀请派克斯顿先生来参加你的这场狂欢活动,让他陪你的思黛拉玩得开心点呢?"埃尔顿毫不客气地质问道。

"你知道,牧师是不能来跳舞的,埃尔顿。好了,别胡思乱想了,只用照看好思黛拉,让她玩得开心点就行。"

"哦，我会陪着她玩尽兴的。晚安，布里兹太太。"

埃尔顿很唐突地转身离开了。留下安妮一个人在那里偷笑。"好啦，凭着我对人的本性的一点儿了解，那个男孩子会不顾一切地向世人展示，只要他愿意，不管别人怎么阻拦，他都能把思黛拉追到手。那个牧师是我的诱饵，埃尔顿马上就上钩了。不过，我想我这头疼会折腾我一个晚上的。"

她整整一个晚上头疼得都很厉害，脖子也很疼，苏珊把这个叫作"脖子抽筋"。到了第二天早上，她感到头左转右转都十分困难了。但是到了晚上，她又变成了欢乐和华丽的女主人。聚会办得很成功，看起来每个人都玩得很开心。思黛拉过得十分愉快。埃尔顿似乎是热情过头了，安妮想。但有点儿奇怪的是，这是他们的第一次见面，可晚餐刚一结束，埃尔顿就把思黛拉带到门廊一个昏暗的角落里，在那儿待了足足一个小时。不过总体上来讲，安妮还是很满意的，她相信从明天早上开始，情况就会越来越好。不过，满满两杯冰淇淋和一盘蛋糕被打翻在地，餐厅的地毯完全给毁了；吉尔伯特祖母的布里斯托尔玻璃烛台被摔成了碎片；有人打翻了客房的一罐雨水，水渗透到下面书房的天花板上，形成了一片令人心碎的水渍；豪华的大沙发上的流苏被扯掉了一半；苏珊最引以为傲的波士顿大蕨草，显然被一个肥胖的人给一屁股坐扁了。但权衡一下，虽然有一些损失，可重要的是，埃尔顿爱上了思黛拉。安妮最终还是感到十分欣慰。

接下来的几个星期里，本地的闲言碎语证实了这个美好的前景。事情越来越明显，埃尔顿上钩了。但思黛拉反应如何呢？安妮认为思黛拉并不是那种轻易会投入男人怀抱的姑娘。她有她父亲的逆反个性，这反倒更凸显出她迷人的气质。

幸运之神再一次帮助了焦虑的媒人。一天傍晚,思黛拉来壁炉山庄看看飞燕草,她们随后坐在门廊上聊天。思黛拉·切斯是一个白皙、苗条的姑娘,特别害羞,但非常可爱。她淡金色的头发如同轻柔的云朵,眼睛有着森林般的褐色。安妮觉得这多亏了她的睫毛,把她衬托得楚楚动人,实际上她并不是特别漂亮。她的睫毛长得让人难以置信,只用扑闪扑闪眨几下,就能打动男人的心。她虽说才二十四岁,但举止端庄稳重,看起来比实际年龄要老成一点儿。而她的鼻子,将来肯定会长成鹰钩鼻。

"我听到一些关于你的传言,思黛拉,"安妮说,对她摇摇手指,"而且……我……不知道……该不该……对这样的话……感到高兴。恕我冒昧地问一句,你觉得埃尔顿·丘吉尔当你的男朋友合适吗?"

思黛拉震惊地转过脸来。

"为什么……难道他不好吗?我以为你很喜欢埃尔顿,布里兹太太。"

"我确实喜欢他。但是……嗯,你知道……他名声不好,别人说他很花心。我听说没有哪个姑娘能和他长期交往。他追求过很多姑娘,但最终都分手了。我不愿意看到将来他认识了其他姑娘后,又把你抛弃了。"

"我想你误会埃尔顿了,布里兹太太。"思黛拉慢腾腾地说。

"但愿如此,思黛拉。如果你是不同类型的姑娘就好了,活泼开朗,就像艾琳·斯威夫特那样……"

"哦,嗯……我得回家了,"思黛拉含混不清地说,"父亲一个人在家很孤单。"

当她离开后,安妮又笑了。

"我敢肯定,思黛拉走的时候一定在暗暗发誓,她要让我们这些多管闲事的朋友看看,她能牢牢地抓住埃尔顿,绝不会让艾琳·斯威夫特有插手的机会。她刚才在微微摇晃着脑袋,脸上突然涌现出一片红晕,这已经说明一切了。现在,年轻人不用再操心了。但老一辈恐怕坚硬得就像核桃,很难敲开的。"

出人意料

幸运之神再次垂青安妮。妇女援助会请安妮去拜访玛丽·丘吉尔太太,让她为社区捐款。丘吉尔太太很少去教堂,也不是援助会的成员,但是她"相信传教",如果有人登门请她捐款,她总会慷慨解囊。不过,大家都不喜欢做上门募捐这类事,因此每年都轮流去募捐,今年轮到安妮了。

一天傍晚,安妮沿着一条开满雏菊的小径走下来,又翻过一座小山坡,一路上到处都是芳香美丽的可爱景致。过了山坡,就有一条大路直通丘吉尔农场,那儿离溪谷村有近两公里远。那条大路相当乏味,有点儿陡峭的小斜坡上布满了灰色的篱笆,就像蛇一样蜿蜒前行。不过路上还有人家,有一条小溪,牧草的香气一直弥漫到海洋上……还有花园。安妮每经过一个花园都会停下来看一看。她对花园抱有浓厚的兴趣。吉尔伯特经常取笑说,如果一本书标题有"花园"两字,安妮会毫不犹豫地买下来。

一只小船懒洋洋地停泊在港口,远处的一艘船也静静停泊着。安妮每次看到船只出港都有点儿心跳加快。她曾听富兰克林·德鲁船长说过一句话,她深有同感——德鲁船长从码头登上他的船时,他说:"上帝,我真为那些留在岸上的人难过!"

丘吉尔家的大房子正好俯视着港口和沙丘。屋顶用冷冰冰的铁丝网围了起来。丘吉尔太太彬彬有礼地欢迎安妮的来访,但说不上热情。她带着安妮来到富丽堂皇的客厅,这里光线昏暗,贴着褐色墙纸的黑暗墙壁上,挂满了丘吉尔家和艾略特家不计其数的先人画像。丘吉尔太太坐在一张绿色的长毛绒沙发上,瘦长的双手叠放在膝盖上,眼睛直直地盯着来访者。

玛丽·丘吉尔个子瘦高,面容憔悴,神情刻板严峻。她下巴突出,深陷进去的蓝眼睛很像埃尔顿,宽宽的嘴巴总是抿得很紧。她不会多说一个字,从来不会到处传闲话。安妮发现,要和她交流真是异常困难。但是当她提起港口那边新来的牧师时,终于打破了交流的僵局。丘吉尔太太并不喜欢那位牧师。

"他不是个好牧师。"丘吉尔太太冷冰冰地说。

"我听说他的布道很精彩。"安妮说。

"我听过一次,但我再也不想听了。我的灵魂在寻求慰藉,而他只是夸夸其谈。他相信光凭脑子就能到天国去。这当然是不可能的。"

"说起牧师,罗布里奇现在的牧师非常聪明。我觉得他对我的一个年轻朋友很感兴趣,就是思黛拉·切斯。传言说两家将会联姻。"

"你是说结婚吧?"丘吉尔太太说。

安妮觉得碰了一鼻子灰,但是她明白,如果你想多管闲事,那你就只好忍受。

"我觉得他们非常般配,丘吉尔太太。思黛特别适合当一位牧师的妻子。我还告诉埃尔顿,他决不能破坏他们的好事。"

"为什么?"丘吉尔太太问,连眼皮都没有动一下。

"嗯……其实……你知道……我担心埃尔顿任何机会都没有。切斯先生觉得任何人都配不上思黛拉。埃尔顿所有的朋友都不希望看到他被甩掉,就像一双旧手套突然就被扔掉。他很不错,没必要这么做。"

"没有哪个姑娘会甩掉我的儿子,"丘吉尔太太说,她薄薄的嘴唇抿得更紧了,"情况往往相反。不管那些姑娘的鬈发多么漂亮,笑得多么甜美,不管她们怎么搔首弄姿,装腔作势,我儿子都会甩掉她们。只要我儿子看上了,他想跟谁结婚就能跟谁结婚,布里兹太太……不管哪个女人。"

"哦?"安妮用这种语气示意,"出于礼貌我当然不能反驳你,但是你也不能驳倒我。"玛丽·丘吉尔懂得这个意思。当她起身离开房间去拿捐款时,她苍白的、满是皱纹的脸上泛起一片红色。

"你这儿的风景真是太漂亮了。"当丘吉尔太太送安妮出门时,安妮说。

丘吉尔太太瞥了海湾一眼,她可不这么认为。

"如果你冬天在这儿感受一下东风,布里兹太太,你也许就不会想着风景之类的事了。今晚天气真够凉的。我总是在想,你穿这么薄的裙子,难道不怕着凉吗?不管裙子多漂亮都不管用。你还年轻,要风度不要温度,我已经老了,对这些虚荣的东西没有任何兴趣了。"

安妮借着昏暗的暮色回家去了,她对这次的会面感到非常满意。

"当然不能全指望丘吉尔太太,"安妮走过树林的一小片空地,对着正在这里"开会"的一群欧椋鸟说,"不过我让她稍稍有了点担忧。我知道,她可不愿意让人看到埃尔顿被甩掉。好了,凭着我的能言善辩,我对涉及的大部分人都做过思想工作了,现在就只剩下切斯先生。我不知道该怎么劝说他,我还不认识他呢。我很想知道,他是否觉察到了埃尔顿和思黛拉在热恋?不可能。思黛拉根本不敢把埃尔顿带回家,肯定是这样的。现在,我该怎么劝说切斯先生呢?"

这可真是不可思议——幸运之神又为安妮铺平了道路。一天晚上,科尼莉娅小姐顺路来看安妮,并请她陪自己一起去切斯家。

"我正想去理查德·切斯家,让他为教堂厨房的新炉子捐款。亲爱的,你愿意跟我一起去吗?你只用给我精神上的支持。我很不喜欢和他单独交锋。"

她们发现切斯先生正站在他家的前门台阶上,眺望着远处。他有着长长的腿,还有长长的鼻子,看起来就像是正在冥思苦想的鹤。脑袋顶上光秃秃的,闪着微光,周围有一圈头发。他眨巴着一双灰色的小眼睛,盯着来客。他或许在想,和老科尼莉娅来的是不是就是医生的妻子,她的身材很不错。科尼莉娅算来该是他的远房表姐,她是个态度生硬的女人,她的智力也许跟一只蚱蜢差不多,不过只要总是顺着她的脾气,她还算得上是一只不坏的老猫。

他彬彬有礼地邀请她们到他的小书房去,科尼莉娅小姐咕哝一声,舒服地坐进一张椅子里。

"今晚热得吓人呀。我担心要下雷阵雨。老天,理查德,那只猫比以前更肥了!"

理查德·切斯养着一只块头大得惊人的黄猫,它现在爬上了理查德的腿上。他温柔地拍拍它。

"托马斯·莱蒙让世人知道,做一只猫也是很有自信心的,"他说,"对吧,托马斯?看看你的科尼莉娅婶婶,莱蒙,她正恶狠狠地斜视着你呢,那圆溜溜的眼睛本该装满仁慈和关爱的哦。"

"别把我当成是那只畜生的科尼莉娅婶婶!"艾略特太太正颜厉色地说,"玩笑归玩笑,但别太过分了。"

"难道你宁愿当内迪·丘吉尔的婶婶,也不愿意当莱蒙的婶婶?"理查德·切斯装出一副伤心的样子质问道,"内迪又贪吃又酗酒,不是吗?我还听说你给他罗列了一张罪单呢。难道你不觉得,给托马斯这种正派诚实的好猫当婶婶,要比给一个只关心威士忌的醉鬼当婶婶强得多吗?"

"可怜的内迪总算是人类吧,"科尼莉娅小姐反驳说,"我不喜欢猫。那正是我对埃尔顿·丘吉尔唯一不满的地方。他不可思议地喜欢猫。只有上帝才明白他这是从哪儿得来的毛病……他父亲和他母亲都很讨厌猫。"

"他是多么明智的年轻人啊!"

"明智!是啊,他真够明智的……他除了狂热地喜欢猫,还狂热地信奉进化论——这也不是从他母亲那里遗传来的。"

"艾略特太太,你知道吗?"理查德·切斯郑重地说,"我也暗自倾向于进化论的理论。"

"你以前就这样说过。好了,你想信什么就信什么,理查德·切斯——你真像个男人。感谢上帝,没有人能够使我相信我是一只猴子的后代。"

"你长得不像,我承认,你是个漂亮的女人。从你那红润、愉快、尊贵、亲切的相貌上,我确实看不出你与猴子有什么相同之处。但是,你一百万代前的老祖母就是用尾巴从一根树枝荡到另一根树枝的。科学已经证明过了,科尼莉娅,信不信由你。"

"那么我还是不信好啦。我可不是为了这事来跟你讨论的。我有我自己的宗教信仰,那里面可没有说什么猿猴祖宗这种事。顺便说一句,理查德,思黛拉今年夏天看起来不大对劲啊,我以前从来没见过她这样。"

"她一直觉得天气太热了。等天气转凉,她就会恢复精神的。"

"但愿如此吧。莱斯特每年夏天也会这样,但是最后那一年她就没有恢复过来,理查德……你可别忘了。思黛拉和她母亲体质差不多。幸好她不可能结婚。"

"她为什么不可能结婚?我得好奇地问问你,科尼莉娅……非常好奇。女人的思维方式让我莫名其妙了。你总是突然冒出这样的话,是什么样的前提条件让你得出了这样的结论,你凭什么说思黛拉不可能结婚?"

"好吧,理查德,简单地说,她不是那种很受男人喜欢的姑娘。虽说她是一个漂亮、人品很好的姑娘,但是她跟男人毫不沾边。"

"她有追求者。为了赶跑他们,我花了不少钱购买猎枪,还养了斗牛犬。"

"他们都看中了你的钱袋子,我想。他们很容易就会泄气的,对不对?你随便挖苦他们几句就会让他们滚蛋。如果他们真的喜欢思黛拉,随便你养多少斗牛犬,都不会把他们吓跑。所以啊,理查德,你最好应该接受现实,思黛拉是不可能找到一个称心如意的男朋友的。你知道,莱斯特也是这样的人。她在嫁给你之前，从来也没有过男朋友。"

"难道我还不值得她苦苦等待吗？要知道莱斯特是个聪明的女人。你别想把我的女儿嫁给汤姆、迪克或是哈利什么的，好不好？尽管你看不起她，但她是我的掌上明珠，会在国王的宫殿里发光的。"

"我们加拿大没有国王，"科尼莉娅小姐反驳说，"我并不是说思黛拉不是个可爱的姑娘，我只是说男人好像都没有看到这一点。而且，考虑到她的体质，我觉得她最好别结婚，这样对你也很好，你可以把她永远留在你身边……没有了她，你就像是个无助的婴儿。好了，你只用答应给教堂的新炉子捐款，我们马上就离开。我知道你急着想去看你的那本书。"

"真是令人钦佩、明察秋毫的女人！有你这样的表姐，我真是三生有幸啊！我承认……我确实急着想去看书。还没有人能有你这样的火眼金睛，也没有人能像你这么体贴入微。你打算让我出多少钱？"

"你可以捐五元。"

"我从来不和女士讨价还价。五元就五元。怎么，要走了？一点儿时间也不浪费，真是个罕见的女人！一旦达到目的，就抛下我不管了。晚安，尊贵的远房表姐。"

在整个拜访活动中，安妮一言未发。既然艾略特太太无意中把她想说的事情都说了，她又何必多嘴呢？但是，当理查德·切斯弯腰向她们致意时，他突然悄悄地对安妮说："你有一双我见过的最漂亮的脚踝，布里兹太太，刚才我一直在欣赏它们呢。"

"他是不是很可怕？"当她们走下小路时，科尼莉娅小姐气喘吁吁地说，"他总是对女人说些这种很没有礼貌的话。你别介意他,亲爱的安妮。"

安妮没有介意理查德·切斯,相反,她还挺喜欢他的。

"我觉得,"她暗自思忖,"他听说思黛拉不讨男人喜欢,肯定会不高兴的,尽管他在'祖先都是猴子'的问题上得胜了。我想他也会'向世人展示',思黛拉是很优秀的。我能做的都已经做了,而且做得相当漂亮。我已经让埃尔顿和思黛拉彼此有了好感;我和科尼莉娅小姐不会让丘吉尔太太和切斯先生反对这桩婚事的。现在,我只用安心等待,静观其变。"

一个月后,思黛拉·切斯来到壁炉山庄,再次和安妮坐在门廊的台阶上。当她和安妮聊天时,心里一直在想,要是自己有朝一日能像布里兹太太这样优雅稳重、和蔼可亲、充实忙碌,那该多好啊。

那是九月上旬,凉爽的黄灰色白昼已经过去,烟雾迷蒙的清凉夜晚已经来临。海洋发出轻微的哀叹,不绝于耳。

如果沃尔特听到这样的声音,他一定会说:"海洋今晚很不开心。"

思黛拉看起来有些心不在焉,沉默少语。她仰望着星星在紫色的天空施展着魔法,突然开口说:"布里兹太太,我想对你说件事。"

"是吗,亲爱的?"

"我和埃尔顿·丘吉尔已经订婚了,"思黛拉不顾一切地说了出来,"我们去年圣诞节就订婚了。我们直接告诉了我父亲和丘吉尔太太,但没有让别的任何人知道,因为我们觉得保守这个秘密是非常甜蜜的事。我们讨厌把这事传得满世界都知道。现在,我们准备下个月就结婚。"

安妮惊讶得一动不动,就像一块石头似的。思黛拉一直仰望着星星,所以她没有看到布里兹脸上的表情。她接着往下说,语气轻松了些。

"我和埃尔顿是去年十一月在罗布里奇的一场聚会上认识的。我们……一见钟情。他说他总是梦见我……一直在寻找我。当他看见我刚走进门口,他就对自己说:'这就是我的妻子。'而我……跟他的感觉一样。我们过得非常快乐,布里兹太太!"

安妮几次努力说话,但始终没能说出来。

"而在我们快乐的头顶上,唯一笼罩的乌云就是你对我们的态度,布里兹太太。你为什么不能试着接受我们呢?自从我今年春天来到圣玛丽溪谷村,你就一直是我亲爱的朋友——我觉得你好像就是我的姐姐一样。我一想到你反对我们的婚事,我就感到很难过。"

思黛拉的声音带着哭腔。安妮恢复了她说话的能力。

"亲爱的,让你获得幸福,这就是我所有的期望。我喜欢埃尔顿……他是个很棒的小伙子,只是名声不大好,大家说他花心……"

"他不是那样的。他只是在寻找真爱,你难道不明白吗,布里兹太太?他以前只是没有找到合适的人。"

"你父亲怎么看呢?"

"哦,我父亲非常高兴。他一看到埃尔顿就喜欢上他了。他们经常在一起讨论进化论,一谈就是几个小时。父亲总是说,只要遇着合适的男人他就会让我结婚的。我觉得要离开他太难过了,但是他说小鸟都有权利建造自己的小巢。我结婚后,堂妹德莉亚·切斯会来帮他料理家务,父亲非常喜欢她。"

"埃尔顿的妈妈呢?"

"她也很愿意。去年圣诞节,埃尔顿把我们准备订婚的事情告诉了她,她就去看《圣经》,她翻到的第一句就是'一个男人将离开他的父亲,和他的妻子结合。'她说《圣经》已经明白无误地指示她该怎么做,于是当即就同意了。我们结婚后,她便搬到她在罗布里奇的小房子去居住。"

"很高兴你再也不用和那个绿色的长毛绒沙发一起生活了。"安妮说。

"沙发?哦,是的。那些家具真是太老式了,对吧?不过她要把那些家具都带走,埃尔顿准备全部换新的。所以你看,每个人都为我们高兴,布里兹太太,你是否也愿意衷心祝福我们呢?"

安妮靠过去,亲吻了思黛拉冰凉光滑的面颊。

"我为你感到万分高兴。上帝永远保佑你,我亲爱的。"

当思黛拉告辞后,安妮飞奔回自己的房间,那一阵子,她什么人都不想见。在东边那蓬松难看的云朵后面,一轮歪斜的下弦月露出了嘲讽的笑容,远处的田野好像在顽皮地眨着眼,冲她做鬼脸。

她一一梳理了过去这几个星期发生的一切。她毁掉了自己餐厅的地毯,打碎了两个珍贵的传家宝,损坏了书房的天花板,而她还试图利用丘吉尔太太推波助澜,丘吉尔太太肯定一直掩饰不住笑呢。

"到底谁是这件事情最大的傻瓜?"安妮问月亮,"我知道吉尔伯特会怎么看这事。我费尽心思,想去撮合他们,没想到他们早就订了婚。现在,我要彻底改掉我爱做媒的毛病……绝对要改。就算全世界再也没人愿意结婚,我也不会伸出根手指头去推一把。好了，还是有件令人宽慰的事情，珍·普林格尔今天来信说，她在我的聚会上认识了刘易斯·斯德曼，现在他们准备结婚了。我的那对布里斯托尔玻璃烛台总算没有白白牺牲。孩子们……孩子们！你们在楼下非得要弄出那么怪异的叫声吗？"

"我们是猫头鹰，必须要咝咝叫。"从漆黑的灌木丛中传来杰姆委屈的辩解。他知道自己学得很像。杰姆能惟妙惟肖地模仿出森林里各种小动物的叫声。沃尔特就不那么擅长了，他立即停止当猫头鹰，变回一个醒悟的小男孩，爬上楼来找母亲撒娇。

"妈咪，我认为蟋蟀会唱歌，但卡特·弗拉格先生今天说，它们不会唱歌，它们只是用后腿相互摩擦发出声音来。它们真的是那样吗，妈咪？"

"大概就是那个样子的……我对那个过程也不是特别清楚。不过你要知道，那确实是它们唱歌的方式。"

"我不喜欢这样。我再也不喜欢听它们唱歌了。"

"噢，你以后会喜欢的。当你听到丰收的牧场上和秋日的小山上到处传来它们美妙的合唱时，你就会忘掉它们摩擦后腿的事。是不是该睡觉了，我的小儿子？"

"妈咪，你能不能给我讲一个睡前的故事？我要听那种让我背脊骨发凉的恐怖故事。你还要一直坐在我床边，等我睡着了再走，好不好？"

"当然可以，否则要母亲有什么用呢，亲爱的？"

小狗吉普

"是该养只狗了。"吉尔伯特说。

自从老猎犬雷克斯被毒死后,壁炉山庄就再也没有养过狗。但男孩子应该养只狗的,医生决定帮他们找一找。可是这个秋天太忙了,就把找狗的事情放在了一边。直到十一月的一天下午,杰姆放学后带回了一只狗。这只小黄狗被杰姆叫作"小慌狗",它神气活现地竖着两只黑色耳朵。

"乔伊·瑞斯把它送给我的,妈妈。它的名字叫吉普。它的尾巴是不是很可爱?我可以养它吗,妈妈?"

"它是什么品种的狗啊,亲爱的?"安妮问道。

"我……我想它混合了很多品种,"杰姆说,"你不觉得这更有趣吗,妈妈?这比纯种狗更让人高兴呀。求求你啦,妈妈。"

"哦,如果你爸爸说可以的话……"

吉尔伯特说"可以",于是杰姆开始有了自己名下的财产。除了小虾米直白地表达了自己的不满外,壁炉山庄的每个成员都欢迎吉普来到这个家庭。甚至连苏珊都很喜欢它。在下雨天,它不能跟着它的主人去学校时,就和苏珊一起待在阁楼里。苏珊纺线,它则神气十足地在黑暗的角落里追赶着想象中的老鼠。每当它兴奋过头,不小心跑到小纺车边时,它就会发出一声胆战心惊的哀叫。那辆小纺车从来没有用过,是摩根家搬走时留下的,一直放在黑暗的角落里,像个驼背的老妇人。没有谁知道吉普为什么害怕这辆小纺车。它对大纺车毫不在乎,当苏珊转动纺车手柄开始纺线时,它就紧挨着纺车趴着。当苏珊转着长长的毛线,从纺车出发,慢步走到阁楼另一头时,吉普就在她身边前后跳跃。苏珊宣称这只狗确实是个好伙伴,而且还很聪明,每当它想要骨头时,它会仰躺在地上,在空中舞着前腿,像在作揖似的。这种小把戏让苏珊很开心。当贝迪·莎士比亚不屑一顾地说:"那不就是一只狗吗?"苏珊跟杰姆一样生气。

"我们确实把它叫作狗,"苏珊平静地说,但这种平静让贝迪觉得有些不妙,"也许你可以把它叫作河马。"结果那天贝迪空手而归,没有得到苏珊称之为"苹果嘎吱馅饼"的美味点心,往常苏珊都会给家里的两个男孩子和他们的伙伴一些点心。当麦克·瑞斯问,"它是不是被潮水冲来的?"苏珊并不在场,杰姆挺身而出,捍卫了自己的狗的尊严。而纳特·弗拉格说,相对于吉普的身材来说,它的腿太长了,杰姆反驳说,狗的腿必须足够长,否则就踩不着地面。纳特不太聪明,没有听出这句话的不对,只好认输。

这年的十一月,阳光特别吝啬,狂野的寒风刮着枫树林里光秃秃的银色枝条,空谷始终填满了迷雾——不是那种亲切的、有点儿扑朔迷离的雾,而是爸爸所说的"阴湿、黑暗、乏味、让人沮丧、像毛毛雨的迷雾"。壁炉山庄的小家伙们大部分时间只能待在阁楼里玩,不过他们结交了让人愉快的新朋友,两只鹧鸪鸟每天傍晚都会飞到一棵巨大的老苹果树上来。那些漂亮的蓝色松鸦,现在仍然有五只,每天都会忠心耿耿地来看望他们,吃着孩子们为它们准备的食物,那啄食的动作甚是滑稽。只不过它们有点儿贪婪自私,把其他鸟儿都赶得远远的。

十二月,冬天开始了,连续下了三个星期的雪。壁炉山庄周围的田野成了连绵起伏的银色世界,篱笆和门柱都戴上了高高的白帽子,窗户覆盖着美丽的冰花。壁炉山庄的灯光透过大雪纷飞的幽暗黄昏,欢迎所有的游子回家。对于苏珊来说,似乎从来没有哪个冬天像今年的这个冬天,有那么多的冬日婴儿出生。苏珊日复一日地在食品室为医生留下晚餐,她暗自在想,要是这样一直持续到春天,那可真是个奇迹。

"德鲁家的第九个孩子!好像这个世上的德鲁还不够多似的!"

"我猜想德鲁太太只会觉得这是个奇迹,就像我生里拉时一样,苏珊。"

"你可真会开玩笑,亲爱的医生太太。"

当暴风雪在屋外怒吼,或是蓬松的白云遮住寒星时,在壁炉山庄的书房或是大厨房里,孩子们正兴致盎然地计划着夏天里要在空谷建一间游戏屋。无论屋外如何寒风咆哮,壁炉山庄里总是燃着温暖而舒适的炉火,抵挡着暴风雪的侵扰,弥漫着让人垂涎三尺的美味,为玩累了的小家伙们准备着舒适的床。

圣诞节来了,又过去了。今年没有玛丽·玛利亚姑妈的侵扰,大家都不必小心谨慎,过得十分开心。在冬日那寒冷、玫瑰色的日落时分,你可以沿着兔子在雪地上留下的一串串脚印一路追踪;你可以在冻得坚硬的田野上和自己的影子赛跑;你可以爬上闪着银光的小山然后滑下来;你可以在结了冰的池塘上溜冰,直到玩得筋疲力尽。当你回家时,总有一只黑耳朵的小黄狗跑出来迎接你，欣喜若狂地冲你叫唤；当你睡觉时，它就睡在你的床脚；当你学习拼写的时候它就趴在你的脚边；当你吃饭的时候，它就紧挨你坐着，时不时用它的小爪子拍拍你，提醒你别忘了给它喂点吃的。

"亲爱的妈妈，我真不知道以前没有吉普，我的日子是怎么过的。它会说话，妈妈……它真的会说话——用它的眼睛说话，你知道的。"

然后……悲剧发生了！有一天，吉普看起来无精打采。即使苏珊用它最喜欢的肋骨去引诱它，它也一口也吃不下。第二天，罗布里奇的兽医来了，他只是一个劲地摇头。小狗情况不妙，它可能在森林里吃了有毒的东西，也许会好，也许不会好。小狗静静地躺在那里，除了杰姆，它见了其他人一动也不动。后来，杰姆抚摸着它，它还试图摇一摇尾巴。

"亲爱的妈妈，我想为吉普祷告，这可以吗？"

"当然可以，亲爱的。我们可以为任何我们所爱的事物祷告。但是恐怕……吉普的病非常严重。"

"妈妈，你该不会以为吉普会死吧！"

第二天早上，吉普死了。这是杰姆平生第一次遭遇死亡。当看着我们心爱的生灵死去，这样的经历谁都难以忘怀，哪怕"只是一只小狗"。壁炉山庄的每个人都哭了，连苏珊也哭了，她擦着哭红的鼻子，喃喃自语："我以前从来没有喜欢过一只狗……以后也不会喜欢了。真是太伤心了。"

苏珊不熟悉吉卜林[①]的诗句"为什么你的心为一只小狗伤心落

---

① 吉卜林：（1865~1936），英国作家，1907年获诺贝尔文学奖。

泪",如果她知道,就算她看不起诗歌,她也会拍手称快,总算有个诗人说出了她的感觉。

这一夜,可怜的杰姆难过极了。爸爸和妈妈有事出门了,沃尔特哭着睡着了,只有他孤独一人……甚至连可以说说话的狗都没有了。那双亲爱的褐色眼睛曾经多么忠诚地望着他,但现在死亡夺走了眼睛的光彩。

"亲爱的上帝,"杰姆祷告说,"请照看我的小狗,它今天死去了。它有两只黑色的耳朵,你很容易将它认出来。为了我,请别让它感到孤单……"

杰姆把脸埋在被子里,不想让自己哭出声来。等会儿就要熄灯了,黑夜会透过窗户盯着他,再也没有吉普了。寒冷的冬天早晨会来临,但再也没有吉普了。日复一日,年复一年,再也没有吉普了。他觉得实在难以忍受这样的痛苦。

这时,一双温柔的手臂轻轻地抱起了他,他被拥进一个温暖的怀抱中。哦,即使没有了吉普,这个世上还是有人爱着他。

"妈妈,我会一直这样难过下去吗?"

"不会的,"安妮并没有告诉他,他很快就会忘掉这样的痛苦,过不了多久,吉普就只是一个温暖的回忆,"不会一直这样难过的,小杰姆,慢慢就会好起来的。就像你的手被烧伤了,虽然刚开始很疼,但迟早都会痊愈的。"

"爸爸说他要给我再买一只狗。我不想要,好吗?我不想再要别的狗了,妈妈……永远也不要。"

"我知道,亲爱的。"

妈妈什么都知道。没有谁能有他这么好的妈妈。他想为她做点事情……他马上想到该怎么做了。他要去弗拉格先生的商店里为妈妈买一条珍珠项链。他有一次听妈妈说过,她真的想要一条珍珠项链,而爸爸说:"等我有了钱,我就会给你买一条,安妮姑娘。"

他马上积极筹划起来。他有一点儿零用钱,但是要留着买些日常的必需品,珍珠项链的费用不能从这里面支出。除此而外他只有一个办法,就是自己去挣钱。那将是他送给妈妈的真正礼物。妈妈的生日在三月……只有六个星期了。而一条项链要值五毛钱!

生日礼物

要在溪谷村挣钱并不是一件容易的事，但是杰姆还是下定决心。他用旧线轴做些陀螺卖给学校的同学，每个卖两分钱。他把三颗一直珍藏的乳牙也卖了，得到了三分钱。他把每个星期六下午自己的那份"苹果嘎吱馅饼"卖给贝迪·莎士比亚·德鲁。每天晚上，他把自己挣得的钱都放进了小小的黄铜猪储蓄罐里，那是楠送给他的圣诞节礼物。这个光亮好看的黄铜猪背上有一道缝，硬币可以从那里投进去。当放足了五十个铜币后，只用转动一下它的尾巴，就会自动打开，取出里面的钱。最后，他把自己的鸟蛋串珠卖给了麦克·瑞斯，得到了最后的八分钱。那是溪谷村最好的串珠了，要卖掉它，杰姆真有点儿舍不得。但是妈妈的生日越来越近了，必须要凑足这笔钱。麦克把钱一付给他，他就把这八分钱投进黄铜猪里，心里偷偷地乐开了花。

"转转它的尾巴，我想看看它是不是真的可以打开。"麦克说，他对此不大相信。但是杰姆拒绝了，他要等到去买项链时才会打开它。

第二天下午，妇女援助会在壁炉山庄聚会，那天发生的事情让这些成员们终生难忘。当诺曼·泰勒太太的祷告进行到中途时——诺曼·泰勒太太一向对自己的祷告非常自豪——一个发了狂的小男孩冲进了客厅。

"我的黄铜猪不见了,妈妈——我的黄铜猪不见了!"

安妮慌忙把他带出客厅,但是诺曼太太的祷告受到了影响,她本来满心期待给一位来访的牧师太太留下好印象,结果却给彻底毁了,她对此耿耿于怀,直到多年后才肯原谅杰姆,并愿意再次找他父亲看病。妇女援助会的女士们都回家后,壁炉山庄被翻了个底朝天,但黄铜猪毫无踪影。杰姆既为自己的冒失之举暗自责备,又为自己惨遭的损失焦头烂额,真是屋漏偏遇连夜雨啊,他气得头昏脑涨,恍惚记得最后是在什么地方见过黄铜猪。他打电话问过麦克·瑞斯,麦克说他最后看到黄铜猪就在杰姆的书桌上。

"苏珊,你觉得会不会是麦克·瑞斯……"

"不会,亲爱的医生太太,我敢肯定他不会。瑞斯家的人是有些毛病……把钱财看得特别重,但是只会通过诚实的途径去赚取。这头该死的猪能跑到哪里去呢?"

"也许被老鼠吃掉了?"黛说。杰姆对这个想法不屑一顾,但是也不禁隐隐担心起来。老鼠当然没法吃掉黄铜猪,何况猪肚子里还有五十个铜币呢。可是,要是它们吃下去了呢?

等杰姆第二天去学校的时候,黄铜猪还是毫无下落。他丢失东西的消息已经在学校传得沸沸扬扬。大家七嘴八舌,对他说了很多,但都不能让他高兴起来。在课间休息的时候,迷人的希丝·弗拉格偷偷坐到他身边。希丝·弗拉格喜欢杰姆,但是杰姆不喜欢她,尽管——或许正是因为——她有着浓密的黄色鬈发和大大的褐色眼睛。八岁的小孩同样对异性有一点儿敏感。

"我能告诉你是谁拿了你的猪。"

"谁?"

"等会儿玩拍手游戏时,要是你选我当伙伴,我就会告诉你。"

这是一颗苦涩的药丸,但是杰姆坚持吞下去了。只要能找到黄铜猪,干什么他都愿意!他们在玩拍手游戏时,他涨红着脸,痛苦地坐在得意扬扬的希丝旁边。等铃声一响,他就要求希丝兑现承诺。

"艾丽丝·帕莫说威利·德鲁告诉她说鲍勃·罗素告诉他说弗雷德·艾略特告诉他说,他知道你的猪在哪儿。你去问弗雷德吧。"

"骗子!"杰姆瞪着她叫喊道,"你是个骗子!"

希丝傲慢地笑了,她满不在乎。不管怎样,杰姆·布里兹乖乖地在她身边坐过一次了。

杰姆只好去找弗雷德·艾略特,起初他百般抵赖,说他根本不知道什么破猪的事,而且也不想知道。杰姆都快绝望了。因为弗雷德比他大三岁,而且最爱欺负小同学,在全校都有名。突然,杰姆灵机一动,他举起脏兮兮的食指,神情庄重地指着高大、红脸的弗雷德·艾略特。

"你是个'川沙波斯坛狄厄祥纳利丝忒'[①]。"他一字一顿地说。

"喂,你,别给我乱起绰号,小布里兹。"

"那可不单单是个绰号,"杰姆说,"那是个会带来厄运的

---

① 变体者:Transubstantiationalist。变体,宗教用语。指在圣体礼中,当祭司用圣礼的词句宣告后,圣餐的饼和葡萄酒在礼仪过程中变成基督的身体和血,但外观没有变化。

咒语。如果我用手指指着你再说一遍……嗯……你一个星期都会倒霉的。也许你的脚指头会掉一个。我数到十，如果你再不告诉我，我就会诅咒你十遍。"

弗雷德不相信。但是那天晚上他要参加溜冰比赛，他可不想冒风险。再说了，他也害怕脚指头掉一个。在杰姆数到六的时候，他就投降了。

"好了……好了。闭上你的乌鸦嘴，不许再说了。麦克知道你的猪在哪儿……他说是他干的。"

麦克不在学校。但安妮听了杰姆的故事后，就给他母亲打了个电话。不一会儿，瑞斯太太红着脸，亲自登门来道歉了。

"麦克没有拿走猪，布里兹太太。他只是想看看它是否真的能打开，所以当杰姆离开房间后，他就转了转猪尾巴。结果它掉了下来，摔成了两半，而且他没法把它们再合在一起。于是他把那两半黄铜猪和钱都放进了壁橱里杰姆那双礼拜天穿的靴子里了。他不该去碰它……他父亲已经狠狠抽了他一顿……不过他真的没有偷，布里兹太太。"

当破成两半的猪找到了，钱也清点好后，苏珊问："你对弗雷德·艾略特说了个什么词，亲爱的小杰姆？"

"川沙波斯坛狄厄祥纳利丝忒。"杰姆骄傲地说，"上个星期沃尔特在字典里找出来的……你知道，他最喜欢很长的单词了，苏珊。而且，我俩都学会了它的读音。我们在上床睡觉前，互相念了二十一遍，这样才把它记住了。"

现在，那条项链已经买回来了，就藏在苏珊衣柜中间抽屉从上往下数的第三个盒子里——苏珊一直在暗中协助，参加了这项计划。杰姆等啊等啊，他仿佛觉得妈妈的生日永远都不会到来了,他还对着一无所知的妈妈暗自偷笑。她根本不知道在苏珊的衣柜抽屉里藏着什么东西……她根本不知道生日那天杰姆会送她什么样的礼物……她根本不知道。她哼着歌在哄双胞胎入睡,却不知道自己会得到什么样的礼物。

　　　　我看见一艘船儿在扬帆,在海上扬帆而来,
　　　　哦,它载满了送我的漂亮礼物,让我乐开怀。

　　三月初,吉尔伯特患了流感,差点儿恶化为肺炎。壁炉山庄那些天笼罩在焦虑不安的氛围中。安妮还是像平时一样,平息孩子们的纷争,安抚他们的情绪,在窗外透进的月光下,俯身看看小身子是否盖暖和了。但是孩子们却很少听见她的笑声。

　　"要是爸爸死了,世界会变成什么样子?"沃尔特嘴唇惨白,悄悄问道。

　　"他不会死的,亲爱的。他现在已经脱离危险了。"

　　安妮自己也不禁怀疑,要是……要是……吉尔伯特有什么不测的话,四风港、溪谷村,还有壁炉山庄这个小小的世界会怎么样呢?他们都那么依赖他。尤其是上溪谷村的人们,他们似乎真的相信吉尔伯特有起死回生的本领,只是他这样做,违背了造物主的原则,所以才克制着没有这么做。他们证明说,吉尔伯特这样做过一次。阿奇巴德·麦克乔治老叔信誓旦旦地对苏珊说,本来萨姆尔·休伊特已经死得硬邦邦的了,但布里兹医生把他给救活了。然而实际情况可能是,只要病人还一气尚存,知道吉尔伯特来到他们身边,看到他那张黝黑消瘦的脸,那双淡褐色眼睛里友善的目光,听到他轻快的声音,"怎么啦?你没事的。"嗯,他们或许就相信了这样的话，直到真的康复了。借用他的名字给孩子起名的，已经数不胜数。整个四风港地区到处都是小吉尔伯特。甚至有个女孩叫小吉尔伯蒂娜。

爸爸恢复了健康，妈妈的悦耳的笑声又回来了。而且，终于，到了生日的前一个晚上。

"如果你早点上床睡觉，小杰姆，明天就会早点到来的。"苏珊向他保证说。

杰姆努力入睡，但看起来根本没有效果。沃尔特一上床就睡着了，可杰姆一直辗转反侧。他害怕睡着了，要是他没有及时醒过来，别人赶在他的前面把礼物送给妈妈了，那该怎么办？他想第一个给妈妈送礼物。他本想让苏珊明天早点叫他呀，怎么就忘了这事呢？苏珊已经出去了，不知去拜访谁了，等她回来，杰姆会告诉她的。可是怎么才能听到她回来了呢？对了，他该到楼下去，躺在客厅的沙发上，这样就不会错过她了。

杰姆悄悄溜下楼，蜷缩在客厅的大沙发上。从那里他可以俯瞰溪谷村。月光填满了大大小小的低洼，在积雪覆盖的白色沙丘上施展着魔法。大树伸出胳膊拥抱着壁炉山庄，在晚上它们看起来是多么神秘啊。一幢房子在晚上发出的所有声音他全都听到了：地板在嘎吱响——有人在床上翻身——壁炉里的煤灰裂开并掉在了地上——一只小老鼠在壁橱里跑过去。发生雪崩了吗？不，只是屋顶的积雪滑落下来。真有点儿寂寞啊——苏珊怎么还不回来？——要是有吉普在就好了——亲爱的吉普。他忘掉吉普了吗？没有，肯定不会忘。只是现在想起来没那么难过了——很多时候一个人都要想着其他事。要是有可爱的狗在，他会睡得更香的。也许什么时候，他还得再养一只狗。要是他现在就有只狗那该多好啊——小虾米在这里也可以。但是小虾米不在这附近。自私的老猫！它只顾它自己！

还是没有看见苏珊从那条路走过来。白天他很熟悉的溪谷村道路，到了晚上，皎洁的月光照着它，好像没有尽头似的。算了，他自己想象些事情来打发时间吧。将来他要去巴芬岛①和爱斯基摩人住在一起。将来他要航行到很远的海洋去，像吉姆船长那样烤一条鲨鱼当圣诞晚餐。他要远征去刚果，寻找大猩猩。他要当个潜水员，去海底明亮的水晶宫走走。下一次他去安维利，一定要让戴维叔叔教他怎么把牛奶挤进猫嘴里，戴维叔叔做得可熟练了。也许他会成为一名海盗，苏珊想让他当牧师。牧师可以做很多好事，但是当海盗不是更好玩吗？要是那个木头士兵从壁炉架上跳下来并且开枪了！要是椅子开始满屋子走动了！要是地毯上的老虎活过来了！要是他和沃尔特小时候经常假装的"呱呱熊"现在满屋子乱跑了！噢，杰姆突然吓坏了。在白天他能够区分出幻想和现实来，但是在无尽的长夜里就很难区分开了。时钟在滴答滴答地走着……滴答——滴答……每响一下，就有一只呱呱熊坐在楼梯的一级台阶上。楼梯黑得就像呱呱熊。它们会一直坐到天亮……而且会呱呱地说个不停。

要是上帝忘了让太阳升起来！这个念头太可怕了，吓得杰姆赶紧把脸埋进阿富汗毛毯里，想甩掉这个念头。苏珊回到家时，天已经蒙蒙亮了，她意外地看见杰姆在沙发上熟睡着。

"小杰姆！"

杰姆伸了个懒腰，翻身坐起来，打着哈欠。昨晚银匠老人忙

---

① 巴芬岛，加拿大东北部的一个大海岛。

碌了一宿,让森林变成了童话仙境。红日让遥远的小山尖染上了深红色,溪谷村整片田野都变成了迷人的玫瑰红。这是妈妈生日的早晨。

"我一直在等你,苏珊……想告诉你早上叫醒我……可你一直没有回来。"

"我去看约翰·沃伦了,因为他们家的姑妈去世了,他们请我留下来守灵,"苏珊解释说,"我没想到你也想得肺炎,天气多冷啊,我的背现在才开始有点儿感觉。赶快回到你的床上去睡。我只要一听到你母亲起床,就会来叫醒你的。"

"苏珊,你怎么才能刺到鲨鱼呢?"杰姆在上楼前,想到了用鲨鱼做圣诞晚餐的事。

"我不会刺它们的。"苏珊回答。

当杰姆再次起床,走进妈妈的房间时,妈妈已经起床了,正坐在镜子前梳着充满光泽的头发。当她看到那条项链时眼睛一下亮了!

"亲爱的杰姆!是送给我的吗?"

"现在你不用等到爸爸有钱了吧。"杰姆故作镇静地说。妈妈手指上那个闪着绿光的东西是什么?一枚戒指……是爸爸送的礼物。确实很漂亮,叫戒指太普通了——甚至连希丝·弗拉格都有一枚。但珍珠项链就不一样了!

"多么珍贵的生日礼物啊。"妈妈说。

杰姆备受打击

三月底的一个傍晚,吉尔伯特和安妮要去夏洛特敦的朋友家参加晚宴。安妮穿上了一条绿色的新裙子,领口和袖口都镶着银边。她戴上了吉尔伯特送的翡翠戒指和杰姆送的项链。

"我是不是有个美丽的妻子,杰姆?"爸爸自豪地问。

杰姆也认为妈妈非常美丽,而且她的裙子非常漂亮。那条项链戴在妈妈白皙的脖子上多么漂亮啊!他喜欢看打扮得漂漂亮亮的妈妈,但他更喜欢看朴素无华的妈妈。穿上太漂亮的衣服,让妈妈好像变了一个人似的,好像并不是真正的妈妈。

晚餐后,杰姆帮苏珊去村里买东西。正当他待在弗拉格先生的商店里时——他很害怕希丝·弗拉格突然从屋里出来,她有时就是这样,并且对他热情得很过分——一个打击突然降临了。那种幻想破灭的感觉猝不及防,似乎也无可逃遁,这样的打击对一个孩子来说真是太可怕了。

就在卡特·弗拉格先生放项链、手镯和发夹的玻璃柜台前,站着两位姑娘。

"那些珍珠链子真漂亮呀!"艾比·罗素说。

"看起来就像是真的一样。"丽奥纳·瑞斯说。

然后她们就走了，完全没有意识到她们刚才的话让坐在小圆桶上的那个小男孩受到了多大的打击。杰姆呆坐在那儿，久久都没有动弹。他完全惊呆了。

"怎么了，孩子？"弗拉格先生问，"你看起来有些不高兴。"

杰姆可怜兮兮地看着弗拉格先生。他口干舌燥，干得都快冒烟了。

"请问，弗拉格先生……那些……项链……它们是真正的珍珠，对不对？"

弗拉格先生笑了。

"不是的，杰姆。你要知道，五毛钱恐怕是买不到真正的珍珠项链的。用真正的珍珠做成的项链要值几百块钱呢。这些只是仿制的珍珠，而且价廉物美。我是从一个快破产的人那里买的，所以才会卖得这么便宜。它们通常要卖一块钱的。现在只剩下一条了，它们可热销了。"

杰姆从小圆桶上滑下来，转头走了。他完全忘了苏珊让他买的东西。他顺着结冰的大路跌跌撞撞地走回家。头上是漆黑的冬日的天空，空气中飘浮着微小的雪粒，苏珊把这个叫作"有点儿下雪的感觉"。地上的水坑里浮着些冰碴。港口阴沉着脸，闷闷不乐地待着，两边是光秃秃的堤岸。杰姆还没有到家，大雪就下了起来，让周围的一切都变得雪白。他真希望大雪一直下……一直下……一直下……然后把他埋起来，把所有的人都深深地埋起来。这个世界真是太没天理了。

杰姆感觉心都碎了。任何人只要想想让他心碎的理由，都不会认为他的心碎是小题大做。他觉得自己的脸都丢尽了。他和妈妈都以为那是一条珍珠项链……可它只是一件仿制品。如果妈妈知道了,她会怎么说呢……她会怎么想呢?当然,一定要把这事告诉她。杰姆从来没有想过要欺骗妈妈。妈妈再也不能蒙在鼓里了。她必须要知道,她的珍珠不是真的。可怜的妈妈!她一直都为这条项链而自豪……当她为这个礼物亲吻他、感谢他时,他在她的眼睛里看到了前所未有的惊喜光芒。

杰姆从侧门溜进屋,径直上床睡觉去了。沃尔特已经睡熟了,但杰姆无法入睡。等妈妈回到家,悄悄进屋来看看沃尔特和他有没有盖好被子时,他都还没有睡意。

"杰姆,亲爱的,你现在都还没有睡着呀?该不会是生病了吧?"

"我没有生病。但是我这里非常难受,亲爱的妈妈。"杰姆伸手指着肚子说,他错误地以为那里就是心脏。

"怎么了,亲爱的?"

"我……我……有件事必须要告诉你,妈妈。你一定会非常失望的,妈妈。但是我不是要故意欺骗你,妈妈……我真的没有这样想。"

"我相信你不会的,亲爱的。是什么事?别害怕。"

"哦,亲爱的妈妈。那些珍珠不是真的珍珠……我以为它们是真的……我真的以为它们是真的……我真的……"

杰姆的眼眶里充满了眼泪,他痛苦得都说不下去了。

安妮心里想笑,但是丝毫没在脸上表现出来。那一天,雪莱的脑袋撞了个包,楠扭伤了脚踝,黛感冒得说不出话来,安妮亲吻他们,为他们包扎,抚平他们的情绪。但是这件事完全不一样——这需要她运用独特的智慧。

"杰姆,我没想到你一直都以为那是真正的珍珠。我知道它们不是——至少从真假的角度看它们不是的。但是从另外的角度来看,这份礼物又是最真实、最真诚的礼物。因为那是用爱、努力和自我牺牲做成的礼物。人们潜入海里,去寻找那些献给女王佩戴的珍宝,但是我觉得那些珍宝都没有你送我的珍贵。亲爱的,我昨天晚上在报纸上读到一位百万富翁送给他新娘的项链价值五十万,但即使是那条项链来跟我换,我也不愿意拿我这条漂亮的项链交换。我最亲爱的小儿子,你现在清楚你的礼物的价值了吧?现在你觉得是不是舒服些了?"

杰姆心里乐开了怀,可他不好意思表现出来。他觉得自己兴高采烈的样子显得太幼稚了。"哦,生活又不那么难受了。"他慎重地说。

在他闪闪发光的眼睛里,泪水已经消失得无影无踪。一切都好了。妈妈抱着他……妈妈真的喜欢她的项链……其他的都无所谓了。将来,他要送给妈妈一条不止五十万的项链,而是要值整整一百万的。现在,他有些累了……他的床是那么温暖舒适……妈妈的手闻起来像玫瑰一样香……他再也不恨丽奥纳·瑞斯了。

"亲爱的妈妈,你穿着这条裙子真是太漂亮了,"他睡意蒙眬地说,"又漂亮又香甜……香得像艾普斯的可可粉。"

安妮抱着孩子,想起今天在一本医学杂志上读到的一篇荒谬的文章,不禁笑了。那篇署名为"维·兹·托马乔斯基医生"的文章说,"绝对不能亲吻你的小儿子,否则你会让儿子产生俄狄浦斯情结①。"当时她觉得好笑,还有点儿生气。而现在,她感到那个作者很可怜。可怜啊,可怜的男人!这个维·兹·托马乔斯基医生肯定是个男人。没有哪个女人会写出这么愚蠢和邪恶的东西。

---

① 俄狄浦斯情结:又称恋母情结,是精神分析学的术语。精神分析学的创始人弗洛伊德认为,儿童在性发展的对象选择时期,开始向外界寻求性对象。男孩以母亲为选择对象,而女孩则常以父亲为选择对象。小孩做出如此的选择,一方面是由于自身的"性本能",同时也是由于双亲的刺激加强了这种倾向,也即是由于母亲偏爱儿子和父亲偏爱女儿促成的。

米切尔太太

在明媚的阳光和轻柔的春风中,今年的四月踮着脚悄然而至。但风和日丽的日子没持续多久,一场东北的暴风雪席卷而来,重新给大地铺上了雪白的毯子。"四月的雪真让人讨厌,"安妮说,"就好像你本来希望得到一个亲吻,没想到却挨了一记耳光。"壁炉山庄的屋檐挂满了如流苏般的冰柱,接下来的两个星期,白天枯燥无味,晚上只好忍受着彻骨的寒冷。终于,积雪极不情愿地消融了。当在空谷看到第一只知更鸟时,壁炉山庄的人们这才放下心来,这才相信春天终于来临了。

"哦,妈咪,今天真有春天的味道呀,"楠呼吸着清新湿润的空气,高兴地叫喊道,"妈咪,春天真是个让人精神抖擞的季节!"

春天就像刚刚学步的可爱孩子,每天都在加快它的脚步。熬过冬日的树木和田野,开始披上绿色的新装。杰姆又为妈妈摘回了第一束五月花。不过,今天有一位超胖的女士,猛地跌坐进壁炉山庄的一张安乐椅里,难过地感叹说,春天不再像她年轻时那么美好了。

"你为什么不想想,也许改变的是我们自己,而不是春天呢，米切尔太太？"安妮微笑着说。

"也许是这样吧。我知道我已经大变样了。你看到我现在这个样子，你肯定想不到，我曾经是这里最漂亮的姑娘。"

安妮确实想象不出来。米切尔太太头上的软帽蒙着黑绉纱，帽子下是一头稀疏的、老鼠色的头发，一缕一缕像绳索一般。脸上覆盖着灰色条纹的、长长的"寡妇面纱"，蓝色的眼睛空洞无神，黯淡失色，下颏倒还不算难看，只可惜长着一个双下巴。不过安东尼·米切尔太太对自己倒相当满意，因为在四风港，没有谁的丧服有她的漂亮。宽大的黑绉纱裙子盖过了膝盖。在服丧期间，她必须要穿一身丧服以示悲伤。

安妮没有必要开口说话，因为米切尔太太根本不给她任何说话的机会。

"这个星期我家的净水器出毛病了，里面有个破洞，所以我今天早上来村子找雷蒙德·罗素去帮我修一修。然后我就想到了，既然我都到这儿了，干脆就来趟壁炉山庄，请布里兹医生太太帮我为安东尼写一篇'扑闻'。"

"你说的是'讣闻'吗？"安妮猜测道。

"是的……就是有人死了，在报纸登出来的那种东西，你知道，"米切尔太太解释说，"我想应该把安东尼写好点，跟普通的那种要不一样。你会写东西，对吧？"

"我偶尔的确会写点小故事，"安妮承认说，"但是一个忙碌的母亲是没有多少时间认真写东西的。我过去曾经有过美好的梦想，但是现在看来，恐怕是不能靠这个来扬名了，米切尔太太。而且我还从来没有写过讣闻。"

"哦，那一点儿也不难写。下溪谷村的大部分'扑闻'都是查理·巴茨老叔写的，可他写的东西一点儿诗意都没有，我真希望安东尼的'扑闻'像一首诗那样。唉，他特别喜欢诗。上个星期你在溪谷村妇女援助会上的演讲，我觉得你说得很好，我就想：'一个那么能说会道的人，一定能写出一篇真正像诗歌的'扑闻'的。'你愿意帮我吗，布里兹太太？安东尼一定会高兴的，他一直都很喜欢你。他曾经说过，每当你一走进房间，就让其他女人一下子显得'平凡而庸俗'。他有时说话也很有诗意，但是他诗歌写得不好。我已经看过很多'扑闻'了，还收集了一大剪贴簿，但是我觉得他都不会喜欢那些东西。他过去老是嘲笑那些'扑闻'。该登一则'扑闻'了，他已经死了两个月了。他死得拖拖拉拉的，不过没有什么痛苦。在春天去世，总是很不方便的，布里兹太太，但是我已经尽最大努力了。我想，要是查理老叔知道我找了别人写安东尼的'扑闻'，他一定会气得暴跳如雷的，不过我才不在乎呢。查理老叔也是能说会道的，但是他和安东尼一直合不来。总之一句话，我是不会让他为安东尼写'扑闻'的。我是安东尼的妻子，是他三十五年来忠诚和心爱的妻子……三十五年啊，布里兹太太，"她生怕安妮当成只有三十四年，"哪怕要丢掉一条腿，我也要为他弄一篇他喜欢的'扑闻'。这句话是我女儿萨拉芬说的——你知道，她嫁到罗布里奇去了。萨拉芬是个很好听的名字，对吧？是我从一个墓碑上看来的，可安东尼不喜欢这个名字——他想用他母亲的名字朱迪思。但是我说这个名字太严肃了，他只好听我的。他一向不擅长和人争论——不过他一直把女儿叫作'萨拉弗'[①]……我说到哪儿去了？"

---

① 萨拉弗：英语单词为Seraph，意为六翼天使。

"你女儿说……"

"哦,对,萨拉芬对我说,'妈妈,不管怎么样,你都要为父亲弄一篇真正的好扑闻。'她和她父亲感情深厚,不过他时不时会取笑萨拉芬,就像他对我一样。现在,你愿意答应我吗,布里兹太太?"

"我真的不太了解你的丈夫,米切尔太太。"

"哦,我会把他所有的情况都告诉你——除了他眼睛的颜色外。你知道吗,布里兹太太,葬礼过后,我和萨拉芬谈起他的事情,我竟然想不起他眼睛的颜色了,哪怕我和他一起生活了三十五年。不管怎样,他的眼神很温柔,还有些朦胧。他以前追求我的时候就是用这样的眼神看着我的。为了追到我,他真的吃了不少苦头。好多年里他都一直为我痴狂。我那时犹豫不决,东挑西选的。要是你缺少写作的材料,我的人生故事真的太激动人心了,你不妨听听,布里兹太太。唉,那些日子都过去啦。我的追求者多得你数都数不过来。不过他们都坚持不了多久,只有安东尼对我始终如一。他相貌堂堂,身材也好。我可不会接受一个矮胖子。而且他还比我优秀那么一点点儿——我不得不承认这一点。我母亲说:'如果你普拉姆嫁给了安东尼,你就是高攀啦。'我娘家就是普拉姆家,布里兹太太,我爸爸是约翰·A·普拉姆。而且安东尼还给我说了很多浪漫的话,布里兹太太。有一次他对我说,我如月光般空灵迷人。虽然我到现在都还没弄懂'空灵'是什么意思,但是我知道那一定是很美好的。我一直想去查查字典,但是从来没有合适的机会。嗯,不管怎样,到最后我满心欢喜地答应当他的新娘了。就是说……我要嫁给他了。哎呀,我想让你看看我穿婚礼服的模样,布里兹太太。他们都说我漂亮得像幅画。身材苗条，头发就像黄金一样金光闪闪，还有多么光滑的皮肤啊。唉，时间让我们发生了多大的变化呀。你还没有到我这个年龄，布里兹太太。你仍旧还很漂亮——受过高等教育的女人都要漂亮些。你穿的这条裙子真是太漂亮了，布里兹太太。我注意到，你从来不穿黑色的衣服……你做得对呀，不过你很快就不得不穿黑色衣服了。但是我得说，能拖着不穿就先拖着吧。嗯，我说到哪儿去了？"

"你正在……告诉我一些米切尔先生的事。"

"哦，对。嗯，我们就结婚了。结婚那天晚上有很大一颗彗星，我记得是在驾车去新家的路上看到的。真可惜你没有看到那颗彗星，布里兹太太。它真是太漂亮了。我想你应该能把它写进'扑闻'里去的，对吧？"

"这……可能非常困难……"

"哦，"米切尔太太叹息着，放弃了这颗彗星，"你只要尽力写就行。他这辈子没有什么特别惊天动地的事情。他只喝醉过一次……他说他只是想感受一下喝醉了酒是什么滋味。他对任何事情都想弄个明白。不过，你当然不能把这件事写进'扑闻'里。他别的什么事情都没有发生过。我倒不是抱怨，事实就是这样的，他不大中用，有些懒散。他会坐上一个小时，一动不动地盯着一朵蜀葵。哎呀，他太喜欢花了，甚至连麦田里的金凤花都不愿意拔掉，不管它们多么影响小麦生长……还有秋麒麟草。还有那些树，也是他的宝贝。他有一个果园。我总是跟他开玩笑地说，他对他的树的关心程度远远胜过对我的关心。还有他的农场，哎呀，他对那一小块土地真是着了迷。他简直把它当作人在对待。很多次我听到他说：'我想我得出去一下，跟我的地聊聊天。'等我们老了，我想我们没有儿子，那就让他把地卖掉，搬到罗布里奇去住。可是他说：'我不会卖我的农场……我不能卖掉我的心。'男人真是好笑，对吧？在他临死前不久，他想让我炖只母鸡吃。他说：'就像你平时那样炖。'我得说，他特别喜欢我做的饭菜。他唯一不喜欢吃的就是我的莴苣沙拉，因为我在里面放果仁。他说在吃沙拉的时候，突然咬到果仁很不舒服。但是家里没有多余的母鸡……它们都是正在下蛋的鸡，家里只有一只公鸡，我当然不能把它杀了。哎呀，我最喜欢看公鸡神气活现地走来走去。我觉得公鸡是最漂亮的，你觉得吗，布里兹太太？嗯，我说到哪儿去了？"

"你说，你的丈夫想让你为他炖一只母鸡。"

"哦，对。自从我拒绝他以后，我就一直很后悔。我半夜里醒来都还会想着这事。但是我真没想到他就快死了，布里兹太太。他从来没有抱怨过病痛，总是说他好些了。而且到死都对任何事情感兴趣。要是我知道他就要死了，布里兹太太，我肯定会为他炖只母鸡的，不管它下没下蛋。"

米切尔太太脱下她的深黑色蕾丝花边手套，拿出一条手帕抹眼睛，那手帕镶了一条足有五厘米宽的黑色花边。

"他本来可以好好吃一顿的，"她哽咽着说，"他的牙齿到最后都还很好，可怜的老伴。嗯，但是，不管怎样，"她叠好手帕，又戴上了手套，"他六十五岁了，也活得差不多了。而且，我又得到一块棺材铭牌了。我和玛丽·玛莎·普拉姆同时开始收集棺材铭牌，但是她很快就超过我了……她死了很多亲戚，更不用说还有她的三个孩子。这种铭牌她比谁都多。我运气没她那么好，但是我最后还是收集了满满一壁炉架。我的表哥托马斯·巴茨上个星期下葬,我让他的妻子把棺材铭牌给我,但是她把铭牌跟托马斯一起埋了。她说收集棺材铭牌是一种野蛮的陋习。她是汉普森家的人,这家人总是很奇怪。嗯,我说到哪儿去了?"

安妮这次真的无法告诉米切尔太太她说到哪儿去了。棺材铭牌的事情让她瞠目结舌。

"哦,算啦,不管怎样,可怜的安东尼都死了。他临死前说:'我死得很高兴,也很安静。'最后他只是微笑着……看着天花板,而不是看着我和萨拉芬。我很高兴他死前很开心。我以前总是以为他活得并不开心,布里兹太太……因为他是个特别敏感的人。不过他躺在棺材里,看上去真的很庄严神圣。我们为他举办了一个盛大的葬礼,那天天气太好了。棺材上堆满了鲜花,也一起下葬了。只有放下棺材的最后那一刻我哭了,其他一切都很顺利。我们把他埋葬在了下溪谷村墓地里,不过他的家人都埋葬在了罗布里奇。他很早就挑选好了自己的墓地,他说他想埋葬在农场附近,他在那儿可以听到海浪声和树林的风声。你知道,那块墓地三面都是树。我也很高兴。我一直都觉得那是一块很舒适的墓地,我们可以在周围种一些天竺葵。他是个好男人……他现在应该到天堂去了,所以你不用担心。我总是在想,要是你不知道这个人去了天堂还是地狱,你就很不好与他的'扑闻'了。那么,我能把这事交给你了吧,布里兹太太?"

安妮答应下来了,看米切尔太太的架势,要是不答应下来,她会一直留在这里说个没完没了。米切尔太太终于舒了口气,费了好大劲才从椅子里站起来。

"我得走了。我本想今天在家孵小火鸡的。和你谈得真是太愉快了,我真想多待一会儿。当个寡妇真是孤单啊。有男人时没有什么感觉,但是他走了,真叫人想念他啊。"

安妮礼貌地送她出门。孩子们正在草坪上瞧着靠近的知更鸟,处处都冒出了水仙花的嫩芽。

"你有一幢让人自豪的漂亮房子……一幢真的很漂亮的房子,布里兹太太。我也总想要一幢大房子。但是我们只好和萨拉芬住……而且钱从哪儿来呢?不管怎样,我都从来没有告诉过安东尼。他对那幢老房子感情深得要命。如果房子能卖个好价钱,我就准备把它卖掉,然后搬到罗布里奇或是康伯里·奈罗去,我觉得寡妇住那里再也合适不过了。安东尼的保险金也要到手了。虽然他走了我伤心,但有钱总比没钱好。等你以后也成寡妇了,你就会明白的……不过我希望那是很多年后的事情。医生的工作怎么样?冬天生病的人太多了,他应该挣了不少钱。哎呀,你有个多么可爱的小家庭!三个女孩!现在当然很不错,等到了谈恋爱的年龄就够你好受的。我不知为萨拉芬伤了多少心。她还算安静,像她爸爸一样——但也像他一样倔强。当她爱上约翰·怀特克后,我不管怎样都劝不住她,她非嫁给约翰不可。一棵花椒树?你怎么不把它栽到前门去?它会把精灵挡在门外的。"

"但是谁又会把精灵挡在门外呢,米切尔太太?"

"你这样说话真像安东尼。我只是开个玩笑。我当然不相信有精灵……如果真的有,我想它们一定喜欢干些让人厌烦的恶作剧。好了,再见,布里兹太太。我下个星期来拿那'扑闻'。"

讣 闻

"你真准备掺和这事，亲爱的医生太太？"苏珊问。刚才她在餐具室擦银餐具，听到了她们的大部分谈话。

"我不该吗？苏珊，我真想写篇'扑闻'。虽然我很少见过安东尼·米切尔，但是我喜欢他，我敢肯定，如果他的讣闻就像《企业日报》上那种陈词滥调，他一定会气得从坟墓里跳出来的。要是把安东尼惹急了，会有不少麻烦的。"

"安东尼·米切尔年轻时是个不错的小伙子，亲爱的医生太太，不过他们说他有点儿爱胡思乱想。他跟贝丝·普拉姆并不般配，不过他的日子过得还算体面，也偿还了他的债务。当然，他娶了最不合适的姑娘。不过，尽管贝丝·普拉姆现在就像是情人节的滑稽演员，但当时她确实漂亮得像幅画。亲爱的医生太太，我们中的一些人，"苏珊叹口气总结说，"都记不起她当时的模样了。"

"妈咪，"沃尔特说，"后门廊周围都长满了金鱼草，在餐具室的窗台上有对知更鸟在筑巢。你不会把它们赶走的，对吧，妈咪？你别打开窗户，那样会把它们吓走的，好吗？"

安妮见过安东尼·米切尔一两次。他住在下溪谷村，那幢灰色的小房子在云杉林和大海之间，房子旁边有棵大柳树，就像是一把巨大的雨伞。虽然下溪谷村的人们大多数都找康伯里·奈罗的医生看病，但是吉尔伯特时不时要去安东尼家买干草。有次安东尼运了一车干草来壁炉山庄，安妮带着他参观这里的花园，他们发现他们之间有很多共同语言。她很喜欢他。他满是皱纹的脸瘦削、友善，他黄褐色的眼眸透着勇敢、精明，从不迟疑，也从不会被欺骗——也许被骗过一次，贝丝·普拉姆的浅薄和美貌迷惑了他，将他骗进了愚蠢的婚姻中。然而他似乎从来都没有为此沮丧或不满意。他只要能耕种、栽种、收割，他就很知足，就像那片阳光照耀的老牧场一样。他的黑发日渐稀少，银发苍苍，他很少笑，有着淡泊宁静的心境。他耕种了一辈子的那块土地，给他带来了面包和快乐，征服的愉悦，以及对悲伤的安慰。现在，他就埋葬在那块土地附近，安妮真为他高兴。他也许"死得很开心"，不过他活着的时候也很开心。康伯里·奈罗的医生说，当他告诉安东尼·米切尔说可能没有康复的希望了，安东尼却笑着回答说：'嗯，有时候，人生真是有点儿单调。现在我老了，死亡也许可以带来改变。我真的很好奇，医生。'甚至就在米切尔太太那杂乱无章的荒谬话语中，也能捕捉到安东尼真实的一面。安妮花费了一个傍晚的时间，在房间的窗边写出了《老人之墓》，并且很满意地诵读了一遍。

> 风的声音扣人心弦，
> 轻轻拂过松树林间。
> 海洋在轻轻呢喃，
> 声音越过东边的草原。

天幕垂下雨帘，
轻唱着让他长眠。

茵茵草地如此宽广，
绿色连绵四面八方。
耕种的农田丰收在望，
苜蓿上，斜照夕阳。
轻风送来果园的花香，
他种下的树茁壮成长。

哪怕星光黯淡无光，
也依然守在他的身旁。
旭日初升，灿烂辉煌，
阳光照耀着他的睡床。
沾满晶莹露珠的青草，
温柔地伴他进入梦乡。

在他生前的那么多年，
对万事万物都充满爱怜。
他已经在这里长眠，
他所钟爱的一切都与他相伴。
海洋的呢喃，
在为他唱着挽歌，直到永远。

"我想安东尼·米切尔会喜欢的，"安妮俯身探出窗户，感受着春天的气息。在孩子们的花园里,歪歪斜斜地冒出了几排莴苣。枫树林后的落日显示出轻柔的粉色。空谷那边传来了孩子们欢乐的笑声。

"春天是多么可爱啊,我真不想去睡觉,真不想浪费春天的任何时光。"安妮说。

一个星期后的一个下午,安东尼·米切尔太太来壁炉山庄拿"扑闻"。安妮心里暗自得意,对她朗诵了一遍,可是安东尼太太并没有显示出特别满意的神色来。

"哎呀,写得真的很活泼。你把很多东西都写得很好。但是……但是……你没有提到他去了天堂。你不能确信他到天堂了吗?"

"我太确定了,所以觉得没有必要专门提起,米切尔太太。"

"嗯,也许有人会怀疑的。虽然他是个绝对虔诚的教徒,但是他……他并不常去教堂。而且'扑闻'中没有说明他的年龄……也没有提到花。唉,你为什么不提一提棺材上的花圈呢?我得说,花是最有诗意的东西呀!"

"真对不起……"

"哦,我不是责怪你,我根本不想责怪你。你已经尽力了,而且听起来也很漂亮。我该付多少钱?"

"什么……什么呀?不用给钱,米切尔太太。我从来没这么想过。"

"嗯,我知道你很可能会这么说,所以我给你带了一瓶泡蒲公英的红酒。如果你老是打嗝,喝点儿会让胃舒服些。我本来还想带一瓶药茶的,只是担心医生会不喜欢,就没有带。如果你想要一点儿,又不想让医生知道,你只用给我说一声,我就会偷偷给你送来。"

"不,不必了,谢谢。"安妮淡淡地说。她还没有从"活泼"这个评价中回过神来。

"随便你。你最好还是留一点儿。今年春天我再也不需要购买什么药了。去年冬天,我的堂兄马拉奇·普拉姆死了,我让他老婆把他留下的三瓶药都给了我。这种药一买就是十二瓶。那个寡妇本想把剩下的这些药都扔了,不过我什么东西都舍不得浪费。我自己用一瓶就够了,我把另外的两瓶给了我的雇工。我告诉他说:'就算这药没什么用,但是也不会有害的。'既然你不准备为这个'扑闻'收钱,那我就实话告诉你,我真的舒了口气,因为我现在手头很紧。尽管在这一带,D.B.马丁的殡葬收费是最便宜的,但葬礼花费真的很大。我的这套丧服还是赊欠的。要是我不去把欠账结了,我就会觉得自己跟没有服丧一样。还好,我不用再买一顶软帽。这顶软帽是十年前我妈妈去世时我做的。幸好它和我身上穿的黑衣服还很相配,对吧?你真该看看马拉奇·普拉姆家寡妇的打扮,还有她那张黄蜡脸!好了,我得走了。我真的感谢你,布里兹太太,虽然……不过我知道你已经尽力了,而且那首诗还算不错。"

"你为什么不留下来和我们共进晚餐呢?"安妮问,"家里只有我和苏珊,医生出门去了,孩子们要在空谷举办他们的第一次野餐。"

"我很乐意,"安东尼太太说着,高兴地坐回她的椅子,"真高兴能多待一会儿。等你老了,你也会懒得走动,而且,"她补充说,粉色的脸上浮现出陶醉的笑容,"我是不是闻到了油炸防风根的味道了?"

一个星期后,当安妮看到《企业日报》后,她几乎要心疼起她的油炸防风根了。在报纸的讣闻栏中,看到了那首《老人之墓》——但全文有五节,而不是原先的四节!第五节是这样写的:

> 一位出色的丈夫、朋友和帮手,
> 他是上帝创造的最好的好人。
> 一位出色的丈夫,温柔又真诚,
> 亲爱的安东尼,百万人中挑一就是你。

壁炉山庄的人目瞪口呆,一句话都说不出来。

在接下来的那次妇女援助会上,米切尔太太对安妮说:"我在后面又添加了一节,希望你别介意。我只是想稍微赞美一下安东尼……是我侄儿约翰尼·普拉姆写的。只用了一眨眼的工夫,他就把这一节写出来了。他就像你一样……他看起来不是很聪明,但是他会写诗。这是他母亲传给他的……她是维克福德家的人。普拉姆家的人一点写诗的本领都没有———点都没有。"

"真遗憾你刚开始没有想到让他为米切尔先生写'扑闻'。"安妮冷冷地说。

"可不是吗?但是我一心只想着为安东尼送别,都没想到他会写诗。后来他母亲给我看了一首他写的诗,描写了一只松鼠掉进一桶枫糖浆里淹死了……真的非常感人啊。不过你的诗也很好,布里兹太太。我想,把两个人的诗合到一起,就显得非同一般了,你觉得呢?"

"是的。"安妮只好违心地说。

宠 物

在喂养宠物这件事情上,壁炉山庄的孩子们总是厄运连连。有一天,爸爸从夏洛特敦带回来一只鬈毛小黑狗,刚过了一个星期它就离家出走,从此音讯全无。不过有传言说,就在小黑狗走失的那天晚上,有人看见港口嘴的一个水手带了一只黑色的小狗上了船。它的命运如何成为壁炉山庄历史上的一个悬案。小狗走失后,沃尔特比杰姆更伤心,因为杰姆还没有忘掉吉普,所以并没有全身心地爱上这只狗。接着是小猫"老虎汤姆"。因为它有偷吃东西的毛病,只好让它住在谷仓里,不让它进屋子来,不过孩子们还是很喜欢它。可是有一天,大家意外地发现它躺在谷仓里死了。孩子们不得不为它举行盛大的葬礼,把它埋葬在空谷里。最后是杰姆的兔子"邦"。那是杰姆花二毛五分钱从乔·罗素手中买来的,不知怎么的,它生了一场病,最后也离开了大家。它生病期间,杰姆给它喂下一服药,也许这加速了它的死亡。也许没有。当时是乔这么建议的,而且乔自认为清楚药性,不过杰姆总感觉是自己谋杀了邦。

"壁炉山庄是不是遭诅咒了?"当他们把邦安葬在老虎汤姆旁边时,杰姆沮丧地问。沃尔特为邦写了一篇悼词,他、杰姆和双胞胎为此在胳膊上戴了一个星期的黑纱。这可把苏珊给吓坏了,觉得这样做会冒犯上帝。苏珊对邦的去世并不伤心,因为这只兔子有一次偷跑出来,把苏珊的花园弄得一团糟。但是更让她讨厌的是沃尔特在地窖养的两只癞蛤蟆。一天傍晚,她本打算把它们都赶走,结果只赶走了一只,另一只不知躲到哪儿去了。这让沃尔特放心不下,根本没法入睡。

"也许它们是一对夫妻,"沃尔特想,"现在它们分开了,也许会感到特别孤独难过。苏珊赶走的是一只小的,我猜那一定是蛤蟆女士,可怜的它独自待在空荡荡的院子里,没人保护它,也许吓得瑟瑟发抖呢……就像个寡妇一样。"

沃尔特一想到悲伤的寡妇,就再也无法忍受,于是溜进地窖里,去寻找那只蛤蟆先生,不料,他撞上了苏珊丢在那里的一堆空锡皮罐,发出巨大的"哗啦"声,惊醒了苏珊。她举着蜡烛来到地窖,想要看看究竟发生了什么事,摇曳的烛光在她憔悴的脸上投射出诡异的阴影。

"沃尔特·布里兹,你究竟想干什么?"

"苏珊,我要找到另一只蛤蟆,"沃尔特绝望地说,"苏珊,你想一想,要是你的丈夫不在你身边,你会是什么感受——如果你有丈夫的话。"

"你到底在胡说些什么?"苏珊听得一头雾水,不解地问道。

就在这时候,蛤蟆先生从苏珊的泡菜桶后面跳了出来,当苏珊来赶它们走时,很明显它狡猾地躲起来了。沃尔特抓住它,把它从窗户放了出去,满心希望它在院子里能和它的爱人重逢,从此相亲相爱,白头偕老。

"你要知道,你不能把这种东西弄到地窖来,"苏珊板着面孔说,"它们吃什么呢?"

"我当然要给它们捉虫子,"沃尔特委屈地说,"我想研究它们。"

"它们有什么好研究的呢?"苏珊抱怨说,她紧跟在愤愤不平的小布里兹后面走出地窖。他们从此再也没有提起癞蛤蟆的事。

不过他们的知更鸟运气就要好得多。在一个狂风暴雨后的六月傍晚,他们在台阶上发现了这只小小鸟,它刚出生不久,灰色的背,胸前的毛有些杂色,眼睛明亮,孩子们给它取名叫"柯克·罗宾"。从一开始,它就得到了壁炉山庄所有人的喜爱,就连小虾米都不例外。小虾米从来不欺负它,甚至它还神气十足地跳进小虾米的盘子里吃东西,小虾米也不生气。起初孩子们给它喂虫子吃,后来它的胃口太好了,雪莱不得不整天忙着为它捉虫子。他把捉来的虫子装在罐子里,有时虫子会满屋子乱爬。苏珊虽然特别讨厌虫子,但是为了柯克·罗宾,她只好忍了。柯克·罗宾一点儿也不害怕苏珊,经常落在她长满茧子的手上,贴着她的脸叽叽喳喳地叫。苏珊特别喜欢柯克·罗宾,她注意到柯克·罗宾的胸部逐渐变成美丽的红色,她觉得有必要给雷贝卡·迪尤写信说说这事。

"我求你千万别不要把我当成神志不清的家伙,亲爱的迪尤小姐,"她写道,"我这么溺爱一只小鸟,确实非常愚蠢,但人总是有弱点的。它没有像金丝雀那样被关在鸟笼里——我肯定不忍心那么干,亲爱的迪尤小姐——它可以在房子里和花园里到处飞来飞去,晚上就睡在苹果树上,沃尔特在那里搭了一个观察台,从那里可以看到里拉房间的窗户。有一次孩子们把它带到了空谷里，它飞走了，但到了傍晚又飞回来了，孩子们特别开心，我也和他们一样高兴。"

空谷已经不再叫"空谷"这个名字了。沃尔特开始觉得，这样一个令人愉快的地方，要有一个很浪漫的名字才行。一个下雨的午后，他们只好在阁楼里玩。但是快到傍晚的时候，太阳出来了，明亮的阳光倾泻在溪谷村上空。"哦，看漂样（亮）的塞（彩）虹！"里拉叫道，她说话总是口齿不清，特别好玩。

那是他们见过的最神奇的彩虹。彩虹的一头好像落在长老会教堂的尖塔上，而另一头落进了山谷那头池塘边的芦苇丛中。于是沃尔特灵光一闪，就把空谷叫作了"彩虹幽谷"。

彩虹幽谷已经成为壁炉山庄孩子们的世界。微风不曾歇息地在那儿嬉戏玩闹，从早到晚都回荡着鸟儿的歌声。到处都是泛着白光的白桦树，其中有一棵他们叫作"白衣少女"。沃尔特幻想着有一个小树精，每天晚上都会从树林中出来和他们聊天。一棵云杉和一棵枫树紧挨在一起，枝叶交错相连，沃尔特就把它们命名为"情人树"，他还从旧雪橇上取下一串铃铛，挂在树上，每当微风吹来，就会发出精灵般婉转的铃声。他们在小溪上建造了一座石桥，一条龙守护着它。石桥两侧，古木森森，亭亭如盖，就像是黑黝黝的佩利姆人。沿着溪岸两旁是深绿色的苔藓，宛如从撒马尔罕来的精美绝伦的地毯。罗宾汉[①]和他的绿林好汉埋伏在这儿。三个水鬼居住在那口山泉里。在溪谷村尽头是老汤姆·巴里家废弃的房子，沟渠里荒草丛生，花园里遍生着葛缕子，很容易想象成被围攻的城堡。十字军的长剑已经锈迹斑斑，但在幻想

[①] 罗宾汉（Robin Hood）是英国民间传说中侠盗式的英雄人物，相传他活跃在1160—1247年间。

的王国里，壁炉山庄菜刀的刀刃被磨得锋利无比，战无不胜。每当苏珊找不到她烧烤用的平底锅时，她就知道，一定是彩虹幽谷里那位酷爱冒险的骑士拿去了，他身上装饰着羽毛，贴着亮闪闪的东西充作铠甲，他需要那口平底锅当盾牌用。

有时候他们会扮演海盗，因为杰姆很喜欢这种游戏。他已经十岁了，开始偏爱带点血腥味的游戏。杰姆最喜欢的活动就是把厚木板当甲板，可是沃尔特总是害怕在上面行走。杰姆总是怀疑沃尔特胆子不够大，当不了海盗，不过他最后努力让自己不要这么想。在学校里如果有哪个男孩敢叫沃尔特是"沃尔特小姐"，他就会勇敢地冲上去和他们干上一架，让他们吃不了兜着走。到后来，大家都知道千万不能招惹杰姆，他的拳头让人闻风丧胆。

现在，杰姆有时候会被允许在傍晚去港口嘴买鱼回来。那是他特别喜欢的一件差事，因为那样一来，他就可以到山坡脚下靠近港口的马拉奇·罗素船长的小屋去坐坐，听马拉奇船长和他的朋友们聊天。他们早年时都是些年轻气盛的远洋船长，都有一肚子传奇故事。老奥利弗·瑞斯，有人怀疑他年轻时当过海盗，而且被食人族的国王俘虏过。山姆·艾略特经历过旧金山大地震[①]。外号叫"胆大威廉"的麦克多格和一条可怕的鲨鱼搏斗过。安迪·贝克在海上被龙卷风卷走过，而且安迪声称说，他是四风港吐痰最远最直的人。马拉奇船长长着鹰钩鼻，脸颊瘦削，灰胡须一根根地竖立着，杰姆最喜欢他。他十七岁时，就成了一艘双桅帆船的船长了，运了一船木材去了阿根廷的布宜诺斯艾利斯。他两边的脸颊上都文着一个锚的图案。而且他还有一只很奇特的

---

① 旧金山大地震，发生在1906年4月18日，里氏8.3级，保守估计三千多人死亡，二十多万人无家可归，并随之发生了三天三夜的火灾。

手表，要用钥匙才能给它上发条。当他心情很好的时候，他会让杰姆给手表上发条。当他心情特别好的时候，他会带上杰姆去钓鳕鱼，或是在退潮后挖蛤。当他心情最好的时候，他会给杰姆看他自己雕刻出来的许多模型船。杰姆觉得这些模型太神奇了。其中有一艘北欧海盗船，挂着一张带条纹的方形帆布，船头上刻着一条张牙舞爪的龙。还有一艘哥伦比亚轻快帆船……"五月花号"……一艘叫"飞翔的荷兰人"的轻快艇……还有数不完的漂亮的双桅帆船、纵帆船、三桅帆船、快速帆船和木驳船。

"你能教我怎么雕刻船吗，马拉奇船长？"杰姆恳求说。

马拉奇船长沉思着摇摇头，对着海湾吐了一口痰。

"这是教不会的，孩子。你得在海上航行三四十年，才能充分理解船——理解和爱，那样你才能雕刻船。船就像女人，孩子……它们需要被理解，被爱，否则，你永远都得不到它们的秘密。即使你觉得对一艘船已经从头到尾、从内到外都熟悉了，但是它仍然对你不理不睬，将你拒之门外。要是你想抓住它，它就会像小鸟一样从你身边飞走。有一艘船我虽然驾驶过很长时间，但是始终都没法把它刻成模型，我尝试过无数次都失败了。那真是一艘既沉闷又顽固的船！我曾经也有一个女人……不过这次我要管好我的嘴，不会给你讲。我会把一艘船装进瓶子里，我可以把这个秘密讲给你听，孩子。"

所以杰姆也就没有再听到关于女人的更多事情，不过他对这事一点儿也不关心，因为除了妈妈和苏珊，他对女性不感兴趣。而妈妈和苏珊也不是"女人"，在他眼里，她们就是妈妈和苏珊。

当吉普死后，杰姆觉得他永远也不会再养狗了。但是时间出奇地抚平了他的伤痛，杰姆又开始想养狗了。他觉得小狗还不算是狗，他想养只真正意义上的狗。杰姆有一间小阁楼，那里放着吉姆船长留给他的各种稀奇古怪的藏品，墙上还挂着他的藏品，他现在开始收集狗的图片，这些图片是从杂志上剪下来的。有高贵的獒……漂亮的宽下巴斗牛犬……达可斯猎狗，好像有人拉着它的头和后腿，像橡皮筋一样被拉长似的……修剪过的狮子狗，尾巴就像流苏一样……活泼可爱的狐狸犬……俄国猎狼犬，它太瘦了，杰姆怀疑它从来都没有吃过东西……活泼可爱的波美拉尼亚小狗……带斑点的达尔马西亚狗……眼神动人的西班牙小狗。所有的狗都出身高贵，但在杰姆看来，它们都缺少了什么东西，但到底是什么，他自己也说不上来。

不久，《企业日报》上登出了一则广告："出售：一只狗。有意者请与上港口的罗迪·克劳福德联系。"除此之外就没有别的什么介绍了。不知为什么，这个广告一直在他脑海里萦绕，这非常简短的话语让他感到一种悲伤。他从克雷格·罗素那里打听到了罗迪·克劳福德的情况。

"罗迪的父亲一个月前去世了，而他妈妈很多年前就去世了，杰克·米利森买下了他家的农场，房子很快就要拆掉了。所以他不得不到镇上和他姑妈住。也许他姑妈不会让他把狗带过去。换个主人对狗来说也并不是很大的打击，但是罗迪特别喜欢这只狗，舍不得丢下它。"

"我不知道他想要多少钱。我只有一块钱。"杰姆说。

"我猜他主要是想给狗找个好人家。"克雷格说，"而且你爸爸会帮你付钱的，对吧？"

"是的，不过我想用自己的钱买只狗，"杰姆说，"那样才会让我觉得是我自己的狗。"

克雷格耸耸肩。壁炉山庄的小孩真是好笑，谁出钱去买那条老狗，有必要分得那么清吗？

这天傍晚，爸爸驾车带着杰姆来到克劳福德贫瘠、衰败的老农场，他们找到了罗迪和他的狗。罗迪的年龄和杰姆差不多，脸色苍白，红褐色的直头发，脸上长满了雀斑。他的狗有一对顺滑的褐色耳朵，褐色的鼻子和尾巴，还有一对温柔的褐色眼睛，那是吉姆所见过的最漂亮的眼睛。头上有一道白色的纹路，从前额向下，从两眼中间一直延伸到了鼻子上。杰姆看到这只可爱的狗，可谓一见钟情，他一定要得到这只狗。

"你要卖你的狗吗？"他急切地问。

"我并不想卖它，"罗迪伤心地说，"但是杰克说，我必须卖掉它，要不然他就会淹死它。他还说温尼姑妈很讨厌狗。"

"你想要多少钱？"杰姆问，他害怕罗迪会漫天要价。

罗迪强忍着眼泪，把狗交给了他。

"给你，带它走吧，"他哽咽得差点儿说不出话来，"我不想卖它……我不卖。再多的钱都买不到布鲁诺。只要你们是个好人家……好好对它……"

"哦，我会好好待它的，"杰姆急切地说，"但是你一定要收下我的这一块钱，要是你不收，我就会觉得它不是我的狗。要是你不收，我就不能要它了。"

虽然罗迪极不情愿，但是杰姆还是把钱塞到了他的手里，杰姆接过布鲁诺，把它紧紧搂在胸前。小狗回过头望着它的旧主人。杰姆看不到它的眼睛，但是他能看见罗迪的眼睛。

"如果你这么舍不得它……"

"我确实舍不得它，但是我不能留下它，"罗迪坚决地说，

"已经有五个人过来要它了,我都不让他们带走……杰克气疯了,但是我才不在乎呢。他们都不适合养布鲁诺。不过你……既然我不能好好待它,我希望你能……快带它走,别让我再看见它!"

杰姆听从了他的话。小狗在他的胳膊里瑟瑟发抖,但是它没有反抗。在回壁炉山庄的路上,杰姆心疼地抱着它。

"爸爸,亚当是怎么知道一只狗就是狗呢[①]?"

"因为狗就是狗,它不会是别的什么东西,"爸爸开口笑了,"不是这样吗?"

这天晚上,杰姆太兴奋了,久久都不能入睡。他对布鲁诺的爱胜过了对任何一只狗的爱。难怪罗迪这么舍不得它。不过,布鲁诺很快就会忘掉罗迪,爱上自己的。他们会成为好伙伴的。明天他一定要记得告诉妈妈,让她叫肉店送些骨头来。

"我爱世上的每个人和每件事,"杰姆说,"亲爱的上帝,请保佑世上的每只猫和每只狗,尤其是布鲁诺。"

杰姆终于睡着了。躺在床脚的那只小狗,下巴放在前伸的爪子上,也许它睡着了,也许没睡着。

[①] 在《创世记》第二章中,耶和华神觉得亚当一个人太孤独,要为他找一个配偶,于是用土造出各种走兽和飞鸟,亚当分别给它们命名,其中就把狗命名为"狗",但是他没有找到合适的配偶,直到后来神为他造出了夏娃。

小狗布鲁诺

柯克·罗宾不再只靠吃虫子维生了,它还要吃大米、玉米、莴苣叶和旱金莲种子。它长得非常大,壁炉山庄的"大知更鸟"已经家喻户晓。它胸前的羽毛已经变成了美丽的红色。它会停落在苏珊的肩膀上,看她忙针线活。当安妮外出回来时,它会飞出去迎接她,在她面前蹦蹦跳跳地把她带进屋。每天早晨,它会飞到沃尔特的窗台上吃面包屑。它每天会在后院石南树篱角落的一只盆子里洗澡,要是它发现盆子没有水,它会在壁炉山庄飞来飞去,告诉主人快快添水。医生抱怨说他的钢笔和火柴总是被柯克·罗宾满书房乱扔,但他发现根本没人同情他。有一天,柯克·罗宾甚至毫不畏惧地停到他手上,啄食他的花种,医生只好向它投降。每个人都对它如痴如狂——只有杰姆除外,他现在一心扑在布鲁诺上。但是,他慢慢明白一个痛苦的事实:你可以买下一只狗的身体,但是却买不到它的爱。

一开始杰姆并没有想到这一点。他想当然地认为,布鲁诺在一段时间里想家是很正常的,很快就会过去的。杰姆后来发现他错了。布鲁诺是这个世上最听话的小狗,叫它做什么,它都会不折不扣地执行,甚至连苏珊都承认,不会有比它更乖的动物了。

但是它身上一点儿活力也没有。每当杰姆要带它外出时，起初它会兴奋地睁大眼睛，摇着尾巴，神气活现地出发。但走不了一会儿，眼里的光芒就会消失，情绪低落，垂头丧气，温驯地紧跟着杰姆。大家都待它很好，喂它最好的骨头和最好的肉，多得都吃不完。每天晚上，它都睡在杰姆的床脚边，没有谁提出反对意见。可布鲁诺始终和他们保持着距离，难以亲近，就像个陌生人似的。杰姆有时候半夜醒来，伸手拍拍那个强壮的小身体，可布鲁诺没有任何舔手或是摇尾巴等回应的行为。它不排斥别人对它的爱，却也并不回应这种爱。

杰姆咬紧牙继续坚持。詹姆斯·马修·布里兹一旦下定决心就绝不会放弃，而且他不能被一只狗打败……他的狗是他用辛苦攒下的零花钱光明正大地买来的。布鲁诺应该停止对罗迪的思念，振作起来……它绝对不能用流浪狗那种可怜巴巴的眼神看着他，它必须学会爱他。

在学校的那些男孩子面前，杰姆不得不努力维护布鲁诺。他们很想知道杰姆有多么爱他的狗，经常拿它"刺激"他。

"你的狗有跳蚤……超级大的跳蚤。"佩里·瑞斯嘲弄他说。杰姆只好痛揍他一顿，直到佩里告饶，说布鲁诺一只跳蚤也没有。

"我家的小狗每周都会抽一次风，"罗伯·罗素夸耀说，"我敢打赌，你家的那条老狗这辈子从来没有抽过风。要是我有一条你的那种狗，我会把它扔进绞肉机。"

"我们家曾经有一条这样的狗，"迈克·德鲁说，"不过我们把它淹死了。"

"我的狗特别厉害，"山姆·沃伦自豪地说，"它把家里的小鸡都咬死了,而且把晾晒的所有的衣服都咬烂了。我敢打赌,你的那条老狗肯定没胆量这样做。"

杰姆虽然嘴上毫不服输,但是心里却不得不难过地承认这一点,布鲁诺确实不会这样做。他宁可它坏一点儿。而瓦特·弗拉格对他大叫道:"你的狗可真是一只好狗啊——它在礼拜天从来不叫呢。"这句话刺痛了杰姆,因为布鲁诺不管在什么时候都不会叫。

尽管布鲁诺有这些缺点,但它依然是一只可爱的、招人喜欢的小狗。

"布鲁诺,你为什么不爱我?"杰姆几乎哭了起来,"为了你,我什么都愿意做……我们在一起本来该是多么好玩啊。"可是,他从来不对任何人承认他的失败。

一天傍晚,杰姆急匆匆往家里跑,他本来在港口嘴上挖蛤,他知道暴风雨就要来临了。海洋在鸣咽,他感觉到了孤独,产生了一种不祥的预感。杰姆刚冲进壁炉山庄,一道长长的闪电就划破了天空。

"布鲁诺在哪儿?"他大叫道。

这是他第一次外出没有带上布鲁诺。他觉得到港口嘴路程太远了,一只小狗走不了那么远的路。不过杰姆自己也不愿意承认,要带上一只心不在焉的小狗走那么远的路,对他来说也是件叫人难受的事。

事实证实了他的预感,没有人知道布鲁诺在哪儿。自从吃过晚餐,杰姆出门去了,大家都没有见到它。杰姆四处搜寻,但根本没有它的踪影。瓢泼大雨猛然袭来,雷电交加。布鲁诺会在这个黑夜出去吗?是不是迷路了?布鲁诺很害怕雷雨。有次闪电撕破天空，布鲁诺吓得紧紧凑在他的身边，这是他们唯一一次心灵靠近的时候。

杰姆十分焦虑，暴风雨一停，吉尔伯特就说：

"我正要到港口上头去看看罗伊·威斯科特病情恢复得怎么样了。你可以和我一起去，杰姆，在回家的时候就绕路去看看克劳福德的老房子。我觉得布鲁诺很可能回那儿去了。"

"有十公里远啊，它不可能去的！"杰姆说。

但是它真的就在那儿。当他们到达那个破旧荒凉、没有灯光的克劳福德的老房子时，在湿漉漉的门前台阶上，孤零零地趴着一只满身泥污的小狗，它冻得直哆嗦，用疲惫而绝望的眼神望着他们。杰姆把它抱入怀中，走过半人高的杂草，坐上马车，布鲁诺一点儿都没有挣扎。

杰姆很开心。月亮冲破夜空的云层，将月光洒向大地。在回家的路上，雨后的树林散发出一阵阵清香！这个世界多么美好啊！

"我想经过了这件事后，布鲁诺就会安心留在壁炉山庄了，爸爸。"

"也许会的。"爸爸没有多说什么。他不想给杰姆泼冷水，但是他担心，这只小狗失去了它最后的家园，已经完全心碎了。

布鲁诺吃的东西一直都很少，在经过那天晚上的事情后，它吃得越来越少了。直到后来有一天，它什么也吃不下了。他们请来兽医，但是看不出什么问题。

"行医这么多年，我只见过一只狗是因为伤心而死的，我想这是第二只。"他把吉尔伯特拉到一边，悄悄对他说。

兽医留下了"补药"，布鲁诺顺从地吃了，然后又躺在地上，把头搁在前面的爪子上，眼睛里茫然无神。杰姆把手插在口袋里，站在那里久久地注视着，然后，他走进爸爸的书房，和爸爸商量着该怎么办。

第二天，吉尔伯特到镇上去了，四处打听了一番，找到了罗迪·克劳福德并把他带回了壁炉山庄。当罗迪刚走上门廊的台阶，客厅里的布鲁诺就听出了他的脚步声，抬起头，竖起了耳朵。紧接着，它那羸弱的小身子已经穿过地毯，如离弦的箭一般飞快地冲到了脸色苍白、褐色眼睛的少年面前。

"亲爱的医生太太，"那天晚上，苏珊怀着敬畏说，"那只狗在哭……真的在哭。泪水都从它鼻子上滴落下来了。要是你不相信，这也不能怪你。要不是我亲眼看见，我也绝对不会相信的。"

罗迪把布鲁诺紧紧搂在胸前，半是骄傲、半是恳求地看着杰姆。

"你买下了它，我知道……但是它是我的。杰克骗了我。我温尼姑妈说她根本不讨厌狗，我很想把它要回去，求你了。这是你的一块钱……我一分钱都没有花，我不能花这一块钱。"

杰姆犹豫了一阵子，然后，他看到了布鲁诺的眼神。"我真是一头猪！"他真的很憎恨自己的软弱。他收下了钱。

罗迪突然咧嘴笑了。笑容让他脸上的忧郁一扫而光，不过他也只能简单说声"谢谢"。

那天晚上，罗迪和杰姆睡在一起，布鲁诺就挤在他们中间。罗迪在睡觉之前跪下来做祷告，布鲁诺就蹲坐在他旁边，前腿趴在床沿上。要是狗会祷告的话，那么布鲁诺就应该是在祷告，它在做一个感恩和重获幸福的祷告。

当罗迪喂它东西吃时，它狼吞虎咽地吃起来，自始至终眼睛都盯着罗迪。当杰姆和罗迪准备去溪谷村走走时，它就兴奋地跳来跳去。"我从来没有见过这么活泼的狗。"苏珊说。

第二天傍晚,罗迪和布鲁诺回去了,杰姆独自坐在侧门台阶上,像猫头鹰一样,很久都没有挪动。沃尔特请他去彩虹幽谷挖海盗的宝藏,他一口回绝了,他觉得海盗的游戏一点儿也不好玩。他甚至不愿意见到小虾米的开心。小虾米正在薄荷丛中弓起背脊,竖起尾巴,趴下来,假装成一头凶猛的狮子要一跃而起。为什么在壁炉山庄里,猫都能过得如此开心,而狗却总是让他伤透了心呢?

当里拉把自己的蓝色天鹅绒大象给他玩时,他还脾气暴躁地对里拉大喊大叫。布鲁诺都走了,要天鹅绒大象有什么用?楠过来建议他说,应该把自己的想法低声说给上帝听,不料却碰了一鼻子灰。

"你难道以为我会为了这事去责怪上帝?"杰姆板着脸说,"你真是一点儿头脑都没有,楠·布里兹。"

楠委屈地离开了,不过她一点儿都不清楚杰姆说的是什么意思。杰姆对着夕阳的余晖皱着眉头。溪谷村到处都是狗叫声。大路下方的简金家正在呼唤着他们家的狗。唤狗的声音此起彼伏……每个人都有一条狗,就连简金也有……但就他没有。展现在他前面的人生一片荒漠,连一只狗也没有。

安妮走过来,在杰姆低一级的台阶上坐下,心疼地看着他。杰姆感受到了她的同情。

"妈妈,"他哽咽着说,"我那么爱布鲁诺,它为什么不爱我呢?我是……你觉得我是个让狗很讨厌的那种人吗?"

"不是,亲爱的。你要记得,吉普是多么爱你呀。只是因为布鲁诺只爱着他的主人……把所有的爱都给了罗迪。有一种狗就是这样的，一辈子只认一个主人。"

"不管怎样，布鲁诺和罗迪是很幸福的，"杰姆强忍着伤心，宽慰自己说，然后弯下腰，亲吻了妈妈光洁的额头，"但是，我永远也不会养狗了。"

安妮觉得这件事很快就会过去的，当吉普死的时候他也有着同样的感觉。但是，事实并不是这样。这次的打击对他来说太大了，已经触及了他的灵魂。后来，壁炉山庄养过很多狗，有的来了，有的死去……那些狗都很好，杰姆也会像家人一样抚摸它们，和它们一起玩，但这些狗都是壁炉山庄的狗，不再是"杰姆的狗"。直到后来，一条叫"星期一"的小狗获得了他全心全意的爱，那种爱甚至超过了对布鲁诺的爱，他和星期一之间的故事还在溪谷村历史上广为流传呢。但是，那已经是很多年以后的事情了。而在今天晚上，这个非常孤独的小男孩躺在他的床上，愤愤不平地想，"我真想自己是个女孩，那样，我就可以痛痛快快地大哭一场了！"

楠与上帝的"交易"

在八月的最后一个星期,楠和黛就要准备上学了。

"到了今天晚上,我们就什么都懂了吗,妈咪?"在上学的第一天早晨,黛郑重其事地问。

现在已经是九月上旬了。安妮和苏珊已经习惯了早上送两个小家伙出门,高兴地看着她们穿戴整齐的小小身影无忧无虑地远去。双胞胎似乎把上学当成一种愉快的冒险活动。她们通常会在篮子里装一只苹果,给老师带去。她们穿着粉色或蓝色的褶边方格棉布裙。由于她们长得一点儿都不像,所以也不必穿一模一样的衣服。黛安娜有一头红头发,所以和粉色衣服不搭配,但是这个颜色很适合楠。在壁炉山庄的这对双胞胎里,楠要更漂亮点儿,她有着淡褐色的眼睛,褐色的头发和可爱的肤色。虽然才七岁,但她知道自己长得非常漂亮。举手投足都有些明星架势,总是骄傲地抬着头,下巴高傲地微微上扬,所以别人都觉得她非常高贵。

"她会把她母亲的那套把戏和姿势都学会的,"阿勒克·戴维斯太太说,"要我看,她现在已经学得像模像样了。"

双胞胎不仅长相上有差别,性格上也不同。黛虽然长得像母亲，但是在性格和气质上，和她父亲小时候非常相似。她开始展示出吉尔伯特的务实和质朴，时不时会迸出一两句幽默的话来。楠则完全遗传了她母亲的想象天赋，已经开始用想象的方式为自己的生活增添乐趣。比如，今年夏天她就一直在和上帝做交易，并乐此不疲，简而言之就是"要是你怎么样做，那么，我就怎么样去做"。

壁炉山庄的所有孩子都在做祷告。刚开始的时候，他们使用的是传统的用语，比如"我将安睡，请主保佑……"然后就发展到"我的天父……"到了后来，大人鼓励他们用自己的话做祷告，他们就开始说些自己小小的心愿。不知道楠是从哪儿得来的灵感，认为只要答应做一个乖孩子，或是坚持完成一项困难的事情，上帝就会实现她的心愿。也许主日学校那位漂亮的老师对此要间接负一些责任，她上课时总是警告说，如果她们不是个乖女孩，上帝就不会实现她们的愿望。如果把这句话推导一下，很容易得出这样一个结论，如果你是个乖女孩，那么你就有权利要求上帝实现你的愿望。这就是"交易"。楠在春天里第一次和上帝进行了交易，那次进展得十分顺利，甚至把后来的不顺利都掩盖了。整个夏天她都在和上帝进行交易。没有人知道这件事，连黛都不知道。楠对任何人都守口如瓶。只要一有时间和合适的场所，她都会做祷告，而不是像别人那样只在晚上做。黛极不赞同。

"别把所有的事情都拿去打扰上帝，"她郑重其事地告诉楠，"你对他的祷告太多了。"

安妮听到这句话，还责怪黛说："上帝与我们同在，亲爱的。他爱着我们，总是赐予我们力量和勇气。楠做得很对，在她需要的时候就向上帝祷告。"不过，要是安妮知道了她的小女儿如此热衷祷告的真正原因,她肯定会异常震惊的。

五月的一个晚上,楠祷告说:"亲爱的上帝,如果在下个星期艾美·泰勒的聚会前,你能让我的牙齿长出来,我每天都会喝下苏珊给我的鱼肝油,绝对不会推辞。"

楠掉了一颗牙齿,一直没长出来,这让原本漂亮的小嘴显得有些难看。就在祷告后的第二天,楠就看到新牙冒出来了,接下来,牙齿一直在长,到聚会那天已长得差不多了。还有什么比这更灵验的呢?楠忠诚地遵守了契约。从那以后,苏珊惊喜地发现,每当她要孩子们喝鱼肝油时,楠都是面不改色,二话不说,一饮而尽。不过楠有时候也感到后悔,她当时该加一个期限——比如说三个月。

上帝总是让楠如愿以偿。溪谷村的小女孩最近流行收集纽扣,于是她恳求上帝赐予她一颗特别的纽扣,让她的纽扣串大放光彩,她向上帝承诺说,如果这样,她就不会对苏珊把有缺口的盘子分给她而闹意见。第二天,纽扣就出现了。苏珊在阁楼上的一条旧裙子上发现的。那是一颗美丽的红纽扣,上面镶有一颗小小的钻石,不管怎么,楠相信那就是钻石。她有了这样一颗特别的纽扣,让所有的女孩子都羡慕不已。那天晚上,黛不肯要那只有缺口的盘了,楠就高风亮节地说:"把它给我吧,苏珊。以后就让我用这只盘子好了。"苏珊觉得她如同天使般无私,把她好好地夸奖了一番。说楠长得又漂亮,心肠又好,这让楠听了扬扬得意。她向上帝承诺她每天早上不用大人提醒就主动刷牙,她果真在主日学校野餐那天得到了好天气,而前一天晚上大家都预言说要下雨;她向上帝许诺随时都会修剪指甲,结果真找回了丢失的戒指;她向上帝保证,以后吃饭决不挑肥拣瘦,从而得到了她梦寐以求的那幅飞翔天使的图画，那原来是沃尔特的。

但是，她向上帝承诺说要把抽屉收拾整洁，求上帝把她那只破烂的泰迪熊变成新的，结果并没有应验。每天早上，虽然楠都迫不及待地希望上帝能早点让奇迹发生，但是泰迪熊丝毫没有变化。最后，她只好放弃了。毕竟那只老泰迪熊也很不错，而且收拾抽屉也算不上一件特别困难的事。后来，爸爸为她买了一只新的泰迪熊，但是她并不喜欢它。不过她小小的良心在折磨她，应该去收拾抽屉。她有只瓷猫，一只眼睛不见了，她请求上帝让那只眼睛回来。到了第二天早上，那只眼睛果然回到原来的位置上，不过有点儿歪，看起来有点儿斗鸡眼的样子。这件事让楠又恢复了信心。那其实是苏珊在打扫卫生时发现了那只眼睛，然后用胶水给粘上去了。但楠并不知道这事，她依然高兴地履行着承诺，沿着谷仓爬了十四圈。这样做对上帝或者其他人到底有什么好处，楠根本就不明白。不过她很讨厌在地上爬，在彩虹幽谷玩的时候，男孩子们总是想让她和黛假装成动物。也许那给她混沌的头脑一点儿模糊的感觉，那就是惩罚自己或许能让神秘的上帝开心。上帝开心了就可以赐予欢乐，要是不开心就可以收回欢乐。不管怎样，那个夏天她向上帝许诺了各种怪异的惩罚方式，让苏珊百思不得其解：这孩子怎么会冒出这么多稀奇古怪的念头？

"你说这是怎么了，亲爱的医生太太？楠每天早上都要脚不沾地地在客厅里转两圈。"

"脚不沾地！怎么可能呢，苏珊？"

"就是从一个家具跳到另一个家具上，甚至包括壁炉的栅栏。昨天她摔了一跤，倒栽进煤灰桶里去了。亲爱的医生太太，你觉得需要给她吃点打虫的药吗？"

对于壁炉山庄的人来说，回想起那一年发生的所有事，他们首先想到的是爸爸差点儿得了肺炎，而妈妈真的得了肺炎。一天晚上，安妮的感冒还没有好，她和吉尔伯特去夏洛特敦参加一个聚会。她穿了一条刚做好的裙子，戴上杰姆的珍珠项链。她看起来美丽极了，在她出发前，孩子们都来看她，他们都为有这样一位母亲而备感自豪。

"多么漂亮的衬裙啊，"楠惊叹道，"等我长大了，我也能有这样的塔夫绸衬裙吗，妈咪？"

"等到你长大了，也许姑娘们都不再穿衬裙了呢，"爸爸说，"我要收回我的话，安妮。我承认那条裙子真是无比惊艳，尽管我不喜欢那些小亮片。好了，别再挑逗我了，女人。我已经把今晚要说的赞美话都说完了。还记得我们今天在《医学杂志》上读到的一句话吗？'生命只是精密构造的化学有机体。'这句话能让你不要那么骄傲。瞧这些小亮片，塔夫绸衬裙，这些都不是真实的。我们只是'原子偶然相遇的组合'，伟大的范·宾博格医生这么说的。"

"别给我引述那位令人讨厌的范·宾博格的话。他一定有慢性消化不良症。他也许是个'原子的组合'，但我可不是。"

没过几天，安妮就成了一个病得厉害的"原子组合"，吉尔伯特如热锅上的蚂蚁急得团团转。苏珊整日忙碌，显得疲惫不堪。专业的护士进进出出，一筹莫展。莫名的阴影突然笼罩了壁炉山庄，并不断蔓延，让每个人都情绪低落。没有谁告诉孩子们，他们母亲的病有多严重，甚至杰姆也不知道。他们一个个感到战栗和恐惧，整天闷闷不乐，无精打采。枫树林里第一次没有了欢笑声，彩虹幽谷不再有游戏。最糟糕的是，他们都不允许去看妈妈。每天放学回家，没有妈妈来迎接他们；上床睡觉时，没有妈妈悄悄进来亲吻并道晚安；当他们难过时，没有妈妈安慰他们，同情他们，理解他们；也没有妈妈和他们分享笑话，一起笑得前仰后合，没有谁的笑声有妈妈那么甜美。如今的情形比妈妈出门更糟糕，因为她出门了，大家都知道她迟早会回来的，可是现在他们却一无所知。爸爸和苏珊只是敷衍他们，没有人告诉他们究竟是怎么回事。

楠放学回家来，脸色惨白，因为艾美·泰勒对她说了些话。

"苏珊，妈妈是……妈妈不是……她是不是就要死了，苏珊？"

"当然不是。"苏珊马上回答，声音很尖锐，她在给楠的杯子里倒牛奶，手不由得哆嗦起来，"谁给你说的这些？"

"艾美。她说……苏珊，她说她觉得妈妈会变成一具漂亮的尸体！"

"不管她说什么都别理会她，宝贝。泰勒家的人都喜欢乱嚼舌根。你的母亲有上帝保佑，她现在是病得很重，但是她肯定会康复的，你放心吧。你难道不相信你父亲的医术吗？"

"上帝不会让妈妈死的，对吧，苏珊？"沃尔特看着她，嘴唇发白，他的神情太严肃了，让苏珊觉得要说些宽慰他们的谎话真的很难。她很害怕自己说的都会变成谎言。苏珊自己也吓坏了。那天下午，护士在摇头，医生也不肯下楼来吃晚餐。

"我真想知道万能的主在想些什么。"苏珊洗盘子的时候喃喃自语——她打碎了三只盘子。在她诚实而质朴的生命中，第一次对信仰产生了怀疑。

楠很不开心地在家里晃荡。爸爸坐在书房的桌前，双手抱着头。护士走进去,楠听到她对爸爸说,她觉得今晚是个危险期。

"什么是危险期?"楠问黛。

"我觉得那说的是一只蝴蝶孵化出来的东西,"黛很谨慎地说,"我们去问问杰姆。"

杰姆知道那是什么意思,他告诉了她们,然后就上楼去,把自己关在房间里。沃尔特不见踪影——他正在彩虹幽谷里,脸朝下躺在那棵白衣少女下面。苏珊带着雪莱和里拉去睡觉了。楠走出屋子,独自坐在台阶上。她背后的房子异常安静,静得让人害怕。她面前的溪谷村染上了夕阳的余晖,长长的红色大道灰尘弥漫,港口田野的草干得全枯萎了。一连有好几个星期没有下雨了,花园的花都无精打采——那些是妈妈喜欢的花朵。

楠陷入了沉思。现在,是该和上帝做交易的时候了。如果要使妈妈好起来,她该向上帝承诺什么呢?一定是非同寻常的承诺——要让上帝愿意使妈妈康复。楠想起在学校里有一天,迪奇·德鲁对斯坦利·瑞斯说的话:"我要和你比比,看谁敢在晚上穿过墓地。"楠当时就吓得瑟瑟发抖。竟然有人敢在晚上从墓地走过……怎么有人敢这么想呢?楠对墓地极度恐惧,壁炉山庄的人都清楚这一点。艾美·泰勒曾经告诉她说,那里全都是死人……"而且他们并不总是死的,他们有时会爬出来。"艾美说得神秘阴森恐怖。楠大白天都不敢独自一人穿过墓地。

远处有一座小山,在夕阳下披上了一层朦胧的金光,山上的树木高得都快"与天公试比高"了。楠经常在想,要是她能够爬到山上去,肯定能触摸着天。上帝就住在天的另一边,要是在那儿祷告,他也许会听得十分清楚。但是她不能爬到那座山上去,她只能在壁炉山庄做她能做的最艰难的事。

她那双微微晒黑的手合十，抬起满是泪水的脸，仰望着天空。

"亲爱的上帝，"她低声说，"如果你让妈妈好起来，我就会在晚上穿过墓地。哦，亲爱的上帝，求求你，求求你了。如果你这次做到了，我以后就再也不会打扰你了。"

履行承诺

这天晚上来到壁炉山庄的并不是死亡,而是生命。孩子们终于睡着了,可他们在睡梦中依然能感受到,死神的阴影已经安静而迅速地撤走了,就像它来时一样。他们醒来时,外面下着雨,天空阴沉沉的,可他们看到了明媚的阳光,看到苏珊一下子年轻了十岁,不用说,孩子们都知道有一个好消息。危险期已经过去了,妈妈能活下去了。

这天是星期六,他们不用上学,也不能到屋外去嬉戏——不过他们很喜欢在雨里漫步。但这场雨实在太大了,是倾盆大雨。他们不得不安安静静地待在屋里。不过他们感到前所未有的开心。爸爸几乎一个星期没合眼了,他本想到客房里打个盹儿,结果一下子就睡过头了。不过,在睡觉前,他给安维利的绿山墙打了电话,那里的两位老妇人一直提心吊胆,每次电话铃一响,她们就哆嗦个不停。

虽然苏珊的心思并没有放在她的点心上,不过她还是为晚餐准备了美味的橘子蛋糕,并且承诺要做果酱布丁卷。她还烤制了两批黄油硬糖蛋糕。柯克·罗宾叽叽喳喳满屋子飞来飞去,连椅子似乎都高兴得在跳舞。干旱的土地迎来了雨水,花园里的花朵再次坚强地仰起头来。楠在兴奋之余,开始要面对她和上帝的交易,努力尝试去实现自己的承诺。

她并没有想过要违约,但是她想尽力往后拖一拖,希望能够多积蓄一点儿勇气。一想到这件事,她害怕得"血都要冻住了"——这是艾美·泰勒的口头禅。苏珊感觉到这个孩子有点儿不对劲,喂了她一些鱼肝油,但是没有什么效果。楠一声不吭地喝了个干净,不过她还是忍不住在想,自从她履行了很早以前的那个交易承诺后,苏珊喂她鱼肝油的次数越来越频繁了。不过,比起晚上穿过墓地,喝鱼肝油又能算什么呢?楠根本不知道自己怎么才能完成。但是她必须完成。

妈妈的身子还很虚弱,所以大人不允许他们去看她,他们只能偷偷地望上一眼。妈妈的脸庞看起来既苍白又消瘦。会不会是因为楠没有兑现承诺的原因?

"我们必须给她一些时间调理。"苏珊说。

怎么能把自己的时间给别人呢,楠想不明白。但是她心里清楚为什么妈妈没有快点好起来。楠咬紧牙关。明天又是星期六了,明天晚上她就要兑现自己的承诺了。

第二天又下起雨来,整整一个上午都没有停,楠不禁松了口气。要是今天晚上继续下雨,不管是谁,哪怕是上帝,也不希望让一个小女孩冒着雨穿过墓地。但是到了中午,雨停了。不过从港口冒出浓雾,笼罩着整个溪谷村,把壁炉山庄严严实实地包裹起来,显得格外阴森可怕。所以楠仍然心存幻想,要是雾太大了她也不会去。但是到了晚餐时候,起了一阵风,把梦幻般的浓雾吹散了。

"今天晚上没有月亮。"苏珊说。

"哦,苏珊,你不能做一个月亮吗?"楠绝望地叫起来。如果她必须穿过墓地，肯定要有月亮才行。

"可爱的孩子，没有人能做出月亮。"苏珊说，"我只是说，今天晚上云层太厚，所以你看不到月亮。再说了，有没有月亮，跟你有什么关系呢？"

那正是楠无法解释的。这让苏珊更加担忧她，这孩子一定有什么心事，这一星期她都举止反常。她的饭量不及平时的一半，显得郁郁寡欢。她是在担忧她母亲的病情吗？这没必要啊……亲爱的医生太太康复得越来越好了。

是的，妈妈在康复，但是楠知道，如果她不履行自己的承诺，妈妈很快就会停止康复。日落之后，云层散去，月亮升起来了。但是今晚的月亮非常奇怪，那是一轮硕大的、血红的月亮。楠从来没有见过这样的月亮。这太恐怖狰狞了，她甚至觉得一片漆黑都比这种情形好。

这对双胞胎八点上床去了，楠必须等到黛睡着后才能行动。可黛一直都睡不着。因为黛的好朋友伊尔西·帕莫放学后没有和她一起走，而是和另外一个女孩回家了，这让她非常难过，根本没法入睡。她对自己的人生产生了幻灭感。楠一直等到九点钟，才觉得安全了，偷偷溜下床，穿好衣服。她的手哆嗦得厉害，几乎都扣不上纽扣。然后，她蹑手蹑脚地下楼来，从侧门溜了出去。这时苏珊正在厨房里做面包，她还欣慰地认为除了可怜的医生，所有人都在她的催促下安全地躺在了床上。医生刚才接到了一个紧急电话匆忙出门了，港口嘴上一户人家的小孩吞下了一颗大头钉。

楠向彩虹幽谷走去。她必须要抄近路穿过幽谷，然后翻过山坡牧场。她知道，要是壁炉山庄的双胞胎中的一个，这么晚单身一人悄悄顺着大路穿过溪谷村，一旦被人看见了必然会引起怀疑，也许有人会坚持把她送回家的。但是，九月下旬的夜晚实在太冷了！她根本没想到这一点，她连外套都没有穿。晚上的彩虹幽谷，根本不像白天那么友好亲切。月亮的大小已经恢复了正常，不再是血红色了，但是它却投下了可怕的阴影。楠特别害怕阴影。小溪边枯萎的大蕨草丛里，那黑漆漆的一团会不会是一双大脚？

楠昂起头，抬起下巴。"我不害怕，"她勇敢地大声说道，"我只是肚子感到有点儿不舒服。我是个女英雄。"

当一名女英雄让她感觉良好，让她一口气爬到了半山腰。这时候，一片奇怪的阴影席卷了世界———一片云遮住了月亮——但是楠认为那是一只大鸟。艾美·泰勒曾经给她讲过一个毛骨悚然的故事，说到了晚上，有一只黑色的大鸟会从天而降，夺走你的生命。刚才从头顶飞过去的就是那只大鸟的影子吗？不过妈妈说，世上没有黑色的大鸟。"我相信妈妈不会骗我……妈妈不会这样的。"楠自言自语道，继续勇敢地往前走，终于来到了牧场的围栏边。围栏前面就是大路了，横穿到大路对面，就是那片墓地。楠停下来，喘着气。

又有一片乌云挡住了月亮。她感觉一大片阴森、陌生、奇怪的土地包围着她。"哦，世界太大了！"楠颤抖着说，把身子紧靠在围栏上。如果她现在能转身回壁炉山庄该多好啊！但是……"上帝正看着我。"这个七岁的小家伙说，然后爬过了围栏。

她从围栏另一边跌落下去，膝盖擦破了点皮，把裙子也挂破了。当她双脚踩在地面上时，一丛叶子锋利的杂草刺穿了她的拖鞋，割破了她的脚。但是她蹒跚地横穿过大路，来到了墓地的大门前。

在墓地的最东边有一片冷杉树林，古老的墓地就躺在树林的阴影里。墓地的一边是卫理公会的教堂，另一边是长老会的牧师住宅，牧师并不在家，屋里漆黑一片，寂寥无声。月亮突然从云层跳出来，给墓地投下一块块阴影……那些阴影在舞动，在旋转……要是你敢走进去，那些阴影就会跳起来抓住你。不知是谁丢弃的一张报纸，风沿着大路吹动它，就像是一个跳舞的老巫婆。虽然楠知道那就是一张报纸，但是它显示着夜晚神秘莫测的魔力。嗖——嗖——嗖嗖，夜风在冷杉林间尖声怪叫。大门边有棵柳树，它长长的枝叶突然拂过她的脸，就像是妖精的手在抚摸着她的脸蛋。在那一刻，她的心脏都停止了跳动……但是，她还是把手放在了门扣上。

会不会从坟墓里伸出一只长长的手臂，把你猛地拽进去？

楠转过身来。她明白了，不管她和上帝有没有交易，她都不可能在晚上穿过墓地。一个很恐怖的呻吟突然在她身边响起来。那其实只是本·贝克太太的老母牛叫了一声，她家的牧场就在路边的云杉树后面。但是楠顾不上看看那是什么东西。一阵巨大的恐惧吞噬了她，她一口气跑下小山，穿过溪谷村，沿着大路向壁炉山庄冲去，跑得都快抽筋了。她穿过里拉称为"布丁泥巴"的泥泞路，一头扎进大门里。这就是家，窗户里透出轻柔、明亮的灯光，随后，她跌跌撞撞地跑进苏珊的厨房。她满身都是泥污，两脚湿漉漉的，还流着血。

"老天啊！"苏珊不知道发生了什么事情。

"我没办法穿过墓地，苏珊……我真的做不到！"楠喘着粗气说。

苏珊什么也没有问。她抱起冻得瑟瑟发抖、心烦意乱的楠，脱掉她湿透了的拖鞋和袜子,脱下她的衣服,帮她换上睡衣,把她抱到床上去。然后下楼去拿了些点心给她吃。不管孩子出了什么事,她都不会让孩子空着肚子睡觉。

楠美滋滋地享用了点心,又喝了一杯热牛奶。回到温暖光明的屋里,安全地躺在温暖舒适的床上,这是多么惬意啊!不过她没有告诉苏珊这是怎么回事。"这是我和上帝之间的秘密,苏珊。"苏珊回去睡觉时,心里暗暗想,只要亲爱的医生太太病愈了,她苏珊就如释重负了。

"我真拿这些孩子没办法。"苏珊无可奈何地叹息说。

妈妈现在死定了。楠一觉醒来,头脑中冒出了这个可怕的念头。她没有遵守承诺,那也就不能指望上帝遵守诺言。在接下来的那个星期里,对于楠来说真是生不如死。她对什么事情都提不起兴趣,甚至去阁楼看苏珊纺线也无精打采——以前楠对纺线特别着迷。她甚至再也笑不出来了。她什么都不想做。她把她的玩具狗送给了雪莱,因为雪莱一直想要它。虽然肯尼斯·福德把两只狗耳朵都扯掉了,但是她依然喜欢这只狗,甚至超过对泰迪熊的喜爱——楠向来都喜欢旧的东西。她把她珍视的小房子送给了里拉,那是用贝壳做成的房子,是马拉奇船长从西印度群岛给她带来的礼物。楠把心爱的礼物都送出去,希望上帝能满意这一点,但是她担心这没有效果,因为有件东西怎么也没法送出去。艾美·泰勒对她的小猫一直梦寐以求,但是每当她送出去后,小猫自己又跑回家来了,不管送多少次,最终它都跑回来了,楠知道上帝肯定对此不满意。除非她能穿过墓地,否则做什么都是徒劳,但是可怜的楠身心疲惫,她知道自己永远都做不到。她是个胆小鬼,是个小人。杰姆曾经说过,只有小人才不会遵守承诺。

安妮可以坐起来了。大病一场后，她很快就康复了。她很快就能整理屋子，读书，放松地躺在靠垫上，吃喜爱的食物，坐在壁炉旁，欣赏花园，看望朋友，听各种八卦消息。她满心期待着每一天都过得精彩，一年就是一条项链，每一天就是项链上光彩照人的珠宝，生活会再次绽放出耀眼夺目的光芒。

她吃了一顿美味的午餐——苏珊又可以做她拿手的烧羊腿了。安妮现在康复得不错，能感受到饥饿，这真是太令人高兴了。她环顾着房间，看着心爱的一切。应该更换窗帘了，要挂上介于嫩绿色和浅金色之间的颜色的窗帘。浴室里应该重新安装放毛巾的小壁橱。然后，她往窗外望去。空气中也充满了魔力。她可以透过枫树林看到港口的一抹蓝色；白桦树的落叶铺在草坪上，就像是下了一场黄金小雨；天似穹庐，覆盖着丰饶的秋日沃土——那是一片色彩绚烂的土地，丰收时节的阳光在地上投下长长的影子；柯克·罗宾站在云杉树梢疯狂地歌唱；果园里传来孩子们的阵阵欢笑，他们正在摘苹果。"生命当然不仅仅是'精密构造的化学有机体'。"她开心地想。

楠悄悄地走进房间，眼睛和鼻子都哭得通红。

"妈咪，我必须要告诉你……我再也活不下去了。妈咪，我欺骗了上帝。"

安妮温柔地握着孩子的小手，心里再度感受到了那种激动——她的孩子为了他们苦恼的小问题，又来向她寻求帮助和安慰了。楠在讲述整个故事的过程中，她一直静静地听着，脸上写满了严肃。事后，每当她把这些事告诉吉尔伯特时，她总是忍不住放声大笑，可是在孩子们面前，她却可以做出一副严肃的表情来。安妮明白，对楠来说，她的烦恼是多么真切而可怕。而且安妮事后也意识到，以后需要多多关注这个小女儿的信仰问题。

"亲爱的，你完全误解上帝了。上帝从来不做交易。他赐予我们一切，并不会索取任何回报，只要我们爱他就行。你向爸爸或我要你想要的东西时，我们也不会和你做交易的。而上帝比我们还要好很多。他比我们知道得更多，也更清楚该怎么帮助我们。"

"那么他不会……不会因为我没有兑现承诺，就让你死吧，妈咪？"

"当然不会，亲爱的。"

"妈咪，就算我误解了上帝，我是不是也该履行我的诺言？我觉得我应该这么做，你知道。爸爸说过，我们必须遵守诺言。要是我不去实现它，我是不是一辈子都会感到羞耻？"

"亲爱的，等我的病全好了，挑选一个晚上，我陪你一起去，我就在墓地外的大门口等你，你就不会害怕穿过墓地了。这样做，是不是就会让你那小小的良心好受点呢？而且你以后再也不用和上帝进行愚蠢的交易了。"

"我不会了。"楠承诺说。不过要放弃这种事情，她觉得还是有点儿遗憾，虽然跟上帝做交易不大好，但是却很让人兴奋。不过，她的眼睛重新恢复了光彩，她的嗓音再次有了活力。

"我出去洗个脸，然后回来吻你，妈咪。我还要去为你摘很多的金鱼草。没有你的时候真是太可怕了，妈咪。"

"哦，苏珊，"当苏珊把晚餐端进来的时候，安妮对她说，"世界多么美好啊！真是个美丽、有趣、神奇的世界呀！对不对，苏珊？"

"还算可以吧，"苏珊承认说，她头脑中想的是她刚放在食品室那一排可口的馅饼，"至少还是可以忍受的。"

炉边闲聊

十月里,壁炉山庄处处洋溢着幸福,快乐得让人忍不住想吹着口哨,唱着歌,一路欢跑。妈妈身体康复了,她不想再被当成病号来对待了。她开始计划着花园的种植,房间里有了久违的笑声——杰姆觉得妈妈的笑声是最美丽、最动人的——她又能回答孩子们无数的问题了。"妈咪,从这里到太阳落山的地方有多远?——妈咪,我们为什么不能把洒下来的月光收集起来呢?——妈咪,死去的灵魂真的会在万圣节前夜回来吗?——妈咪,'原因'的原因是什么?——妈咪,因为老虎会把你撕烂吃掉,所以你宁愿被响尾蛇毒死也不愿意被老虎咬死,对吗?——妈咪,小房间是做什么用的?——妈咪,寡妇真的能梦想成真吗?沃利·泰勒说她就是这样——妈咪,要是雨下得太大了,小鸟该怎么办?——妈咪,我们家真的是太过浪漫了吗?"

最后一个问题是杰姆问的,他在学校听阿勒克·戴维斯太太说过这样的话。他很不喜欢阿勒克·戴维斯太太,因为他不管是和爸爸还是妈妈在一起,只要遇到阿勒克·戴维斯太太,她都会伸出长长的手指敲着杰姆的脑袋,质问道:"杰米在学校是个好孩子吗?"竟然叫他是杰米!也许,壁炉山庄确实有点儿浪漫。

当苏珊发现通往谷仓的木板路上毫不顾惜地涂满红油漆时,她心里也会认为壁炉山庄是个浪漫的地方。杰姆解释说:"因为我们要打仗,不得不这样,苏珊,它们代表流出来的鲜血。"

在傍晚,有时会有一排野雁从低矮的红色月亮下飞过。每当杰姆看到它们,就会特别渴望自己也能和它们一起飞翔,飞到未知的海岸去,把猴子、豹子、鹦鹉等等动物带回来……飞到西班牙大陆去探险。

有些词语在杰姆听来充满了不可抗拒的魔力,比如"西班牙大陆"……还有"海洋的秘密"。对杰姆来说,每天的任务就是捕捉致命的巨蟒,或是同受伤的犀牛搏斗一番。而"龙"这个词会让他激动得整个人直哆嗦。他最喜欢的那幅画就挂在床脚边的墙上,画的是一位穿着盔甲的骑士,骑在一匹漂亮健硕的白马上,马儿前腿腾空站立起来,骑士正拿着长矛刺向一条龙,那条龙身后拖着一条可爱的尾巴,盘成圆圈,尾巴尖上有一个尖叉。旁边有一位穿着粉色长袍的姑娘,紧扣着双手,安详而镇定地跪着祷告。毫无疑问,那姑娘跟梅贝尔·瑞斯长得一样俊俏。梅贝尔·瑞斯虽然才九岁,但是她有着惊人的美貌,足以迷倒溪谷村学校的男孩子们。甚至连苏珊都注意到画上的姑娘和梅贝尔相像,经常拿这幅画逗杰姆,把他逗得满脸通红。不过这条龙的形象令人大失所望,在高头大马的映衬下显得太渺小和软弱了。和它战斗似乎显示不出自己的勇敢和力量。在杰姆隐秘的幻想中,那条龙应该是穷凶极恶的,而杰姆却从它手里拯救了梅贝尔。上星期一,他就拯救过梅贝尔一次,让她免受老莎拉·帕莫的雄鹅追赶。那是想象的冒险活动——"想象的冒险活动"真好玩!——当时他抓住鹅的脖子把它扔出了篱笆,鹅痛苦地发出嘎嘎的叫声，梅贝尔一定注意到了他威风凛凛的英雄气概了吧。但是雄鹅终究没有龙那么富有浪漫色彩。

　　十月里冷风一直没有停过。温柔一点儿的风在山谷里呜呜地叫着，而更猛的风则抽打着枫树的树梢。风在沙滩海岸上不可一世地咆哮着，但是碰到岩石海岸只好乖乖伏下身来——也许伏下来是准备跳得更高。夜晚那红色的月亮昏昏欲睡，天气寒冷，让人只想钻进温暖舒适的被窝里。蓝莓的枝叶变成了深红色，枯萎的羊齿蕨变成了红褐色，谷仓后面的漆树红得就像一团火。在收割后的田野上，绿色的牧场东一块西一块的，就像溪谷村的补丁。在院子云杉树角落那边，草坪上开满了金黄色和红褐色的菊花。松鼠那欢乐的叫声从四处传来，无数的山头都有蟋蟀在演奏小提琴，那是为仙女的舞会伴奏。可以采摘苹果，可以挖掘胡萝卜。男孩子有时可以跟马拉奇船长去挖圆蛤，那需要得到神秘莫测的潮水的许可——潮水时而抚摸着陆地，时而退回到深邃的海洋。整个溪谷村都弥漫着枯叶燃烧发出的刺鼻的味道。谷仓里黄色的大南瓜堆得高高的，苏珊第一次做了南瓜馅饼。

　　壁炉山庄的笑声不断，从日出持续到日落。即使是大点的孩子上学去后，雪莱和里拉照样能把笑声延续下来。甚至吉尔伯特今年秋天都比往年笑得更多了。"我喜欢爱笑的爸爸。"杰姆想。康伯里·奈罗的布朗森医生从来不笑。据说他的声望全靠他那双像猫头鹰般睿智的眼睛。但是来找爸爸看病的人更多一些。要是哪位病人听了爸爸的笑话都笑不出来，那么他就时日不多了。

　　每天天气暖和的时候，安妮都在花园里忙碌着，沉浸在如红酒般的斑斓色彩里。夕阳的余晖洒落在深红色的枫树林上，短暂的美丽让安妮有着淡淡的伤感。在一个烟雾迷蒙的金色午后，安妮和杰姆把所有的郁金香球茎都种在了花园里,到了明年六月,它们会重新绽放出玫瑰色、深红色、紫色和金黄色的花朵来。"当我们要面对寒冬时,已经为春天做好了准备,这种感觉是不是很愉快,杰姆?""把花园变得很美丽,这种感觉才愉快,"杰姆说,"苏珊说过,是上帝让万物变得很美丽,不过我们现在给上帝帮了点忙,对吧,妈妈?"

"是的……杰姆,我们总是能这样。上帝和我们分享着他的特权。"

不过,世上并没有太过完美的事情。壁炉山庄的人们现在都为柯克·罗宾而忧心忡忡。他们都听说了,当所有的知更鸟都要飞到远方去过冬时,它也想一块去。

"把它关起来,等别的知更鸟都飞走了,而且开始下雪了,它就会留下来,"马拉奇船长建议说,"然后它就会把这事给忘了,等到春天,什么事都没有了。"

于是柯克·罗宾被关在屋子里,成了一名囚犯。它变得焦躁不安。它漫无目的地满屋子乱飞,或者停在窗台上,充满渴望地看着外面。它的同伴们正准备响应神秘的召唤,飞离此地。柯克胃口大减,甚至连虫子和苏珊为它准备的最好吃的果仁都引不起它的食欲。孩子们苦口婆心地向它指出可能会遇到的危险,寒冷、饥饿、孤独、暴风雨、黑夜和猫。但是柯克·罗宾感觉到了,或是听到了那个神秘的召唤,它只想急切地做出回应。

苏珊是最后一个屈服的人。她好些天来都硬着心肠,坚持不放它。但是最后她说:"让它去吧,关着它是违背自然的。"

在十月的最后一天,他们释放了柯克·罗宾,它已经被囚禁一个月了。孩子们和它吻别,热泪盈眶。它兴高采烈地飞走了。

第二天早上，它回到这里来，在苏珊的窗台上吃了面包屑，然后振翅高飞，开始了它的远航。"等到了春天，它也许会飞回来的，亲爱的。"安妮对啜泣的里拉说。不过里拉并不感到欣慰。

"那要灯（等）很久啊。"她哽咽着说。

安妮笑了，然后又叹口气。对于小里拉来说，季节的更替是多么漫长啊，但对她来说却是时光飞逝。又一个夏天结束了，伦巴第白杨就像是永恒的金色火炬，它把岁月都燃尽了。很快——转眼之间——壁炉山庄的孩子们就不再是孩子了。不过现在他们还是她的孩子，晚上迎接他们回家来，惊奇和开心盛满她的生活。她爱着他们，鼓励着他们，当然，有时也会责备他们，不过是轻微的责备。有时候他们会非常淘气，但是不管怎么淘气，也不会像阿勒克·戴维斯太太所说的那样，是"壁炉山庄的一群魔鬼"。当孩子们在彩虹幽谷玩印第安人游戏时，贝迪·莎士比亚·德鲁扮演被绑在木桩上的印第安红人，不小心被火轻微烫着了，阿勒克·戴维斯太太听说了这事，从此就开始这么称呼壁炉山庄的孩子们。当时杰姆和沃尔特费了很大劲才解开他，用的时间比绑他的时间还长。他们俩也被火轻微烫伤了，不过没有人同情他们。

这年的十一月，天阴沉沉的，寒风刺骨，烟雾迷蒙。很多天里，港口前面那片灰色的海洋里，只能看到飘来荡去的一团团冷雾。在寒风中哆嗦的白杨树掉下了最后一片叶子。花园里寂然无声，所有的颜色和个性都不复存在——只有芦笋丛依然展示着迷人的金黄色。沃尔特不得不放弃他在枫树上的观察台，回到屋子里来学习功课。雨一直在下……一直在下……一直在下。"世界还能变干吗？"黛绝望地哀叹。但在接下来的一个星期里，他们又迎来了夏日般的艳阳天。晚上异常寒冷，妈妈会给壁炉生火，苏珊会为晚餐烘烤土豆。

在那些寒冷的晚上，大大的壁炉成了全家的中心。晚餐后，大家都围坐在壁炉边，那是一天里最美好的时刻。安妮忙着针线活，计划着要给孩子们添置什么冬衣。"楠得有条红色的裙子，因为她很适合穿红色。"她时常想起哈拿，每年都为她的小撒母耳织件小外套①。不管经历了多少世纪，母亲的心都完全相同。天下的母亲就是一个播撒爱和为孩子服务的妇女社团。不管是被铭记的母亲，还是被遗忘的母亲，她们都一样伟大。

苏珊在听孩子们拼词，然后看他们做各自喜欢的事。沃尔特生活在他那美丽的幻想世界中，正专心地写着一系列信件，那是住在彩虹幽谷的金花鼠和住在谷仓后面的金花鼠之间的通信。当他把信件念给苏珊听时，苏珊假装嘲笑了他一番，但私下却把信件抄了一遍，并寄给了雷贝卡·迪尤。

"我觉得这些信读起来很好玩，亲爱的迪尤小姐。不过，你也许会觉得它们太过琐碎了，需要精选一下。在这种情况下，我想你应该谅解一个溺爱孩子的老女人的心情，所以你会耐心看下去的。在学校里大家都觉得他非常聪明，而且这些都是作文，不是讨厌的诗。我还要告诉你，上星期的算术考试中，小杰姆得了九十九分，但谁也不知道为什么被扣掉了一分。那个孩子生来就是个伟人，也许我不该这么说，亲爱的迪尤小姐，但是我对这一

---

① 出于《旧约》，以利加拿的妻子哈拿没有孩子，就向耶和华祈祷求子，并许诺说把孩子奉献给耶和华的圣殿里。耶和华赐了她一个儿子，叫撒母耳。撒母耳三岁时就被送去了圣殿，去侍奉耶和华。哈拿每年都为撒母耳做一件小外套，在给耶和华献年祭时给撒母耳带去。

点坚信不疑。也许他将来会成为加拿大的总理,不过我们不能活着见到这样的事情了。"

小虾米躺在壁炉前烤火,而楠的小猫柳柳对大家一视同仁,喜欢在每个人的腿上爬来爬去,它的模样总能让人联想到一位穿着银灰色衣服的优雅娇小的女士。"家里养着两只猫,可储藏室里到处都是老鼠的脚印。"苏珊的言外之意很清楚。这时候,孩子们聚在一起,讨论着他们将要开展的小小冒险活动。远处的大海在秋日的寒夜中哀叹着。

每当科尼莉娅小姐的丈夫在卡特·弗拉格的商店和男人们聊天时,科尼莉娅小姐都会来壁炉山庄小坐一会儿。她在这里时,壁炉山庄的小家伙们都会竖起耳朵听,因为科尼莉娅小姐总是能带来最新鲜的各种传闻,总能讲述一些逸闻趣事。等到了礼拜天去教堂时,你发现她所讲述的人一本正经地坐在那儿,再仔细回味着关于他们的趣事,那一定会非常好玩。

"哎呀,你这里真是太舒服了,亲爱的安妮。今天晚上太冷了,都开始下雪啦。医生出门去了吗?"

"是的。我不想让他这么晚出门去,可是港口上头打来电话,说布鲁克·肖太太坚持要见他。"安妮回答。苏珊这时赶紧悄悄把小虾米叼来的一块大鱼骨头从壁炉边的地毯上弄走,并暗自祈祷科尼莉娅小姐没看到。

"布鲁克·肖太太的身体比我还壮实呢,"苏珊不屑地说,"我听说她新买了件蕾丝睡衣,她肯定想穿着睡衣给医生看。蕾丝睡衣!"

"那是她女儿丽奥纳从波士顿给她买回来的。她星期五晚上刚回家,拖了四个大箱子回来,"科尼莉娅小姐说,"九年前她去美国时的情形我还记得清清楚楚，当时她背着个破烂的老格莱斯通袋子[①]，连东西都漏出来了。那时候她刚被菲尔·特纳给抛弃了，还没有从沮丧中缓过气来。她想尽量瞒着这事，可大家都知道。现在她回来了，说是要'照顾她的老母亲'，不过我得提醒你，亲爱的安妮，她肯定会对医生卖弄风情的。尽管医生是个男人，但我觉得那种挑逗根本打动不了医生。而且你不像康伯里·奈罗的布朗森医生太太那样，我听说她对她丈夫的女病人都要吃醋。"

"也不放过那些护士。"苏珊说。

"嗯，有些护士太过漂亮了，并不适合做护理工作，"科尼莉娅小姐说，"就拿珍妮·亚瑟来说吧。她脚踏两只船，而且还能让两个小伙子毫无察觉。"

"她确实很漂亮，但是她也不是什么小女孩了，"苏珊固执地说，"她早就该做出决定，安定下来。瞧她姑姑欧多拉——她当时说，除非她厌烦了和男人调情，否则根本就不想结婚，看看她现在的下场吧。尽管都四十五岁了，可她每次见到男人都会挑逗一番。积习难改啊。你听说过吗，亲爱的医生太太，她表妹范妮结婚时，她对范妮说了什么话？她说：'你把我挑剩的东西捡去了。'我听说她们大吵了一架，从那以后，她们再也没有说过话。"

"祸从口出啊。"安妮心不在焉地轻声说。

"说得太对了，亲爱的。说起说话，我想起了斯坦利牧师，我希望他以后布道时稍微慎重点。他已经得罪了沃莱斯·扬。沃莱斯打算再也不上教堂了。大家都说上礼拜天的布道是针对他的。"

[①] 老格莱斯通袋子：一种从中间拉开的旅行提包。

"如果牧师的某次布道正好与某个人的情况相符,人们就会误认为布道是有针对性,"安妮说,"一顶从前人那里传下来的旧帽子,肯定会适合某个人的脑袋,但总不能说那就是专门为他做的帽子吧。"

"很有道理,"苏珊赞同地说,"我也不喜欢沃莱斯·扬。三年前,他让他的奶牛身上涂上某家公司的广告。我看他真是见钱眼开了。"

"他的兄弟大卫终于准备结婚了,"科尼莉娅小姐说,"他到底该结婚还是该雇个女工,哪样更划算一些,他斟酌了很久都迟迟下不了决心。在他母亲死后,他曾经对我说,'家里必须得要有个女人,但是这事太麻烦了,科尼莉娅。'我知道他在打我的主意,但是我没有理会她。最终他准备和杰丝·金结婚了。"

"杰丝·金!我以为他在追求玛丽·诺斯。"

"他声称说,他绝不会和任何吃卷心菜的女人结婚。不过到处都在传说,他向玛丽求婚时,被玛丽打了一耳光。而据说杰丝·金曾经说过,她想找一个长得好看点的男人,这个大卫勉强凑合吧。嗯,对于某些人来说,只要饥不择食,总还是能找到男人的。"

"我倒觉得,马歇尔·艾略特太太,人们的传言有些夸大其词,"苏珊指责说,"在我看来,杰丝·金是完全配得上大卫的,不能认为她是在以貌取人。不过我得承认,大卫长得确实不错,就像是在水里清洗过的。"

"你知道埃尔顿和思黛拉生了一个女儿吗?"安妮问。

"我知道这事。我希望思黛拉要稍微理智点,别像她妈妈莱斯特那样感情用事。亲爱的安妮,你会相信吗?就因为她的堂姐朵拉的孩子比思黛拉早点开始走路,莱斯特就大哭了一场!"

"我们这些母亲总喜欢这些愚蠢的比赛,"安妮微笑着说,"鲍勃·泰勒和杰姆是一天生的,杰姆才长一颗牙齿时,鲍勃已经长出三颗牙齿了,那时候我嫉妒得真想杀了他。"

"鲍勃·泰勒要做扁桃体手术了。"科尼莉娅小姐说。

"为什么我们就从来不做手术呢,妈妈?"沃尔特和黛异口同声地问道,一副受了委屈的样子。他们经常异口同声地说话,说完后他们会勾起手指头,许上一个心愿。"我们对每件事想法一样,感受也一样。"黛经常会一本正经地解释说。

"我永远也忘不了伊尔西·泰勒的婚礼,"科尼莉娅小姐回忆着说,"她最好的朋友梅西·米利森,在她的婚礼上本来打算演奏婚礼进行曲,结果却演奏成了葬礼进行曲。当然她总是解释说,她太紧张了,所以弄错了,不过大家可不这么认为。她其实很想嫁给新郎麦克·莫赛德。那个长相英俊的无赖,油嘴滑舌,总是会说些甜言蜜语,哄女人开心。他让伊尔西过没上一天舒心日子。唉,亲爱的安妮,他们一起生活了很多年,然后就去了那个'寂静之地'①。而梅西很多年前就嫁给了哈利·罗素。现在大家都记不得了,当时哈利极不情愿地向她求婚,他希望梅西会说'不',结果她却说'好'。哈利自己把这事都忘了,可真像个男人。后来他还以为自己娶到了世上最好的老婆,并且沾沾自喜,觉得自己太聪明,竟然把她追到手了。"

"既然他希望梅西拒绝他,那他为什么还要求婚呢?真是莫名其妙,"苏珊说,接着又十分谦虚地加了一句,"当然,我对

---

① 寂静之地:代指死亡。

这种事一窍不通。"

"他父亲命令他这么做。当时他并不想娶她,但是他觉得他的求婚很安全,梅西不会答应的……医生回来了。"

吉尔伯特进屋来时,雪花随着他一起吹进屋子。他脱下外套,开心地坐在他炉边的椅子上。

"我没想到会回来得这么晚……"

"看来,蕾丝睡衣很有吸引力呀。"安妮说,顽皮地对科尼莉娅小姐咧嘴一笑。

"你在说些什么呀?我想,一些女性的笑话已经超出了我这个粗俗男人的理解力了。我到上溪谷村去看沃尔特·库博了。"

"那个男人拖了这么久都没死,真是个奇迹啊。"科尼莉娅小姐说。

"我对他都已经失去耐心了,"吉尔伯特笑着说,"他早就该死了。早在一年前,我说他只能活两个月,可直到现在他都还活着,这简直是在败坏我的信誉啊。"

"要是你能像我这么熟悉库博家的人,你就不会轻易说这种话了。你不知道吧?他祖父在别人给他挖好墓穴,买来棺材后,竟然又奇迹般地活过来了。殡葬承办的人不愿意把棺材收回去。不过,我知道沃尔特·库博正开心地彩排着他的葬礼呢。真像个男人。哦,那是马歇尔的马车铃声,我得走了。这是一瓶腌梨,给你的,亲爱的安妮。"

他们一起到门口,目送科尼莉娅小姐离开。沃尔特那深灰色的眼睛凝视着暴风雪即将来临的夜空。

"我真想知道,柯克·罗宾今晚在哪儿?它会想我们吗?"他痴痴地说。也许,柯克·罗宾已经去艾略特太太经常说的那个神秘的寂静之地了。

"柯克·罗宾正在南方沐浴着阳光呢,"安妮说,"春天它就会飞回来,我敢肯定。还有五个月就可以见到它了。乖宝宝们,你们该上床睡觉去了。"

"苏珊,"在储藏室里,黛问道,"你想要个孩子吗?我知道你在哪儿能弄到,而且还是崭新的。"

"是吗?在哪儿?"

"艾美家就有个新的。艾美说那是天使带来的。她觉得家人太多了,不算上这一个,他们家已经有八个孩子了。我昨天听你说过,看到里拉慢慢长大,你会觉得孤独的。你现在自己没有孩子。我想泰勒太太很乐意送你一个。"

"真是孩子话!所有的泰勒家都是孩子一大帮啊。比如那安德鲁·泰勒的父亲,你要问他到底有多少个孩子,他一时半会儿是回答不出来的,他总要停下来数一数才知道。但是,我现在还没想过要别人家的孩子。"

"苏珊,艾美·泰勒说你是老姑娘,你真的是吗,苏珊?"

"这是万能的上帝为我安排的。"苏珊毫不畏缩地说。

"你喜欢当老姑娘吗,苏珊?"

"说真话,我不是很喜欢,宝贝。不过,"苏珊想起了她认识的那些不幸的已婚女人,然后补充说,"虽然当了老姑娘,上帝还是给了我补偿。现在把苹果馅饼给你父亲端去吧,我要给他准备茶。这个可怜的男人一定饿晕了。"

当沃尔特睡意蒙眬地上楼去时,对安妮说:"妈妈,我们家是世界上最幸福的,对吧?只不过……你不觉得,要是我们家还有一些幽灵那不更完美吗?"

"幽灵?"

"是的,杰瑞·帕莫的屋子里到处都是幽灵。他还见过一个,那是个穿白衣服的高个子女人,一只手只剩下白骨了。我跟苏珊说起这事,她说杰瑞要么是在撒谎,要么就是在闹肚子。"

"苏珊说的是对的。说到壁炉山庄,只要住在这里的人都很幸福,所以这里不可能有幽灵。做完你的祷告,上床睡觉去吧。"

"妈妈,我想我昨晚的祷告有些淘气,我说:'明天请赐予我们食物。'可明天永远都不会到来。我该说今天,这样看起来比较符合逻辑。你觉得上帝会介意吗,妈妈?"

珍妮·佩尼

当春日给壁炉山庄和彩虹幽谷再次披上绿色的外衣时,柯克·罗宾回来了,而且还带了一位新娘子来。两只鸟儿把巢筑在了沃尔特的苹果树上,柯克·罗宾一如既往地和人类亲密接触,但是它的新娘子很害羞,或者是胆小,从不让人靠近它。苏珊觉得柯克·罗宾重回壁炉山庄是个奇迹,连夜写信告诉了雷贝卡·迪尤。

在壁炉山庄小小的生活舞台上,聚光灯不停闪烁聚焦,一会儿落在这个人身上,一会儿转移到另一个人身上。整个冬天都没有什么特别之处,一直到了六月,这次轮到黛了,她开始了她的冒险生活。

一个新来的女孩转学到了溪谷村学校。当老师问起她的名字时,她说:"我是珍妮·佩尼。"那口气仿佛是在说,"我是伊丽莎白女王。"或是,"我是特洛伊的海伦。"在她说话的那一刻,你会觉得要是不认识珍妮·佩尼,那只能说明你很无知,要是珍妮·佩尼没有屈尊瞧你一眼,那你真是白活了。至少黛安娜·布里兹就有这种感觉,不过她没办法用语言准确地描述出来。

珍妮·佩尼九岁,黛八岁。但是珍妮从一开始就跟那些十岁、十一岁的"大女孩"平起平坐。那些大女孩无法怠慢或忽视她的存在。她长得并不算漂亮,但是她的模样让人难以忘怀,每个人都想多看她几眼。她圆圆的脸蛋很白皙,炭黑色的头发很柔软,不过头发却没有乌亮的光泽,长长的黑色睫毛覆盖着深蓝色的大眼睛。当她慢慢抬起睫毛,用轻蔑的目光看着你时,你会觉得自己可怜得还不如一条虫。但是你宁可被她瞧不起,也不愿意被其他人追捧。要是能成为珍妮·佩尼的朋友,哪怕只是暂时的朋友,那也将是人生无上的荣耀。珍妮·佩尼的骄傲是有原因的。很明显,珍妮·佩尼并不是来自普通家庭。她的婶婶里娜戴着一条镶有石榴石的黄金项链,非常漂亮,那是一个当百万富翁的叔叔送给她的。她的一个表姐有一枚钻石戒指,要值一千块钱。而她的另一个表姐战胜了一千七百名选手,获得了演讲冠军。她还有一位婶婶是个传教士,在印度照顾着"马蜂"。总之,至少在一段时间里,溪谷村学校的女孩子们都相信了珍妮·佩尼的话,对她又是羡慕,又是嫉妒,她们在晚餐桌上总是兴致勃勃地谈论着她,最终让大人们也不得不注意起来。

"黛似乎很喜欢的那个小女孩是谁,苏珊?"一天晚上,黛说完了珍妮住的"大楼房"后,安妮忍不住问。据黛的描述,珍妮的屋顶装饰着白色的木头花边,有五扇凸窗,房子后面有一片美丽的白桦树林,客厅的壁炉架是用红色的大理石建成的。"我在四风港从没听说过有姓佩尼的人家。你知道他们的情况吗?"

"他们一家是新搬来的,就住在港口大道下面的老康维农场上,亲爱的医生太太。据说本恩·佩尼先生原先是个木匠,但是做木工活没法维持生计,在我看来,他是太忙了,忙得把上帝都抛到一边儿。现在他决定试着务农。据我所知,他们一家都是些怪人，孩子们也是为所欲为。佩尼先生说，他童年时被管得太死了，现在他才不会约束自己的孩子。所以珍妮·佩尼才会一个人来溪谷村学校读书。他们家离康伯里·奈罗学校其实很近，而家里其他的孩子都在那儿读书，但是珍妮却坚持来溪谷村学校。老康维农场有一半的土地属于溪谷村，所以佩尼先生给两个学校都缴了费，当然，只要他乐意，孩子随便上哪所学校都行。不过，这个珍妮好像不是他的女儿，而是他的侄女。珍妮的父母都死了。据说她父亲乔治·安德鲁·佩尼也很怪，他把康伯里·奈罗的浸信会教堂的地下室当作羊圈。我不会说他们一家很不体面，但是他们确实过得颠三倒四的，亲爱的医生太太……而且他们的房子也是乱七八糟的。如果你肯听我的劝告，就别让黛和那个像猴子的小东西搅在一起。"

"她们在学校的交往我根本没法阻止，苏珊。我真不明白那个孩子是不是有什么问题，不过我敢肯定，她说的那些亲戚和冒险经历都是在说谎。不管怎样，黛也许很快就会对她失去新奇感，我们以后就不会听到关于珍妮·佩尼的故事了。"

然而，黛仍然没完没了地讲述着珍妮·佩尼的故事。珍妮告诉黛说，在溪谷村学校的所有女孩子中，她最喜欢黛。黛受宠若惊，感恩戴德，忠心耿耿，盲目崇拜着珍妮。她们在课间休息时总是形影不离；在周末彼此互通字条；她们相互赠送树胶；彼此交换搜集的纽扣；在游戏中合作默契；最后，珍妮邀请黛放学后跟她一起回家，并留在她家住宿。

妈妈坚决不同意，黛大哭了一场。

"以前我在帕西丝·福德家住宿，你都没有反对过。"她啜泣着说。

"那……不一样。"安妮有点儿含混地说。她并不想让黛学会势利,但是根据她对佩尼家的了解,她相信壁炉山庄的孩子不适合与佩尼家的孩子交朋友。近来黛太迷恋珍妮了,安妮对此感到焦虑。

"我看没什么不一样,"黛哀叹说,"珍妮和帕西丝一样优雅,真的!她从来不嚼买来的树胶。她有一个堂姐,什么礼仪都懂,珍妮从她那里把所有礼仪都学会了。珍妮说我们一点儿礼仪都不懂。而且她经历过最刺激的冒险活动。"

"谁说她经历过的?"苏珊问道。

"她自己说的。她家不是很有钱,但是她家的很多亲戚都特别有钱,而且受人尊敬。珍妮有位叔叔是个法官,有个舅舅是世界上最大轮船的船长。当那艘船造好后,珍妮还参加了它的下水仪式呢。我们没有当法官的叔叔,也没有照顾'马蜂'的传教士婶婶。"

"是麻风病人,亲爱的,不是马蜂。"

"珍妮说的就是'马蜂'。我想她应该很清楚,因为那是她的婶婶。而且他们家还有很多东西,我很想去看看。她房间的墙纸上全是鹦鹉图案;客厅里全是猫头鹰的标本;门廊上有一块钩织的毯子,上面有一幢房子的图案;百叶窗上摆满了玫瑰花;还有一个真正的玩具屋,可以在那里面玩,那是她叔叔给她建的;她的老奶奶和他们一起住,那是世界上最老的人。珍妮说她从大洪水之前活到了现在。我再也没有机会看到大洪水以前的人了。"

"我听说过,那个老祖母快一百岁了,"苏珊说,"但是说她在大洪水之前就活着,那你的珍妮是在撒谎。要是你去了那种地方,天知道你会染上什么病。"

"他们在很早的时候就把每种病都得过了,"黛抗议说,"珍妮说,他们在一年内把腮腺炎、麻疹、百日咳和猩红热都得过了。"

"我敢肯定他们得过天花,"苏珊喃喃地说,"这家人真是中魔法了!"

"珍妮不得不做手术,摘除她的扁桃体,"黛抽泣着说,"不过,扁桃炎是不会传染的,对吧?珍妮的一个堂姐在做扁桃体摘除手术时死了……当时她血流不止,还没等她清醒过来就死了。如果这是家族遗传的话,那么珍妮也可能会死的。她身体太虚弱了,上星期她就昏倒过三次。不过她已经做好了心理准备。所以她才会这么着急地请我到她家去住宿……这样,当她在手术台上死去后,我还能保留下美好的回忆。求求你了,妈妈。要是你同意我去,我保证不会戴着那顶有蝴蝶结的新帽子去。"

可是妈妈毫不松口,黛睡觉时,眼泪把枕巾都浸湿了。楠一点儿也不同情她——楠和珍妮·佩尼一点儿也不熟悉。

"我真不知道这孩子到底是怎么了,"安妮焦虑地说,"她以前从来不像这样。就像你说的,那个佩尼家的小女孩对她施魔法了。"

"你没有同意她去那种低俗的地方,这是很明智的,亲爱的医生太太。"

"哦,苏珊,我并不想让她觉得自己高人一等。但是不管怎样,这总得有个底线。珍妮并不是很坏,我想她只是有撒谎的习惯,这倒没有多大伤害,但是我听说,他们家的男孩子真的很顽劣。康伯里·奈罗的老师为他们伤透了脑筋。"

第二天,当黛告诉珍妮说自己去不了时,珍妮傲慢地说:

"他们把你管得这么死吗?我不会让谁这么管我的。我想做什么就做什么。唉,只要我愿意,我就可以整夜在屋外睡觉。我猜你想都不敢这么想吧?"

黛崇拜地看着这个神秘的女孩,她可以"整夜在屋外睡觉"啊。多棒啊!

"你别责怪我好吗,珍妮?你知道,我很想去。"

"我当然不会责怪你。当然啦,要是别的女孩,肯定不会放弃这样的机会,但是我猜你不敢去。我们本来可以去玩得很开心的。我原本计划在月光下,去我们屋后的小溪里钓鱼。我们经常这么做。我一直想钓一条鳟鱼。我们还有一头最可爱的小猪,一匹很温顺的小马驹,还有一窝小狗。算了,我去问问莎蒂·泰勒吧。她的爸爸妈妈对她很好,她想做什么都行。"

"我的爸爸妈妈对我也非常好,"黛忠诚地为父母辩护说,"我的爸爸是爱德华王子岛上最好的医生,每个人都这么说。"

"别摆出那副样子,好像就只有你才有爸爸妈妈,我就没有似的,"珍妮一脸鄙夷地说,"嗯,我爸爸还长着一对翅膀,而且总是戴着一顶金冠呢。可是我会像你那样了不起吗?好了,黛,我不想和你争吵,但是我真讨厌有人吹嘘自己的家人。这很没有礼貌。我不会和你斤斤计较,因为我决定要当一名淑女。你老是说起那个帕西丝·福德,说她今年夏天要来四风港。我可不想和她来往。我听里娜婶婶说,她的妈妈真是太可怕了。她跟一个死人结婚了,然后那个人又活过来了。"

"哦,根本不是这个样子的。珍妮,我知道这件事,是妈妈告诉我的,莱丝丽阿姨……"

"我不想听她的事。不管是怎么回事,请你最好别再提了,黛。上课铃响了,走吧。"

"你真的要请莎蒂去你家?"黛哽咽地问,她大大的眼睛里充满了伤感。

"嗯,不过时机还不成熟。等等再说吧。也许我会再给你一次机会,不过这将是最后一次机会。"

几天后,在课间休息时,珍妮·佩尼找到了黛。

"我听杰姆说,你爸妈昨天出门了,要明天晚上才回来,是这样吗?"

"是的,他们去了安维利,看望玛莉拉姨婆。"

"你的机会来了。"

"我的机会?"

"和我回家去住一晚。"

"哦,珍妮……我不能这么做。"

"你当然能这么做。别傻里傻气的了。他们永远都不会知道的。"

"但是,苏珊不会放我走……"

"你根本不用去问她。放了学,你直接跟我回家去。楠会告诉她你去哪儿了,这样免得她担心。等你爸妈回来后,她也不会给他们说实话的,她害怕他们责骂她。"

黛站在那里,左右为难。她心里非常清楚,自己不该和珍妮一起去她家,但是那个诱惑真是无法抵抗。珍妮使出浑身的力量,把眼睛睁得大大地瞪着黛。

"这是你最后一次机会,"她强调说,"如果有人自以为了不起,不愿意来我家玩,我是不会和这种人做朋友的。如果你不来,我们就此分手,从此再也不是朋友。"

事情就这样定下来了。黛仍然受着珍妮·佩尼的魔力驱使，无法承受分手的痛苦。那天下午放学，楠一个人回家去，告诉苏珊说，黛去了珍妮·佩尼家，并且要在她家住一晚。

要是在平时，苏珊会立即追去，径直到佩尼家把黛带回家来。但是这天早上苏珊扭伤了脚，虽然她能在屋子里跛着脚走几圈，给孩子们做饭不受多大影响，但是她知道，她不可能跛着脚去港口大道下面的老康维农场，到那里有一公里多。佩尼家没有电话，杰姆和沃尔特都不愿意去。灯塔的人邀请他们去烤贝壳。再说了，佩尼家的人也不会吃掉黛。苏珊只好接受了这个事实。

黛和珍妮穿过田野，向珍妮家走去。走这条路要近得多，不到一公里。黛虽然心里有些忐忑不安，但还是十分高兴，因为沿途的风景美丽极了。小海湾边蕨草丛生；小精灵在草丛中嬉戏；草地青翠茂密；当漫步在过膝的金凤花中时，风儿吹过花丛发出沙沙的声响；年轻的枫树下面，有一条蜿蜒的小径；一条小溪像彩虹般的漂亮围巾；在阳光充沛的牧场上，遍地长满了草莓。黛如痴如醉地欣赏着美丽的景色，但她时常被珍妮的话打断，她真希望珍妮能闭上嘴。在学校里，珍妮滔滔不绝地说话倒没什么，但是在这儿，黛不想听珍妮喋喋不休地说她差点被毒死的事情……当然是个意外，她吃错了药。珍妮绘声绘色地讲述死亡的痛苦，不过最后怎么被救活的却说得模糊不清。她当时"失去了意识"，是医生把她从死亡的边缘拉了回来。

"但是从那以后，我就变得很不一样了。黛·布里兹，你盯着什么看得那么出神？我觉得你根本没有听我说话。"

"哦，我听着呢，"黛愧疚地说，"我真的觉得你的生活太精彩了，珍妮。不过，看看那风景吧。"

"风景？风景是什么东西？"

"嗯……嗯……就是你眼前的那些东西。那个……"黛挥手指着她们面前的牧场、森林和云雾缭绕的山丘，还有群山之间那蓝宝石般的一抹海洋。

珍妮嗤之以鼻。

"那不就是些老树和奶牛吗？我已经看过几百遍了。你说话太可笑了，黛·布里兹。我并不想伤害你的感情，但是有时候，我真的觉得你不大对劲。我真这么想的。不过我想这不能怪你，你也不想这样。大家都说你妈妈也是那样，喜欢说些摸不着头脑的话。嗯，那就是我们家。"

黛瞪着佩尼家的房子，她的幻想平生第一次惨遭重大打击。这就是珍妮描述的"大楼房"吗？当然，它确实很大，而且也有五扇凸窗，但是明显需要重新上漆了，而且屋顶的"木头花边"大半都没了踪影。门廊已经严重下沉，前门上方那曾经很可爱的气窗也破了。百叶窗歪歪斜斜，缺了很多玻璃，糊着牛皮纸。房子后面"美丽的白桦树林"其实只是几棵苍劲枯瘦的老树。谷仓破破烂烂，摇摇欲坠，院子里堆满了生锈的机器，花园里杂草丛生。黛这辈子还从来没见过这样破败的地方，她第一次对珍妮讲述的东西产生了怀疑，珍妮说的不全是真话。一个九岁的孩子，真的就像她说的那样，会有那么多出生入死的冒险经历吗？

屋里的情况好不了多少。珍妮把她带进客厅，客厅里散发着一股刺鼻的霉味，到处都落满了灰尘。天花板的颜色早就脱落了，一道道裂缝清晰可见。吹捧上天的大理石壁炉架竟然不见大理石的踪影，只是上了漆的木板子，这连黛都看出来了。炉架用一条日本布帘子遮盖起来，壁炉架上放着一排长着毛的杯子。花边窗帘皱巴巴的,而且完全褪色了,到处都是破洞。百叶窗是蓝色的纸做的,上面画了一个装满玫瑰的大花篮,已经破烂不堪了。至于放满客厅的猫头鹰标本,其实只在一个角落里放着一个小玻璃瓶,里面有三只羽毛蓬乱的小鸟,有一只鸟的两只眼睛都瞎了。黛已经习惯了壁炉山庄的漂亮和整洁,这间屋子的景象,只有在噩梦中才会出现。然而,令人奇怪的是,珍妮似乎根本没有意识到她的描述和现实有多大的差距。黛不禁怀疑,自己是不是在梦中听到珍妮告诉她的一切?

屋外还不算太糟糕。一个角落的云杉树下,是佩尼先生建的玩具屋,看起来就像是微型的真正房子,那儿真的很好玩。小猪和小马驹真的很温驯。而那一窝杂交的小狗,毛茸茸的,特别招人喜欢,那神态就像是贵族城堡的名犬一样。其中一只特别可爱,褐色的长耳朵,前额上有一块白点,粉红色的小舌头,白色的爪子。当黛知道这些小狗都已经答应送人了,她一下子失望极了。

"就算它们没有送人,我也拿不定主意该不该送你一只,"珍妮说,"叔叔每次要把他家的狗送人,他对要送的人家特别挑剔。我们听说壁炉山庄根本不让养狗。你们那儿一定有什么古怪的东西,生怕狗知道了。叔叔说,有些事情人不知道,但狗知道。"

"我敢肯定,我们那儿没有什么古怪的东西!"黛叫喊起来。

"嗯,但愿没有。你爸对你妈很凶吧?"

"没有,他才不会这样呢!"

"嗯,我听说你爸打你妈,把她打得直叫唤。不过,我当然不相信那是真的。那些说谎的人真是太可恨了,对吧?不管怎样,我一直都喜欢你,黛,我一直都会帮助你的。"

黛觉得自己应该对这番话心存感激，但是不知为什么，她并没有这种感觉。她开始觉得，自己与这里格格不入，在她的眼里，珍妮曾经有着非凡的魔力，可这一切突然消失殆尽。珍妮告诉她，自己掉进磨坊的水池里差点给淹死了，这一次黛并没有往日的那种怦然心动。她不相信这是真的……那只是珍妮想象出来的。而那个当百万富翁的叔叔、要值一千元的钻石戒指、去照顾"马蜂"的传教士婶婶，这一切很可能都是她的想象。黛觉得自己就像是泄了气的气球。

不过，家里有个老奶奶，老奶奶是真的。当黛和珍妮回到屋子里时，一个胸脯丰满、脸颊红润、穿着陈旧的印花棉布衣服的女人走进来，她就是里娜婶婶，她告诉她们，老奶奶想见见客人。

"老奶奶一直躺在床上，不能下地，"珍妮解释说，"我们要轮流去看她。不然她会生气的。"

"我得提醒你一句，别忘了问候她的背好些没有，"里娜婶婶警告说，"要是有人忘了问她的背，她会很不高兴的。"

"还要问约翰叔叔，"珍妮说，"别忘了问她约翰叔叔的病好些没有。"

"约翰叔叔是谁？"黛问。

"是她的儿子，五十年前就死了，"里娜婶婶解释说，"他病了很多年，然后死了。老奶奶习惯听别人问候约翰的病好些没有，她很想念约翰。"

来到了老奶奶的房门前，黛却不敢进去。就要见到长寿得让人难以置信的老妇人了，她突然感到特别害怕。

"怎么啦？"珍妮问道，"又没有人咬你！"

"她是不是……她真的是在大洪水之前就活着的吗，珍妮？"

"当然不是。谁告诉你的?不过,要是她能活过下一个生日,她就满一百岁了。快点进去!"

黛小心翼翼地进屋去。老奶奶的卧室凌乱不堪,特别狭小,但是她的床特别大。她脸满皱纹,黛从来没有见过谁有那么多皱纹,看起来就像一只老猴子的脸。她眼窝深深地凹陷进去,眼眶红红的,她盯着黛,很生气地说:

"不许那样盯着我。你是谁?"

"她是黛安娜·布里兹,奶奶。"珍妮说,她这时变成了一个规规矩矩的珍妮。

"哼!一个装模作样的名字!他们告诉我说,你有个傲慢的姐姐。"

"楠并不傲慢。"黛叫喊道,情绪有点儿激动。难道是珍妮说了楠的坏话?

"你可真没教养啊,对吧?我小时候可不会这样跟长辈讲话的。就像小珍妮告诉我的那样,你的姐姐就是个傲慢的女孩,连走路头都要高高地抬起来,实在是太傲慢了。你也是个自以为是的小女孩!不许跟我顶嘴。"

老奶奶看起来很生气了,于是黛赶忙询问她的背怎么样了。

"谁说我的背有毛病?你瞎想些什么!我的背是我自己的事。过来……到我床边来!"

黛虽然恨不得逃到一千公里外,但是她还是乖乖过去了。这个可怕的老妇人想对她干什么?

老奶奶使劲挪到床边上来,伸出爪子一样的手,放在了黛的头发上。

"有点像胡萝卜的颜色,不过还挺光滑的。那条裙子很漂亮。把裙子撩上去,让我看看你的衬裙。"

黛只好照做,心里还暗自庆幸自己穿上了那条白色的衬裙,苏珊给它钩织上了花边。这家人是怎么了,竟然会看客人的衬裙?

"我总是从衬裙来评判一个女孩子,"老奶奶说,"你通过了。现在我要看看你的内裤。"

黛不敢抗拒。她撩起了衬裙。

"哼!连内裤上都是花边!真够奢侈啊。而且,你还没有问候过约翰!"

"他还好吗?"黛吓得直哆嗦。

"'他还好吗',你胆子可真够大的,竟敢这样问。你们都知道,他可能会死的。给我说实话,你妈妈是不是有个黄金顶针……真的是用黄金做的顶针?"

"是的。是去年爸爸送她的生日礼物。"

"哼,我一直不相信会有这事。小珍妮告诉我说你妈妈有这样的顶针,小珍妮说什么你都千万不能相信。一个黄金顶针!我从来没有听过这种事,真够时髦的。好了,你们该出去吃晚餐了。吃饭永远都不会过时的。珍妮,把你的裙子拉上去。裤边都掉出来了。你至少还是要穿体面点。"

"我的裤子……我的裤子的裤边没有掉下来。"珍妮愤愤地说。

"佩尼家叫裤子,布里兹家叫内裤。这就是你们俩的区别,永远都是这样。不许跟我顶嘴。"

佩尼全家人都坐在大厨房的餐桌边。除了里娜婶婶,黛谁也不认识。但是她只对餐桌边的人瞥上一眼,就明白妈妈和苏珊不让她来这里的原因了。桌布又脏又破,多少年前的肉汤污渍都还在上面。盘子也是说不出来的怪异。至于佩尼家的人……黛从没有和这样的一群人坐在一起过,她多么希望自己能安全地回到壁炉山庄啊。但是现在,她只能咬紧牙关坚持下去。

那个被珍妮叫作本恩叔叔的人,坐在了餐桌的主座上。他有火红的胡子,脑门上精光锃亮,周围有一圈灰色的头发。他的弟弟帕克,是个单身汉,身子瘦瘦的,乱蓬蓬的胡子从来没有修整过。他坐在餐桌的角落上,方便向痰盂里吐痰,他咳痰的声音老是打断别人的说话。这家的男孩子,一个是十二岁的柯特,另一个是十三岁的乔治·安德鲁,他们都有着淡蓝色的金鱼眼,直直地盯着人看,一点儿都没有礼貌。衣服破破烂烂的,连身子骨都从破洞中露出来了。柯特被破瓶子割破了手,用一块破布包扎了起来,上面血迹斑斑。十一岁的安娜贝尔·佩尼和十岁的格特·佩尼都是特别漂亮的女孩子,长着一双圆溜溜的褐色眼睛。两岁的塔普正坐在里娜婶婶的腿上,长着很可爱的鬈发,红润的脸颊,黑色的眼眸不停地转来转去,要是能被打扮得干净点,应该是个讨人喜欢的孩子。

"柯特,你明明知道有客人来,为什么不把指甲洗干净?"珍妮训斥道,"安娜贝尔,嘴里塞满了东西就不要讲话——黛,在这个家里只有我才会教他们礼仪。"她解释说。

"闭嘴!"本恩叔叔咆哮说。

"我不会闭嘴。你不能让我闭嘴!"珍妮大声说。

"别顶撞你叔叔,"里娜婶婶和颜悦色地说,"好了,姑娘们,要像个淑女那样。柯特,把土豆递给布里兹小姐。"

"哦,哈,布里兹小姐。"柯特咯咯地笑起来。

不过黛却感到很激动。这辈子第一次有人叫她布里兹小姐。

让黛感到惊奇的是,晚餐很丰富,而且味道很不错。黛早就饥肠辘辘了,但是她不敢确信食物是否很干净,而且她讨厌用那个有缺口的杯子喝水,还有,大家七嘴八舌,说个没完没了,这让她不能好好享受这顿美餐。他们总是斗嘴,乔治·安德鲁和柯特,柯特和安娜贝尔,格特和珍妮,甚至本恩叔叔和里娜婶婶都闹得不可开交。他们争吵得声嘶力竭,把最伤人的狠话都说出来了。里娜婶婶向本恩叔叔一一列举出她原本可以嫁的好男人,而本恩说,她爱嫁谁就嫁谁,但愿没有嫁给他。

"要是我爸爸和妈妈也这样吵架,那该多可怕啊,"黛心里想着,"哦,我要是回家了该多好啊!"

"别吃手指,塔普!"黛不假思索脱口而出。因为在壁炉山庄,为了不让里拉吃手指,大家都会这么制止的。

柯特一下子气得脸都红了。

"不要你管!"他大声叫喊道,"只要他愿意,他想吃就吃!我们不像你们壁炉山庄的小孩子那样蛮不讲理,老是爱指责别人。你以为你是谁啊?"

"柯特!柯特!布里兹小姐会觉得你很没教养。"里娜婶婶说。她吵完架,又变得心平气和,脸上带着微笑,为本恩叔叔的茶里放了两匙糖。"亲爱的布里兹小姐,别介意。再吃一块馅饼吧。"

黛再也吃不下去了。她只想回家去,但是她根本不知道自己怎么才能回去。

"够了,"本恩叔叔喝完茶杯里的最后一口茶时,发出了巨大的咕哝声,"吃好了。一早起床,农活繁忙,一日三餐,吃完上床。多好的生活啊!"

"孩子的爸爸就爱说笑话。"里娜婶婶微笑着说。

"说起笑话,我倒想起一件事。今天我在弗拉格的商店里见到卫理公会的牧师。当我说起没有上帝时,他想反驳我。我告诉他,'礼拜天才该你说话,现在轮到我说话了。你指给我看看,上帝在哪儿?'他说,'现在不是轮到你说话了吗?'他们全都像傻瓜一样笑了。不过他还是挺聪明的。"

没有上帝!黛的世界轰然垮塌。她只想大哭一场。

安全回家

晚餐之后，情况更糟糕。在这之前黛至少还能和珍妮单独待在一起，而现在，她陷入了一群暴徒的围困中。乔治·安德鲁抓住她的手，还没等她挣脱，就把她一把推倒在泥坑里。黛这辈子从来没有遭受过这种侮辱。杰姆和沃尔特会欺负她，肯尼斯·福德也会这样做，但是他们从来不像这些男孩子这样粗暴。

柯特从嘴里掏出一块树胶，要让黛吃下去。黛不肯吃，他气得发疯。

"我要弄一只活老鼠放进你的嘴里！"他咆哮道，"别自以为多了不起！你这个傲慢的家伙！你有个哥哥还是娘娘腔！"

"沃尔特不是娘娘腔！"黛说。她已经给吓得半死，但是她不愿意让别人讥讽沃尔特。

"他是……他还会写诗。我要是有个兄弟会写诗，你知道我会怎么做吗？我要淹死他……就像淹死小猫一样。"

"说起小猫，谷仓那边有很多小野猫，"珍妮说，"我们去把它们抓出来。"

黛很不愿意和这些男孩子去抓猫，于是她拒绝了。

"我不想去抓，我们家已经有很多小猫了。我们家有十一只。"她骄傲地说。

"我不相信!"珍妮叫道,"你们家没有!没有谁家会有这么多小猫。不可能哪只猫会生下十一只小猫。"

"一只猫生了五只,另一只猫生了六只。不管怎样,我都不会去谷仓那边的。去年冬天,我从艾美·泰勒家的谷仓阁楼上摔下来,要不是掉在了一堆谷糠上,我就给摔死了。"

"哼,曾经我从我家阁楼上摔下来,要不是柯特接住了我,我早就死了。"珍妮不高兴地说。除了她,没有谁有权利从阁楼上摔下来。黛·布里兹竟然吹嘘自己有冒险经历!她真是不要脸!

"你应该说'我曾经从我家阁楼上摔下来'。"黛纠正道。从那一刻起,她和珍妮的友谊完全结束了。

但是不管怎样,黛今晚不得不在这里度过。他们玩到很晚才肯睡觉,因为佩尼家没有早睡早起的习惯。晚上十点半后,珍妮把她带进了大卧室里,那里有两张床。安娜贝尔和格尔特已经铺好了她们的床。黛看了看另外一张床。枕头散发出一股臭味,被子早就该清洗了。墙纸——那非同寻常的鹦鹉墙纸——已经被渗漏下来的水浸泡坏了,连鹦鹉图案都不像鹦鹉的样子了。在床边的架子上,有一个花岗石水缸和一个锡制洗脸盆,里面有半盆脏水。她不能用那盆水洗脸。算了,这一次她只好不洗脸就睡觉去。至少,里娜婶婶为她准备的睡衣是干净的。

当黛跪下来开始做祷告时,珍妮笑起来。

"哎呀,没想到你这么老套。你的样子太滑稽了,竟然还会一本正经地做祷告。我从来不知道现在还会有人做祷告呀。祷告一点儿都没用。你说那些话干什么呢?"

"我必须拯救我的灵魂。"黛借用苏珊的话说。

"可我根本就没有灵魂。"珍妮嘲笑说。

"也许你没有,但是我有。"黛站起身来说。

珍妮看着她。但是珍妮眼里的魔法已经被打破了,她再也不能让黛对她言听计从了。

"你并不是我以为的那种好女孩,黛安娜·布里兹。"珍妮难过地说,好像她受到了欺骗。

黛正要回答她时,乔治·安德鲁和柯特冲进了房间。乔治·安德鲁戴着一张面具,是一个大鼻子的怪物。黛吓得尖叫起来。

"不许尖叫!真像一头猪被门夹住时的叫声,"乔治·安德鲁命令道,"你必须亲吻我们,向我们道晚安。"

"要是你不亲我们,我们就把你关进那个壁橱,那里面全是老鼠。"柯特说。

乔治·安德鲁向黛逼过来,黛又尖叫起来,不断往后退。那张面具快把她吓昏过去了。她知道面具后面是乔治·安德鲁,她不用害怕他。可要是那张面具靠近她,她仍然会被吓死的。就在那个可怕的大鼻子快要碰到她的脸时,她被一只凳子绊倒了,仰面倒了下去,头撞在了安娜贝尔尖锐的床角上。霎时,她撞晕过去了,合上了眼睛,躺在地板上。

"她死啦……她死啦!"格尔特倒抽了一口凉气,吓得哭起来。

"哦,要是你杀死了她,你会挨鞭子的,乔治·安德鲁!"安娜贝尔说。

"也许她只是在装死,"柯特说,"在她身上放条虫子。我的罐子里有些虫子。要是她在骗我们,她肯定会跳起来的。"

黛醒过来了,但是她听到了这句话,吓得不敢睁开眼睛。

（"要是他们以为我死了，也许他们就会留下我走了。不过，他们要是在我身上放条虫子……"）

"用大头针扎她试试看。要是她还会流血，那就没有死。"柯特说。

（"大头针我还可以忍受，只要不是虫子就好。"）

"她没有死……她不可能死，"珍妮悄悄说，"只是你们把她吓晕过去了。等她醒过来，她就会鬼哭狼嚎，那会吵醒本恩叔叔的，到了白天他会狠狠揍我们一顿。我真不该请她来，这个胆小鬼！"

"你看能不能在她醒过来之前，我们把她抬回家去？"乔治·安德鲁建议说。

（"哦，要是他们这么做就太好了！"）

"不行……太远了。"珍妮说。

"要是我们抄近路，就只有半公里路。我们每人抬一只手或一条腿……你，柯特，我和安娜贝尔。"

除了佩尼家的孩子，没有谁会想出这样的主意来，而且这群孩子只要想到什么，马上就会付诸行动。他们非常害怕被爸爸狠狠地揍一顿。爸爸平时对他们不闻不问，但是，如果他们太过分了，那就够他们受的！

"要是在半路上她醒了，我们丢下她就跑。"乔治·安德鲁说。

他们根本不用担心黛会醒过来。当黛感觉到自己被四个人抬起来时，她心里激动不已。他们抬着她悄悄下了楼，走出房子，穿过院子，越过长满苜蓿的田野，经过树林，翻过山丘。中途有两次，他们把她放下来休息了一阵子。现在他们都确信无疑，黛已经死了,他们只想尽快把她送回家,不要被人发现。如果珍妮还从来没有祷告过,那么她现在就正在祷告,她祈祷村子里的人不要被惊醒。要是能把黛·布里兹顺利地送回家去,他们就会众口一词地发誓,说黛在睡觉时太想家,执意回去了。之后,她发生了什么事情就和他们毫无关系。

当他们在商量怎么撒谎时,黛偷偷地睁开一次眼。周围沉睡的世界看起来太陌生了。冷杉树黑黢黢的,不是白天熟悉的冷杉树。星星眨着眼睛嘲笑她。("我不喜欢这样大的天空。但只要我再坚持一会儿,我就能回家了。要是他们发现我没死,他们就会把我丢在这儿跑回去的。天这么黑,我可没办法一个人回家去。")

当佩尼家的孩子们把黛放在壁炉山庄的门廊后,便像疯了一样撒腿就跑。黛不敢马上坐起来,但最后她壮着胆子睁开了眼睛。是的,她回家了。太好了,她简直不敢相信这是真的。她以前是个非常淘气的小女孩,但是她相信今后再也不会淘气了。她坐了起来,小虾米悄无声息地走上台阶,身子靠近了她,发出咕噜咕噜的声音。她把小虾米抱起来。它是多么温暖、多么亲切啊!她知道自己进不了屋……爸爸不在家的时候,苏珊会把所有的门都锁上,而且这个时候她也不敢叫醒苏珊。但是她觉得无所谓。虽然六月的夜晚非常冷,但是她可以抱着小虾米,到吊床去睡觉。她心里很踏实,她知道就在她身边,在锁着的门后面,是苏珊、男孩子们、楠……还有家。

天黑以后的世界是多么奇怪啊!是不是除了她,世界上所有的人都睡着了呢?台阶旁边的灌木丛里,那些白色的大玫瑰在黑夜里看起来就像是一张张小小的脸蛋。薄荷的味道多么亲切啊。

萤火虫在果园里闪烁。不管怎样,她以后也可以向人吹嘘说,她也"整夜都睡在屋外"。

但是事情并非如此。两个黑影穿过大门,从车道走过来。吉尔伯特绕到屋后去,想用力打开厨房的窗户。安妮则走上了台阶,愣在了那儿,她惊讶地发现这个小家伙正抱着猫,可怜巴巴地坐在那儿。

"妈咪……哦,妈咪!"她被妈妈拥入安全的怀抱中。

"黛,亲爱的!是怎么回事?"

"哦,妈咪,我很坏……我很难过……你是对的……老奶奶太可怕了。我以为你们明天才会回来的。"

"爸爸接到罗布里奇的电话,帕克太太明天要动手术,帕克医生希望爸爸能过去帮帮忙。所以我们搭乘晚上的火车回来了。现在告诉我……"

当黛抽泣着讲完整个事情,吉尔伯特也设法进屋了,并打开了前面的大门。他觉得自己动作非常轻了,可还是把苏珊惊醒了。她时刻都警惕着壁炉山庄的安全,耳朵就像蝙蝠的耳朵那样灵敏。于是她裹着睡衣一瘸一拐地下楼来了。

然后她惊叫一声,急着要向他们解释黛的情况,但是安妮打断了她。

"没人责怪你,亲爱的苏珊。黛今天非常淘气,但是她知道错了,我想她已经受到惩罚了。真抱歉把你吵醒,你快上楼去睡觉吧,医生会来治疗你的脚踝的伤。"

"我睡不着的,亲爱的医生太太。我知道那个可怜孩子的遭遇,你觉得我还睡得着吗?不要在意我的脚踝,我要去给你们沏点热茶。"

"妈咪。"黛枕着自己白色的枕头,问道,"爸爸有没有对你很凶过?"

"对我很凶?黛,为什么……"

"佩尼家的孩子这么说的,说他打你……"

"亲爱的,既然你已经知道佩尼家的孩子是怎么样的人了,那么,你就不用为他们说的话自寻烦恼了。不管在什么地方,都会有恶毒的谣言到处流传,那都是一些不好的人编出来的。你没必要为这种事苦恼。"

"明天早上你会责骂我吗,妈咪?"

"不。我觉得你已经受到教训了。现在好好睡觉吧,宝贝。"

"妈咪是多么善解人意啊。"黛在进入梦乡前幸福地想。苏珊这时安静地平躺在床上,医生已经熟练地为她脚绑好了绷带,这让她一下舒服多了。她自言自语道:

"我明天上午一定要去学校翻个底朝天……等我找到了这位珍妮·佩尼小姐,我会好好臭骂她一顿,让她长长记性。"

但是珍妮·佩尼并没有得到应得的臭骂,因为她再也不来溪谷村学校了。她和佩尼家的其他孩子都去康伯里·奈罗学校了,在那里,她编造的那些故事又开始四处流传,其中一则就是关于黛·布里兹的。说黛住在圣玛丽溪谷村的一幢大房子里,但是她经常到珍妮家玩,和她一起睡。一天晚上黛晕倒了,于是她半夜把黛背了回去,这全是她珍妮·佩尼一个人的功劳,没有谁来帮助她。壁炉山庄的人感激不尽,跪下来吻她的手,医生亲自驾着顶棚装饰着流苏的漂亮马车,用他那名贵的灰色斑点马送她回家。"只要我能为你效劳的,佩尼小姐,请尽管吩咐。你对我孩子的大恩大德,我们将永远铭记在心。我肝脑涂地,也无法报答你的恩情。只要你需要,我就是去赤道那边的非洲都心甘情愿。"医生发誓说。

朵薇的秘密

"我知道你不知道的事……你不知道的事……你不知道的事……"朵薇·约翰逊在码头边上来来回回地走着,嘴里一个劲地反复哼道。

竟然有这么一回事!有关壁炉山庄的一些事,楠还不知道。朵薇·约翰逊的话让楠大吃一惊。后来,楠每当想起这事,就觉得羞愧难当,脸涨得通红。

楠看见朵薇摇摇晃晃的样子,紧张得直哆嗦。她生怕朵薇摔下来的,可是朵薇却一点儿也没事。她可真幸运啊。

朵薇做的每件事,或者说的每句话,对楠来说,都拥有一股魔力。其实朵薇所做的和所说的完全是两回事,可是在壁炉山庄长大的楠,根本就辨别不出真假来,因为壁炉山庄的人们从来不说谎话,即使是开玩笑也很认真。朵薇十一岁,一直住在夏洛特敦,因此她知道的事情自然要比八岁的楠要多一些。朵薇炫耀说,夏洛特敦是全世界唯一一个什么都知道的地方。她还说,住在像圣玛丽溪谷村这样一个封闭落后的小村子,你能知道些什么事呢?

这个假期,朵薇来她的艾伦姑姑家玩,她的姑姑也住在溪谷村。尽管她和楠的年龄有差距,可是她们却成了亲密的朋友。也许是因为楠很崇拜朵薇,在她眼里,朵薇俨然一个大人了,楠自己也渴想快快长大呢。有这样一个唯命是从、对自己佩服得五体投地的小跟班,朵薇当然乐意。

"楠·布里兹倒没什么缺点,就是有点儿娇气。"她告诉艾伦姑姑。

壁炉山庄的人也看不出朵薇身上有什么缺点,即使当安妮回想起她的妈妈是安维利派伊家的表妹,也并没有反对楠和她交朋友。不过,当苏珊第一眼看到朵薇那醋栗一般的绿眼睛和浅金色的睫毛,就对朵薇没什么好感。可这又能拿她怎么样呢?朵薇"知书达理",穿着得体,温柔娴静,言语不多,苏珊找不出任何反对她的理由,只好保持沉默。毕竟,等到学校开学,朵薇就会回家去。她在这件事情上也不必太焦虑。

楠和朵薇大部分时间都黏在一起待在码头玩,那里通常有一两艘收起帆的船停泊在那儿,因此在那个八月里,彩虹幽谷几乎很难见着楠的身影。而壁炉山庄的其他孩子并不怎么喜欢朵薇。她曾经捉弄过沃尔特,结果把黛气坏了,还冲着她说了几句很不客气的话。朵薇似乎总是爱捉弄别人来寻开心,或许正是因为这一点,溪谷村的女孩从未想过要从楠的身边抢走她。

"哦,告诉我吧。"楠央求道。

但是朵薇只是冲着她坏坏地眨了眨眼睛,说楠太小了,不适合听这种事。这可把楠急坏了,她急得如热锅上的蚂蚁团团转。

"求求你,快告诉我,朵薇。"

"不行,凯特姑妈告诉我说这是一个秘密,而她已经死了。现在,我是世界上唯一知道这个秘密的人。当姑妈告诉我时,我曾答应她绝不告诉任何人。我要是告诉你的话,你一定会说出去的,你的嘴巴不严实。"

"我决不会告诉任何人的。我一定能保守秘密。"楠信誓旦旦。

"听说你们壁炉山庄的人什么事情都会告诉家人。苏珊一会儿就会从你嘴里套出来这个秘密。"

"她不会的。我知道很多事情,从来都没有告诉苏珊。那些都是秘密。如果你肯把你的秘密说出来,我也会把我的秘密告诉你。"

"哦,我对小女孩的秘密才不感兴趣。"朵薇说。

真是太瞧不起人了!楠觉得她的小秘密都是很可爱的。她在泰勒先生堆放干草的谷仓后面的冷杉林里,发现了一棵开满花的野樱桃树;她梦见一个白色的小仙女睡在沼泽地的一株百合上;她梦想一艘帆船,由天鹅拉着银链,缓缓向港口驶来;她为老麦克阿利斯特房子里的美丽女士编织了一段浪漫的爱情故事……这些小秘密,在楠的心中,是这么美丽和神奇。后来,当她回想起这事时,真庆幸没有把这些告诉朵薇。

但是朵薇到底知道关于她的什么秘密?这个疑问就像一只讨厌的蚊子挥之不去。

第二天,朵薇再次提到她所知道的秘密。

"我仔细想了又想,楠,或许你应该知道这个秘密,因为它和你生死攸关。当然,凯特姑妈的意思是我不能告诉任何无关的人。听着,如果你愿意把你那只瓷鹿给我的话,我就告诉你。"

"哦,那个我不能给你,朵薇。那是苏珊去年送给我的生日礼物。我要是把它送人了,苏珊一定会非常伤心的。"

"那好吧。如果你宁愿留着你的破鹿也不愿知道关于你自己的重要秘密,你就留着好了。我才不会在乎呢。我宁可留着这个秘密。我一直喜欢打听一些别的女孩不知道的事,这样才会让你显得相当重要。下个礼拜天,我会在教堂里看着你,而且我还会对自己说:'如果你知道我知道有关你的事,不知道你会怎么样呢,楠·布里兹。'我想那一定挺好玩的。"

"你知道关于我的事是好事吗?"楠好奇地问道。

"噢,非常非常浪漫,就像你在故事里常常读到的那样。不过,还是算了吧。反正你对它也没什么兴趣,我自己知道就行啦。"

这次楠快被好奇心逼得发疯了。如果她不能知道朵薇那些有关自己的秘密,那她活着还有什么意义呢?突然,她灵机一动,想到一个好主意。

"朵薇,那只瓷鹿我不能给你,但是,如果你把秘密告诉了我,我就把我的红阳伞送给你。"

朵薇那醋栗色的眼睛闪闪发亮。那把红阳伞,她已经觊觎已久了。

"是你妈妈上个星期从镇上为你买回来的那把红阳伞吗?"她满怀期待地问道。

楠点了点头。她的呼吸变得急促起来。那……噢,朵薇真的会告诉她这个秘密吗?

"你妈妈会让你这么做吗?"

楠再次点了点头,不过她显得有点儿犹豫。她拿不准妈妈会不会同意。朵薇觉察到了她的迟疑。

"你必须把那把红阳伞带到这儿来,"她态度坚决地说,

"我才会告诉你。没有红阳伞就没有秘密。"

"我明天就把它带来。"楠赶紧回答道。无论如何,她一定要知道朵薇关于自己的秘密。

"好吧,我会再考虑考虑的。"朵薇装腔作势地说,"不过,你别抱太大的希望。我还是觉得不应该告诉你。你太小了,这话我已经给你说过多少次了。"

"我比昨天大了。"楠极力恳求道,"哦,求你了,朵薇,别这样小气吧。"

"这是我自己的秘密,我想怎么处理就怎么处理。"朵薇盛气凌人地说,"你会告诉安妮的,就是你的妈妈。"

"我当然知道安妮是我妈妈。"楠有点儿生气地说,楠觉得,哪怕朵薇知道关于她的秘密,也不应该随便伤害她的自尊心啊。她再次声明:"我向你保证,我不会告诉壁炉山庄的任何人。"

"你愿意发誓?"

"发誓!"

"别鹦鹉学舌。我是说要更加严肃一些。"

"我严肃地向你发誓。"

"比这个要更严肃才行。"

楠不知道她要如何做才会更加严肃。如果她再严肃一点儿,她的脸就僵了。

"紧握双手,仰望天空,如背此誓,不得好死。"

楠完成了发誓仪式。

"你明天把红阳伞带来,到时候再说。"朵薇说,"你妈妈结婚前是做什么的,楠?"

"她在教书,而且教得可好了。"楠说。

"哦，我只是觉得有些奇怪。我妈妈认为你爸爸娶她就是个错误。没有人知道你妈妈的身世。我妈妈还说，有一大堆女孩想嫁给你爸爸呢。我现在得走了。"

楠知道那是"再见"的意思。她很骄傲自己拥有一个会说法语的好朋友。朵薇回去后，她还待在码头上坐了很久。她喜欢坐在码头上看着渔船来来回回，有时候还会看见一艘船驶出港口，驶向遥远的仙境。和杰姆一样，她也经常幻想自己驾驶着一艘船，向着远方航行。船儿驶出蓝色的港湾，经过朦胧的沙洲，穿过灯塔所在的海岬，到了晚上，旋转的四风岬灯塔成了神秘的前哨所，向前，向前，到达蓝色雾霭弥漫的夏日海湾，向前，向前，抵达晨曦金色海洋中的魔法岛屿。楠常常坐在已经略微沉陷的老码头上，展开想象的翅膀，在全世界自由翱翔。

但是这个下午，她满脑子里装的全是朵薇的秘密。朵薇真的会告诉她吗？到底是什么秘密呢？会是什么秘密呢？还有那些想嫁给爸爸的姑娘到底是什么样的人呢？楠喜欢去想象那些女孩的模样。她们其中的一个或许可能是她的妈妈。她突然觉得自己这个想法太可怕了。除了妈妈，怎么还可能有别的人会成为她的妈妈呢。这种事情怎么能够胡思乱想呢？

"我想，朵薇将会告诉我一个秘密。"这天晚上楠给妈妈道晚安时透露，"不过我不能告诉你，妈咪，因为我已经答应朵薇要保守秘密的。你不会介意吧，妈咪？"

"一点儿也不会。"安妮说。

第二天楠带着红阳伞朝码头走去。她对自己说，这是我的红阳伞，妈妈已经把它送给我了，因此我有权利把它送给别人。她用这种似是而非的理论来说服自己。趁着家人没注意的时候，她悄悄溜了出来。她一想到要把自己心爱的红阳伞送给朵薇,她的心就隐隐作痛,可是到了这个时候,她太想知道朵薇的秘密了,现在只好忍痛割爱了。

"给你红阳伞,朵薇。"她气喘吁吁地说,"现在请你告诉我秘密吧。"

朵薇吃了一惊。她没想到楠居然动真格了,她不相信楠·布里兹的妈妈竟然同意楠把红阳伞送人。她撅起了嘴巴。

"我始终觉得红色和我的肤色不相称,它太俗气、太艳丽了。好了,我还是不告诉你算了。"但是楠也有自己的脾气,这时她已经不再盲目地对朵薇言听计从了,她坚决要求朵薇遵守诺言。

"说到就要做到,朵薇·约翰逊!你自己说过要用红阳伞交换秘密。我已经把红阳伞带来了,你也应该遵守你的承诺。"

"哦,那好吧。"朵薇无可奈何地说。

四周顿时静寂下来。风消失得无影无踪。水停止了拍打码头的石堆。楠欣喜若狂,激动得发抖,她终于可以知道朵薇的秘密了。

"你认识港口嘴的吉米·托马斯吗?"朵薇说,"长着六个脚指头的吉米·托马斯?"

楠点了点。她当然认识托马斯一家……至少,知道他们。六趾吉米有时会到壁炉山庄来卖鱼。苏珊说他卖的鱼不新鲜。楠不大喜欢他的长相。他是一个秃头,头两边有一撮白色的鬈发,还有一个红色的鹰钩鼻。但是这个秘密和托马斯家的人有什么关系呢?

"那么你认识凯茜·托马斯喽?"朵薇接着问道。

楠见过凯茜·托马斯一次,六趾吉米有一次带着她一起来的,她就坐在卖鱼的马车上。凯茜和她的年纪不相上下,长着一头乱蓬蓬的红色鬈发,还有一双肆无忌惮的灰绿色眼睛。她还朝楠吐舌头。

"嗯……"朵薇长长地吸了一口气,"这是有关你身世的秘密。其实你是凯茜·托马斯,她才是楠·布里兹。"

楠呆呆地瞪着朵薇。她完全不明白朵薇说的是什么。朵薇说的话让她一头雾水。

"我……我……你在说什么?"

"我想我已经说得很清楚了。"朵薇挤出一丝怜悯的笑容。既然这话已经说出口,她就得想方设法自圆其说,"你和她在同一晚上出生。那时托马斯还住在溪谷村。一位护士把黛的双胞胎姐妹抱到托马斯家,并把她放在摇篮里,然后把你抱回来给黛的妈妈。她不敢连黛也抱走,否则她早就那样做了。她憎恨你的妈妈,所以才想出这个办法来报复她。因此,你才是凯茜·托马斯,你本应该住在港口嘴,可怜的凯茜才应该住在壁炉山庄,而不是被她的继母打得到处躲。我真为她的不幸遭遇感到难过。"

楠对这些是非颠倒的话深信不疑。从未有人对她说过谎话,她丝毫也不怀疑朵薇所说的话。她从来不曾想过会有什么人,特别是她喜欢的朵薇,会故意捏造这样一个故事。她痛苦、绝望地看着朵薇。

"你……你的凯特姑妈怎么知道这件事呢?"她觉得自己口干舌燥,说话都变得有些艰难。

"那个护士临死前告诉她的。"朵薇一本正经地说,"我想她的良心让她感到不安。凯特姑妈除了我之外,再也没有告诉任何人。当我来到溪谷村的时候,我看到凯茜·托马斯,我是说,楠·布里兹。我仔细观察了她一番。她跟你妈妈一样,有着一头红头发,有着灰绿色的眼睛。你的眼睛和头发都是淡褐色的。这就是你和黛长得一点儿也不像的真正原因,双胞胎总是长得一模一样的。而且凯茜的耳朵和你爸爸的耳朵也长得像极了,看上去非常漂亮。我想,既然事情都已经成这个样子了,现在也没什么办法挽回了。但是我总认为这非常不公平,你过得这么幸福,像洋娃娃一样被人宠爱着,而可怜的凯茜,却穿得破破烂烂,甚至还经常要忍饥挨饿,六趾吉米喝得酩酊大醉,回家就要狠狠揍她一顿!嘿,你为什么这样看着我?"楠感到伤心欲绝,现在终于真相大白了。怪不得大家都感到奇怪,不明白为什么她和黛长得一点儿也不像。原来如此啊。

"我恨你告诉我这件事,朵薇·约翰逊!"

朵薇耸了耸她胖乎乎的肩膀。

"我没有说你会喜欢它。是你逼我说的,对吧?你要到哪儿去?"

脸色煞白、头昏目眩的楠站起来要走。

"回家……告诉妈妈。"她悲伤地说。

"你不能说!你不敢说!别忘了你发过誓的!"朵薇叫了起来。

楠瞪着她。的确,她确实发誓说绝不会告诉别人的。而妈妈总是说,做人不能不遵守承诺。

"我想,我该回家了。"朵薇说。楠脸上的神情让她感到恐慌。

她一把抓起红阳伞,撒开胖乎乎的光脚丫跑远了,丢下了失魂落魄的楠。楠呆呆地坐着,她小小的世界都快崩溃了。但是朵薇才不在意她呢,楠太娇气了,跟她开个玩笑没想到会这么无趣。她肯定一回家就会告诉她妈妈,到时候她就知道自己被愚弄了。

"幸好我礼拜天就回家了。"朵薇暗自庆幸。

楠还呆呆地坐在码头上,似乎坐了几个小时。她茫然、伤心、绝望。她竟然不是妈妈的孩子!她原来是六趾吉米的孩子!一想到他有六个脚指头,她就心惊胆战。她根本没有资格留在壁炉山庄,享受爸爸妈妈的爱。"哦!"楠痛苦地呻吟着。要是爸爸妈妈知道了,他们就再也不会爱她了。他们将所有的爱都会转向凯茜·托马斯。

楠痛苦地伸出手摸了摸头。"我的头好晕啊。"她说。

真相大白

"你怎么没吃东西啊,宝贝?"苏珊在晚餐的时候关切地问道。

"你是不是在太阳下待得太久了,亲爱的?"妈妈担心地问,"你的头疼吗?"

"是……是的。"楠说。但是她的头并不疼。她是在对妈妈说谎吗?这样一来,她还得说多少谎啊?因为楠知道,只要心里藏着这个可怕的秘密,她就再也没心思吃什么东西了。而且她知道这个秘密绝对不能告诉妈妈。苏珊曾经说过遵守一个差劲的承诺还不如不遵守,她这样做,不仅仅是因为她要遵守承诺,而且还因为她要是说出来,一定会伤害妈妈的。妈妈绝对不能、也不应该受到伤害,爸爸也一样。

而且,还有凯茜·托马斯,她无论如何也不会叫她楠·布里兹。当她想象凯茜·托马斯是楠·布里兹时,她心如刀割,感觉整个人好像被掏空了似的。如果她不是楠·布里兹,她就什么人也不是! 她说什么也不愿意成为凯茜·托马斯。

但是凯茜·托马斯不会放过她。整整一个星期楠被这个名字纠缠得痛苦不堪。她整天没精打采,不吃也不玩,安妮和苏珊都特别担心这个可怜的孩子。苏珊说她就像"霜打的茄子"。是因为朵薇·约翰逊回家了吗?楠摇了摇头说不是。楠说,什么也不是,她只是觉得有点儿累。爸爸给她做了仔细的检查,并给她开了一剂药,她也温顺地吃了。药没有鱼肝油那样难吃,不过即使是鱼肝油也没什么大不了的。除了凯茜·托马斯,她对什么事情都提不起兴趣。一个可怕的问题突然冒出来,很快就占据了她的整个心房。

凯茜·托马斯是不是有权利讨回她应有的一切?

这公平吗?她,楠·布里兹,侵占了凯茜的身份,侵占了本该属于凯茜·托马斯的一切?不,这不公平。楠绝望地想,她这样做对凯茜·托马斯绝对不公平。她的心中升起一股强烈的正义感,正义感驱使着她必须采取行动——告诉凯茜·托马斯事情真相,只有这样做,才会还凯茜·托马斯一个公道。

或许根本没人在乎这事。妈妈和爸爸也许刚开始有点儿伤心,但是他们一旦知道凯茜·托马斯是他们的孩子,他们就会把所有的爱倾注在凯茜身上,而她,楠,对他们来说,已经无关紧要。妈妈会在夏日的暮色中亲吻凯茜·托马斯,为她唱歌,唱楠最喜欢的那首歌……

> 我看见一艘船儿在扬帆,在海上扬帆而来,
> 哦,它载满了送我的漂亮礼物,让我乐开怀。

楠和黛经常在一起兴致勃勃地谈论她们的船何时到来。但是现在,那些漂亮礼物,都要属于凯茜·托马斯了。而凯茜·托马斯将会取代她,在即将到来的主日学校的音乐会扮演精灵女王,

并且戴上她那炫目的金属亮片发带。楠一直对那场演出心驰神往啊！苏珊会给凯茜·托马斯做水果馅饼。柳柳猫会对她"咕噜咕噜"叫。她会和楠的洋娃娃一起去枫树林里，在楠的玩具屋的苔藓地毯上做各种游戏。她会在楠的床上睡觉。黛会喜欢她吗？她会喜欢凯茜·托马斯和她做姐妹吗？

终于有一天，楠觉得再也无法承受了。她必须还凯茜一个公道。她决定到港口嘴去，把事情的真相告诉托马斯家，他们肯定会来找爸爸妈妈的。楠觉得自己无法向爸妈道出这一切。

当楠下定决心，她的心里一下子好受了一点儿，但是她又非常非常伤心。晚餐的时候，她努力想多吃一点儿，因为她知道，这可能是她在壁炉山庄的最后一顿晚餐了。

"我还会叫妈妈'妈妈'，"楠心灰意冷地想，"但我绝不会叫六趾吉米爸爸。我只会很尊敬地叫他'托马斯先生'。他肯定不会介意的。"

突然什么东西打断了她的沉思。她抬起头来，看见苏珊拿着鱼肝油等着她。凯茜·托马斯以后不得不喝鱼肝油了，这是楠唯一不羡慕她的地方。

吃过晚餐，楠就立即出发了。她必须赶在天黑前出门，否则她就会丧失勇气。她不敢换衣服，害怕苏珊和妈妈问原因，于是只好穿着她的方格棉布裙子。从今以后，她所有的漂亮裙子都是凯茜·托马斯的了。但是她最后还是穿上了苏珊为她做的漂亮围裙，围裙上有着一道道红色的扇形褶皱。楠非常喜欢这件围裙。她想，凯茜·托马斯应该不会介意她带走一条围裙的。

她走下山坡，穿过村庄，经过码头，她视死如归的小小身影在港口大道英勇地前行。楠并不觉得自己是一个英雄，相反，她对自己感到羞愧，因为要想做出公平正义的事实在是太难了，要不去恨凯茜·托马斯，不去害怕六趾吉米，不转身跑回壁炉山庄，所有这一切，对她来说，都太艰难，都是一场严酷的考验。

夜幕低垂。海洋上空涌起一片片厚重的乌云，就像是一只巨大的黑蝙蝠。闪电不时从港口和树木葱郁的山丘划过。港口嘴的渔民房子淹没在一片红色亮光里。星罗棋布的水潭波光粼粼，就像一颗颗闪闪发光的红宝石。一艘船扬着白帆，静静地漂流过雾气弥漫的沙洲，驶向神秘的海洋。无数的海鸥发出奇怪的叫声。

楠不喜欢渔民的房子散发出来的味道，也不喜欢那些在沙地上玩耍、打闹、直嚷嚷的脏孩子。当她停下来向他们打听六趾吉米的家在哪儿的时候，他们都好奇地打量着她。

"在那边，"一个男孩给她指道，"你找他干吗？"

"谢谢！"楠说完，转身就走。

"你到底有没有礼貌？"一个女孩大声叫道，"这么高傲，连人家问你话都不回答！"

一个男孩子拦住了她。

"看见托马斯家后面的房子了吗？"他说，"那里面有一条海蛇怪，如果你不告诉我们你找六趾吉米有什么事，我就把你关在里面。"

"快回答吧，高傲小姐，"一个大一点儿的女孩子嘲弄道，"你是溪谷村来的吧，溪谷村里的人都是些目中无人的家伙。快点回答比尔的问题！"

"我正准备去淹死几只小猫，"另一个男孩说，"如果你不回答，我就把你一起淹死。"

"如果你身上有一毛钱，我就卖给你一颗牙齿。"一个浓眉大眼的女孩咧着嘴笑着说,"我昨天刚拔了一颗牙。"

"我没有钱,我也不想要你的牙齿,"楠有点儿生气地说,"你们放我走。"

"你给我闭嘴。"浓眉大眼说。

楠撒腿就跑,海蛇怪男孩一个扫堂腿就把她绊倒了。她整个人摔倒在了海潮冲刷出来的一道道波纹的沙地上。其他的孩子哄堂大笑起来。

"看你还能不能趾高气扬,穿着你的红贝壳围裙到处招摇!"浓眉大眼说。

突然,有人大声喊道:"布鲁·杰克的船来了!"所有的小孩一哄而散。乌云压得更低了,红宝石似的水潭变成了灰色。

楠从地上爬起来。她的裙子上沾满了沙子,长袜也弄脏了。但是她总算从那些捉弄她的小孩中逃离了出来。那些小孩就是她以后的伙伴吗?

她不能哭,绝对不能哭!她爬上了六趾吉米家门口那道摇摇晃晃的木梯子。和所有港口嘴的房子一样,六趾吉米家的房子的房基也是用木头架高,以免海潮过高时淹没房子。架空的房基下面乱七八糟地堆满了各种杂物,有破盘子、空罐头瓶、破旧的捕虾网,还有形形色色的垃圾。门是开着的,楠透过敞开的房门,看见一个她从未见过的厨房。地板上一片狼藉,天花板被烟熏得黑乎乎的,上面沾满了一道道污渍,洗涤槽里堆满了脏盆子。一些剩菜剩饭还摆放在木桌上,木桌腿儿摇摇晃晃,一群可怕的黑色大苍蝇在桌上"嗡嗡"地飞来飞去。一个蓬头垢面的女人坐在摇椅上,抱着一个胖乎乎的婴儿,那个婴儿看上去也是脏兮兮的。

"她应该是我妹妹。"楠想。

好像吉米和凯茜都不在家,幸好吉米不在家,楠暗自庆幸。

"你是谁?你来干什么?"这个女人毫不客气地问道。

她没有请楠进屋,可是楠径直走了进去。外面开始下雨,一声响雷震得房子都打了个趔趄。楠知道她必须趁着勇气还没有丧失前赶紧把该说的话说完,否则,她就会撒腿就跑,离开这栋可怕的房子、可怕的婴儿和那些可怕的苍蝇。

"请问凯茜在家吗?"她说,"我有重要的事要告诉她。"

"挑这个时候赶过来,对你来说一定很重要吧。"女人说,"凯茜不在家,她爸爸带她去上溪谷村了。暴风雨马上就要来了,我也不知道他们什么时候能回来。请坐吧。"

楠坐在一张破旧的椅子上。她知道港口嘴的人都很穷,但是她从未想到他们家竟然穷到这个地步。溪谷村的汤姆·费奇太太家里也挺穷的,可是汤姆·费奇太太的房子收拾得跟壁炉山庄一样整洁。当然,大家都知道六趾吉米把赚来的钱全都拿去买酒喝了。而这个家今后就是她的家!

"不管怎么样,我会把它扫除干净的。"楠无比凄凉地想。她的心就像灌了铅似的无比沉重。先前在心底升腾的那股自我牺牲的火焰如今已经彻底熄灭。

"你找凯茜干什么呢?"六趾太太好奇地问道。她边说边用一块脏兮兮的围裙去擦婴儿的小脸蛋,"如果是关于主日学校音乐会的事情,她肯定不能去,这没什么商量的。她没有一件像样的衣服,我问你,我上哪里去给她弄件衣服?"

"不,不是关于音乐会的事。"楠郁郁寡欢地说。她索性把整件事告诉托马斯太太算了,反正她迟早就会知道的,"我是来告诉她……告诉她……她就是我,而我就是她!"

她的话让六趾太太迷惑不解，六趾太太完全懵了。

"你一定是疯了，"她说，"你究竟在说什么啊？"

楠抬起她的头。最艰难的时刻已经过去了。

"我是说，凯茜和我是同一天晚上出生的，而且……而且……因为护士怨恨我妈妈，所以她就把我俩调换了，因此……因此……凯茜应该在壁炉山庄生活……并且享有优势。"

最后这句话，是她听主日学校老师讲过的，但是楠觉得它可以给一场蹩脚的演讲增添一个动听的结尾。

六趾太太目不转睛地盯着她。

"到底是我疯了，还是你疯了？你刚才说的话实在是太离谱了。这些胡言乱语到底是谁告诉你的？"

"朵薇·约翰逊。"

六趾太太往后一仰，哈哈大笑起来。她也许不爱整洁，有些邋遢，可是她的笑声却十分迷人。"我想我就知道。这个夏天我都在为她姑姑洗衣服，那个小孩简直是骗人精！哎呀，她自以为自己很聪明，可以到处去愚弄别人。好啦，不知名的小小姐，朵薇的话你最好一个字都不要相信，否则你会被她玩得晕头转向的。"

"你是说，这不是真的？"楠喘着气问。

"这怎么可能是真的。老天，只有你这种小孩子才容易相信那些骗人的鬼话。凯茜一定要比你大好几岁。对了，你到底是谁啊？"

"我是楠·布里兹。"噢，这是多么棒啊！她就是楠·布里兹！

"楠·布里兹！壁炉山庄的一个双胞胎！老天，我还记得你出生的那天晚上，我碰巧去壁炉山庄办点事。那时候我还没嫁给六趾吉米，我真后悔嫁给他。当时凯茜的妈妈还活着，凯茜刚好学会走路。你长得像你的奶奶，那天晚上她也在那里，为生了一对双胞胎孙女笑得合不拢嘴。你怎么会那么傻，竟然会相信这些忽悠人的鬼话？"

"我总是很相信别人。"楠站了起来，觉得有点儿没面子，但是她太高兴了，并不想和六趾太太计较。

"在这个世界上，你最好得改一改这个'坏'毛病。"六趾太太愤世嫉俗地说，"而且，最好离那些爱骗人的孩子远一点。坐下来吧，孩子。等雨停了再回家。外面下着倾盆大雨，黑黢黢的。咦，她走了，这孩子已经回去了！"

楠已经冲进了暴风雨中。六趾太太的话让她欣喜若狂，再大的暴风雨也不能阻挡她回家的脚步。狂风猛烈地吹打着她，雨水顺着她的身子直往下淌，一声声可怕的惊雷好像要把世界炸裂开来，一道道闪电划破长空，照亮了她回家的路。她一次又一次地摔倒在地，但是最后她终于全身淌着雨水、跌跌跄跄地走进了壁炉山庄的门厅。

妈妈跑了过来，把她紧紧搂在怀里。

"亲爱的，你把我们吓死了！哦，你跑到哪儿去了？"

"杰姆和沃尔特冒着大雨出去找你去了，但愿他们不要出什么事。"苏珊的语气因为紧张而变得严肃。

楠已经快窒息了。她躲在妈妈的怀里，喘着气说："哦，妈妈，我是我……真的是我。我不是凯茜·托马斯，我再也不会是任何其他人了，我就是我自己。"

"这可怜的小东西在胡说八道了，"苏珊说，"她一定是吃了什么不干净的东西。"

安妮让楠先不要说话,她给楠洗了澡,并把她放在床上,这才听楠讲起事情的来龙去脉。

"哦,妈咪,我真的是你的孩子吗?"

"当然了,亲爱的。不然还会是谁的孩子呢。"

"我一点儿也没想到朵薇会编个故事来骗我。朵薇怎么会这样做呢?妈咪,是不是以后不能相信任何人了?珍妮·佩尼也给黛讲了很多可怕的故事呢。"

"她们只是你们认识的女孩当中比较特殊的两个,亲爱的。你们其他的伙伴可从未对你们撒过谎啊。在这个世界上就有那种人,大人中也有那样的人。等你长大一点,你就会知道'闪光的东西不一定都是金子'。"

"妈咪,我不想让沃尔特、杰姆和黛知道我干的这件傻事。"

"我不会告诉他们的。黛和爸爸去罗布里奇了,至于男孩子们,就说你到港口大道那边去玩了,途中遇着暴风雨回不来就行了。你相信朵薇的话是有些傻,但是你愿意把属于你的一切让给可怜的凯茜·托马斯,我觉得你非常善良勇敢。妈妈为你感到骄傲。"

暴风雨已经停了。月亮在空中俯瞰着这个清爽怡人的世界。

"哦,我真高兴我就是我!"楠美滋滋地睡着,香甜地入睡了。

孩子们都睡觉了,吉尔伯特和安妮走进房间看着这对双胞胎。两张熟睡的小脸挨在一起,看起来是那么甜美。黛睡在角落里,她的嘴巴紧抿着,楠的脸上还挂着开心的笑容。吉尔伯特从安妮那儿得知了这件事情,简直气坏了,幸好朵薇·约翰逊在离此地三十英里的地方,要不然,他真想好好教训她一顿。但是安妮却感到有些自责。

"我应该早点发现是什么东西困扰了她才对。可是我这个星期都在忙其他事。其实,还有什么东西比孩子的快乐更重要的呢。想想这个可怜的孩子这几天所受的煎熬我真是愧疚啊。"

她内疚地俯下身来,看着两个孩子。她们仍然是她的,完完全全属于她。不管遇到高兴的事,还是伤心的事,她们都会来到她的跟前,向她寻求母爱和保护。再接下来的几年里,她们仍然是她的。然后呢?安妮不禁颤抖了一下。做母亲是很幸福的,但是,也是备受折磨的。

"我不知道她们将来会怎么样呢?"她低声说。

"至少,我们希望并且相信她们都会找到一位好丈夫,就像她们的妈妈一样。"

缝棉被聚会

"这么说来，妇女援助会要在壁炉山庄举办一场缝棉被聚会喽。"医生说，"苏珊，把你那些精美的盘子全都摆出来，还要多准备几把扫帚，又有一些人要名誉扫地了。"

苏珊无可奈何地笑了笑，在她看来，男人根本就不了解某些事情的重要性。她觉得自己有点儿笑不出来，至少，等聚会晚餐的所有工作准备就绪，她才能松一口气。

"热的鸡肉馅饼，"她一边走一边喃喃自语，"土豆泥和奶油豌豆作为主菜，还有，亲爱的医生太太，这是个展现你新蕾丝桌布的好机会。溪谷村的人还从来没见过这种桌布呢，我相信到时候一定会引起轰动的。不知安娜贝尔·克洛看见它后会是什么表情呢，我很想知道。你会用你的蓝色和银色篮子装花吗？"

"是的，装上从枫树林里采来的三色堇和黄绿色的羊齿蕨。还有，我还想把你那三盆漂亮的粉红色天竺葵摆在屋里来。我们打算在客厅里缝棉被，如果天气暖和的话，我们就在门廊的栏杆边进行。我很高兴我们的花园里还有这么多鲜花盛开着。花园里从来都没有像今年夏天这样漂亮过，苏珊。我每年秋天是不是都会这样说？"

有一大堆事情需要准备。哪些人应该坐在一起，哪些人不应该坐在一起，比如说，西蒙·米利森太太就绝不能和威廉·麦克格雷太太坐在一起，因为她们之间有一些说不清的宿怨，从学生时代开始两人就不说话了。然后，还得考虑邀请哪些人参加的问题。除了妇女援助会的成员外，女主人还有权邀请一些宾客。

"我打算邀请贝斯特太太和坎贝尔太太。"安妮说。

苏珊看上去有些不赞成。

"她们都是外地人，亲爱的医生太太。"她说话的语气就像是在说，"她们都是鳄鱼"。

"我和医生也不是本地人，苏珊。"

"但是医生的叔公在你们搬来之前已经在这里行医几十年了。再说了，我们对贝斯特太太和坎贝尔太太一点儿也不了解。不过，亲爱的医生太太，这是你的房子，你想邀请谁就邀请谁，我没权表示反对。我还记得，许多年前，卡特·弗拉格太太举办缝棉被聚会的时候，也邀请了一位陌生的女人。她穿着棉毛绒布①衣服就来了，亲爱的医生太太，她说她从来不知道出席妇女援助会的聚会还要穿着正式！不过，这一点我们倒不用担心坎贝尔太太，她一向穿着都很得体。反正我是无法想象自己穿着绣满大朵大朵绣球花的蓝裙子到教堂去会是什么样子的。"

安妮也无法想象，不过她不敢笑出声。

"我倒是觉得那条裙子和坎贝尔太太的满头银发蛮相称的，苏珊。对了，她说想跟你要那道风味醋栗的食谱。她说她在收获节的晚餐上吃了一些，觉得味道很不错。"

---

① 棉毛绒布：这种布料常用来缝制睡衣。

"哦，好吧，亲爱的医生太太，不是每个人都可以做风味醋栗的。"随后，苏珊就不再对绣球花裙子发表什么不满了。即使坎贝尔太太下次穿着斐济岛本地人的草裙出现，估计苏珊也不会说什么了。

日子一天天过去，但是秋天还眷恋着夏天。终于，缝棉被聚会这一天姗姗而来，这天的天气一点儿也不像十月的天气，倒像是六月的天气。妇女援助会的成员能来的都来了，大家都满心期待着妙趣横生的八卦新闻和壁炉山庄的晚餐。此外，她们还可以饱饱眼福，欣赏一些可爱的时髦的新玩意儿，因为医生太太最近刚去了一趟镇上。

苏珊在厨房里忙进忙出，神气活现地在客房的女士们面前走来走去，向她们炫耀自己的围裙。她知道她们中谁都没有一条缀着五英寸长的钩针蕾丝花边的围裙，这条花边是她用第一百号丝线做的钩针蕾丝。一个星期前，就是这条钩针蕾丝花边，让苏珊在夏洛特敦展览上荣获了一等奖。她和雷贝卡·迪尤约好在那儿碰面，然后两人开开心心地逛了一天。当苏珊晚上回到家时，她觉得自己是整个爱德华王子岛最骄傲的女人。

苏珊表面上不动声色，可是思绪却异常活跃。

"西莉亚·瑞斯来了，她跟平时一样想来鸡蛋里挑骨头。她可别想在我们的餐桌上挑出什么毛病来。迈拉·穆雷穿着红色的天鹅绒裙子，对于参加缝棉被聚会来说，显得过于隆重了一点儿，不过她穿起来倒是挺漂亮的，至少裙子的面料是天鹅绒而不是棉毛绒布。阿加莎·德鲁，她像平常一样，眼镜用绳子系着。莎拉·泰勒……这可能是她最后一次参加缝棉被聚会了，医生说她患有严重的心脏病，不过，看她精神还挺不错！唐纳德·瑞斯太太,谢天谢地,她今天没有带着玛丽·安娜来,不过,不用问,她都会说出一大堆关于玛丽·安娜的事。上溪谷村的珍·伯瑞也来了,她可不是妇女援助会的成员。嗯,晚餐后我一定要仔细数一数汤匙的数量,这家人的手脚可不干净。坎德丝·克劳福德,她通常不太爱参加妇女援助会的聚会,不过,像缝棉被这样的聚会她可不想错过,这样可以展示她那漂亮的手和钻石戒指。艾玛·波洛克,她的衬裙都从裙子下面露出来了,当然,她是一个漂亮女人,可是这种女人都没什么头脑。蒂尔里·麦克阿利斯特,你可得小心点儿,不要把果冻打翻在桌布上,就像你在帕莫太太的缝棉被聚会上一样。玛莎·克洛瑟,你总算可以吃上一顿像样的晚餐了。你的丈夫不能一起来真是太遗憾了,我听说他每天只能吃些坚果之类的东西来充饥。埃德·巴科斯特太太……听说巴科斯特先生终于把哈雷德·瑞斯从米娜身边赶跑了。哈雷德是个软骨头,没什么骨气,正如《圣经》所说的,懦夫无法抱得美人归。啊,我们有足够的人来缝上两床被子,还有一些人可以帮着穿线。"

棉被铺在宽阔的门廊上,每个人的手指都和舌头一样快,手指飞舞,巧舌如簧。安妮和苏珊在厨房里忙着准备晚餐。沃尔特因为喉咙痛,所以那天没有去上学,他蹲坐在门廊的台阶上,隔着藤蔓看着缝被子的女士们。他喜欢听年纪比较大的人说话,她们说的那些关于四风港每个家族多姿多彩,或悲或喜、甜酸苦辣的人生戏剧,听起来惊喜交加,充满了神秘。

在所有的女性中,沃尔特最喜欢迈拉·穆雷太太。她的笑声最具感染力,她的眼睛周围的小皱纹洋溢着欢乐。她能把一个简单的故事讲得跌宕起伏,妙趣横生。她穿着樱桃红的天鹅绒裙子看上去令人赏心悦目。微微卷曲的黑头发，耳朵上戴着红色的小珠子，显得优雅得体。他最不喜欢瘦得像根针一样的汤姆·贾伯太太，也许是因为他有一次听到她说他是"一个病恹恹的孩子"。他觉得艾伦·米尔格雷太太看起来就像一只口齿伶俐的灰色母鸡，而格兰特·克洛太太就像是一只长了腿的木桶。大卫·兰森太太有着一头太妃一样颜色的头发，长得非常漂亮。当她嫁给大卫时，苏珊曾经评价说："这个人太漂亮了，当农夫的妻子真是委屈了。"新婚不久的莫顿·麦克道哥尔太太看起来就像是一株枯萎的白色罂粟花。伊迪丝·贝利，是溪谷村的女裁缝，有着如轻云一般的银色鬈发和富有幽默感的黑色大眼睛，看起来一点儿也不像一个老姑娘。他喜欢米迪太太，她是在场女性中年纪最大的，有着一双温柔、善解人意的眼睛，喜欢静静地倾听人家的谈话。他不喜欢西莉亚·瑞斯，她那不屑一顾的神情好像在嘲笑每一个人。

女士们还没有真正进入正题，她们还在谈论天气，讨论该在棉被上绣扇形图案呢还是钻石形花纹。沃尔特趁机利用这一时间欣赏周围的风景，世界好像张开了金色的臂膀拥抱着草地和树木。染上秋色的树叶渐渐飘落下来，砖墙旁边的蜀葵芬芳吐艳，白杨树沿着通向谷仓的小径一路施展着魔法。沃尔特陶醉在了如诗如画的美景中，当他被西蒙·米利森太太的发言拉回现实中时，女士们之间的谈话已经热闹非凡。

"那一家人因那场葬礼而远近闻名。大概你们谁也忘不了在彼得·柯克葬礼上发生的事吧？"

沃尔特急忙竖起了耳朵。这听起来似乎很有趣。但是令他失望的是，西蒙太太并没有说究竟发生了什么。看来，在场的每个人都参加了那场葬礼，要不然就是早已听说了这件事。"可是为什么每个人的表情都显得那么不自然呢？"

"虽然我们相信克拉拉·威尔森说的有关彼得的事全都是真的，但是彼得已经入土了，可怜的人，我们就让他入土为安吧。"汤姆·贾伯太太自以为是地劝慰大家，好像有人提议要把彼得从坟墓里挖出来似的。

"玛丽·安娜总是会说一些聪明话。"唐纳德·瑞斯太太说，"你们知道那天我们参加玛格雷特·霍利斯特的葬礼时，她说了些什么吗？她说：'妈，葬礼上有雪糕吃吗？'"

一些女人听到这里心领神会地笑了，但大部分都没理会唐纳德·瑞斯太太。因为每次聊天，只要唐纳德·瑞斯太太一旦开口提到玛丽·安娜，她就会围绕玛丽·安娜说个没完没了。如果你给她一点儿鼓励，她的兴致会大增，更是喋喋不休。现在，唯一的办法只有不理会她，让她自讨没趣。如今，"你知道玛丽·安娜说了些什么吗？"已经成了唐纳德·瑞斯太太的口头禅，人人皆知。

"说到葬礼，"西莉亚·瑞斯说，"我还是个小姑娘的时候，康伯里·奈罗发生过一件挺恐怖的事。斯坦顿·雷恩去了西部，后来有人传言说他死了。他的家人发电报过去，让人把他的尸体装进棺材运回来，不久，尸体就被运回来了，负责葬礼事宜的沃莱斯·麦克阿利斯特建议他们不要打开棺材。葬礼一切进行得十分顺利，可是还没等棺材入土，斯坦顿·雷恩本人却安然无恙地回来了。后来大家一直不知道那具尸体是谁。"

"他们怎么处理那具尸体的？"阿加莎·德鲁好奇地问。

"哦，他们最后还是埋葬了他。沃莱斯说，葬礼不能延期。

但是你根本不能说那是个葬礼,因为每个人都为斯坦顿的平安归来而喜出望外。道森先生把颂歌的最后一句话'安息吧,基督徒'改成了'令人惊喜的时刻',不过多数人都认为他不该随意篡改。"

"你们知道玛丽·安娜前几天对我说了些什么吗?她说,'妈,牧师是不是什么都知道?'"

"道森先生总是在紧要关头乱了章法,"珍·伯瑞说,"当时上格伦村还是他负责的教区之一。我还记得有个礼拜天,他把集会解散后,才想起还没进行募捐。因此他抓起一只捐献盘,跑到院子里一个个地讨。说真的,"珍补充道,"那些从未捐过的人碍于情面都捐了,他们不想当面拒绝牧师。但是,他那样做,实在有损他的尊严。"

"我最不满意道森先生的是,"科尼莉娅小姐说,"他在葬礼上的祷告词长得让人难以忍受。甚至有人都羡慕那些躺在棺材里的死人了。他在雷蒂·格兰特的葬礼上的祷告简直达到了他有史以来的最高纪录。我看见雷蒂的母亲都快昏倒了,因此我只好拿着雨伞狠狠地戳了一下他的后背,提醒他祷告已经长得让人忍无可忍了。"

"他埋葬了我可怜的贾维斯。"乔治·卡太太说着,眼泪就流了下来。尽管她的丈夫已经去世了二十年了,可是每当提到他时,她就会热泪盈眶。

"他弟弟也是个牧师,"克丽丝蒂娜·玛希说,"当我还是小孩子的时候,他还在溪谷村布道。有一天晚上我们在教堂里举行音乐会,因为他也是其中的一位发言人,所以就坐在讲台上。他跟他哥哥一样容易紧张,他坐在台上如坐针毡,坐立不安,他的椅子越来越往后退，突然连人带椅摔到了台下。我们在讲台下面摆放了一些花和盆栽植物，所以就只能看到他的一双脚跷在讲台上面。从那以后，他每次布道我都走神。他的脚实在是太大了。"

"雷恩的葬礼或许令人失望，"艾玛·波洛克说，"但至少比没有葬礼强多了。你们还记得克罗威尔家搞错的那个葬礼吧？"

提起这件事，大家都不约而同地笑了。"给我也讲讲这个故事吧，"坎贝尔太太说，"波洛克太太，别忘了我们是新来的，对这里所有的家族传奇故事一无所知。"

艾玛不知道"传奇故事"是什么意思，但是她很乐意讲一讲这个故事。

"阿博纳·克罗威尔住在罗布里奇，他拥有当地最大的一片农场。在那个年代，他是一个风云人物，是托利派的要人，在岛上可以说是无人不知、无人不晓。他娶了茉莉·弗拉格，茉莉的母亲是瑞斯家的，她的祖母是克洛家的，因此他几乎跟四风港的每个家族都扯得上一点儿关系。有一天，《企业日报》突然刊登了一条消息，说阿博纳·克罗威尔突然在罗布里奇去世，葬礼将在第二天下午两点举行。不知道为什么，阿博纳·克罗威尔本人并没有看见这则消息，当然那个时候乡下还没有通电话。第二天，阿博纳去哈利法克斯参加自由党的大会去了。两点钟的时候，人们陆陆续续赶去参加葬礼，大家都想早点儿去占个好位置，他们心想阿博纳是如此显赫的一个人物，去参加葬礼的人肯定会挤个水泄不通。的确，去了很多人，相信我。附近几英里的路上停满了双轮马车，一直到了三点钟，还有大量的人朝那里拥来。阿博纳太太气得都快发疯了，她努力想让人们相信她的丈夫并没有死。可是，起初大家根本就不相信她，她哭着对我说，他们似乎以为她把尸体埋起来了。后来大家终于相信了,但是却表现出一副很失望的样子,活像阿博纳就该死似的。而且他们还把阿博纳太太引以为傲的草坪和花圃践踏得不堪入目。凡是有点儿沾亲带故的,都从四面八方赶来了,他们都打算在这里吃晚餐,住上一晚,但是朱莉家里并没有准备很多食物。当然,我们得承认茱莉并不会随机应变,这可把她忙得够呛。两天后,阿博纳回来了,而茱莉却病倒在了床上,她得了神经衰弱,花了好几个月才康复。她连续六个星期都没吃东西,嗯,几乎没吃什么东西,有人说,她后来曾说就算真的举办了一场葬礼,她也不会比当时那种情形更伤脑筋。不过我倒不相信她真这样说过。"

"那可不一定。"威廉·麦克格雷太太说,"人们在心情烦闷的时候,往往会说一些蠢话。茱莉的姐姐克拉莉丝,丈夫刚下葬的那个星期,就跟平常一样去唱诗班唱歌去了。"

"不仅连丈夫的葬礼没法影响她的心情,"阿加莎·德鲁说,"天大的事也不能影响她。她总是活得很快乐,喜欢又唱又跳。"

"我过去也很喜欢唱歌跳舞,在海岸上,那里没人听得到。"迈拉·穆雷说。

"啊,但是你现在变得理智成熟多了。"阿加莎说。

"不——,是更加愚蠢了。"迈拉·穆雷慢悠悠地说,"蠢得都不敢去海岸跳舞了。"

"刚开始的时候,"艾玛决心把被打断的故事讲完,"他们以为报纸上刊登的那则消息是谁在开玩笑,因为阿博纳几天前刚输掉了一场选举。但是结果发现,那则消息是为住在罗布里奇另一端的那个阿博纳·克罗威尔刊登的,他真的死了,不过在本地并没什么亲戚。事情的真相终于水落石出,可是人们过了好久才渐渐忘记阿博纳带给他们的失望。"

"毕竟人们赶了那么远的路,而且还是在农忙时节,风尘仆仆赶去,结果却扑了空,难免有些失望,这也是很正常的。"汤姆·贾伯太太解释道。

"而且人们都喜欢参加葬礼。"唐纳德·瑞斯太太兴致勃勃地说,"我想我们都像孩子。我带玛丽·安娜去参加她叔叔戈顿的葬礼,她玩得开心极了,她告诉我说:'妈,我们能不能把他挖出来,再将他埋回去,这样就可以多玩一会儿了。'"

这一次,大家都忍不住放声大笑起来,唯独埃德·巴科斯特太太板着面孔一针一线地缝着被子。这年头,真是越来越没规矩了,什么事情都可以拿来开玩笑。但是,她身为埃德的妻子,绝不会把有关葬礼的事拿来当笑话。

"说到阿博纳,你们还记得他哥哥约翰为他妻子写的讣闻?"艾伦·米尔格雷太太问,"他是这样写的:'只有天知道,上帝为何带走我那美丽的新娘,却留下我堂兄威廉那丑陋的老婆。'我永远不会忘记那则讣闻所引起的轩然大波!"

"这样的讣闻怎么会在报纸上登出来了?"贝斯特太太问。

"因为他那时候正是《企业日报》的主编。他对他的妻子——贝莎·莫里斯顶礼膜拜,而且他对威廉·克罗威尔的太太恨之入骨,因为她极力阻止他与贝莎结婚。她认为贝莎太轻浮了。"

"但是她很漂亮。"伊丽莎白·柯克说。

"她是我这辈子见过的最漂亮的女子,"米尔格雷太太极力赞成,"莫里斯家族总是出美人坯子。但是她却非常善变,就像风一样变幻无常。没有人知道她是怎么坚守住了她的爱情,最后嫁给了约翰。他们说是她母亲劝服她的。贝莎曾和弗雷德谈过恋爱，不过弗雷德有拈花惹草的毛病。'两鸟在林不如一鸟在手'，莫里斯太太当时这样劝说她。"

"这句谚语我听了一辈子，都听烦了，"迈拉·穆雷说，"我总是怀疑它说的是不是对的。也许在林子里的鸟可以唱歌，而拿在手里的这只鸟却不能。"

大家面面相觑。不过，汤姆·贾伯太太总是有话要说。

"你总是这么古里古怪，迈拉。"

"你们知道玛丽·安娜前几天对我说了什么吗？"唐纳德·瑞斯太太不失时机地抢先说道，"她说，'妈，要是将来都没有人向我求婚，我该怎么办啊？'"

"我们这些老姑娘可以替你回答这个问题，是吧？"西莉亚·瑞斯说，还用手肘碰了碰伊迪丝·贝里。西莉亚讨厌伊迪丝，因为伊迪丝现在仍然相当漂亮，还有希望嫁出去。

"格特鲁德·克罗威尔是长得很丑，"格兰特·克洛太太说，"她的身子就像石板一样直板板的，但她却是个非常能干的家族主妇。她每个月都要把家里的窗帘清洗一次。贝莎一年也难得洗上一次，而且她家的百叶窗总是歪歪斜斜的。格特鲁德说她每次经过约翰·克罗威尔的房子总会发抖。可是即使这样，约翰仍然对贝莎爱得死去活来，而威廉只能勉强容忍格特鲁德。男人就是这么奇怪。他们说，威廉在婚礼当天竟然睡过了头，只好急急忙忙地穿上衣服赶到教堂，鞋子还是旧的，袜子两只还不一样。"

"那也比奥利弗·兰道姆好一些。"乔治·卡哧哧地笑着说，"他忘了定做结婚礼服，而他最好的那套穿着上教堂的衣服也打过补丁了。因此他只好向他兄弟借了一套衣服，穿在身上却很不合身。"

"但是至少威廉和格特鲁德真正结婚了,"西蒙太太说,"格特鲁德的妹妹凯若琳就没有这么幸运。她和罗尼·德鲁为了请哪个牧师来主持婚礼争执不休,结果却泡汤了。罗尼气得发疯,还没等气消就和艾德娜·斯顿结了婚。凯若琳还去参加了他的婚礼,她把头抬得高高的,脸色面如死灰。"

"至少她还管住了自己的嘴,"莎拉·泰勒说,"菲利帕·艾比可不会像她这样沉默无语。吉姆·莫伯雷抛弃了她,她就跑到他的婚礼上大吵大闹,骂得他狗血淋头。当然,他们都是安格利肯家族的人。"莎拉·泰勒最后总结道,仿佛她的最后一句话是至理名言,放之四海而皆准。

"菲利帕真的戴着吉姆送给她的所有珠宝去参加了他的婚宴?听说那些珠宝是他俩订婚时吉姆送给她的?"西莉亚·瑞斯问道。

"不,她没有,这我敢保证!真不知道这些谣言是怎么传出来的。有些人整天无所事事就喜欢乱嚼舌根。我敢说,吉姆·莫伯雷没有和菲利帕结婚一定后悔极了。他的妻子把他管得死死的,虽然她不在的时候他还是过得很放荡。"

"我只在罗布里奇的周年聚会上见过吉姆·莫伯雷一面。"克丽丝蒂娜·克劳福德说,"吉姆·莫伯雷与六月鳃金龟上演了一场精彩好戏。那天晚上,天气炎热,他们把每扇窗户都打开了。六月鳃金龟就从窗户飞了进来,一下子拥进了成百上千只。第二天早上,他们在唱诗班的讲台上捡了八十七只死虫子。当虫子飞进来的时候,一些女人吓得歇斯底里地尖叫。当时与我的座位隔着一条过道的是新来的牧师妻子——彼得·罗琳太太。她戴着一顶夸张的装饰着羽毛的蕾丝帽子……"

"大家普遍反映，她作为牧师的妻子穿得太时髦太奢侈了。"埃德·巴科斯特插了一句。

"'看我怎么把牧师太太帽子上的虫子弄下来。'我听到吉姆·莫伯雷小声地说，他正好坐在她的后面。他身体往前倾，对准前面的一只虫子猛地一拍，没想到虫子没打着，反而把帽子拍飞了，帽子飞落到了走道的栏杆上。牧师看见妻子的帽子从空中飞过，一走神，竟然不知道讲到哪儿了，绞尽脑汁也想不起来了，最后只好绝望地放弃。唱诗班唱起了最后一首赞美诗，大家一边唱着一边拍打着虫子。吉姆跑出去把帽子捡回来还给罗琳太太。据说她的脾气很暴躁，他胆战心惊，以为会挨她一顿训斥。出人意料的是，她只是接过帽子重新把它戴在头上，而且还对他微笑着说：'如果你没这么做，彼得可能还会讲个二十分钟，那我们都会被逼疯的。'当然，她表现还不错，没有生气，可是，大家都觉得她不该那样说她的丈夫。"

"你一定还记得她是怎么出生的吧。"玛莎·克洛瑟说。

"她是怎么出生的？"

"她原名叫贝丝·塔尔伯特，家住在村西头。一天晚上，她父亲的房子着火了，就在一片混乱之中，贝丝出生了，就在花园里，在星空下。"

"多浪漫啊！"迈拉·穆雷说。

"浪漫！我觉得这一点儿都不体面。"

"但是，想一想她是在星空下出生的！"迈拉·穆雷如痴如醉地说，"她应该是星星的孩子，闪闪发亮、美丽、勇敢、真诚，她的眼睛里闪烁着星光。"

"不管是不是星星的功劳，她的确跟你说的一样漂亮。"玛莎说，"不过她在罗布里奇的日子过得并不容易。那里的人都认为身为牧师太太，应该不苟言笑，规规矩矩。有一天，一个老头儿看见她围着婴儿的摇篮跳舞，立马走上去，语重心长地告诫她说，在未弄清楚她的儿子是不是上帝的选民之前，她不应该表现得如此忘乎所以。"

"说到孩子，你们知道玛丽·安娜前几天说了些什么吗？她说，'女王有孩子吗？'"

"如果有人天生就是暴君的话，那一定是亚历山大·威尔森。"艾伦太太说，"我听说他决不允许他的家人在吃饭时说话。至于笑，在他的房子里，从来都没有过笑声。"

"一栋没有笑声的房子，真是叫人不敢相信！"迈拉说，"为什么会这样，这真是天理难容！"

"亚历山大有一次一连三天不跟他的妻子说一句话，有事就给她写字条。"艾伦太太继续说，"不过，这对他妻子来说反倒是一种解脱。"

"亚历山大·威尔森是个诚实的生意人。"格兰特·克洛太太极力夸赞说。他们说的亚历山大是她的四表哥，威尔森家族的人家族观念特别重，"他去世的时候还留下四万元。"

"真可惜，他不能把这些钱带到棺材去。"西利亚·瑞斯说。

"他的兄弟杰弗瑞死的时候一分钱都没留下。"克洛太太说，"他自己得承认，他是他们家最没出息的一个。整天嘻嘻哈哈，有一分钱花一分钱，交了不少狐朋狗友，死的时候一文不值。除了嘻嘻哈哈，又蹦又跳，他这辈子到底有什么收获？"

"或许并没多少收获。"迈拉说，"但是想一想他为人生所赋予的内涵就值了。他总是在付出，快乐、同情、友善，甚至还有金钱。至少他有很多朋友，而亚历山大一辈子一个朋友也没有。"

"杰弗瑞的朋友可没出钱埋葬他。"艾伦太太反驳道，"最后还是亚历山大把他埋了，还给他竖一块相当好的墓碑。花了一百块钱呢。"

"但是当杰弗瑞向他借一百块钱，用来支付做手术的费用时，亚历山大怎么拒绝了呢？说不定那个手术还能救杰弗瑞一命呢。"西莉亚·德鲁反问。

"好了，好了，我们都不要太苛求他人了。"卡太太出来打圆场，"毕竟，我们每个人都有缺点。"

"今天是雷姆·安德森和多罗西·克拉克大喜的日子。"米利森太太说，她把话题转向了比较轻松愉快的氛围中，"不到一年前，他还信誓旦旦地说如果他娶不到珍·艾略特，他就把自己的脑袋砍下来。"

"年轻人说话就是不知天高地厚。"贾伯太太说，"他们把这件事捂得严严实实，直到三个星期前才透露他们已经订婚了。上个星期我还和她的妈妈聊了一会儿，她也没暗示这么快就要办婚事啊。我可真不喜欢城府这么深的女人。"

"多罗西·克拉克会嫁给雷姆·安德森，这着实让我大吃一惊。"阿加莎·德鲁说，"我去年春天还觉得她和弗兰克·克洛会成为一对呢。"

"听说多罗西·克拉克跟别人说，弗兰克和她情投意合，是最合适的人选，可是她真的无法忍受每天早晨一睁开眼睛，就看见他的那只鼻子从被盖凸出来的样子。"

埃德·巴科斯特太太身子微微颤抖了一下，屏住呼吸，不让自己笑出来。

"你不应该在伊迪丝这样的年轻女孩面前提起这些事。"西莉亚说,同时在棉被边向她眨了眨眼睛。

"艾达·克拉克订婚了吗?"艾玛·波洛克问。

"还没有。"米利森太太说,"不过把握还很大。她最终会把他抓在手里的。那些姑娘找丈夫的本事大着呢。她姐姐宝琳嫁给了港口那边最好的一位农夫。"

"宝琳确实很漂亮,但是她满脑子豆腐渣。"米尔格雷太太说,"有时候我觉得她的脑子永远都像少了一根筋似的。"

"哦,她会变得聪明的。"迈拉·穆雷说,"将来等她有了自己的孩子,她就会更加有头脑,就像你我一样。"

"雷姆和多罗西打算在哪儿住?"米德太太问。

"哦,雷姆在上溪谷村买了一个农庄。就是老凯里的房子。你们知道,就是可怜的罗杰·凯里太太谋害她丈夫的地方。"

"谋害她的丈夫?"

"哦,是的,虽然他是活该,但是大家还是觉得她做得有点儿过分。是的,不知她把除草剂放在他的茶杯里了呢,还是放在汤里呢,反正每个人都知道这事,可是大家都睁只眼闭只眼,懒得管这种闲事。请把线轴给我,西莉亚。"

"米利森太太,你是说她没有被抓起来,也没受到任何惩罚?"坎贝尔太太紧张地问道。

"嗯,人们都不愿意让邻居为难。凯里家在上溪谷村的人缘不错。再说,她也是被逼得走投无路才那样做的。当然,没有人赞同谋杀,但是如果说有个人活该千刀万剐,那个人一定就是罗杰·凯里。她后来去了美国,而且还嫁人了。她已经死了好多年了，她的第二任丈夫比她活得长。这些事情发生的时候，我还是个小姑娘。那时候人们常常传说罗杰·凯里的鬼魂又出来了。"

"现代社会越来越文明进步了，肯定没有人相信鬼魂了。"巴科斯特太太说。

"为什么我们不能相信有鬼魂呢？"蒂尔里·麦克阿利斯特问，"鬼挺有趣的。我认识一个被鬼魂缠身的男人，那个鬼经常嘲笑他，他都快逼疯了。请把剪刀递给我，麦克道哥尔太太。"

麦克阿利斯特太太喊了麦克道哥尔太太两次，她才听到。这个小新娘满脸通红地把剪刀递给麦克阿利斯特太太，她还不习惯人们喊她为麦克道哥尔太太。

"港口那边老查克思的房子闹鬼好多年了，到处都有笃笃声和敲敲打打的声音，神秘极了。"克丽丝蒂娜·克劳福德说。

"所有查克思家的人胃都不好。"巴科斯特太太说。

"当然，要是你不相信有鬼的话就看不到鬼。"麦克阿利斯特太太不高兴地说，"但是我妹妹在新斯科舍省工作的那栋房子里，经常闹鬼，还听到咯咯的笑声。

"那一定是个开心鬼！"迈拉说，"我想我不会怕它的。"

"有可能是只猫头鹰。"巴科斯特太太坚决地提出质疑。

"我母亲临走前看到天使站在她床边。"阿加莎·德鲁得意扬扬地说。

"天使不是鬼。"巴科斯特太太说。

"说到母亲，你舅舅情况还好吧，蒂尔里？"贾伯太太说。

"情况不大好。我们不知道那天什么时候到来。这让我们很为难。我的意思是说，这关系到我们冬天的衣服。但是前几天我们在讨论的时候，我对我姐姐说：'不管怎样，我们最好还是做一条黑色裙子，这样一来，不管发生什么事，我们都不用担心了。"

"你们知道玛丽·安娜前几天说了什么吗？她说，'妈，我不想再求上帝把我的头发变卷了。我已经连续一个星期每天晚上向他祈祷，可是他什么也没有做。'"

"我向他祈求一件事已经求了二十年了。"布鲁斯·顿肯太太苦涩地说。之前她一直没有说话，只是埋头专心缝着被子。她缝的被子出奇的漂亮，或许是因为她从来没有因为聊八卦而分心，把每一针都缝得恰到好处。

大家出现了短暂的沉默。她们都知道她求的是什么。不过，这事不适合在缝棉被聚会上讨论。顿肯太太也不再说话。

"梅·弗拉格和比利·卡特已经分手了，听说他还可能跟港口那边的麦克道哥尔家的姑娘结婚，这是真的吗？"玛莎·克洛瑟过了好一会儿问。

"是啊，不过没人知道到底发生了什么事。"

"这真是让人难过……一些意料不到的小事往往会导致一对恋人劳燕分飞。"坎德丝·克劳福德说，"就拿迪克·普拉特和莉莲·麦克阿利斯特来说吧，他在一次野餐聚会上，正准备开口向她求婚，可是他的鼻子突然流血了。他只好到小溪边去洗一洗。结果在那里他遇到了一个陌生姑娘，姑娘把手帕借给他。他立马就爱上了她，他们在两个星期内就闪电般地结婚了。"

"你们听说了上个星期晚上，大吉姆·麦克阿利斯特在米尔特·库博的商店发生了什么事吗？"西蒙太太问道，她觉得应该说一点儿比较轻快的话题了，而不是老是围着鬼呀弃妇呀转，"米尔特特别怕冷，这个夏天养成了坐在炉火边烤火的习惯。上个星期六晚上天很冷，他又生起了炉火。可是可怜的大吉姆·麦克阿利斯特哪里知道这时候竟然有人生炉火,他直接就坐了下去。哎呀,他的……都被烧焦了。"

西蒙太太并没有说他到底哪里烧焦了,但是她示意地拍了拍自己的那个地方。

"他的屁股!"沃尔特的脑袋从藤蔓间探了出来,大声喊道。他天真地以为西蒙太太想不起那个词了。

一阵令人胆战心惊的沉默笼罩着大家。原来,沃尔特·布里兹一直坐在那里偷听!每个人都绞尽脑汁地回想刚才所说的故事,是不是有一些不适宜小孩听到的呢?听说布里兹太太对她的孩子的所闻所见可在意了。就在她们张口结舌的时候,安妮出来了,邀请她们进去用晚餐。

"再等十分钟,布里兹太太。到时候我们两条被子都缝好了。"伊丽莎白·柯克说。

棉被缝好了,打开棉被,用力抖了抖,再把它们挂起来,大家发出了啧啧的赞叹声。

"我真想知道它们会盖在谁的身上。"迈拉·穆雷说。

"或许其中一条被子会盖在一个初为人母的女人身上,她的怀里搂抱着她的心肝宝贝。"

"或许在一个严寒的夜晚,牧场上的孩子会蜷缩在它的下面取暖。"科尼莉娅小姐出其不意地说。

"或许一些可怜的老风湿病患者会盖上它,他们会觉得更加舒适。"米德太太说。

"我希望没有人盖着它死去。"巴科斯特太太悲伤地说。

"你们知道我来这里之前玛丽·安娜说了什么吗?"唐纳德太太跟着大家走进餐厅时说:"她说,'妈,可别忘了把你盘子里的东西吃干净。'"

于是,大家心情愉悦地坐下来,美美地享用着晚餐,喝着饮料。毕竟她们已经辛勤工作了整整一下午。

晚餐后,大家都回家了。珍·伯瑞和西蒙·米利森太太一起走回村子。

"我要把所有的菜品记下来回家告诉妈妈。"珍意犹未尽地说。她不知道苏珊此刻正在忙着数汤匙。"自从她卧病不起,就再也没出过门,但她喜欢我把这些讲给她听。那桌菜一定会让她听得津津有味。"

"那桌菜就像你在杂志上看到的图片一样精美。"西蒙太太叹了一口气说道,"如果真要这么说的话,我也可以烧出一桌好菜来,可是要弄得风格那么统一、格调那么高雅,我就没办法了。至于那个小沃尔特,我真想揍他屁股一顿!他那么大声一喊,真是让我无地自容。"

"我想,壁炉山庄今天的八卦消息应该很精彩吧。"医生说。

"我没有和她们一起缝棉被。"安妮说,"所以,我也不知道她们说了些什么。"

"你从不聊八卦,亲爱的。"科尼莉娅小姐说,她留下来帮苏珊把棉被捆好,"你要是在场的话,她们就不敢胡说八道了。她们认为你不赞成说八卦。"

"那要看是什么样的八卦了。"安妮说。

"嗯,不过今天也没有人说什么过分的。她们提到的大部分人都已经死了,或者应该死的。"科尼莉娅小姐说,她回想起了阿博纳·克罗威尔半途而废的葬礼不由得笑了,"只有米利森太太又讲了一遍玛琪·凯里谋杀她丈夫的那个故事。那件事我也知道。其实并没有任何证据证明玛琪做了那件事,只是有一只猫喝了一些汤后来死了。那只猫本来就病了一个多星期了。如果你问我,我就说罗杰·凯里是得阑尾炎死的,虽然那个时候还没有人知道有阑尾这个东西。"

"汤匙一个也没少。"苏珊大大地舒了一口气说,"而且桌布也是好好的。"

"我也该回家了。"科尼莉娅说,"等下个星期马歇尔把猪杀了,我给你们送些排骨过来。"

沃尔特又坐到了台阶上,眼睛里充满了梦幻色彩。黄昏已经降临,他好奇地想,黄昏是从哪里来的呢?是不是长着一对像蝙蝠翅膀的大天使从一只紫色的瓶子里倒出来的?月亮正在缓缓升起,三棵被风刮弯了腰的云杉看起来就像三个弱不禁风的、驼背的老巫婆,步履蹒跚地走下了山丘。蹲伏在那个阴影里的东西可曾是半人半羊的农牧神?要是他现在打开砖墙的那道门,他会不会一脚踏入一个陌生的仙境,而不是进入这个熟悉的花园?在那个仙境里,公主从魔法中被唤醒;在那里,他也许能找到回声女神,并随她一路前行。此时此刻,他不敢说话,因为一说话,仙境就会消失。

"亲爱的,"妈妈走出来说,"你不能在这里坐得太久了,外面越来越冷了。别忘了你的咽喉还疼呢。"

魔法被打破了,神奇的光芒消失了。草地依然这么漂亮,可是它已经不再是仙境了。沃尔特站了起来。

"妈妈,你能告诉我彼得·柯克葬礼上发生了什么事吗?"

安妮想了一想,然后打了个寒战。

"现在不行,亲爱的。也许,改天吧。"

尘封的往事

安妮独自一人待在房间里，因为吉尔伯特出诊去了。她在窗边坐了好几分钟，欣赏着夜色的温柔和月亮的皎洁。安妮有时觉得月色笼罩下的房间似乎变得有点儿陌生，不再那么友好，那么富有人情味。它显得那么疏远、冷漠和自闭，似乎在这儿居住的人反倒成为一个不受欢迎的入侵者。

忙碌了一整天，她觉得有些累。现在一切都显得美好而宁静。孩子们睡着了，壁炉山庄又恢复了往日的秩序。除了苏珊在厨房里揉面团发出的微弱而有节奏的敲打声，房子里静悄悄的。

但是透过敞开的窗户，夜晚的声音丝丝入耳，每一种声音都是安妮所熟悉并深爱着的。微弱的笑声在静谧的空气中从港口那边飘了过来，有人在山下的溪谷村唱歌，它听起来像是许久以前曾听过的一首老歌，那旋律是如此熟悉。银色的月光倾泻而下，可是壁炉山庄却躲在阴影里。树木正在低声诉说着"古老的箴言"，一只猫头鹰在彩虹幽谷里"咝——咝"地叫着。

"这是一个多么快乐的夏天啊。"安妮想。然后她想起了上溪谷村的海兰德·凯蒂大婶曾经说过一句话——"相同的夏日永远不会重来"。她的心里隐隐有点儿酸楚。

永远不会有相同的夏天。下一个夏天到来时,孩子们又长大一些了,那时候里拉也该上学了。"以后身边就没有孩子们相伴了。"安妮伤感地想。杰姆已经十二岁了,马上就面临初中入学考试,然而在安妮的眼里,好像昨天他还是梦中小屋里的那个婴儿。沃尔特也在迅速长大。这天早上,她还听到楠取笑黛,提到了学校里的一些男孩子,黛的脸都羞红了。唉,这就是生活。欢乐与痛苦,希望与失望交织,而且总是在不停变化,而你却束手无策。你必须接受新老更替,学会拥有,学会放弃!春去夏来,秋去冬回,一年四季,变幻更替。人也一样,出生,结婚,死亡。

安妮突然想起沃尔特向她问起的彼得·柯克葬礼上发生的事。她已经有好几年没有想起这事了,但是她对此还记忆犹新。她确信,亲眼看见那场葬礼的人恐怕都会永生难忘。现在,沐浴在朦胧的月色中,往事如烟,历历在目。

那是在十一月,他们搬到壁炉山庄度过的第一个十一月,秋老虎发威的一个星期之后的那天。柯克家住在康伯里·奈罗,但他们平时都到溪谷村教堂来,而且吉尔伯特是他们的医生,所以他和安妮都去参加了葬礼。

她记得,那是一个温和、平静、珍珠般灰白色的日子。他们周围的一切呈现出十一月特有的紫褐色,阳光从云层的缝隙钻出来,照在丘陵和山丘上。柯克的房子离海岸很近,一股带着咸味的海风穿过茂密的杉树林扑面而来。那栋房子看上去又大又豪华,可是安妮却觉得那个L形的山形墙看起来就像一张又长又瘦、满怀恶意的脸。

安妮在草坪上停下来,跟一群女人说话。草坪看上去了无生机,一朵鲜花也没有。她们一个个饱经风霜,一点儿也不觉得葬礼有什么不愉快的或者激动人心的。

"我忘记带手帕了。"布莱恩·布雷克太太愁眉苦脸地说,"我哭的时候该怎么办呢?"

"你为什么非得哭?"她的嫂子卡米拉·布雷克直言不讳地问。卡米拉讨厌动不动就哭的女人,"彼得·柯克又不是你的什么亲戚,而且你一向都不喜欢他。"

"我觉得在葬礼上哭一哭是应当的。"布莱恩愣愣地说,"当一位邻居被主召唤回去了,我们哭一哭可以表示我们的难过。"

"要是只有喜欢他的人才哭,那么彼得的葬礼上就没有几个人会哭。"柯蒂丝·罗德太太冷淡地说,"这是事实,干吗非得拐弯抹角呢?他可是一个实实在在的老骗子,也许别人不知道,可我一清二楚。那个从小门进来的人是谁?别……别告诉我说那是克拉拉·威尔森。"

"就是她。"布莱恩不敢相信地低声说道。

"嗯,在彼得的第一个妻子死后,她就告诉彼得,她决不会踏入他的房子一步,直到来参加他的葬礼为止。她可真的是说到做到了。"卡米拉·布雷克说,"她是彼得的第一个妻子的姐姐。"她后面这一句是特意向安妮解释的。安妮好奇地看着克拉拉·威尔森从她们面前走过。她那双如烟熏般的黄眼睛目不斜视,直愣愣地看着前方。她身材瘦削,浓黑的眉毛、愁苦的脸,黑色的头发绾在一顶老妇人常戴的可笑的软帽里,稀疏的鼻头面纱垂了下来。她从不正眼瞧人家一眼,也不停下来向人们打声招呼,自顾自地朝门廊的台阶上走去,黑色的波纹绸长裙在草地上拖过,发出窸窸窣窣的声音。

"站在门口的是杰德·克林顿,耷拉着一张苦瓜脸。"卡米拉不无嘲讽地说道,"他显然是在说我们该进去了。他总是自吹自擂,说他安排的葬礼,每一件事都会按时间表分秒不差地进行。他直到现在都不肯原谅温妮·克洛,因为她在丈夫的葬礼上晕倒了。从那以后,再也没出现诸如此类的糟糕事。今天这个葬礼可不会有人晕倒。奥利维亚不是容易昏倒的人。"

"杰德·克林顿,一个在罗布里奇的殡葬业者。"瑞斯太太说,"为什么他们不请溪谷村的人来办丧事?"

"请谁呢?卡特·弗拉格吗?亲爱的,你不知道彼得和他是宿敌吗?卡特以前也想娶艾美·威尔森。"

"有很多人都想娶她。"卡米拉说,"她是一个非常漂亮的姑娘,长着红铜色的头发和乌溜溜的大眼睛。虽然那时候人们认为她们两姐妹中克拉拉长得更漂亮。真搞不懂克拉拉为什么一直没结婚。噢,牧师终于来了,是罗布里奇的欧文牧师。他是奥利维亚的堂兄,他布道倒是挺好的,只不过在布道的时候'哦,哦,哦'说得太多了。我们赶快进去吧,要不然杰德就会冒火了。"

安妮在坐下来之前,停下来看了看彼得·柯克。她从来都不喜欢他。当她第一次看到他时,她心里就暗想:"他有一张冷酷的脸。"虽然他人长得很英俊,可是在无情的眼睛下,眼袋已经下垂,微皱的嘴巴紧闭着,露出一副守财奴的刻薄嘴脸。尽管他很孝顺,也有虔诚的宗教信仰,但是在和其他人相处时,是出了名的自私和自大。安妮有一次听到别人评价他说,"他总觉得自己处处高人一等"。不过,总的说来,他还是个颇受人尊敬的人。

现在他死了,跟活着的时候一样傲慢自大,双手交叉,握放在胸前,长长的手指让安妮感到毛骨悚然。她想起那双手里曾经紧紧地攥着一个女人的命运,然后她看了看奥利维亚·柯克,她身着丧服坐在安妮对面。奥利维亚个子高挑、皮肤白皙、有着大大的蓝色眼睛，长得十分漂亮——"我绝不会找一个丑女人"，彼得·柯克曾这么说过。她显得镇静，面无表情，脸上并没有明显的泪痕。毕竟，奥维利亚是兰道姆家的人，兰道姆家的人从不情绪化。她端庄地坐着，身上的那身丧服是如此沉重，恐怕世界上最悲伤的寡妇也无法承受那身丧服的负荷。

空气里充斥着花香，彼得·柯克的棺材边摆满了鲜花。令人讽刺的是，彼得一辈子都把花朵视为粪土。屋子里还摆了不少花圈，他的房客送了一个，教堂送了一个，保守党协会送了一个，学校董事会送了一个，乳酪合作社送了一个。他唯一的一个儿子和他早就不相往来了，什么也没送，不过柯克家族送来了一个巨大的锚，上面用白色的玫瑰和红色的花蕾拼成了"最后的港湾"的字眼。奥利维亚自己也送了一束马蹄莲，当卡米拉·布雷克看到它时，脸不由得一阵抽搐。安妮记得她有一次曾经听卡米拉说过，彼得第二次婚后不久，她曾去柯克的房子拜访过，结果正好碰上彼得将一盆新娘子带来的马蹄莲扔出窗外。用他的话说，他决不允许这些野草弄脏他的房子。

奥利维亚显然很平静地接受了此事，从此，在柯克的房子里再也没有出现过马蹄莲。难道奥利维亚……安妮看着柯克太太那张镇定自若的脸，不敢妄加猜测。毕竟，通常都是由花店里的人建议买什么花摆放。

唱诗班唱起"死亡是狭窄的海洋，将我们与天国分离"时，安妮捕捉到了卡米拉的眼神，她知道她俩都在怀疑彼得·柯克怎么会进入天国。安妮几乎可以听到卡米拉在说："你能想象彼得·柯克头上罩着光晕弹竖琴的样子吗？"

牧师欧文先生念了一章节经文，然后开始祷告，当然里面少不了很多的"哦、哦、哦"，以及一些抚慰哀悼者沉痛心灵的恳求之辞。溪谷村的牧师也发表了演讲，虽然为死者说几句好话无可厚非，但大家私底下都觉得牧师的演讲太文过饰非。听到彼得·柯克被称为一位慈爱的父亲和一位温柔的丈夫，一个和善的邻居和一个虔诚的基督徒，他们都觉得这简直是在滥用词语。卡米拉用手帕挡住了脸，不过不是为了擦眼泪。斯蒂芬·迈克唐纳清了清嗓子。布雷克太太一定是从别人那里借了一块手帕，正在抹眼泪。但是奥维利亚垂下来的眼睛里仍然不见泪花。

杰德·克林顿终于松了一口气，一切都进行得十分顺利。再唱一道赞美诗，然后就是跟遗体告别了。他又可以在他举办的成功葬礼的目录单上写上浓墨重彩的一笔了。

这时，在大房间的角落里引起一阵轻微的骚动，克拉拉·威尔森从摆成迷宫一样的椅子间穿行，走到放棺材的桌子旁边。她在那里转过身，面对着坐在下面的所有来宾。她那顶可笑的软帽已经滑向一边，黑发松松垮垮地掉出来，垂在肩膀上，但是没有人觉得克拉拉·威尔森看上去是多么滑稽可笑。她蜡黄的长脸渐渐涨得通红，她悲伤痛苦的双眼里喷射出两团怒火。她是一个极力克制自己的女人，就像一个绝症病人在强忍着难以承受的痛苦。

"刚才你们已经听到了一大箩筐的谎言。你们来到这里，也许是为了'敬悼亡灵'，也许是为满足自己的好奇心，但不管是为了什么，现在我都要来向你们揭穿彼得·柯克的本来面目。我不是一个伪君子，他活着的时候我就不怕他，现在他死了，我更不会怕他。没有人胆敢当着他的面说真话，但是现在是该说出真相的时候了，就在他居然被称为一个好丈夫和和善的邻居的葬礼上。一个好丈夫！他娶了我的妹妹艾美，我那美丽的妹妹，艾美。你们都知道她是多么甜美、多么可爱，可是他却把她打入了悲惨世界，把她的幸福彻底毁了。他折磨她、羞辱她、虐待她，不为别的，只因为他喜欢那么做。哦，他经常去教堂，认真做祷告，还积极履行教区义务。但是，他是一个暴君，是一个恶魔，是一个连他的狗见到他来了都要逃跑的人。

"我曾经劝说艾美，她嫁给他一定会后悔的，但是她听不进去。我帮她一起做结婚礼服，但我宁可帮她做寿衣。那时候她对他着了魔，可怜的小东西，可是结婚不到一个星期，她就看穿了他。他的母亲被他父亲当成奴隶一样使唤，他希望他的妻子也是一个奴隶。他告诉她，'在我的家里不许和我顶嘴。'她没有精力和他去争吵，她的心都碎了。哦，我知道她经历了怎样的痛苦，我那可怜而美丽的妹妹。他什么事都不准许她做。她不能种花，甚至不能养猫，我送给她一只猫，他把那只猫活活淹死了。她花每一分钱都要向他请示报告。你们可曾见过她穿过一件像样的衣服吗？如果天看起来要下雨了，他就决不允许她戴那顶好一点儿的帽子。可怜的人，她原本喜欢穿戴得漂漂亮亮的，可是她连一顶像样的帽子都没有，即使戴着那些破帽子淋点雨又有什么关系。他总是嘲笑她的家人。他这辈子从来没有笑过。你们有谁听过他的笑声吗？哦，是的，他会微笑，他总是微笑，每当他做出惨无人道的事情时，他都会露出惬意的微笑。在她刚生下孩子，但是那个婴儿却不幸夭折时，他微笑着告诉她说，生下了一个死婴，不如你跟着死了算了。十年后她真的死了。我很高兴她终于逃离了他的魔掌。在艾美的葬礼上，我告诉他，除非我来参加他的葬礼，否则我绝不会踏入这幢房子半步。你们当中有人一定听我说过这话，我遵守了我的承诺，现在我到这里来，就是要揭穿他的本来面目。这些都是事实，你知道的，"她说着猛地指向斯蒂芬·迈克唐纳，"你知道的，"长长的手指又指向了卡米拉·布雷克，"你知道的。"奥利维亚·柯克依然不动声色。"你知道的"……可怜的牧师觉得那手指好像要戳破他的脸颊。

"我在彼得·柯克的婚礼上痛哭流涕，但是我告诉他，我要在他的葬礼上仰天长笑。现在，我就打算痛痛快快地大笑一场。"

她狂怒地转过身去，在棺材上俯下身来。多少年的血海深仇终于到了报仇雪耻的时候。当她看着棺材里死人那张冰冷平静的脸时，她的整个身子因为得意和满足而颤抖不已。大家都竖起耳朵等待着那一笑能泯恩仇。然而他们并没有听到她笑。克拉拉·威尔森愤怒的脸突然间扭曲着，像一个小孩的脸，皱成了一团。克拉拉是在……哭。

她转过身来，已经是泪流满面，准备夺门而出。但是奥利维亚·柯克站了起来，迎面向她走去，紧紧地握住了她的手。在那短暂的一刹那，两个女人目光相接，彼此注视着对方。整个房间顿时淹没在一片沉默中，感觉就像一场私人聚会。

"谢谢你，克拉拉。"奥利维亚·柯克说。她的脸上仍像平常一样深不可测，但是她平静的声音却隐藏着某种东西，让安妮不寒而栗。她似乎觉得她的眼前突然打开一个无底洞。克拉拉·威尔森也许对彼得深恶痛绝，不管他是生前还是死后，但是，她对彼得的恨意与奥维利亚·柯克的比起来，那算得了什么呢？

克拉拉哭着从杰德身旁出去了。杰德因为葬礼被搅得一塌糊涂而气得捶胸顿足。牧师原打算念最后一首赞美诗《在主的怀抱安息》，结果只是颤抖着说完了祝祷。杰德并没有按照通常情况那样宣布亲朋好友与遗体告别。他觉得,当务之急,还是赶快盖上棺盖,把彼得·柯克埋葬了了事。

安妮走下门廊的台阶,不禁深深地吸了一口气。在那幢房子里,埋葬了两位女人的幸福生活,压抑得让人喘不过气来。外面冰凉而新鲜的空气让人神清气爽!

下午的天气更冷了,天空灰蒙蒙的。草坪上人们三五成群,低声谈论着刚才发生的事情。人们依稀看见克拉拉·威尔森穿过一片凋零的草地,走向回家的路。

"嗯,是不是把这一切都搞砸了?"尼尔森茫然地问道。

"让人震惊……实在是让人震惊啊!"埃德·巴科斯特说。

"为什么没人出面阻止她呢?"亨利·瑞斯说。

"因为你们都想听听她到底要说什么。"卡米拉反驳说。

"这并不……得体。"桑迪·麦克道哥尔大叔说。他很高兴自己终于想到了"得体"这个词,因此翻来覆去地说:"不得体。不管怎么样,一个葬礼应该是得体的。是的,得体。"

"天啊,人生不是很有趣吗?"奥古斯特·帕莫说。

"我还记得,彼得和艾美谈恋爱的那个冬天,我也正在追求我的老太婆。"老詹姆斯·波特回忆道,"那时克拉拉是一个漂亮的姑娘。而且她做的樱桃馅饼实在是太好吃了!"

"她说话向来都尖酸刻薄。"布宜斯·沃伦说,"当我看到她进来的时候,我就怀疑要发生什么事,可我做梦都不会想到会是这样一个情形。还有奥利维亚!你们想得到吗?女人真是难以捉摸啊!"

"这将成为人们以后津津乐道的一个话题。"卡米拉说,"毕竟,如果没有这些事情,生活就显得太枯燥乏味了。"

神情沮丧的杰德已经给棺材盖好了棺罩,并叫抬棺者把棺材抬到了屋外。灵车在小路上缓缓前行,后面跟着送葬的队伍。一只狗在谷仓里撕心裂肺地呜呜叫着。或许,毕竟,在这个世界上还有一只生物哀悼彼得·柯克。

安妮在等吉尔伯特的时候,斯蒂芬·迈克唐纳走了过来,和安妮聊着天。他是上溪谷村的人,个子高高大大,他的头长得像古罗马的皇帝。安妮一直很喜欢他。

"闻这味道,像是要下雪了。"他说,"对我来说,十一月特别让人想家。你是否有过这样的感觉呢,布里兹太太?"

"是啊。好像岁月在哀悼逝去的春天。"

"春天……春天!布里兹太太,我老了。我觉得季节都改变了。冬天不再像过去的冬天。我也认不出夏天了。还有春天,现在已经没有春天了。至少,当我们曾经熟悉的那些人再也不能回来,与我们一起分享春天这美好时光,我们就会产生这种感觉。可怜的克拉拉·威尔森……你对这件事情是怎么看的?"

"哦,真叫人难过。如此的深仇大恨……"

"是……是的。你知道吗?很久以前,她自己曾和彼得谈过恋爱,她疯狂地爱着他。那时克拉拉是康伯里·奈罗最最漂亮的姑娘,黑色的小鬈发,乳脂一般嫩白细腻的面庞。但是,艾美是一个爱笑的姑娘,天性活泼可爱,彼得后来抛弃了克拉拉,转而去追求艾美。世事真是难以预料啊,布里兹太太。"

一股阴冷的风从柯克的房子后面的云杉林里刮来,远处矗立着伦巴第白杨的山丘已经被暴风雪笼罩了山头。大家匆匆离开了,趁着暴风雪还没到达康伯里·奈罗之前赶回家。

"当其他女人生活得如此悲惨的时候,我是否还有享受快乐的权利?"当他们驾车回家时,安妮回想起奥利维亚·柯克感谢克拉拉·威尔森时的眼神,欷歔不已。

安妮从窗边站起身来。如今,这件事已经过去十二年了。克拉拉·威尔森已经去世了,而奥维利亚·柯克也再嫁他乡。她比彼得要年轻许多。

"时间比我们想象的更加仁慈。"安妮说,"将痛苦珍藏心间,多年以来像珍宝一样珍视,这样做实在是大错而特错。我想,我不应该把彼得·柯克葬礼上发生的事情告诉沃尔特。这个故事不适合对孩子讲。"

里拉送蛋糕到教堂

里拉跷着腿坐在门廊的台阶上,一副闷闷不乐的样儿。如果有人问这个深受大家宠爱的小姑娘为什么不开心,那么提出这个问题的人一定忘记了他自己的童年。在孩童时代,对大人来说一些微不足道的小事情,在孩子眼里却成了举足轻重的大事。现在,让里拉感到绝望的是,苏珊刚才告诉她,她要为孤儿院联谊会做一个她最拿手的金银蛋糕,而她,里拉,今天下午要负责将蛋糕送到教堂。

不要问我里拉为什么死活不愿意带着蛋糕经过村庄到溪谷村的长老会教堂去。小孩子常常会冒出一些奇怪的念头,不知为什么,里拉总觉得拿个蛋糕到外面走是件特别耻辱的事。也许是因为,当她还只有五岁的时候,曾看见老蒂尔里·佩高拿着个蛋糕在街上走,她的身后跟着一大群男孩,对她叫叫嚷嚷,一个劲地嘲笑她。老蒂尔里衣衫褴褛,年事已高,住在港口嘴那边。

老蒂尔里·佩高,
上街偷了一个蛋糕,
肚子痛得哇哇直叫!

男孩子卖力地唱着。

要她与蒂尔里·佩高成为同一类型的人,里拉实在是难以接受。在她的脑海里,一个真正的淑女是不应该拿着个蛋糕到处走来走去,这个念头已经根深蒂固。所以,她无助地坐在台阶上,掉了一颗门牙的小嘴巴不再像往日那样笑呵呵。她已经没有心情倾听水仙花的诉说,分享金色玫瑰花的秘密。她显得心神不宁。她笑起来眯成一条缝的淡褐色大眼睛,此刻充满了痛苦,不再像往常那样是一汪清澈见底的清泉。"仙女一定亲吻过你的眼睛。"凯蒂·麦克格雷格大婶有一次这样对她说。她的爸爸发誓说,她一出生就是个迷人的小宝宝,出生半小时就对着帕克医生笑。里拉的眼睛比嘴巴还会说话,因为她现在还有些口齿不清。不过她很快就可以表达清晰流畅的。她长得很快。去年爸爸用一株玫瑰花来量她的身高,今年则是用一株夹竹桃;明年就要用蜀葵了,而且那时候她就可以去上学了。在得到苏珊这个可怕的任务之前,里拉一直过得很快乐很自在。真的,里拉对着天空愤愤不平地说:"苏珊根本不知道什么是丢脸。"其实,里拉说的是:"苏香根本不机到什么细揪脸。"不过,可爱的湛蓝天空似乎听懂了她的话。

妈咪和爸爸今天早上到夏洛特敦了,其他孩子都上学了,因此家里就只剩下里拉和苏珊。通常情况下,里拉会很乐意这个样子待着,她从来不觉得孤单。她可以兴致勃勃地坐在台阶上,或是坐在彩虹幽谷那块长着苔藓的绿石头上,一两只仙境里的小猫会来陪伴她。她会一边欣赏着眼前的景物,一边浮想联翩:草坪的一角看起来像是快乐的蝴蝶乐园,罂粟花在花园上飘浮,一朵毛茸茸的云朵孤独地悬在空中，大黄蜂在金莲花上嗡嗡地飞着，金莲花垂下来的黄色枝条轻拂着她红褐色的头发，一阵风吹来，它又会吹向哪儿去呢……

柯克·罗宾又回来了，在门廊的栏杆上得意扬扬地走来走去，它心里纳闷着，为什么里拉不和它一起玩呢。它哪里知道，里拉现在根本就没有心情啊。她的脑子里全是这件可怕的事——她要带着一个蛋糕，经过村庄到达教堂，送给为孤儿们举行的联谊会。里拉隐隐约约知道，孤儿院在罗布里奇，没有爸爸或没有妈妈的可怜孩子住在那儿。她为他们感到难过，可即使为了最悲惨的孤儿，小里拉·布里兹也不愿意在众目睽睽之下带着一个蛋糕去送给他们。

或许，要是下雨的话，她就不用去了。可是，一点儿也没下雨的迹象。里拉只好把她的手掌合在一起，她胖乎乎的小手出现一个个小窝窝，她十分虔诚地祈祷说："秋秋（求求）你，亲爱的上帝，乖乖（快快）下雨吧，下得答答（大大）的。或者……"里拉想到了另外一种解决办法，"让苏香（珊）的蛋糕烤煳吧。"

唉，午餐时间到了，蛋糕已经烤好了，涂满了奶油，裹上了糖衣，神气活现地摆在了厨房的桌子上。那是里拉最喜欢的蛋糕——"金银蛋糕"，名字听起来可气派啦，可是里拉一点儿也没有胃口。

咦，港口那边低矮的山丘上是雷声在轰隆吗？或许上帝听到了她的祈祷，或许她出门前会来一场地震。如果做最坏的打算，让她肚子疼怎么样呢？不，里拉打了一个寒战。那将意味着苏珊给她喂鱼肝油。还是来一场地震比较好。

里拉坐在自己最喜爱的椅子上，椅背上有一只用蓬松的绒线绣着的可爱白色鸭子，她表现得出奇地沉默。其他的孩子都没有察觉到她有什么异样。里拉气呼呼地想，"记西（自私）的猪！"要是妈咪在家的话，早就注意到她的心情不好了。有一天，爸爸的照片刊登在了《企业日报》上，里拉难过极了，躲在房间伤心地哭着，妈咪马上就发觉她的不对劲，跑进房间来问她是怎么了，原来里拉以为只有杀人凶手的照片才会刊登在报纸上。妈咪很快就让她破涕为笑。要是妈咪在，她难道会让自己的女儿跟蒂尔里·佩高一样，带着一个蛋糕穿过溪谷村吗？

里拉觉得午餐真是难以下咽。虽然苏珊准许她用那个可爱的镶着玫瑰花蕾的蓝色盘子，那只盘子是她去年过生日的时候雷切尔·林德姨婆送给她的，通常只有礼拜天才可以用。让她去做那么可耻的一件事情，拿出蓝色的盘子和玫瑰花蕾来安抚她又有什么用呢！不过，苏珊做的水果馅饼还是挺好吃的。

"苏香（珊），你就不能让楠和黛饭（放）学后送蛋糕吗？"她恳求道。

"黛放学后要等杰西·瑞斯一块儿回家，而楠的腿有点儿疼。"苏珊有点儿开玩笑地说，"再说她们送去也太迟了。联谊会要求蛋糕在三点之前送到现场。你到底为什么不想去呢，小胖墩？你不是一直觉得去取邮件很有趣吗？"

里拉长得胖乎乎的，可是她讨厌别人这样叫她。

"我不想香（伤）害我的形象。"她一本正经地解释道。

苏珊笑了。里拉说话很有趣，总会把全家人逗乐。她从来都不明白他们为什么要笑，因为她总是很认真地说话。只有妈咪从不笑话她，即使当她发现里拉误认为爸爸是杀人犯时，她也没有笑她。

"这次联谊会是为了募捐,帮助那些没有爸爸或没有妈妈的可怜的小孩子。"苏珊对她解释说,好像她是一个什么也不懂的婴儿似的。

"我跟一个孤儿也差不多。"里拉说,"我也只有一个爸爸和妈妈。"

苏珊又笑了。没有人能够理解里拉。

"你知道你妈妈答应联谊会要送一个蛋糕去,宝贝。一定要送过去,我没有时间去。穿上你的蓝格子裙子去吧。"

"我的娃娃生命(病)了,"丽拉绝望地坚持道,"我必须带她到床上去,还要背(陪)着她睡觉。"

"你的娃娃好好的,你半个小时就回来了。"铁石心肠的苏珊说。

已经走投无路了。甚至连上帝也不理睬她了,一点儿下雨的迹象也没有。里拉强忍着眼泪,到楼上穿上她的绣花薄纱裙子,戴上饰有雏菊的帽子,这顶帽子一般只有在礼拜天才戴。也许她穿戴得体面些,人们就不会觉得她像老蒂尔里·佩高了。

"我想,我的脸已经洗干净了,你可以帮我好好检查一下我的耳朵后面。"她郑重其事地对苏珊说。

她穿戴上自己最好的衣服和帽子,心里忐忑不安,害怕苏珊会骂她。但是苏珊仔细检查了她的耳根,把装着蛋糕的篮子递给她手里,并告诉她要注意礼貌,还告诫她,看在老天的分上,千万不要看见每只猫都停下来和它说话。

里拉对着戈狗和迈戈狗做了一个反抗的鬼脸就出门了。苏珊爱怜地看着她离开。

"想想看，我的小宝贝都可以独自一个人送蛋糕去教堂了。"她心里这样想着，一半是骄傲，一半是伤感，然后转过身又开始忙着家务活。她压根儿就没意识到她交代的差事对于那个可怜的小家伙来说，简直比要了她的命还难。

自从上次她在教堂里睡着了并从座位上滚到地上后，里拉觉得自己还从未像现在这样丢脸过。平时她很喜欢到村庄里去玩，那里有许多有趣的东西可以看。但是今天这一切对她来说都失去了吸引力。卡特·弗拉格那令人着迷的晾衣绳，上面挂着几床可爱的棉被，可是里拉连看都没看一眼。奥古斯特·帕莫先生院子里的小鹿铜像让她感觉到冰冷刺骨。可是在平时，她每次都会停下来仔细欣赏一会儿，她是多么渴望壁炉山庄的草坪上也能有个一模一样的雕像啊。但是，现在这个铜鹿根本就不值一看。炙热的阳光像河水一样在街道上热浪翻滚，大街上的每个人都出来了。两个女孩从她身旁经过，彼此窃窃私语。她们是在谈论她吗？一个赶着马车经过的男人目不转睛地看着她。他的确是在看里拉，心想这是布里兹家的小宝贝吗，长得可真漂亮啊！可是里拉觉得他的眼睛穿透了篮子，看到了里面的蛋糕。而且当安妮·德鲁和她爸爸驾车从她面前经过时，里拉更加肯定她在嘲笑自己。安妮·德鲁十岁，可在里拉眼里，她已经是个大姑娘了。

然后，在罗素家拐弯的地方，围着一大群男孩子和女孩子。里拉必须从他们面前经过。她感觉他们的眼睛全都盯着她，然后彼此交换了一下眼神，她感到十分恐慌，但是她不得不孤注一掷昂首挺胸走过去。这可惹恼了这帮孩子，他们觉得她实在是太傲慢了，必须要灭一灭她的威风。他们要给她点儿颜色看看。她就像壁炉山庄的那对双胞胎一样目中无人，装腔作势！不就是住在大房子里吗，有什么了不起的！

米妮·弗拉格趾高气扬地走在她后面，故意学着里拉走路的样子，还拖着脚走路，把尘土踢得老高。

"小家伙提着篮子到哪里去？"斯利克·德鲁问道。

"你的鼻子上有脏东西，糖果娃娃。"比尔·帕莫嘲笑她说。

"猫把你的舌头咬走啦？"莎拉·沃伦打趣道。

"小不点儿！"比尼·本特利不屑一顾地说。

"不许动，否则就让你把六月鳃金龟吞下去。"山姆·弗拉格一边啃着胡萝卜一边威胁道。

"你们看，她的脸都红了。"玛米·泰勒咻咻地笑着。

"我敢打赌你要把蛋糕送到长老会的教堂去。"查理·沃伦说，"苏珊烤的蛋糕都是半生不熟的，这个也一样。"

强烈的自尊心不允许里拉哭出来，可是一个人的忍耐是有限度的。毕竟，壁炉山庄的蛋糕怎么能让人随便侮辱呢。

"下次你们要是生命（病）了，我让我爸爸不给你们看命(病)。"她狠狠地丢下这一句话，掉头就走。

可是她马上感到更大的恐慌。她眼睛定定地看着，从港口大道的转角处走来的是肯尼斯·福德吧！不可能！噢，真是他！

这真是让人无法承受。肯和沃尔特是好朋友，在里拉幼小的心灵里，肯是世界上最好、最英俊的男孩子。他很少注意到她，虽然他曾经送给她一只巧克力鸭子。还有一次是里拉永远难以忘怀的，那天他和她坐在彩虹幽谷一块长满青苔的石头上，给她讲三只小熊和森林里的小木屋的故事。从那以后，她就把他视为心中的偶像，默默地崇拜着他。可是现在，她的偶像将会看到她提着一个蛋糕!那简直是丢脸丢到家了。

"嗨,小胖墩!天气很热吧!希望今天晚上我可以吃到一块你带来的蛋糕。"

这么说他也知道她提着一个蛋糕!每个人都知道。

出了村子,里拉满以为最艰难的时刻已经过去了,可是万万没想到最倒霉的事情发生了。她看到她主日学校的老师——艾美·帕克正从前面的小路走来。虽然隔了老远,里拉还是一眼就认出那是艾美·帕克小姐,因为看那身衣服就知道了,浅绿色的薄纱裙子,上面缀满了小白花,里拉私底下把那条裙子叫作"樱桃花裙子"。上个礼拜天在主日学校里,艾美·帕克小姐就是穿的这条裙子,里拉觉得那是她见过的最漂亮的裙子。不过,艾美小姐的裙子都是这么漂亮,有时有着蕾丝花的褶边,有时则有丝带。

里拉崇拜艾美小姐。她是如此美丽优雅,雪白的肌肤,褐色的眼睛,还有甜美而略带忧伤的笑容。有一个小姑娘悄悄告诉里拉,她伤心的原因是她的未婚夫去世了。她能被分到艾美小姐的班上,感到欢欣鼓舞。她暗自庆幸没有被分到弗洛里·弗拉格小姐的班上!弗洛里·弗拉格长得很丑,里拉无法接受一位长相丑陋的老师。

能在主日学校以外的地方遇见艾美小姐,而且艾美小姐还微笑着跟她说话,里拉感到多么荣幸、幸福、美妙啊。哪怕艾美小姐只是跟她点点头,她的心里也感到莫名的兴奋与激动。更不用说上次艾美小姐邀请她班上的所有学生参加泡泡聚会,他们用草莓果汁做成红色泡泡,那时里拉真是幸福得快死了。

要让她提着一个蛋糕与艾美小姐打招呼,那对她来说,简直就是奇耻大辱,她再也不愿意作践自己了。再说,艾美小姐将为下次的主日学校音乐会筹备一个话剧，里拉偷偷地渴望着能扮演其中的小仙女，穿着红色衣服，戴着一顶绿色的尖帽。但是，要是被艾美小姐看见她提着一个蛋糕，那就没什么希望了。

绝不能让艾美小姐看见！此时，里拉正站在一座横跨小溪的小桥上，这儿的溪水很深。她迅速从篮子里取出蛋糕，用力扔向赤杨树荫下的小溪。蛋糕撞着树枝，扑通一声掉进水里，沉了下去。里拉如释重负，终于大大地松了口气。她总算可以见着艾美小姐了。可当她转过身去看艾美小姐的时候，她却清楚地看到艾美小姐带着一个大大的鼓鼓的牛皮纸包裹。

艾美小姐笑吟吟地向她走来，她戴着一顶浅绿色帽子，上面还有一根小小的橘色羽毛。

"啊，你好漂亮，老师，好漂亮啊。"里拉由衷地称赞道。

艾美小姐又笑了。即便艾美小姐真的相信自己的心已经碎了，可是当她听到天真无邪的小姑娘发自肺腑的赞美之辞，她的心里还是忍不住泛起一阵阵涟漪，感觉美滋滋的。

"我想，是因为戴了顶新帽子吧，亲爱的。你看，还有漂亮的羽毛。"这时她看见了里拉的空篮子，"你已经把蛋糕送到教堂了呀。真遗憾你不是去教堂，不然我们就可以一起同行了。我正要把我的蛋糕送去呢，这是一个巧克力大蛋糕。"

里拉惊得瞠目结舌，半天都说不出一句话来。艾美小姐也带着一个蛋糕，这么说，带着个蛋糕并不是一件丢人现眼的事。而她……哦，都做了什么啊？她把苏珊那可爱的金银蛋糕扔进了小溪，而且，她还错失了和艾美小姐一起去教堂的难得机会，一起送蛋糕的机会！

艾美小姐带着蛋糕走了，里拉带着她可怕的秘密也回去了。

她一直躲在彩虹幽谷里，直到吃晚餐时才回来。这一次又没有人注意到她的沉默。她惴惴不安，生怕苏珊问她把蛋糕交给了谁，但是庆幸的是，苏珊并没有问什么。吃过晚餐，其他的孩子都跑到彩虹幽谷玩去了，里拉一个人默默地坐在台阶上，直到太阳落山。晚霞将壁炉山庄后面的天空染成了一片金黄，下面村庄里的灯一盏盏亮了起来。里拉一直喜欢看着这些灯光像花朵一般渐次绽放，星星点点，交相辉映，可是今晚她却提不起兴致来。她感到心灰意冷，她不知道今后怎么活下去。夜色越来越浓，渐渐变成了深紫色，她越来越难受。一阵香喷喷的枫糖面包散发的香气飘溢开来，苏珊总是要等到夜晚凉快点才开始烘烤面包。可是枫糖和其他东西一样，都无法让里拉感兴趣。她垂头丧气地爬上楼梯，爬上床，盖上那床粉红色小花被，她之前一直为拥有这床小花被备感骄傲。但是她躺在床上一点儿也睡不着，那个被她淹死的蛋糕像鬼魂一样紧紧地缠着她。妈妈答应过联谊会要送个蛋糕的。蛋糕没送出去，他们会怎么想呢？那本来应该是最漂亮的一个蛋糕！今晚的风孤独地哀叫着，好像是在责备她。它反复念叨："傻瓜……傻瓜……傻瓜……"

"你怎么还没睡着呢，宝贝？"苏珊端着一个枫糖面包走进来。

"哦，苏香（珊），我……我几西（只是）不想当我记（自）己了。"

苏珊迷惑不解地看着她。她这才想起，这孩子吃饭的时候看上去一副没精打采的样儿。

"真是不凑巧，医生又不在家。这真是'鞋匠的老婆打光脚，医生的家人死得早'。"苏珊想。

"让我摸摸你有没有发烧,宝贝。"

"不,不用,苏香(珊)。我几西(只是)做了一些可怕的细情(事情)。吓旦(撒旦)让我做的。噢,不,不西(是)吓旦(撒旦),西(是)我记己(自己)做的。苏香(珊),我……我把蛋糕扔进小溪里了。"

"老天爷!"苏珊脑子里一片空白,不知所措地问,"你为什么要那样做?"

"做什么了?"那是妈妈的声音。妈妈从镇上回来了。苏珊高兴地撤退了,暗自庆幸医生太太及时接手解决这个难题。里拉抽噎着把整个故事说出来。

"亲爱的,我弄不明白。你为什么觉得把蛋糕带到教堂是那么可怕的事情?"

"我以为那么做就跟老蒂尔里·佩高一样了,妈咪。而且我不想样(让)你丢脸!哦,妈咪,你能原谅我吗,我再也不会这样淘气了,我会告须(诉)联谊会,你确细(实)汹(送)了一个蛋糕去……"

"不要担心联谊会那边,亲爱的,他们那里有许多蛋糕,已经足够了。没有人会注意到我们没有送蛋糕过去的。这件事情我们就把它当成秘密吧。不过,贝莎·玛莉拉·布里兹,你以后一定要记在心上,不管苏珊还是妈妈都绝不会让你去做丢脸的事。"

生活一下子又恢复了往日的甜蜜。爸爸站在门口对她说:"晚安,小猫咪。"苏珊也溜进房间来告诉她,明天中午将有鸡肉馅饼。

"会加很多鸡肉汁吗,苏香(珊)?"

"很多很多。"

"那加（早）餐我可以要一个棕色蛋吗，苏香（珊）？"

"如果你想吃，两个也没问题。现在，快把你的小面包吃了好睡觉，小宝贝。"

里拉吃完她的小面包，但在临睡前，她爬下床，跪在床边，非常认真地祷告道："亲爱的上帝，秋（求）你样（让）我成为一个听话的乖孩子。还有，请你保佑亲爱的艾美小姐和所有可怜的孤儿。"

楠的奇思妙想

壁炉山庄的孩子们总是一起玩耍,一起散步,一起从事各种冒险活动。不过除此之外,他们每个人都拥有自己的内心世界和美丽梦想。尤其是楠,她总是喜欢把自己所听到的、看到的、经历过的事情,编织成最具戏剧性、最不可思议、最富有浪漫气息的故事,而这在家里鲜为人知。一开始,她喜欢编一些在山谷中跳舞的小精灵和桦树林的树精之类的故事。她会与门边的那棵大柳树窃窃私语,把彩虹幽谷边巴里家的空屋子看作是一个鬼魂附体的荒塔。几个星期后,她可能摇身一变,成为国王的女儿,被囚禁在海边一座孤零零的城堡里。再过几个月,她又变成一名护士,在印度或者某个遥远的地方,照顾一位麻风病人。对楠来说,遥远的地方充满了神奇的魔力,就像风儿掠过山丘那悦耳的乐音。

当她渐渐大一些的时候,她开始以她小小的生活圈子里所遇见的现实人物为原型来编织她的故事。教堂里的人常常走进她的视野。楠喜欢在教堂里观察他们,因为每个人打扮得都很体面,与他们平时看起来判若两人,这真是太神奇了。

坐在教堂里的长椅上那些安静而仪表堂堂的人们,要是知道壁炉山庄这位端庄、有着褐色眼睛的少女为他们编的那些传奇故事，一定会大吃一惊，甚至还会吓得大惊失色呢。那位黑色眉毛、心地善良的安妮塔·米利森，楠把她想象成了一个专门绑架儿童的坏人，她把那些活生生的小孩煮熟，然后吃下去，以使自己青春永驻。要是米利森知道此事，一定会气得七窍生烟。楠把她想象得活灵活现，有一天在黄昏时分的一条小巷里，她正沉浸在金凤花的金色低语中，不料遇上了安妮塔·米利森，结果她把自己吓得魂飞魄散。她当时吓得连话都说不出来，更别说回答安妮塔的问候了。事后，安妮塔觉得楠·布里兹变得有点儿傲慢无礼了，得好好教育她一顿，让她学会懂礼貌。在楠的想象王国里，脸色煞白的罗德·帕莫做梦也不会想到她竟然把某个人毒死了，自己最后也悔恨而死。埃德·戈登·麦克阿利斯特，随时随地都板着一副面孔，不苟言笑，他怎么也不会想到自己一出生就被巫婆诅咒，所以一辈子不能笑。长着络腮胡的弗莱泽·帕莫在生活中无可指责，他一点儿也想不到，当楠·布里兹看着他的时候，她总是想："我敢肯定这个男人的内心很邪恶。他看起来就像藏有许多不可告人的秘密。"当楠·布里兹看见阿其巴德·菲克走过来的时候，她便冥思苦想，想编一首诗歌来回答他有可能提出来的所有问题。因为和他除了用诗歌交流，其他的都行不通。他虽然害怕小孩，也从未和楠说过话，可是楠还是打算做好准备，以防万一，很快她就在心里编好了一首诗。

我很好，谢谢你，菲克先生，
你好吗，你自己，和你妻子？

或者是:

> 今天是个好日子,
> 堆干草垛的好日子。

没人会告诉摩顿·柯克太太,楠·布里兹永远也不会到她家去,虽然她从来也没有邀请过她。因为在她家门前的台阶上有一个血红的脚印。还有她那位温柔、善良、与世无争的嫂子,做梦也不会想到就在婚礼现场,她的爱人在神坛前倒地身亡,她因此成了一个老姑娘。

这些想法趣味盎然,而且楠从来不会混淆现实与想象的区别,直到有一天她想象出一位有着神秘眼睛的女人。

就像我们不知道梦想是怎么生成的一样,楠也无法说清这位女人是怎么来的。也许是从那间幽深小屋开始的吧。就像她喜欢编动人的传奇故事一样,她也喜欢编有关房子的浪漫故事。这附近除了巴里的老房子外,就只有这间幽深小屋可能发生浪漫的故事了。楠其实并没有亲眼见过这栋房子,她只知道,它在罗布里奇的小路旁边,在幽暗的云杉林深处,在很久很久以前,这座房子就空在那里了,苏珊这样告诉楠的。楠不知道"很久很久以前"究竟是什么时候,但这句话令人着迷,正好适合幽深小屋的气质。

楠每次去罗布里奇找她的好朋友朵拉·克洛玩,都要从那间房子旁的小路经过。楠每次经过那里都会一路狂奔。那条小路漫长、幽深,路两侧的云杉郁郁葱葱、遮天蔽日,茂密的羊齿蕨齐腰深。在倾斜的大门前有一棵灰色的大枫树，长长的树枝好像张开的手臂要将她团团抱住。楠不知道它什么时候会伸出手来抓住她，她只能胆战心惊地逃之夭夭。

有一天，她听苏珊说，托马斯恩·费尔要搬进幽深小屋去，她感到极为震惊。用苏珊那毫不浪漫的话说，就是麦克阿利斯特的老房子。

"我想她住在那里会很孤单的。"妈妈说，"那里太偏僻了。"

"她不会在乎的。"苏珊说，"她几乎很少出门，甚至连教堂都不去，已经有好几年足不出户了。不过，他们说她晚上会在花园里走来走去。唉，想想她以前的样子，她是多么漂亮，多么风流啊。那时候她伤了多少青年男子的心啊！再看看她现在孤零零一个人！唉，这就是前车之鉴啊。"

至于对谁是前车之鉴，苏珊并没有说明，而其他人也没有再问什么，因为壁炉山庄的人对托马斯恩·费尔不感兴趣。但是楠对自己以往编织的故事已经有点儿厌倦，正想找一点儿新鲜题材，所以她就开始编织有关托马斯恩·费尔的故事。就这样，一点点，一天天，一夜夜……每当晚上万籁俱寂的时候，她更是文思泉涌，灵感喷发。她编织了一个完美无缺、无懈可击的传奇故事，在她看来，这是迄今为止最为成功的一个故事，之前的那些故事都远远不及这个故事精彩。这个有着神秘眼睛的女人的故事栩栩如生、惟妙惟肖，让人魂牵梦萦、刻骨铭心。大大的如黑色天鹅绒一样的眼睛、空洞无神的眼睛、鬼魂附体的眼睛、悔恨交加的眼睛，邪恶的眼睛。让别人伤心欲绝，自己还从来不肯去教堂的人肯定是邪恶的。邪恶的人最有趣。这个女人过着与世隔绝的生活，一定在为自己的罪行忏悔。

她可能是一位公主吗？不，爱德华王子岛没有公主。但是她高挑、窈窕、矜持、冰清玉洁，乌黑的头发编成两条辫子，从肩膀一直垂到脚踝。她的轮廓分明、五官秀美，有着象牙白的脸，美丽的希腊鼻子，就和带着银弓的狩猎女神的鼻子一样漂亮，她还有一双纤纤玉手，当她晚上在花园里漫步时，她就紧紧攥着这双手，等着她那唯一的爱人归来。她高傲地拒绝了他，可等他离去，她才蓦然发现她原来深爱着他，不过，一切都太迟了。你想知道故事接下来是怎么发展的吗？她穿着黑色天鹅绒的长裙，在草地上徘徊。她会系上一条金色腰带，耳朵上戴着珍珠大耳环，过着与世隔绝的神秘生活，直到这位爱人前来拯救她。她悔恨交加、决定痛改前非，她向他伸出纤纤玉手，最后她顺从地低下她高傲的头。他们一起坐在喷泉边。就在这时，喷泉喷射出无数美丽的浪花，他们重新许下他们的山盟海誓。她会随他而去，"越过山丘，抵达遥远、遥远的紫色国度"。就像妈妈给她讲的睡美人故事一样。这个故事选自一本很旧的丁尼生的诗集，那本诗集是爸爸很久很久以前送给妈妈的。可是，神秘眼睛的女人的爱人送给她的珠宝价值连城。

当然，幽深小屋装饰得相当漂亮，而且还有秘密的房间和楼梯，有着神秘眼睛的女人睡在一张珍珠母做成的床上，床上挂着紫色天鹅绒蚊帐。一只灰色猎犬守护在她身旁，也许是两只，也许是一个整队。她总是侧耳倾听，倾听遥远的竖琴声是否传来。不过，如果她不知悔改，她就永远无法听到琴音，直到她的爱人归来，宽恕她过去的一切。整个故事就是这样。

当然，这个故事看起来很傻。当梦想付诸笔端，变成冰冷无情的文字的时候，的确看起来很傻。十岁的楠从来不把梦想变成文字，她只是生活其间。对她来说，这个有着神秘眼睛的女人已经成为她真实生活的一部分，差不多有两年光阴了。这个故事令她心醉神迷。更奇怪的是，她对此深信不疑。即使拿全世界来跟她交换，她也不会把这个故事告诉任何人，哪怕妈妈也一样。这是她自己的珍宝，不可剥夺的秘密，如果没有了它，她不能想象生活将怎样继续。她宁可独自待着，沉浸在有着神秘眼睛女人的幻想世界中，也不愿在彩虹幽谷和大家一起玩耍。

安妮注意到楠有些异样，隐隐有些担心。楠有点儿走火入魔了。吉尔伯特想把她送到安维利玩几天，但是楠央求爸爸不要送她走。她可怜巴巴地说，她不想离开家。她对自己说，她宁愿死，也不愿到很远的地方去，离开那个奇怪、伤心、可爱、有着神秘眼睛的女人。虽然有着神秘眼睛的女人从不出门，但是她万一哪天出来了，如果楠不在家，岂不就错过这千载难逢的机会。要是能一睹她的芳容那该多好啊！啊！连她走过的路都会永远留香。那个日子将是如此非比寻常，楠一定会在日历上把那一天圈起来。楠心里很清楚，虽然神秘眼睛女人只是她凭空想象的，但是她丝毫也不怀疑托马斯恩·费尔是一位年轻、可爱、邪恶、迷人的女人。楠开始相信苏珊 定曾这样说过。

一天早晨，楠简直无法相信自己的耳朵，因为苏珊对她说："有一个包裹要送到麦克阿利斯特的老房子那里，交给托马斯恩·费尔，是你爸爸昨天晚上从镇上带回来的，你愿意帮我跑一趟吗，宝贝？"

这是真的吗？楠几乎停止了呼吸。她能去吗？她的梦想就要变成现实了吗？她将见着幽深小屋了，她将见到那个美丽邪恶、有着神秘眼睛的女人了。见到活生生的她,也许还能听她说说话……也许。哦,老天!还可以握握她的纤纤玉手。至于灰色猎犬和喷泉,楠知道那是她想象出来的,她确信现实中肯定一样精彩绝伦。

楠一个上午都盯着时钟看,看着时间慢慢地走着,哦,真慢啊。当乌云开始滚滚而来,雨点落下来的时候,她的眼泪忍不住夺眶而出。

"我真不明白上帝怎么能让今天下雨啊?"

不过阵雨很快就结束了,太阳又出来了。楠兴奋得连午餐都吃不下。

"妈咪,我可以穿我那条黄色裙子吗?"

"不就是去拜访一个邻居吗,为什么要穿得那样正式呢?"

一个邻居!当然,妈妈并不懂,永远也不懂。

"求求你了,妈咪。"

"那好吧。"安妮说。那条黄色的裙子很快就会显得太小了,不如让楠尽情地多穿几次,充分利用。

楠抱着珍贵的小包裹出门时,激动得双腿打战。她从彩虹幽谷抄了一条近道,翻过山丘,走上小路。雨滴还留在金莲花的叶子上,宛如珍珠般晶莹剔透。空气清新宜人,蜜蜂在小溪边白色三叶草上嗡嗡地飞舞,细长的蓝色蜻蜓在水面上飞来飞去,苏珊把它们叫作"魔鬼的缝纫针"。山丘上的雏菊对她点头,向她挥手,冲着她微笑。一切都是这么美好,而她就要去拜访那位有着神秘眼睛的邪恶女人了。那位女人会对她说什么呢?去见她安全吗?会不会和她待上几分钟,结果发现却过了上百年,就像她和沃尔特上个星期读的那个故事那样。

幻想破灭

当楠走上小路的时候,只觉得背脊骨凉飕飕的。那棵枯死的枫树的树枝会来抓她吗?不,她已经逃脱它的魔掌,她躲过一劫了。啊哈,老巫婆,你抓不到我!她欣喜若狂地走着,小路上的泥泞和车辙印也没有破坏她的美梦。只要再走几步,幽深小屋就出现在她的眼前,在那幽暗的树林后面了。她终于要见到它了!她有些颤抖,不知道是不是因为自己也不愿意承认,害怕梦想破灭?不管对孩子还是成年人、老人来说,梦想的破灭都是一场大灾难。

她鼓起勇气拨开小路尽头的小云杉树枝。她闭上了眼睛,她敢睁开眼睛吗?有一会儿,恐惧吞噬了她,她恨不得转身就逃。毕竟,那个女人是邪恶的。谁知道她会对你做什么呢?她甚至可能是个巫婆。为什么她从来就没想到,邪恶的女人可能是个巫婆呢?

然后,她毅然决然地睁开了眼睛。

这就是幽深小屋吗?她梦想中的那座黑暗、阴森,有塔尖、塔楼的大宅子吗?

那确实是一栋大房子,原本应该是白色的墙,现在变成了灰色。原先绿色的百叶窗,大部分已经坏了,摇摇欲坠。前门的台阶磨损得已经变了形。门廊的窗玻璃全掉了，窗框破破烂烂。门廊四周的装饰品锈迹斑斑。唉，这只是一栋历经岁月沧桑的老房子罢了。

楠绝望地环顾着四周。没有喷泉、没有花园。嗯，房子前面的那块空地，怎么算得上是花园呢。不堪入目的篱笆，里面长满了过膝高的杂草，一头瘦骨嶙峋的猪在不停地拱土。牛蒡沿着中间的小路生长着，还魂草在角落里恣意蔓延，草丛中还有一株怒放的虎纹百合。在破损的台阶边，有一小块艳丽的金盏草花圃。

楠慢腾腾地向金盏草花圃走去，幽深小屋永远消失了。但是，有着神秘眼睛的女人还在。她肯定是真的，她必须是真的！许久以前，苏珊到底是怎么描述她的？

"哎呀，你差点儿把我的魂吓跑了！"一个含糊但很友善的声音说道。

楠看见一个人突然从金盏草花圃站了起来。她是谁？不会是……楠拒绝相信这就是托马斯恩·费尔。那实在是太可怕了。

"天啊，"楠大失所望，心如刀割，"她……她这么苍老啊！"

托马斯恩·费尔，如果她是托马斯恩·费尔，现在楠知道她的确是托马斯恩·费尔，她确实是老态龙钟，体态臃肿！她看起来就像是一床羽毛被中间系了条腰带，干干瘦瘦的苏珊总是用这句话来形容那些肥胖的女人。她光着脚，穿着一条褪色的绿色裙子，灰黄色的头发稀稀疏疏，头上戴着一顶男人的旧毡帽。她的脸圆圆的，就像一个大大的英文字母"O"，红光满面，满脸皱纹，还有一个狮子鼻。她的眼睛是淡蓝色的，眼角周围有着许多鱼尾纹。

哦,那个有着神秘眼睛、邪恶又迷人的女人,你在哪里?你到底怎么了?你本来应该一直存在的啊!

"多么漂亮的小姑娘啊,你究竟是谁?"托马斯恩·费尔问。

楠努力控制着自己不要失态。

"我是……我是楠·布里兹。我带这个来给你。"

托马斯恩·费尔高兴地接过了包裹。

"哦,真高兴我的眼镜拿回来了!"她说,"没有眼镜,我礼拜天都没法看日历了。你是布里兹家的小姑娘吗?你的头发真漂亮啊!我一直想见见你们。我听说你妈妈用科学育儿方法教育培养你们。你喜欢这样吗?"

"喜欢……什么?"楠直愣愣地问道。哦,邪恶、迷人的女人,你礼拜天一定不会看日历的。你也不会跟别人谈起"妈妈的事"。

"当然是你妈妈的科学育儿方法了。"

"我喜欢我自己被养大的方式。"楠想努力挤出一丝笑容,却未成功。

"嗯,你的妈妈是一个出色的女人。她保养得很好。当我第一次在利比·泰勒的葬礼上看见她时,我还以为她是个新娘子呢,她看起来是那么幸福。我总觉得你妈妈一走进来,房间里的每个人都会精神一振,就好像即将有什么高兴的事情发生。她的穿着很有品位。我们大多数人穿着看上去不伦不类。你进来坐一坐吧。我很高兴有客人来,没人说话太寂寞了。我没钱装电话。只有这些花陪着我。你见过这么漂亮的金盏花吗?我还有一只猫。"

楠只想逃到地球的另一端去,但是她觉得如果拒绝这位老妇人，那一定会伤她的心，她不能那么做。托马斯恩领着楠踏上破损的台阶，楠看见她露出来的衬裙。她领着楠来到一个明显是厨房和客厅合二为一的房间，房间收拾得井井有条，而且还摆着几盆绿色盆栽植物，使屋子里显出几分生气。空气里弥漫着刚烤好的面包的香味。

"坐这里吧。"托马斯恩和蔼地说，推来一张放着靠垫的摇椅，"我把百合移开，免得挡着你的路了。你等一下，我把我的假牙垫安上去。我没戴的时候，看起来怪怪的，对吧？但是，我戴着它有点儿疼。好了，现在我说话比较清楚了。"

一只有着斑点的猫"喵喵"叫着走过来，跟她们打招呼。哦，那个已破灭的梦想里的那只灰色猎犬啊！

"这只猫捕鼠可厉害了。"托马斯恩说，"这个地方老鼠十分猖獗，不过至少可以遮风挡雨，而且我不想和亲戚朋友住在一个地方。我得看他们的眼色行事，不能随心所欲地想干什么就干什么。我最讨厌的要数吉姆的老婆了，有天晚上她责怪我对着月亮做鬼脸。好啊，就算我真那么做了，又能怎样呢？难道会伤着月亮？所以我说，'我可不想再给人当枕垫了'。我就搬到这里来了，只要我还走得动，我就打算一直住在这里。好了，你想吃点儿什么？我给你做一个洋葱三明治好吗？"

"不……不用了，谢谢你。"

"要是感冒了吃这个可管用了。我也感冒了。你注意到我的喉咙有点儿沙哑了吧？我用一块红色法兰绒布抹上松香和鹅油，围在脖子上，就可以治愈感冒，没有比这更灵验的了。"

红色法兰绒布和鹅油！更不要说还有松香！

"真的不要三明治了？我看看饼干盒里还有什么吃的。"

饼干，做成公鸡和鸭子形状的饼干，不过出人意料的是，味道很好，入口即化。费尔太太一直看着楠，目光十分亲切。

"你会喜欢我，是吗？我喜欢小姑娘喜欢我。"

"我试试吧。"楠叹了一口气说。因为那时候她还很讨厌可怜的托马斯恩·费尔，就像我们往往讨厌那些击碎我们梦想的人一样。

"我自己也有几个小孙子，住在西部，你知道吗？"

噢，她居然还有孙子！

"我给你看看他们的照片。他们很漂亮，是吗？这张照片是我可怜的、亲爱的波帕。他已经死了二十年了。"

照片上可怜的波帕长着胡子，是一个秃头，脑袋边上有一圈白色鬓发。

哦，这就是远方的爱人！

"他是一个好丈夫，虽然他三十岁就秃顶了。"费尔太太饱含深情地说，"哎呀，我还是个年轻姑娘的时候，追我的小伙子可多了。现在我老了，可是我年轻的时候，日子过得还是挺快乐的。礼拜天晚上，那些小伙子在我家门外挤得水泄不通，都恨不得把对方挤出去呢！而我只是高傲地抬起头，像个高贵的女王！波帕一开始就加入了追求我的行列中，但是我不愿意搭理他。我喜欢比较英俊的小伙子，就像安德鲁·米特卡佛那样的，我差点跟他私奔了。但是，我知道那样做后果不堪设想。你没有离家出走过吧？后果很严重的，你千万要小心点儿，不要被别人骗了。"

"我……我不会的……肯定不会的。"

"最后我嫁给了波帕。他是靠耐心获胜的。最后，他还给我二十四小时来考虑，到底是接受他还是离开他。我拒绝吉姆·海威特后,他就投水自杀了,我爸爸为此焦虑不安,他想让我早点安定下来。波帕和我彼此习惯后,我们过得很幸福。他说我很适合他,因为我从来不东想西想。波帕不喜欢太有头脑的女人,他说,女人太有头脑,很快就会衰老。他最不喜欢烤豆子,他还经常喊腰疼,不过我的松香可以让他的疼痛得到一点儿缓解。镇上有个专家说能治好他的病,可他说要是落在专家的手里,那就别想活着出来。我很想念他喂猪的日子,他特别爱吃猪肉。我从来不吃熏猪肉,可是我还是会时常想起他。波帕对面的那张照片是维多利亚女王,有时我会对她说:'要是你取下这些珠宝首饰,我看你也不会比我漂亮。'"

楠回去的时候,她坚持要楠带上一包薄荷、一双用来装花的粉红玻璃拖鞋和一瓶醋栗果冻。

"那是给你妈妈的。我的醋栗果冻做得还不错。我会抽个时间拜访壁炉山庄的。我想看看你们家那对瓷狗。麻烦你告诉苏珊·贝克,替我谢谢她春天送给我的芜菁。"

芜菁!就不能浪漫一点儿吗?

"我本来要在雅各布·沃伦的葬礼上当面向她道谢的,可是她很早就走了。我喜欢在葬礼上打发时间。我总觉得要是没有葬礼,日子会多么无聊啊。可惜通常一个月也轮不到一次。罗布里奇的葬礼就要多得多。真是不公平。以后常来看我,好吗?你是个好姑娘。都说'爱心比金银还珍贵',《圣经》上也是这样说的,我想这话一定没错。"

她愉快地对着楠笑着。她的笑容很甜美,在笑容中,依稀可以看见很久以前那个漂亮的托马斯恩的影子。楠努力挤出一丝笑容,她的眼睛都刺痛了,她一定要趁她哭出来之前赶快离开才行。

"真是一个漂亮、懂礼貌的好孩子。"托马斯恩·费尔站在窗前,目送着楠离去的小小身影,心想,"虽然她没有她妈那样能说会道,不过这样也很好。她不像现在很多孩子那样自以为是,其实那才是无知的表现。小孩子的拜访让我一下子觉得年轻了不少呢。"

托马斯恩叹了一口气,出门继续修剪她的金盏草,并且锄掉了牛蒡。

"谢天谢地,我的身子骨还算硬朗。"她想。

可怜的楠的梦想破灭了,她快快不乐地回到家。一个开满雏菊的小溪谷没法吸引她的目光,浅吟低唱的小溪也不能让她驻足而立。她只想回家,一个人躲到没人看见的阴暗角落里。两个小姑娘从她身边经过时,哧哧地笑了起来。她们是在取笑她吗?要是大家知道她那些愚蠢的梦想,一定会笑掉大牙!傻里傻气的楠·布里兹,精心编织了一个神秘女王的浪漫故事,结果却遭遇了可怜的波帕的寡妇和薄荷!

薄荷!

楠不能哭,十岁的大姑娘千万不能哭。但是她有着说不出的伤心。她最珍贵的、美丽的东西瞬间消失了,失去了,她相信她珍藏的快乐秘密再也不属于她了。壁炉山庄弥漫着烤饼干的香飘飘的味道,但楠没有到厨房向苏珊要几块饼干吃。吃晚饭的时候,即使她在苏珊的眼神里读到了鱼肝油,她也仍没有一点儿食欲。安妮注意到楠从麦克阿利斯特的老房子里回来后,表现得出奇地安静,感到有点儿纳闷。平日里,她可是从早到晚又唱又跳的。是天气太热了,还是走路走得太久了?

"为什么闷闷不乐的,女儿?"黄昏时分,安妮带着洗好的毛巾走进双胞胎的房间时，发现楠一个人蜷缩在窗边的椅子上，没有和其他的孩子去彩虹幽谷玩热带丛林猎虎的游戏，便关切地问道。

楠本来不打算告诉任何人，她是多么愚蠢。可是不知怎么的，她还是忍不住对妈妈和盘托出。

"哦，妈妈，是不是生命中的每一件事都会让人大失所望？"

"亲爱的，不是每一件事。你愿意告诉我今天什么事情让你大失所望了吗？"

"哦，托马斯恩·费尔是……好人！而且她的鼻子是朝上的！"

"但是，为什么？"安妮完全弄糊涂了，她困惑地问道，"她的鼻子朝上朝下和你有什么关系呢？"

楠终于道出了事情的原委。安妮不动声色地听着，祈祷自己千万不要笑出声来。她还记得自己小时候在绿山墙农舍发生的故事。那时她想象出了"闹鬼的树林子"，结果吓得她和戴安娜从此都不敢走夜路。而且她也真切地体会过失去梦想的痛苦。

"亲爱的，你不用为一个幻想的破灭而太过伤心。"

"我忍不住。"楠悲伤地说，"要是我的生命能够重来，我就再也不会幻想了。而且，我以后再也不会幻想了。"

"我的傻孩子……我亲爱的傻孩子，可千万别这么说。想象力是多么奇妙的东西啊，但是它和其他天赋一样，我们拥有它，可以支配它，而不是由它来支配我们。你把自己所想象的东西看得过于认真了一点儿。哦，它是很有趣，我知道。但是，你必须学会区分现实与想象的不同。那样你就可以借助美丽的幻想，来度过生命中的许多艰难困苦。每当我从魔法岛航行回来,就会觉得许多问题可以迎刃而解了。"

妈妈的一席话,充满了智慧,楠觉得自尊心又回来了。毕竟妈妈并不觉得她有多么愚蠢。而且楠相信某个地方的确有一个邪恶、美丽、有着神秘眼睛的女人,即使她不住在幽深小屋。现在想起来,幽深小屋其实挺不错的,有着橘色的金盏草,友好的斑点猫、天竺葵和可怜的波帕的照片。它是一个令人愉悦的地方,也许有一天,她会再去看托马斯恩·费尔,再吃几片可口的饼干。她再也不讨厌托马斯恩·费尔了。

"你真是一个好妈妈!"躺在妈妈的怀抱里,楠转悲为喜。

紫罗兰般的薄暮爬上山丘,夜幕降临了。这个夏夜犹如天鹅绒般轻柔。一颗星星挂在大苹果树树梢上空。当妈妈下楼去接待前来拜访的马歇尔·艾略特太太时,楠已恢复了快乐的心情。妈妈说她打算用可爱的黄色金凤花壁纸装饰她们的房间,并且还要为她们买一个新的西洋杉柜子,用来放东西。那可不是一个普通的西洋杉柜子,它是一个魔法柜子,只有念对了咒语才能打开它。白雪女巫会悄悄告诉你咒语中的一个字,白雪女巫是一个穿着白衣的冰雪美人。风女神吹过的时候,会告诉你另一个字,风女神是一个穿着灰色衣服的忧伤女人。总有一天,你会搜集到所有的字,并组成一个完整的咒语,将魔柜打开,你会发现里面装满了珍珠、红宝石和钻石。

哦,昔日的魔法并没有离去。这个世界仍旧充满了无穷的魔力。

黛结交了新朋友

"今年,我可以成为你最好的朋友吗?"德莉拉·格林在下午的课间休息时间这样问道。

德莉拉长着一对圆溜溜的深蓝色大眼睛,光滑柔顺的红褐色鬈发,樱桃小嘴,说话总是带点令人心跳的颤音,听起来十分迷人。黛安娜·布里兹被她的声音深深地吸引了。

在溪谷村学校,大家都知道黛安娜·布里兹正为失去一位好朋友而心情沮丧呢。这两年,她和波琳·瑞斯一直是亲密无间的好友,但是波琳一家搬走了,因此黛安娜感到十分孤单。波琳是个好孩子,她不像现在差不多已被大家遗忘的珍妮·佩尼那样拥有一股神奇的魅力,但是她很实际、有趣、通情达理。"通情达理"是苏珊对她的评价,这也是苏珊所给予她的最高赞誉。她对黛和波琳做好朋友感到十分满意。

黛迟疑地看着德莉拉,然后又看了看在操场上的劳拉·卡,劳拉是新转学来的女孩。上午课间休息时间时,黛和劳拉都在一起玩,她们发现彼此很合得来。但是劳拉长得平淡无奇、满脸雀斑,有一头乱糟糟的黄中带红的头发。她没有德莉拉·格林漂亮,也没她那么有魅力。

德莉拉读懂了黛安娜的眼神,她的脸上立刻露出了委屈的神情,蓝色眼睛里水汪汪的,好像随时都会掉下眼泪来。

"如果你爱她,你就不能爱我。我们两个之间你只能爱一个。"德莉拉说着,戏剧性地伸出了她的手。她的声音显得特别具有诱惑力,使得黛的背脊一阵发颤。她把她的手放进黛的手里,她们神情庄重地看着对方,就在目光相接的那一刹那,她们似乎觉得在心底许下了一个神圣的誓言,要彼此忠于这纯洁的友谊。至少,黛是这样觉得的。

"你会永远爱我的,是吗?"德莉拉热情地问。

"永远。"黛满腔热情地发誓。

德莉拉的手搂着黛的腰,然后她们一起来到小溪边。四年级的其他同学都知道又一对同盟结成了。劳拉·卡轻轻地叹了一口气。她非常喜欢黛,可是她知道她根本不是德莉拉的对手。

"我真高兴你肯让我爱你。"德莉拉说,"我的感情非常丰富,我总是不由自主地去爱别人。请一定要对我好,黛。我是个苦命的孩子。我一出生就被诅咒。没有人……没有人爱我。"

黛紧紧地握住了她的手。

"以后你就再也不会这么说了,德莉拉,我会永远爱你的。"

"直到天荒地老?"

"直到天荒地老。"黛回答。坐在篱笆上的两个男孩子冲着她们直嚷嚷,取笑她们,可是谁在乎呢?

"我要你喜欢我,远远胜过喜欢劳拉·卡。"德莉拉说,"现在我们是好朋友了,所以我要告诉你一些事。如果你选择了她,那我绝对不敢告诉你。她是一个骗子,一个可怕的骗子。她当面是你的朋友,背后却挖苦你,说你的坏话。我认识一个女孩子,是劳拉在罗布里奇上学时的同学,是她告诉我这些的。你幸运地逃过了一劫。我跟她不一样,我有一颗黄金般真诚的心,黛安娜。"

"我相信你是的。但是,你说你是一个苦命的孩子,这是什么意思,德莉拉。"

黛莉拉的眼睛睁得大大的,直到再也不能睁大为止。

"我有一个继母。"她低声说。

"一个继母?"

"当你的妈妈死了后,你的爸爸再跟另一个女人结婚,那个女人就是你的继母。"德莉拉说,"现在你什么都知道了吧,黛。你根本不知道我在家里遭受了多少虐待!但是我从来不抱怨。我只有忍气吞声,默默承受。"

如果德莉拉真的是默默承受,那黛在接下来这几个星期给壁炉山庄讲的这些又是从哪儿来的呢。她对德莉拉的遭遇充满了同情,并替她深深地打抱不平,总是缠着那些愿意听她倾诉的人谈论德莉拉的不幸遭遇。

"我想,这个新的诱惑又会让黛着迷一阵子。"安妮说,"这个德莉拉是谁,苏珊?我不想让小孩子变成势力鬼,但是自从有了上次珍妮·佩尼的教训后……"

"格林家受人敬重,亲爱的医生太太。他们在罗布里奇相当有声望。他们是今年夏天搬来的,住在杭特的老房子里。现在的劳拉·格林太太是第二任妻子,她自己有两个孩子。我对她不太了解,但是她看起来是个温和、宽容、容易相处的人。我几乎不敢相信她就是德莉拉告诉黛的那种人。"

"不要太相信德莉拉告诉你的每件事。"安妮警告黛说,"她可能会夸大其词。别忘了珍妮·佩尼……"

"不,妈妈,德莉拉和珍妮·佩尼一点儿也不像。"黛气愤地说,"一点儿也不像。她非常真诚。妈妈,如果你见到她,你就知道她不会说谎。她家里的所有人都欺负她,因为她是如此与众不同。而且,她是如此多愁善感。她从一出生就受到虐待。她的继母把她视为眼中钉。听到她所遭遇的痛苦,我的心都碎了。知道吗,妈妈,她从来都没有吃饱过,她不知道肚子不饿是什么感觉。有很多次,他们不让她吃晚饭就直接打发她睡觉,她哭着哭着就睡着了。你有没有过饿肚子饿得哭起来的时候啊,妈妈?"

"经常。"妈妈说。

黛难以置信地盯着妈妈,听了这话,她就像鼓了气的帆一下子泄了气。

"在我还没有去绿山墙之前,我在孤儿院里,以及更早的时候,常常饿肚子。我从来不想再谈起那些日子。"

"嗯,那你就能更了解德莉拉了。"黛说,重新理清了她被打乱的思绪,"每当她肚子饿的时候,她就坐起来想象一些可以吃的东西。想想看,她需要想象一些吃的东西!"

"你和楠不是经常那样做吗?"安妮说。但黛还是听不进去。

"她所遭遇的痛苦不仅仅是身体上的,还有精神上的。她想做一名传教士,妈妈,用她的一生去侍奉上帝,可是他们全都嘲笑她。"

"那他们真是有些无情。"安妮说。但是,她的声音里有着半信半疑的味道,让黛听了觉得极不舒服。

"妈妈，你为什么不相信呢？"她责备道。

"我再提醒你一次，"妈妈微笑着说，"不要忘了珍妮·佩尼的事。你当时也是那么相信她。"

"我那时候还只是个小孩，很容易受骗上当。"黛安娜严肃认真地说。她觉得妈妈在德莉拉这件事情上，不像平常那样通情达理。从那以后，黛只对苏珊谈论德莉拉。因为每当她向楠提起德莉拉的时候，楠只是心不在焉地点点头。"她肯定是嫉妒。"黛悲伤地想。

其实苏珊也不是特别同情德莉拉。但是黛总得找个人说说德莉拉的事，苏珊虽然也会取笑她，但不会像妈妈的话那样叫人伤心。她并不指望苏珊能够完全理解她。可是妈妈不一样，妈妈也曾经是个小女孩，妈妈爱戴安娜阿姨，妈妈有一颗温柔的心。可是，对于可怜而可爱的德莉拉的悲惨遭遇，她怎么会如此无动于衷呢？

"我是这么爱德莉拉，她肯定有点儿嫉妒。"黛自以为是地想，"人们说当妈妈的都是那样，有一点占有欲。"

"听到她继母那样虐待她，气得我真是热血冲顶啊。"黛对苏珊说，"她是一个受难者，苏珊。她从来未曾拥有过任何东西，早餐和晚餐只能喝一点儿燕麦粥，一点点儿，而且，他们还不准她在燕麦粥里放糖。苏珊，从此你也不用在我的燕麦粥里放糖了，因为我有一种罪恶感。"

"那好啊，糖已经涨了一分钱了，这样正好节约一些。"

黛发誓再也不告诉苏珊关于德莉拉的事情了。但是第二天晚上，她实在是怒不可遏，决定非要一吐为快。

"苏珊，德莉拉的妈妈昨天晚上提着一个滚烫的茶壶四处追赶她。想想看,苏珊。当然,德莉拉说她并不是经常这样做,只是在她非常生气的时候才会。大多数情况下,她只是把德莉拉锁在一个黑黢黢的阁楼里,一个闹鬼的阁楼里。那个可怜的孩子见了多少鬼啊,苏珊!这会严重损害她的身心健康的!上次她被关在阁楼里的时候,看见了一个诡异的黑色生物坐在纺车上,还'嗡嗡嗡'地哼着歌呢。"

"那是什么东西呢?"苏珊一本正经地问道。她开始享受德莉拉的苦难和黛的小题大做。她和医生太太私底下常常为黛讲的这些故事笑弯了腰。

"我不知道,就是一种生物。把她吓得差点儿自杀了。我真担心她最后走上自杀的道路。你知道吗,苏珊,她有一个叔叔曾经自杀过两次。"

"一次死不了还要死两次啊?"苏珊无情地问。

黛气急败坏地走开了,但是第二天她又带回来又一个凄惨故事。

"德莉拉一个洋娃娃也没有,苏珊。去年圣诞节她多么希望在她的长袜里发现一个洋娃娃啊。可是,你知道她在长袜里发现了什么吗,苏珊?一条鞭子!他们几乎每天都要鞭打她,你知道吗?想想那个可怜的孩子天天挨鞭子,苏珊。"

"我小时候也经常挨鞭打,但是我现在安然无恙。"苏珊嘴上虽然这么说,可是心里知道,要是谁敢鞭打壁炉山庄的孩子,她可要和他拼老命。

"当我告诉德莉拉我们家的圣诞树时,她伤心地哭了。她从来没有圣诞树。但是她说她今年一定要弄一个。她找到了一把旧雨伞,那把伞就剩下伞架了,她打算把它放进一只桶里,然后再

321.

把它装扮成一棵圣诞树。听了是不是让人心酸啊,苏珊?"

"不是到处都有小云杉树吗?这几年杭特的老房子后面长满了云杉树。"苏珊说,"我真希望这个孩子叫别的名字,而不是德莉拉,基督的孩子不应该叫这个名字!"

"怎么啦,这个名字在《圣经》里也有啊,苏珊。德莉拉对她的名字出现在《圣经》里感到可骄傲了。苏珊,今天在学校里,我告诉德莉拉我们明天中午要吃鸡肉,而她说……你猜她说了什么吗,苏珊?"

"我肯定猜不到,"苏珊强调道,"而且你们也不应该在课堂上讲话。"

"哦,我们没有。德莉拉说,我们一定要遵守课堂纪律,她对自己的要求很高。我们只是写字条,德莉拉说,'你能给我带一块鸡骨头来吗,黛?'我看见这句话,眼泪哗啦啦地流下来了。我打算带一块骨头给她,上面有很多肉的骨头。德莉拉太渴望吃点儿好吃的了。她在家里像个奴隶一样拼命地干活,一个奴隶,苏珊。家务活全都落在她的肩上,而且如果她做得不好,就会遭到一顿毒打,或者被罚和用人一起在厨房里吃饭。"

"格林家里只雇了一个法国小男孩。"

"嗯,她就是和他一起吃饭的,而且他常常光着脚板,穿着短袖在厨房吃饭,这样很不得体。可是德莉拉说,只要我爱她,她才不会在意那么多呢。除了我,就没人爱她了,苏珊。"

"真可怕!"苏珊说,脸上表情十分严肃。

"德莉拉说,如果她有一百万,她会把它全部送给我,苏珊。当然,我是不会要的,可是,这说明她的心肠有多好啊。"

"空口说白话,当然不心疼了。"苏珊嗤之以鼻。

重蹈覆辙

黛转嗔为喜。毕竟，妈妈没有嫉妒，妈妈没有占有欲，妈妈还是那么通情达理。

爸爸妈妈周末要去安维利，妈妈告诉她说，她可以邀请德莉拉·格林星期六到壁炉山庄来玩，还可以留下来过夜。

"我在主日学校的野餐会上见过德莉拉，"安妮告诉苏珊，"她长得很可爱，也很乖巧，虽然她说话有些爱添油加醋。也许她的继母对她是有那么一点儿苛刻，而且我听说她的父亲不爱多说，非常严厉。她或许在家里受了些委屈，想夸大其词以博取同情吧。"

苏珊还是有点儿心存疑虑。

"不过，至少住在劳拉·格林家里的人都特别爱干净。"苏珊心里暗自想到。

为了迎接德莉拉的到来，黛作了一系列的精心准备。

"我们能吃烤鸡吗，苏珊，里面放有很多配料的那种？还有馅饼。你不知道那个可怜的孩子是多么渴望尝一尝馅饼的滋味。她从来没有吃过馅饼，她的继母太刻薄了。"

苏珊极力配合黛的接待工作。杰姆和楠去安维利了，沃尔特和肯尼斯·福德去梦中小屋了。所以没有谁来妨碍这项任务，事情进展得十分顺利。星期六早上，德莉拉来了，穿着漂亮的粉红色棉布裙子，至少她的继母在穿着方面对她还不错。而且，苏珊随意一瞥就看清楚了，她的耳根和指甲都洗得干干净净，无可挑剔。

"今天是我生命中最快乐的一天。"她极其认真地对黛说，"天啊，真是一幢富丽堂皇的大房子啊！它们就是那对瓷狗吗？噢，真是令人惊叹啊！"

所有的东西都令人惊叹。德莉拉反复说着"令人惊叹"。午餐的时候她还帮助黛布置餐桌，并摘了满满一小瓶粉红色的甜豆，摆放在餐桌中央作为装饰品。

"哦，你不知道我有多么喜欢做这些事，喜欢得简直没法形容。"她告诉黛说，"还有其他事，需要我帮忙吗？"

"你可以帮忙弄碎核桃，下午我做蛋糕的时候要用些。"苏珊说。苏珊已经被德莉拉的美貌和甜言蜜语迷惑了。也许，那个劳拉·格林真的是一个面慈心恶的女人吧。毕竟，知人知面不知心啊。德莉拉的盘子里堆满了鸡肉和配料，而且她还没有开口，就已经得到了第二块馅饼。

"我常常好奇，想吃什么就吃什么的感觉会是什么样子的呢。真的太令人惊叹了。"她离开餐桌时对黛说。

她们度过了一个愉快的下午。苏珊给了黛一盒糖果，而黛就和德莉拉一起分享。德莉拉对黛的一个洋娃娃爱不释手，黛就大大方方地把它送给她。她们清理了三色堇花圃，清除了胡乱长在草坪里的几株蒲公英。她们帮苏珊擦亮银器，还帮她一起准备晚餐。德莉拉干活手脚麻利，而且还十分爱整洁。苏珊被彻底征服了。那天下午只发生了两件令人不大愉快的事，不知怎么的，德莉拉的裙子上溅了几滴墨水，而且她还把自己的珍珠项链弄丢了。不过苏珊最后将墨汁清洗干净了，用盐和柠檬洗的，衣服的颜色也洗褪了一些。至于丢失的项链，德莉拉说项链掉了没关系。只要她和最亲爱的黛在壁炉山庄痛痛快快地玩一场，她什么也不在乎。

"我们可不可以去客房睡觉？"睡觉时间到来时，黛向苏珊恳求道，"我们总是把客房让给客人睡的，苏珊。"

"你的戴安娜阿姨明晚要跟你父母一起过来。"苏珊说，"客房要留给她。你们还是在你自己的床上去睡吧，不过，你可以让小虾米睡在你的床上，你不能让它到客房去。"

"你的被盖闻起来真香啊！"当她们躺下来时，德莉拉说。

"苏珊总是用鸢尾草来泡它们。"黛说。

德莉拉叹了口气。

"你知道吗，黛，你是一个多么幸运的姑娘。要是我有一个像你这样的家该多好啊！但是，这就是我的命。我只有听天由命。"

苏珊在上床睡觉前，又到房间里来检查了一遍。她进来告诉她们不要再喋喋不休了，该睡觉了。她还给她们一人一片枫糖面包。"

"我永远都忘不了你的大恩大德，贝克小姐。"德莉拉声情并茂地说。苏珊睡觉的时候不由得暗想，这个德莉拉是她见过的最懂礼貌的小姑娘。她以前一定是错怪德莉拉·格林了。就在这时，苏珊的脑海里闪过一个念头，对于一个长期挨饿的孩子来说，德莉拉·格林长得太结实了！不过，这个念头只是一闪而过。

德莉拉第二天下午就回家了。晚上，爸爸妈妈和戴安娜阿姨一起回来了。但是星期一却来了一个晴天霹雳。黛吃过午饭回到学校,在学校的走廊里突然听到有人在说她的名字。原来,在教室里,德莉拉·格林被一大群好奇的女孩团团围住。

"我对壁炉山庄真是太失望了。以前老是听黛安娜炫耀她家,我还以为是一幢豪宅呢。当然,房子是挺大的,可里面的家具破破烂烂,椅子也是歪歪倒倒,急需修理。"

"你见到那对瓷狗了吗?"贝丝·帕莫好奇地问。

"它们一点儿也不稀罕。甚至连毛也没有。我当场就告诉黛安娜,我真是太失望了。"

黛呆呆地站在那里,脚像生了根一样。她并不是想偷听,只是她太震惊了,根本无法挪动脚步。

"我真为黛安娜感到难过。"德莉拉继续说,"她的父母对家庭根本就不负责,这真是可耻。她的妈妈实在是太糟糕了,整天只知道四处游荡,把孩子扔给老苏珊照看。苏珊的精神不太正常,她总有一天会把他们全都送到救济院的。你们根本不会相信苏珊在厨房里是多么铺张浪费。即使医生的妻子在家里,她也懒得做饭,所以才落得苏珊在厨房里为所欲为。她本来要让我们在厨房里吃饭,但是我站起来,理直气壮地质问她:'我到底是不是客人啊?'苏珊说要是我再敢和她顶嘴,她就把我关到后面的壁橱里。我说:'谅你不敢那么做。'她果真不敢。'你管得了壁炉山庄的孩子,苏珊·贝克,可是你管不了我。'我对她说。哦,我告诉你们,我是怎么对抗苏珊的。我不让她喂里拉抚慰糖浆,我对她说:'你不知道这会害了小孩吗?'

"在吃饭的时候,她就伺机报复我,只给我一点饭菜。餐桌上摆着整只鸡,可怜的我只吃了个鸡屁股。甚至没有人问我还需不需要吃一块馅饼。苏珊本来要让我睡客房的,可是黛安娜不肯，她真是太小气了，她这是嫉妒。我真为她感到羞愧。她告诉我楠总是掐她，还说楠的胳膊又黑又青，她说了很多楠的坏话。我们在她的房间睡觉的时候，一只脏兮兮的老猫在我们的床尾，我告诉黛安娜说，这样很不卫生。而且我的珍珠项链也不见了。当然，我并不是说苏珊拿了它，我相信她是很诚实的。但是，这真是太奇怪了。还有，雪莱把一瓶墨水泼到我的身上，我的裙子给彻底毁了。但是，我不在乎，妈妈会给我做一条新的。我大人不计小人过，不管怎样，我帮他们家的草坪清除了所有的蒲公英，还把他们家的银器擦得闪闪发亮。你们真该去看看，我都不知道他们是什么时候擦过的。我告诉你，只要医生的妻子不在家，苏珊就偷懒，我一眼就看穿了她。'你为什么不洗一洗那个装土豆的盆子呢，苏珊？'我问她，她羞得脸都红了。看看我的新戒指，姑娘们。是我在罗布里奇认识的一个男孩子送给我的。"

"嘿，我怎么经常看见黛安娜·布里兹戴着那枚戒指呢？"佩姬·麦克阿利斯特轻蔑地说。

"我根本不相信你说的关于壁炉山庄的话，德莉拉·格林。"劳拉·卡说。

在德莉拉还没来得及回答之前，黛已经恢复了说话的能力和行动的力量，她猛地冲进了教室。

"犹大[①]！"她脱口而出。事后，她感到非常后悔，一位淑女是不应该说出这种话的。但是，当时她的心被深深地刺痛了，一个人在火冒三丈的时候，哪里还会顾及那么多呢。

"我不是犹大！"德莉拉嗫嗫嚅嚅地说，脸唰地红了，这也

---

① 犹大：人名，十二使徒之一，但后因各种错误观念所驱使，竟出卖了主耶稣。

许是她第一次脸红吧。

"你就是!你一派胡言乱语!我这辈子再也不会和你说一句话了!"

黛发疯一般冲出教室,跑回家去。那天下午,她无法待在学校里,她就是没办法!壁炉山庄的门被"砰"的一声重重关上。

"亲爱的,你怎么了?"安妮在厨房里正和苏珊聊天,突然,哭成泪人儿的黛闯了进来,猛地扑进了她的怀里。

黛一边抽泣着,一边讲出事情的原委,虽然讲得断断续续,但还是说清楚了。

"我的心真是伤透了,妈妈。我再也不会相信任何人了。"

"亲爱的,并不是你所有的朋友都是这样。波琳就不是这样啊。"

"这已经是第二次了。"黛苦涩地说。她陷入了被别人背叛和失去朋友的痛苦中,"再也不会有第三次了。"

"我很难过,黛失去了对人性的信任。"当黛上楼后,安妮悲伤地说,"这对她来说真是一个悲剧。她交朋友的运气是有些不好。先是珍妮·佩尼,现在又遇上了德莉拉·格林。可问题在于,黛总是会轻易迷上那些会说有趣故事的姑娘。而且德莉拉这次把自己塑造成一位受难者形象,对黛来说,就更具有吸引力了。"

"如果你问我,亲爱的医生太太,我要说,那个格林家的孩子真是个十足的小坏蛋。"苏珊说。想到自己竟然也被德莉拉的眼睛和礼貌所欺骗了,苏珊的气更是不打一处来,"她居然还说我们的猫又老又脏!当然,我们家是养有猫,这话不错,可是一个小姑娘说话咋就那么难听呢。亲爱的医生太太,我不是喜欢猫的人,可是小虾米已经七岁啊,最起码应该得到人们的尊重才对。至于我的土豆盆……"

苏珊实在不知道该如何表达她听到土豆盆后的感受。

黛躲在自己的房间里,仔细思考着,也许现在跟劳拉·卡做"最好的朋友"还不太迟。劳拉待人非常真诚,虽然她并不是那么有趣。黛轻轻地叹了一口气。在她失去对德莉拉的信任后,生活中的一些色彩也随之消失了。

疑虑顿生

凛冽的东风就像一个泼辣的老妇人在壁炉山庄周围咆哮。八月下旬，天气开始寒冷起来，而且总是阴雨绵绵，让人的心情异常糟糕，倒霉事儿一茬接一茬。以前在安维利的时候，这种天气常常被称为"约拿天"。吉尔伯特为男孩们带回来的小狗，把餐桌腿的亮漆都啃掉了；苏珊在放被子的柜子里发现了很多蛀虫；楠新养的小猫把最好的羊齿蕨毁了；吉姆和贝迪·莎士比亚整个下午在阁楼里把锡桶当作鼓来敲，敲得震耳欲聋，让人心烦意乱；安妮自己不小心打破了一个彩绘玻璃做的灯罩。但是不知为什么，听到它破碎的声音，她的心里觉得很痛快！里拉嚷着耳朵疼，而雪莱的脖子上长了些奇怪的疹子，这让安妮很担心，可是吉尔伯特漫不经心地看了一眼，就心不在焉地说不要紧。当然，这对他来说当然不要紧！雪莱只不过是他的一个儿子！更叫人气恼的是，有一天他邀请了特伦特一家来吃晚饭，回家却忘了告诉安妮，等到他们到了，安妮才知道这回事，当然，这对他来说也没什么要紧的。她和苏珊那天忙得手忙脚乱，她们原来计划晚餐随便吃点什么，家里根本就没怎么准备。而特伦特太太在夏洛特敦一向享有热情好客的美誉！沃尔特那双黑色袜口、蓝色脚趾的长袜到哪儿去了?"沃尔特,你就不能把东西放回原处吗?楠,我不知道七海在哪里。看在老天的分上,请你不要问了!我现在终于明白他们为什么会把苏格拉底毒死了。这么爱问问题的人谁受得了啊。"沃尔特和楠面面相觑。他们从来没听过妈妈用这种口气说话。沃尔特的表情让安妮更加心烦。

"黛安娜,你要我提醒你多少次才能记住你的腿不要在钢琴凳旁晃来晃去?雪莱,你可要小心点儿,不要把果酱弄到那本新杂志上了!你们谁肯行行好,告诉我那盏吊灯的棱镜到哪儿去了!"

没有人告诉她,其实是苏珊拆下来拿去洗了。孩子们悲伤的眼神让她受不了,她索性逃到楼上去了。她在自己的房间里,烦躁不安地走来走去。她到底是怎么了?她怎么就变成一个对任何人都失去耐心、动不动就爱发火的人了?最近这段时间,几乎每件事都让她心烦。她以前从来不在意吉尔伯特的一些小毛病,可是现在却完全无法容忍。她厌倦了单调乏味、永无尽头的责任,厌倦了为她的家庭编织的各种梦想。过去,她为照顾家人和家庭所做的每件事都感到开心,现在她却对这些事一点儿提不起兴趣。她感觉自己就像是生活在噩梦中的生物,总想赶上别人的步伐,却被脚镣铐住了双脚。

最糟糕的是,古尔伯特一点儿也没注意到她情绪上的异常。他日夜忙碌,除了他的工作,他对什么事都漠然置之。这一天,他说过的唯一一句话就是:"请把芥末递给我,谢谢。"

"当然,我还可以跟椅子和桌子说话。"安妮幽怨地想,"我们之间已经习惯了彼此,甚至麻木不仁了。昨天晚上他竟然都没注意到我穿了一条新裙子。而且我都想不起来他上次叫我'安妮姑娘'是什么时候了。唉,我想,所有的婚姻最终都会变成这个样子,或许大多数女人都要经历这个阶段。他把我看做是一个理所当然的东西。现在,他的眼里就只剩下工作,他唯一在乎的只有工作。我的手帕在哪里?"

安妮找到手帕,重新跌坐在椅子里,继续拷问着自己。吉尔伯特已经不再爱她了。他连亲吻她的时候都显得那么漫不经心,只不过是出于一种习惯。让人心旌荡漾的感觉消失殆尽!记忆中那些把他们逗得捧腹大笑的笑话全都涌上心头,只可惜现在全都充满了悲剧色彩。她当时怎么会觉得它们很好笑呢?蒙迪·特纳准备了一个备忘录,提醒自己每个星期要亲吻太太一次。("哪个妻子会要这样的吻呢?")柯蒂斯·艾麦斯的妻子戴了一顶新帽子,他就认不出她来了。克兰西·达尔太太曾说:"我对我的丈夫并不怎么在意,要是他不在身边,我又有些想念他。"("如果我不在他身边,我还不知道吉尔伯特会不会想我呢!")奈特·艾略特在婚后十年的时候告诉他的妻子:"我已经厌倦了婚姻生活。"("而我们结婚已经十五年了!")唉,也许天底下的男人都是一个样儿。也许科尼莉娅会同意这个观点。时间一长,他们就很难掌控。("如果我的男人要靠'掌控',那我宁可不要。")但是,女人中也有像西奥多·克洛太太这样的,她曾经有一次在妇女援助会上引以为傲地说:"我们结婚已经二十年了,我的丈夫仍然像新婚时那样爱着我。"也许她是自欺欺人,也许是为了维护自己的面子。而且她看上去比她的实际年龄要老许多。("我是不是看起来也很苍老了?")

她第一次有了岁月催人老的伤感。她走到镜前,仔细端详着镜中的容颜。她的眼角周围已经出现了一些细小的鱼尾纹,不过只有在强光下才看得出来。她下巴的线条仍然很清晰。肤色还很白皙。头发仍然十分浓密,还没有一缕白发。但是真的有人喜欢她的红头发吗?她的鼻子依然那么漂亮。安妮轻轻地拍了拍鼻子,它就像一位好朋友,在她生命中的某些时刻,给了她不少安慰。但是,现在吉尔伯特已经把她的鼻子视为理所当然了。不管它是鹰钩鼻还是狮子鼻,对他来说都无关紧要。也许他早就忘记了她有一个这么漂亮的鼻子。他或许就像达尔太太一样,如果妻子不在身旁,兴许也会想念。

"嗯,我得去看看里拉和雪莱。"安妮哀伤地想,"至少,他们仍然需要我,可怜的孩子。我为什么要跟他们生气呢?哦,我想他们一定在背后说我呢,'可怜的妈妈脾气变得多么暴躁!'"

雨仍旧不停地下着,风继续哀号。阁楼上的"锡桶狂想曲"已经停止了,可是客厅里那只孤独的蟋蟀的"吱吱"声又唱了起来,她都快被逼疯了。中午她收到了两封信。一封是玛莉拉寄来的,当安妮看完信把它折起来时,不由得叹了一口气。从玛莉拉的笔迹来看,她的手越来越虚弱了,而且抖动得愈来愈厉害。另一封信是夏洛特敦的巴瑞特·福勒太太寄来的,安妮与她并不太熟。巴瑞特·福勒太太邀请布里兹医生和布里兹太太于下星期二晚上七点钟一起共进晚餐,她在信中写道:"来见见你们的老朋友,米自温尼伯的安德鲁·道森太太,也就是婚前的克丽丝蒂娜·斯图尔特。"

安妮放下信。往事如潮水一般涌上心头。无疑,其中有些事并不愉快。雷德蒙的克丽丝蒂娜·斯图尔特,传说中曾与吉尔伯特订过婚的姑娘,曾经让她嫉妒得发疯的姑娘。是的,现在,十五年后,她终于肯承认,她对克丽丝蒂娜充满嫉妒,对她极其反感。虽然她有好多年没有想起克丽丝蒂娜了,但是她还清楚地记得她的模样。个子高挑、皮肤白皙,有着一双深蓝色大眼睛,柔顺的头发黑亮有光泽,气质高贵典雅。不过,她有一个长鼻子,是的,绝对有点儿长。哦,你不能否认克丽丝蒂娜很漂亮。她记得许多年前曾听说克丽丝蒂娜嫁了一个好人家,然后搬到西部去了。

吉尔伯特匆匆赶回家吃晚餐,上溪谷村正在流行麻疹。安妮一声不吭地将福勒太太的信交给他。

"克丽丝蒂娜·斯图尔特!我们当然要去。看在我们以往老交情的分上,我也得去见见她。"他神采奕奕地说,这是他连续几个星期以来第一次流露出喜悦之情,"可怜的姑娘,她过得真是不容易。你知道的,她的丈夫在四年前就去世了。"

安妮并不知道这件事。可是吉尔伯特又是怎么知道的呢?他为什么从来没有告诉她呢?他是不是忘了下周星期二是他俩的结婚纪念日?他们在那一天从来不会接受别人的邀请去做客,而是要单独庆祝。好吧,她才不会提醒他。他想见克丽丝蒂娜就去见吧。在雷德蒙的时候,克蕾·哈雷特阴沉着脸告诉安妮说:"吉尔伯特和克丽丝蒂娜之间关系可不简单,安妮。"她当时听了只是一笑置之,因为克蕾·哈雷特是一个充满恨意的人。现在看来,或许他们之间真的有什么呢。安妮不由得打了一个冷战,她突然回想起来,在婚后不久,她在吉尔伯特的一个旧记事本里发现了一张克丽丝蒂娜的照片。当时吉尔伯特并没在意,还笑着说他都不知道这张照片是从哪里来的。也许,这表面上看似不重要的东西其实里面大有文章呢。有没有可能吉尔伯特爱的是克丽丝蒂娜?而她,安妮,只是他的第二个选择?一个安慰奖?

"我当然不是……吃醋。"安妮心想,她努力想一笑置之。

这太荒谬了。吉尔伯特想见一见雷德蒙的老朋友,这是情理之中的事。一个为工作而忙碌的男人,在结婚十五年后,偶尔忘记结婚纪念日,是再也自然不过的事。安妮给福勒太太写了一封回信,告诉她,他们乐意接受她的邀请。在接下来的这几天里,安妮鬼使神差一般天天暗自祈祷,祈祷上溪谷村的什么人在星期二下午五点半左右开始生孩子。

故人相见

安妮一直期待的婴儿提前出生了。星期一晚上九点钟,吉尔伯特被请去接生。安妮哭着睡着了,三点钟的时候她又醒了过来。以前,半夜醒来是一件很美妙的事,可以躺在床上看看窗外朦胧的夜色,听着睡在她身旁的吉尔伯特均匀的呼吸,想一想睡在走廊另一头的孩子们,以及即将到来的美好日子,然后再甜蜜地入睡。可是这次,直到黎明时分,晨曦照亮了清澈、莹绿的天空,安妮还是醒着的,吉尔伯特终于回家了。"双胞胎。"他话一说完,倒头就睡着了。双胞胎,在你第十五个结婚纪念日的一大清早,你丈夫对你说的第一句话就是"双胞胎"。他甚至压根儿就记不起今天是结婚纪念日了。

十一点钟,当吉尔伯特下楼来的时候,显然还没回想起今天是什么日子。十五年来,他第一次没有提到结婚纪念日,第一次没有送礼物给她。很好,他也别想收到她的礼物。她早在几个星期前就准备好了,一把银手柄的小刀,一边刻着日期,另一边刻着他名字的缩写。当然,他必须花一分钱跟她买这把刀,这样他们的爱才不会被割掉。但是,现在,很显然,他已经忘记了,那她也要忘记,她要报复他。

吉尔伯特好像一整天都神思恍惚。他几乎没跟任何人说话，一个人闷闷不乐地待在书房里。他是不是因为马上要见着克丽丝蒂娜而显得魂不守舍呢？或许这么多年他一直对她念念不忘。安妮知道她的这些想法毫无道理可言，可是吃醋什么时候还讲道理呢？

他们打算乘五点钟的火车到镇上。"我们能进来看看你打扮自己吗，妈咪？"

"随便。"安妮爱理不理，话一说出口，猛然意识到自己的语气不对劲，马上改口道，"进来吧，亲爱的。"

里拉最喜欢看妈咪换衣服。但是今晚，连里拉都感觉到妈咪的心情不好。

该穿什么衣服好呢，安妮颇费了一番心思。后来，她哀怨地告诉自己，穿什么也无所谓，反正吉尔伯特是不会在意的。镜子也不再是她的朋友，镜中的她看起来苍白而疲惫，就像一个弃妇。但是，她不能在克丽丝蒂娜面前显得太土气、太过时了。（"我才不需要她可怜我。"）

是穿那条缀有玫瑰花蕾的苹果绿裙子呢？还是穿那条镶着蕾丝的宽领奶白色裙子？她两条裙子都试了试，最后决定穿上苹果绿的那条裙子。她也试了几款不同的发型，最后决定把头发向上梳成高髻，这样看起来比较时尚。

"哦，妈咪，你看起来好漂亮啊！"里拉睁着圆溜溜的眼睛，无比仰慕地说。

嗯，小孩子和傻瓜应该不会撒谎。雷贝卡·迪尤不是曾经告诉过她，她"相比之下很漂亮"吗？至于吉尔伯特，他过去总是常常赞美她的美貌，但是安妮已经想不起最近一次赞美是在什么时候了。

吉尔伯特去换衣服时,从她旁边经过,但对她的新衣服只字不提。安妮站在那里,变得怒不可遏,气呼呼地把衣服脱下身来,一把扔在床上。她决定穿那条黑色的裙子,四风港的人都说她穿起来非常时髦,可是吉尔伯特一点儿也不喜欢。她脖子上该戴什么好呢?杰姆送给她的珍珠项链,她一直特别喜欢,可是现在已经断了。她还真的没有一条上档次的项链。哦,对了,她拿出一只小盒子,里面装着吉尔伯特在雷德蒙学院时送给她的粉色心形珐琅坠链。她现在已经很少戴它了,毕竟粉红色和她的红头发不大相衬,但是,她今晚将戴上它。吉尔伯特会注意到吗?她已经准备好了。吉尔伯特怎么还没准备好?他怎么这么拖沓?噢,他一定是在仔细刮胡子!她极不耐烦地敲了敲门。

"吉尔伯特,如果你再不抓紧时间,我们就要错过火车了。"

"你听起来好像是学校的老师,"吉尔伯特走出来说,"你的跖骨有什么问题吗?"

哦,他现在已经有心情开玩笑!她努力不去想他穿着燕尾服有多么好看。毕竟,现代男人的流行服饰实在是荒谬至极,完全缺乏魅力。要是处在"伟大的伊丽莎白时代"那该多好啊。男人可以穿着白色的紧身绸缎上衣,深红色的天鹅绒斗篷,还有蕾丝的皱领。他们穿在身上一点儿也不显得阴柔。他们是有史以来最优秀和最富有冒险精神的男人。

"好了,如果你这么着急,咱们就动身吧。"吉尔伯特心不在焉地说。近来,他跟她说话的时候,总是心不在焉。她好像就是一件家具,一件摆设!

杰姆驾车送他们去车站。科尼莉娅小姐正好也来壁炉山庄了，她想请苏珊帮忙准备教堂晚餐的烘烤土豆，她和苏珊站在门前，无比羡慕地看着他们远去。

"安妮看上去多年轻啊。"科尼莉娅小姐说。

"是啊。"苏珊赞同道，"不过，在过去的这几个星期，我觉得她的情绪有点儿低落。不过她的容貌倒没怎么改变。医生的身材也保持得很好，一点儿也不显臃肿。"

"真是天造地设的一对啊！"

这天造地设的一对夫妻一路上几乎没说一句绵绵情话。当然，吉尔伯特是因为马上就要见到老情人了，心情太激动了，哪里还顾得上和妻子说话！安妮打了个响亮的喷嚏。她开始担心自己是不是感冒了。要是在晚餐上，她当着安德鲁·道森太太，也就是婚前的克丽丝蒂娜·斯图尔特的面一直擤鼻涕，那该多么恐怖！她的嘴唇感到一阵阵刺痛，大概是要长一个可恶的水泡出来！天啊，你能想象朱丽叶打喷嚏，《威尼斯商人》里的鲍西娅①长冻疮，古希腊的海伦公主打嗝，古埃及艳后克里欧佩特拉长鸡眼吗！

安妮从巴瑞特·福勒的楼梯上走下来的时候，被门厅中的一块地毯绊了一下，差点儿摔倒在地。她跌跌撞撞地穿过客厅的门，经过巴瑞特·福勒太太那光彩夺目的过于烦琐的家具，跌坐在一张长沙发里，暗自庆幸没有摔个四脚朝天。她闷闷不乐地环顾着四周，发现克丽丝蒂娜还没有露脸，终于松了一口气。要是她看见吉尔伯特·布里兹的妻子像喝醉酒一样跟跟跄跄地走进来，那是多么丢脸啊。吉尔伯特竟然对她不理不睬，甚至都没有

---

① 鲍·西娅：莎士比亚《威尼斯商人》中的重要人物之一，是作者极力歌颂的人文主义者形象。她谈吐文雅，机智勇敢、充满智慧。

问她受伤没有。他早已和福勒医生以及一位不认识的穆拉医生聊起天来。穆拉医生来自新不伦瑞克，他曾发表了一篇关于热带地区疾病研究的专题论文，在医学界引起了广泛关注。当一阵向日葵香味飘下来时，克丽丝蒂娜款款走下楼来，专题论文马上抛在一边。吉尔伯特迅速站了身，眼前为之一亮。

克丽丝蒂娜在门前驻足而立，给人留下了深刻印象。她并没被地毯绊倒。安妮记得克丽丝蒂娜以前就喜欢站在门口一展自己的迷人风采。克丽丝蒂娜肯定认为这是一个千载难逢的机会，让吉尔伯特看看他失去了什么。

她穿着紫色天鹅绒裙子，有着飘动的长袖子，袖子上绣着金线，裙摆拖曳着金色鱼尾花边。她乌黑油亮的头发用一根金色的丝带系着。她的脖子上戴着一条细长的黄金项链，上面还装饰着一颗闪亮的钻石。安妮立即有一种相形见绌之感，觉得自己像是没有见过世面似的，显得那么寒酸、窘迫、俗气，至少落伍了六个月。她真后悔自己戴了那条可笑的心形珐琅链坠。

毫无疑问，克丽丝蒂娜还和过去一样漂亮。或许稍微有点儿营养过剩，或许……是的，她胖了一些。她的鼻子一点儿也没变短，而她的下巴有点儿下垂。她站在楼梯口，她的脚一览无余……挺粗的。而且，她那高贵的气质是不是也略显老态呢？但是，她的脸像象牙一样白皙，深蓝色的眼睛依然神采飞扬，她在雷德蒙的时候被大家公认为美女。是的，安德鲁·道森太太是个非常漂亮的女人，她看上去依旧光彩照人，一点儿也看不出失去丈夫的悲伤。

克丽丝蒂娜一走进房间，便成了大家注意的焦点。安妮觉得自己变成了一个透明人似的。她坐直了身子，强打起精神。不能让克丽丝蒂娜看到一个皮肤松弛的中年妇女。她必须振奋精神英勇作战。她的灰绿色眼睛变得特别绿,双颊染上了红晕。("记住,你有一个漂亮的鼻子!")穆拉医生最初并没有注意到安妮,现在却意外地发现布里兹医生的妻子如此清新淡雅。相形之下,那个搔首弄姿的道森太太倒显得逊色多了。

"啊,吉尔伯特·布里兹,你跟过去一样英俊。"克丽丝蒂娜顽皮地说,"看到你风采依旧真高兴啊!"

("她说话还是和过去一样装腔作势,她那嗲声嗲气的声音让人浑身起鸡皮疙瘩!")

"看见你,时间都失去了意义。"吉尔伯特说,"你是如何做到永葆青春的?"

克丽丝蒂娜妩媚地笑了。

("她的笑声是不是有点儿轻佻?")

"你真会说些甜言蜜语,吉尔伯特。你知道,"她淘气地看了看四周,"布里兹医生和我是老交情了,我们曾经还是一对呢。安妮·雪莉!你的变化并没有我听说的那么大,虽然在路上碰到你,我可能会认不出你来了。你的头发颜色比以前要深一些,是不是?能再次相逢真是太难得了,不是吗?我还担心你腰疼来不了了。"

"我腰疼!"

"是啊,你不是一直被腰疼折磨惨了吗?我以为你……"

"我一定是弄错了,"福勒太太解释说,"有人告诉我,你腰疼得长期卧床不起呢。"

"那是罗布里奇帕克医生的太太,我一辈子从来没有犯过腰疼。"安妮淡淡地说。

"你腰不疼真是太好了。"克丽丝蒂娜有点儿傲慢地说,"腰疼可不是一件好事情。我有个姨妈就长期腰疼,把她折磨得够呛。"

她说话的语气似乎把安妮划为了她姨妈那个时代的人。安妮设法挤出一丝微笑,但她的眼睛却没有一点儿笑意。如果她能想到什么机智的话来反驳她就好了!她知道也许到今天夜里三点钟,她可以想出绝妙的话来,可是现在却只能是忍气吞声。

"他们告诉我你有七个孩子。"克丽丝蒂娜虽然是和安妮说话,可眼睛却看着吉尔伯特。

"只有六个活下来。"安妮有些难过。直到现在,想起小乔伊丝,她的心里还会隐隐作痛。

"好大的一个家啊!"克丽丝蒂娜极其夸张地感叹道。

突然间,一个大家族似乎变成了一件可耻而荒谬的事。

"我想,你没有孩子吧。"安妮说。

"我从来就不喜欢孩子,你知道的。"克丽丝蒂娜耸了耸漂亮的肩说,但是她的声音显得有点儿苦涩,"我恐怕不是当母亲的料。我从来都不认为生孩子是女人唯一的天职,这个世界早已拥挤不堪了。"

然后,他们走进餐厅吃晚餐。吉尔伯特和克丽丝蒂娜坐在一起,穆拉医生和福勒太太一起,而安妮由福勒医生领着入座。福勒医生个子较矮、长得比较胖,似乎除了医生外,与其他人都找不到可交谈的话题。

安妮觉得房间里让人闷得难受,有着一股神秘的、令人作呕的味道。大概是福勒太太家里熏了什么香吧。菜肴丰盛可口,但安妮没有一点儿胃口,她只是机械地微笑着,直到她自己觉得看起来就像一只柴郡猫①。她无法将眼光从克丽丝蒂娜身上移开，而克丽丝蒂娜含情脉脉地对着吉尔伯特微笑。她的牙齿很漂亮啊，实在是太漂亮了。他们看起来就像在拍牙膏广告似的。克丽丝蒂娜说话的时候，她的手势挥洒自如。她有一双漂亮的手，不过，手看上去有点儿大。

她和吉尔伯特谈到了生命的韵律。她到底想说什么啊？她真的懂生命的韵律吗？然后，他们将话题转向了耶稣受难复活剧。

"你去过德国的奥伯阿梅尔高小镇吗？"克丽丝蒂娜问安妮。

这不是明知故问吗？她当然清楚安妮没有去过！为什么一个简单的问题，由克丽丝蒂娜问出来，听起来显得那么无礼呢？

"当然，你被这个家牢牢拴死了。"克丽丝蒂娜说，"哦，你猜我上个月在哈利法克斯见到谁了？你的那位朋友，那个嫁给一个长得很丑的牧师的，那个牧师叫什么来着？"

"乔纳斯·布雷克。"安妮说，"菲利帕·戈顿嫁给了他。而且我从来都不觉得他丑。"

"你不觉得啊？当然，咱们俩眼光不一样了。不管怎样，我遇到他们了。可怜的菲利帕！"

克丽丝蒂娜特别强调了"可怜"二字。

"为什么说她可怜呢？"安妮问，"我觉得她和乔纳斯在一起非常幸福。"

---

① 柴郡猫：Cheshire cat，英作家刘易斯·卡洛（Lewis Carroll）创作的童话《爱（Alice's Adventure in Wonderland）》中的虚构角色，形象是一只咧着嘴笑的猫，拥有能凭空出现或消失的能力，甚至在它消失以后，它的笑容还挂在半空中。

"幸福！亲爱的，如果你看到他们住的地方，你就不会这么说了！一个可怜的小渔村，如果一头猪闯进花园里在当地就算是一大新闻了！我听说，那个叫乔纳斯的男人本来在金斯波特有个好教区，可是他却放弃了，他认为他有义不容辞的'责任'，去帮助那些'需要'他帮助的渔民。他这么狂热，他真是无法理解。'你怎么能住在这个偏僻荒凉的地方呢？'我问菲利帕。你知道她是怎么说的吗？"

"或许就和我对圣玛丽溪谷村的评价一样吧。"安妮说，"它是世界上独一无二的幸福家园。"

克丽丝蒂娜表情丰富地挥了挥她戴满戒指的手。

"你住在那个地方竟然如此心满意足？"克丽丝蒂娜笑了。（"露出的那口牙齿真可怕啊！"）"你就从来没想过要过更加丰富多彩的生活吗？如果我记得没错的话，你以前不是野心勃勃吗？你在雷德蒙的时候，不是经常写一些富有情趣的小文章吗？当然，这是有点儿荒诞不稽、不切实际，不过还是……"

"我是为那些仍然相信有仙境的人写作。你知道，这样的读者为数众多，而且他们喜欢时常听到那个国度的消息。"

"你现在已经将它放弃了？"

"不完全，不过，我现在写的是生活的书信。"安妮想起杰姆和他的伙伴们。

克丽丝蒂娜瞪大眼睛，显然，她并没有听懂安妮的比喻。安妮·雪莉说的到底是什么？不过，她在雷德蒙的时候就以她的奇谈怪论而出名。虽然她看上去还是那么年轻貌美，可是她最终和大多数女人一样，结婚后就沦落为一个没有思想的女人。可怜的吉尔伯特！在还没到雷德蒙的时候，他就被她牢牢地套住了，从此再也没有机会脱身。

"有人吃过双仁核果吗?"穆拉医生问。穆拉医生刚刚敲开一个杏仁,里面有两个仁。克丽丝蒂娜转过身面向吉尔伯特。

"你还记得我们一起吃过的那个双仁核果吗?"她问。

("他们两个是不是在眉来眼去?")

"你认为我会忘记吗?"吉尔伯特反问道。

他们开始津津乐道地谈起"你还记得吗",而安妮被晾在一边,只能盯着挂在餐具架上的那幅鱼和橘子的图画。她从来不知道吉尔伯特和克丽丝蒂娜有那么多共同的回忆。"你还记得我们在阿姆山上举行的野餐吗?……你还记得那天晚上我们去黑人教堂的事吗?你还记得我们去化装舞会的那个晚上吗?你穿着黑色的天鹅绒裙子,披着一条蕾丝披肩,拿着一把扇子,把自己打扮成西班牙女郎。"

吉尔伯特把这些记得可牢了。但是他却记不住他的结婚纪念日!

吃过晚餐,当他们回到客厅时,克丽丝蒂娜看了看窗外,黑黢黢的白杨树后的天空泛着银白的微光。

"吉尔伯特,我们去花园里散一会儿步吧。我想重温一下九月月出的浪漫。"

("九月的月出对他们有着什么特殊的意义吗,为什么是九月而不是其他月份呢?还有,她说'重温'是什么意思,她是不是以前曾经……和他一起在月下漫步?")

他们果真出去了。安妮觉得自己被彻底地、无情地甩在了一边。她坐在一张看得到花园的椅子上。尽管连她自己都不愿承认她是为了那个理由才选择坐在那里的。她可以看见克丽丝蒂娜和吉尔伯特并肩走在小径上。他们在说什么？似乎大多时候都是克丽丝蒂娜一个人在说话。或许，吉尔伯特太激动了，根本就不知道说啥好吧。他漫步在月光下，是不是沉醉在往日那些月出的甜蜜回忆中？那些甜蜜的回忆都与她无关。她的眼前浮现出了她与吉尔伯特在安维利月光弥漫的花园里散步的情景。难道他把这些都忘记了？

克丽丝蒂娜仰起头来看着夜空。当然，她是为了向吉尔伯特展示她那漂亮白皙的脖子。看一个月出需要这么长的时间吗？

当他们终于回来后，其他的客人也聚集到了一起。大家说说笑笑，兴致盎然地唱起歌来。克丽丝蒂娜有着迷人的嗓音。她对着吉尔伯特唱着"昔日的美好时光永远不再来"。吉尔伯特仰靠在一张安乐椅上，显得异常沉默。他是不是还意犹未尽，沉浸在昔日的美好时光中？他是不是在想象要是当初娶了克丽丝蒂娜，他的生活会是怎样的呢？（"我以前总是知道吉尔伯特心里在想什么，可是现在他变得越来越高深莫测。我的头开始痛起来了。如果我们不赶快离开，我就会歇斯底里地大喊大叫！谢天谢地，我们回家的那趟火车很快就要开了。"）

安妮下楼的时候，克丽丝蒂娜正和吉尔伯特站在门廊处。安妮看见克丽丝蒂娜伸出手来，温柔地拿走他肩膀上的一片落叶。那动作就像是在暧昧地爱抚。

"你没什么吧，吉尔伯特？你看起来疲惫不堪。我知道你工作很劳累。"

一股惊骇波涛向安妮袭来。吉尔伯特看起来确实很疲惫，很憔悴。可是在克丽丝蒂娜指出这一点之前，她作为他的妻子竟然浑然不知！她永远忘不了那一刻的羞辱。

("我总是把吉尔伯特的劳累视为理所应当,而且我还总是责怪他、埋怨他,把我的存在视为理所当然。")

克丽丝蒂娜又转向她。

"很高兴再见到你,安妮。好像又回到了从前。"

"是啊。"安妮随口说。

"我刚才只是告诉吉尔伯特,他看起来有些劳累过度。你应该好好照顾他,安妮。曾经有段时间,我真的很喜欢你的丈夫。我相信他是我遇到过的最好的男人。但是,你一定要原谅我,因为我并没有把他从你的身边抢走。"

安妮一时语塞。

"也许他还后悔你没有抢走他呢。"当安妮登上福勒医生送他们去车站的马车时,她带着雷德蒙时代所特有的"女王般居高临下的高傲"姿态说道,克丽丝蒂娜在雷德蒙时,对安妮的这种姿态刻骨铭心。

"你真会开玩笑。"克丽丝蒂娜耸了耸她漂亮的肩膀。她饶有兴致地目送着他们离去。

幸福的一家人

"今天晚上过得愉快吗?"吉尔伯特把她扶上火车,心不在焉地问。

"哦,还行。"安妮勉强敷衍道。她突然想起珍·威尔西·卡莱太太的那句口头禅来,"在一只耙底下熬过了这个夜晚。"用这句话来形容今晚她的处境实在是太合适不过了。

"你为什么要把头发弄成这个样子?"吉尔伯特仍然漫不经心地问。

"这是最新流行款式。"

"嗯,它并不适合你。也许有些人很适合,可是你的头发不适合。"

"哦,我的头发是红色的,真太糟糕啊。"安妮冷冰冰地说。

吉尔伯特突然意识到,他最好还是不要再谈论这个危险的话题,以免惹火烧身。他知道安妮一向对她的头发颜色非常敏感。他实在是太累了,不愿再说什么。他把背往后靠在椅子上,闭上了眼睛。安妮第一次注意到他的鬓角已经有了一些白发。但是,她还是狠下心来,不愿意搭理他。

他们默默地从溪谷村车站抄近路回到壁炉山庄。空气里弥漫着云杉和羊齿蕨的清香。月光照在被露水打湿的田野上。他们经过一栋废弃的老房子,昔日的窗户有着温馨灯光跳跃,如今玻璃全都破碎了,只剩下悲伤的空洞。"就像我的人生。"安妮无限感伤。这里的一草一木,似乎都隐藏着凄凉、哀怨。白色的飞蛾从他们的身边飞过,就像褪了色的爱情魂魄。她的脚不小心被一个棒球游戏的铁环绊倒,差点儿一头栽进一丛夹竹桃中。这些孩子怎么会把铁环留在这里?她明天非得好好教训他们一顿!

"小心!"吉尔伯特淡淡地说道,伸出一只手来扶住她。要是克丽丝蒂娜和他一起重温月出的浪漫时不小心跌倒了,他还会这样无动于衷吗?

一进门,吉尔伯特就急忙地去了自己的工作间,而安妮则一声不吭地回到他们的卧室,月光洒落在地板上,清冷、银白、惨淡。她推开窗户,眺望着外面。卡特·弗拉格家的狗一个劲地在狂吠,听起来让人撕心裂肺。伦巴第白杨的树叶在月光下闪着银光,房子在窃窃私语,好像怀着一丝敌意,仿佛要将安妮拒之门外。

安妮觉得寒冷、空虚、难受。繁花似锦的人生突然变成了枯枝败叶。所有的东西顷刻间失去了意义。一切都显得那么疏远、虚幻。

远处的潮水依旧与海岸进行着它们亘古不变的约会。现在诺曼·道格拉斯已经把他的云杉林砍掉了,她可以看见她的梦中小屋了。他们住在那里的时候是多么幸福啊!在他们的梦中小屋,他们心心相印,情意浓浓,一起编织着梦想,憧憬着未来,过着幸福美满的生活。每一个清晨都充满了五彩斑斓的色彩!吉尔伯特总是脉脉含情地凝视着她,眼里含着微笑,那笑容只为她一个,他每天都会找到一个新的方式说"我爱你"……他们一起分享生活的快乐与悲伤。

可是现在……吉尔伯特已经有些厌倦她了。男人都是这个样子,或者迟早都会变成这个样子。她曾经天真地以为吉尔伯特会和别的男人不一样,但是她现在知道这只是自己的美丽幻想罢了。她该如何去打发今后的生活呢?

"当然,我还有孩子。"她意气消沉地想,"我必须继续为他们生活。而且还不能让别人知道这事,决不能。我可不想让人家来同情我、可怜我。"

是什么声音?有人正在上楼梯,三步并作两步飞跑上来,就像很久以前吉尔伯特在梦中小屋那样。现在他已经很久没有这么跑过了。那不可能是吉尔伯特……是他!

他冲进房间,把一个小包裹扔在桌子上,然后一把抱起安妮,在房间里转了一圈又一圈,就像一个意气风发的少年,直到他累得喘不过气来,这才停下来,站在银色的月光中。

"我是对的,安妮,感谢上帝,我是对的!盖洛太太得救了,专家这么说的。"

"盖洛太太?吉尔伯特,你是不是疯了?"

"我没告诉你吗?我还以为给你说过呢……哦,可能我觉得这件事太伤脑筋了,所以才没告诉你。最近这两个星期我都快担心死了,不管是白天还是黑夜脑子里都在琢磨这事,其他的一切都顾不上了。盖洛太太住在罗布里奇,是帕克医生的一个病人。他请我去会诊,但是,我对她的诊断与帕克的不一样,我们俩争执不下,还差点儿吵架了。我坚信自己是正确的,坚持说盖洛太太还有活下来的希望。我们把她送到了蒙特利尔,帕克说,她绝对不可能活着回来。她丈夫威胁我说，要是我弄错了，他绝对不会轻易放过我。自从她去了蒙特利尔，我天天提心吊胆、度日如年，我害怕是我诊断失误，害怕我坚持那样做，只会让她多遭受一些不必要的折磨，我差点儿就要崩溃了。刚才我在工作间看见这封信，天啊，还好，我是对的，他们已经给她动了手术，她活下去的可能性极大。安妮姑娘，我现在高兴得都可以跳到月亮上去了！"

安妮不知道是该哭，还是该笑，最终还是忍不住笑了。能够再次开怀大笑是多么痛快淋漓啊。突然间，一切都好了。

"我想，这就是你为什么忘记今天是我们结婚纪念日的原因吧？"安妮开着玩笑地问他。

吉尔伯特放开她，抓起他丢在桌子上的那个小包裹。

"我没有忘记！两个星期前我就向多伦多的商店订购了这个，没想到今天晚上才送到。今天早上我没有礼物送给你，心里好愧疚啊，真不知道该怎么办，所以我都不敢提起结婚纪念日的事情。我还以为你也忘了呢，我真希望你也忘了。当我走进工作间的时候，一眼就看到了我的礼物和帕克的信一同寄来了。快打开看看，你喜欢吗？"

一条钻石项链！在皎洁的月光下，它光彩夺目，富有生命力。

"吉尔伯特，我……"

"戴着给我看看。要是早晨能够送来就好了，那样你可以戴着它去赴宴，就不用戴那条旧的珐琅心形坠链了。虽然那条项链戴在你白皙漂亮的脖颈上也很美丽。亲爱的，你为什么不穿那条苹果绿的裙子去呢？我很喜欢它，它让我想起你在雷德蒙的时候穿的那条有玫瑰花蕾的绿裙子。"

("这么说来他注意到了我的裙子了!而且他还记得我在雷德蒙穿的那条有玫瑰花蕾的绿裙子!他最喜欢那条了!")

安妮感觉自己就像从笼中释放出来的鸟儿,再一次展翅飞翔。吉尔伯特的双臂环抱着她,他们含情脉脉地看着对方。

"你真的爱我吗,吉尔伯特?我对你来说只是一个习惯吗?你已经很久没有开口说'我爱你'了。"

"我最最最亲爱的爱人!我以为你不需要我说出来就能感受到这一点呢。没有你我就活不下去。你总是赐予我力量。《圣经》里有一首诗,可以用来形容你在我生命中的重要意义——'她这一生使丈夫受益匪浅。'"

几分钟前,生活还是阴云密布,了无生机,转眼间,云开雾散,一道彩虹飞越他们心间,生活一下子变得流光溢彩、生机盎然。钻石项链掉到了地板上,也没人察觉。钻石是珍贵的,但是有更多东西比钻石更加珍贵,那就是信任、和睦、令人愉快的工作,欢笑和宽容以及矢志不渝的爱情所带来的安全感。

"哦,要是永远停留在这一刻该多好啊,吉尔伯特!"

"我们还会有很多这样的美好时刻。我们该去度第二次蜜月了,安妮。明年二月份,伦敦将举行一场大型的医学会,咱们一起去吧,会后再去欧洲其他地方看一看。我们将迎来我们的假日,好好享受咱们的二人世界,就像我们刚结婚时一样。你已经有很长一段时间心绪不宁了。("原来他注意到了啊。")你太累了,需要好好休息一下。("你也是,我最亲爱的。我真是太多疑了,竟然没注意到你也很劳累。")我可不愿意听见有人对我说:'鞋匠的老婆打光脚,医生的老婆死得早。'等到我们回来的时候,我们又会变得精神抖擞、神清气爽,幽默风趣。好吧,把项链戴上,我们睡觉吧。我困死了,这几个星期来,不是为双胞胎担心就是为盖洛太太焦虑,好久都没睡一个安稳觉了。"

"你今天晚上和克丽丝蒂娜在花园里说了些什么,在外面待了那么久?"安妮随意地问道。她戴上钻石项链在镜子前照来照去。

吉尔伯特打了一个大大的呵欠。

"哦,我也不知道。都是克丽丝蒂娜一直喋喋不休讲个不停。不过,我记得她给我说的一件事。她说一只跳蚤可以跳到它自己的身高二百倍的高度。你知道这个吗,安妮?"

("原来当我妒忌得发疯的时候,他们只是在谈论跳蚤。我真是一个十足的傻瓜啊!")

"你们怎么会说起跳蚤呢?"

"我也记不起了,也许是谈到杜宾犬的时候顺便就提到它了。"

"杜宾犬?什么是杜宾犬?"

"一种新品种狗。克丽丝蒂娜似乎是狗的行家。我心里一直担心着盖洛太太的事,根本就没心思听她说什么。只是偶尔听到一两个字,什么情节,压抑,新兴的心理学,艺术、痛风、政治,还有青蛙。"

"青蛙!"

"温尼伯研究机构的研究员正在做的一些试验。克丽丝蒂娜一向都是一个没有趣味的人,但是,现在她比过去更加糟糕了,而且还心怀恶意!她以前并不是这个样子的!"

"她怎么心怀恶意了?"安妮明知故问。

"你没注意到吧?哦,我想你不会明白的,你自己从来也不在意这些事情。算了，这也并没什么。她的笑声让我听起来有些不舒服。还有，她变胖了。谢天谢地，你没有变胖，安妮姑娘。"

"哦，我并不觉得她有多胖。"安妮宽宏大量地说，"而且，她仍然是一个漂亮的女人。"

"或许吧。但是她的脸苍老了许多。她跟你一样年纪，可看起来好像要比你长十岁。"

"那你还跟她说什么永葆青春！"

吉尔伯特面带愧疚之色，咧着嘴笑了笑。

"人总是要说一些客套话。没有小小的伪饰，文明就不复存在了。哦，克丽丝蒂娜并不坏，虽然她不属于'认识约瑟的人'。不过，这也不是她的错。这是什么？"

"你的结婚纪念日礼物啊。你要给我一分钱我才能给你，我可不愿意冒任何风险。就像今天晚上经历的这场痛苦煎熬一样！因为克丽丝蒂娜，我都快嫉妒死了。"

"为什么，安妮姑娘，我从来没想过你会妒忌啊。"

"哦，我会嫉妒的。多年前，因为你跟鲁比·格丽丝通信，我就嫉妒得发疯。"

"我曾经和鲁比·格丽丝通过信？我已经忘记了。可怜的鲁比！但是罗伊尔·贾德纳又怎么说呢？锅可没权利说壶黑啊。"

"罗伊尔·贾德纳？菲利帕前不久写信告诉我，说她见到他了，他现在变得好肥胖啊。吉尔伯特，穆拉医生虽说在你们这一行业声名赫赫，可是他看起来就像一张平板，而福勒医生看起来就像一个甜面圈。你在他们中间看起来是那么英俊……完美。"

"噢，谢谢，谢谢。这听起来才像是我太太说的话。咱们礼尚往来，我也觉得你今晚看上去面色红润、眼睛闪亮，真是风姿绰约、光彩照人啊。不过，除了那条裙子外。啊，真舒服啊！没有什么地方比床更舒适的了。《圣经》里有一首诗……真奇怪啊，脑海里突然就闪现出我们小时候在主日学校里学的一些诗来！'我将安然躺下，渐渐入眠。'我真的要睡了。晚安。"

吉尔伯特话还没说完，就已经睡着了。亲爱的吉尔伯特实在是太疲惫了！今晚，也许有人呱呱坠地，也许有人撒手人寰，但愿没有人来打扰他的睡眠。我们就让电话铃一直响下去吧。

安妮并不想入睡。她太高兴了，根本睡不着。她轻轻地在房里走来走去，整理着东西，梳理着头发，就像一位恋爱中的女人。最后她换上睡衣，穿过走廊，走进男孩们的房间。沃尔特和杰姆睡在大床上，雪莱则睡在一张小床上，他们都睡得十分香甜。小虾米已经从一只不懂事的小猫咪变成了家族里的一员，它蜷缩在雪莱的脚边。杰姆在看《吉姆船长的人生录》时睡着了，书还摊开放着。哎呀，杰姆躺在床上看起来好长啊！他很快就会长大了。他是一个多么健壮可靠的小男子汉啊！沃尔特的脸上还洋溢着笑容，就像知道一个快乐的秘密似的。月亮透过天窗照在他的枕头上，正好在他头顶上方的墙上投射下一个清晰的十字架影子。许多年后，当安妮回想起这个场景时，会惊觉那是否是库尔杰莱提战役的预兆……预兆了在法国某个地方阵亡将士陵园的十字架。但是，今晚，它只是一个影子……影子而已。雪莱脖子上的疹子已经消退了，吉尔伯特说得对，它的确不要紧。他总是对的。

楠、黛和里拉在隔壁的房间。黛那头红色小鬈发被汗水打湿了，黏在了额头上，被太阳晒得有点黝黑的小手放在脸蛋下。楠长长的睫毛像帘子一样垂下来，在透着蓝色血管的眼睑下，有着一双像她父亲一样的浅褐色的眼睛。里拉趴在床上睡着了。安妮把她翻过身来,但是她依然睡得很香,眼睛仍紧紧地闭着。

他们一个个都长得这么快。用不了几年,他们就会变成年轻的小伙子和大姑娘了。青春时代踮着脚向他们走来,他们满怀憧憬,带着甜美的梦想一路前行。一艘艘小船扬帆起航,离开安全的港湾,驶向未知的港口。男孩子们会离开,投身于他们的事业,追求他们心仪的姑娘;女孩子们,啊,戴着面纱的美丽新娘可能从壁炉山庄的老楼梯上款款走下。但是,现在,他们仍然是她的。任由她去爱,去教导……给他们哼唱着普天下的妈妈常常哼唱的歌谣。他们是她的,以及吉尔伯特的。

她走出房间,来到走廊尽头的窗户边。她所有的猜疑、嫉妒和哀怨全都消失得无影无踪。她感到自信百倍,幸福快乐。

"布里兹!我是布里兹家族的一员!"她的脑海里突然冒出这个傻乎乎的念头,一阵巨大的幸福感如潮水般向她袭来。"这种感觉就和多少年前的那一天,帕斯菲克告诉我说,吉尔伯特的病情已经好转了一模一样。"

在她的下方,夜晚花园展示了它的神秘和可爱。远处的山丘洒满了月光,就像一首如梦如幻的诗。再过几个月,她就可以在苏格兰的山丘上眺望月光,在美尔罗思,在颓废的肯尼渥斯,在莎士比亚长眠的阿文河畔旁的教堂,也许甚至是在罗马的圆形大剧场,在雅典卫城,在流经古老帝国的悲伤的河流上,与吉尔伯特共赏月色。

夜凉如水,秋意渐浓。很快,凉爽的秋天就要到来了,然后是冬天里寒气逼人的下雪天,暴风雪肆虐的夜晚。不过,谁会在乎呢?温暖的火光将在温馨的房间里施展着魔法。不久前,吉尔伯特就说过他已经砍了一些苹果树枝,准备放在壁炉里烧。它们会让即将到来的灰色日子变得闪亮起来。当爱的火焰熊熊燃烧的时候,当春天即将到来的时候,寒冷的积雪和凛冽的寒风又算得了什么呢?

她离开窗边。她穿着白色的睡衣,梳着两条长长的辫子,看上去就像绿山墙的安妮;像雷德蒙时代的安妮;像梦中小屋的安妮。内心深处的光芒一直照耀着她。孩子们轻柔的呼吸声从敞开着的门里传了出来。吉尔伯特平常很少打鼾,不过现在也打起鼾来。安妮嫣然一笑。她不由得想起克丽丝蒂娜那大惊小怪的感叹。可怜的克丽丝蒂娜,一个孩子也没有。

"好大的一个家啊!"安妮乐不可支地重复着。

图书在版编目（CIP）数据

壁炉山庄的安妮／（加）露西·莫德·蒙格玛丽著；李华彪译. — 2版. — 成都：四川文艺出版社，2019.3
（红发安妮系列）
ISBN 978-7-5411-5224-5

Ⅰ.①壁… Ⅱ.①露…②李… Ⅲ.①儿童小说—长篇小说—加拿大—现代 Ⅳ.①I711.84

中国版本图书馆CIP数据核字（2019）第026027号

BILUSHANZHUANGDEANNI
壁炉山庄的安妮
［加］露西·莫德·蒙格玛丽 著
李华彪 译

责任编辑	郭　健
封面绘图	江显英
封面设计	叶　茂
内文设计	史小燕
责任校对	王　冉
责任印制	唐　茵

出版发行	四川文艺出版社（成都市槐树街2号）
网　　址	www.scwys.com
电　　话	028-86259285（发行部）　028-86259303（编辑部）
传　　真	028-86259306
邮购地址	成都市槐树街2号四川文艺出版社邮购部　610031
排　　版	四川胜翔数码印务设计有限公司
印　　刷	三河市华东印刷有限公司
成品尺寸	203mm×140mm　　开　本　32开
印　　张	11.75　　　　　　　字　数　270千
版　　次	2019年3月第三版　印　次　2019年3月第一次印刷
书　　号	ISBN 978-7-5411-5224-5
定　　价	22.00元

版权所有·侵权必究。如有质量问题，请与出版社联系更换。028-86259301

壁炉山庄的安妮